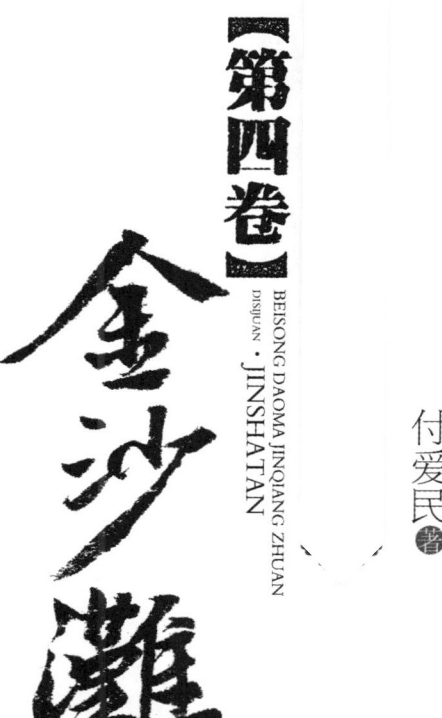

【第四卷】

金沙滩

BEISONG DAOMA JINQIANG ZHUAN
DISIJUAN · JINSHATAN

付爱民 著

北京燕山出版社
BEIJING YANSHAN PRESS

图书在版编目（CIP）数据

北宋倒马金枪传. 第四卷. / 付爱民著. — 北京：北京燕山出版社，2017.9
 ISBN 978-7-5402-2859-0

Ⅰ. ①北… Ⅱ. ①付… Ⅲ. ①北方评书－中国－当代
Ⅳ. ① I239.8

中国版本图书馆 CIP 数据核字 (2017) 第 227173 号

北宋倒马金枪传第四卷·金沙滩

作　　者	付爱民
项目策划 项目负责	李满意
项目统筹	王梦楠
责任编辑	葛瑞娟
营销编辑	涂苏婷
责任校对	甄　飞　袁大威　石　英
整体设计	闻江文化
社　　址	北京市西城区陶然亭路 53 号（100054）
网　　站	http://www.bjyspress.com/
微　　博	http://weibo.com/u/2526206071
电　　话	01065240430
传　　真	01063587071
印　　刷	北京世纪恒宇印刷有限公司
开　　本	710mm×1000mm　1/16
字　　数	270 千字
印　　张	19
版　　次	2017 年 11 月第 1 版
印　　次	2017 年 11 月第 1 次印刷
定　　价	45.00 元

出版发行　北京燕山出版社　BEIJING YANSHAN PRESS

版权所有　盗版必究

目录

【头本·诓杀四门】……1

〖头回〗……5

〖二回〗……13

〖三回〗……21

〖四回〗……27

〖五回〗……36

【二本·替主赴会】……45

〖头回〗……49

〖二回〗……58

〖三回〗……68

〖四回〗……77

〖五回〗……85

【三本·双龙斗宴】……93

〖头回〗……97

〖二回〗……106

〖三回〗……114

〖四回〗……122

〖五回〗……131

【四本·血染沙滩】……141

〖头回〗……145

〖二回〗……152

〖三回〗……160

〖四回〗……168

〖五回〗……177

【五本·代主出家】……187

〖头回〗……191

〖二回〗……200

〖三回〗……208

〖四回〗……216

〖五回〗……226

【六本·调兵表功】……235

〖头回〗……239

〖二回〗……248

〖三回〗……257

〖四回〗……265

〖五回〗……273

附录一：文中出现的北京方言词语……281

附录二：《北宋倒马金枪传》评书整理与研究……283

【头本·诓杀四门】

〖头回〗

诗曰：

幽燕荥阳两葱茏，烈胆英豪古来同。
纪信城前焚烈焰，延平沙渡饮鸩薨。
长逾塞堑平王霸，潜出卢沟建死功。
战鼓隆隆沉日月，何年掩土祭英雄？

悲歌千古人未歇，且听金枪会双龙。为您接演传统评书《金枪传·金沙滩》里的头一本书，叫作《诓杀四门》。这一段儿书可有名儿，金沙滩前双龙会，杨家将七郎八虎闯幽州，七郎闯幽州就是诓杀四门，是从外往里闯，就是打这儿开始的。

上一卷书《五台山》结尾，说到杨七郎单人独骑前来幽州解围救驾。他为什么着急先来闯幽州呢？杨家兄弟打小就有爷爷给上课，这些全都是基本功——要解困城之围，必须得城里和城外先通好了讯息，城里的人得知道城外边的人什么时候到，什么时候开仗。到时候两边一起出兵，城外困城的敌军就是腹背受敌，必败无疑。可是城里的人要是不知道呢？尤其是幽州城里，听呼延千岁说北国人真损，一点儿粮食都没给留，军心就散啦！这要是有人起坏心，偷偷地献城池……大宋的皇帝在人家手里攥着，我们这些做武将的可得怎么办？甭说皇上了，就是八王也在城里呢，那么我们这些打仗的可怎么办？这些七郎都明白，知道得有人抢先去通信儿，得告知城池里的守将，你们都别着急，城外救兵眼看就到，再坚持坚持。幽州城里的皇上也好、八王也好，都知道呼延千岁出城是闯围搬兵来了，谁知道他这个主意多，愣是兵不血刃地蒙混出了幽州城。我们是知道呼王闯围出来了，他们不知道哇，他们这会儿必然是天天儿盯着城外的辽营，那能知道到底是怎么回事吗？所以我得赶紧去！这是七郎的心思。还有一节，七郎这几天也是憋在心里难受。自从自己麻岳山上杀师回营，连着就跑上了五台山，自己还没给新媳妇杜金娥送过信儿呢！我的死活媳妇和老丈人都不知道哇！这会儿还不好意思跟爸爸和哥哥说起这件事，有心跟六哥说——起小儿我就跟我六哥要好，可是六哥天天儿地忙里忙外，一直就没逮上机会说。这也是叫七郎心烦的事。这一天听说圣上果然上了北国人的当了，真的叫韩昌给围在幽州城里了，哈哈！哎，我要是先去幽州报信儿，是不是我就能再拐个弯儿到凤凰岭凤鸣庄去看一眼媳妇去哇？

哎，杨七郎就这么可就睡不着了，好不容易挨到了第二天，哥哥们都去清点军器、粮草，没人理自己。肝、肺、肚、肠四将也是忙得掰不开镊子[1]，根本就顾不上跟七郎多说，有的去检修铠甲头盔，有的去查点弓箭袋儿……七郎一瞧，得嘞，趁你们没注意，我先走一步吧！七郎过草桥，来到新城一看，旗号已然是北国的了！再过易州、涿州，果然也都换上了大辽的旗号。七郎心说你们也太顺风倒啦。一路快马疾奔，来到卢沟桥，正碰上看守卢沟桥的辽将铁木宽。呼延赞过桥，铁木宽是知道的，光知道是回京城去取玉玺回来，呼延赞拿着韩元帅发给的腰牌呢，自然得放过去，也就以为这得过不少日子呼延赞才可能回来呢，哪想得到这才两天杨七郎就来啦。所以说书讲理，铁木宽能够担当这么重要的职责，看守卢沟桥，就必然是有真本事的。可是七郎来得忒急。前两日天庆王就以为呼延赞是真的回去取玉玺去的，传来了旨意、将令，吩咐大军歇兵三日，这三天里营防可以减少巡查，大家伙儿可以多歇歇。天庆王给各营分发了不少的牛羊、水酒，满营的将校轮着番儿歇班儿，好吃好喝好睡……干吗呢？料定此一战已然歼灭南朝的主力三十万，南朝就是还有救兵，我们也可以先好好地歇歇啦！所以今天铁木宽压根儿就没想到会有人来闯自己的卢沟桥，到听说七郎来到桥头之时，还跟部下将官正喝酒聊天儿呢。七郎到了卢沟桥，并不急于登桥过关，知道在这儿的盘查与其他哨卡不同，过易州、涿州、铁佛口，都是数日两番反叛，谁能真的卖命啊，自顾不暇，七郎一亮腰牌就过去了，无人盘问。可是这儿就不一样了，这儿是幽州城外最后一道关口，过了桥，自己想奔哪座城门就奔哪儿去。

七郎在路边下马，收拾马匹，甩掉随身的废物，包袱里还有一点儿干粮、肉干这些行军必备之物，就都丢在路边不要了。自己进献给二帝的鼍龙铠，二帝加封自己战龙大将军的时候就又赐给自己了，这会儿端出包袱来，自己再套上。也给黑毛虎挂好了杜家赠送的马铠，再把自己的虎尾钢鞭和弓箭全都检查好了，在自己的舌尖底下埋好救命的三支枣核镖——这工夫就不小了，铁木宽也就穿戴整齐来到桥头候着了，这才有七郎来到桥头之后，对过儿立马就出来这位铁木宽来问话。二人没说几句话，七郎是马不回环就枪挑铁木宽，打马过了桥头，直奔西门外的辽营辕门。

刚到这儿，那边也是早就得着信儿了，说是有人闯过了卢沟桥，枪挑了大都督铁木宽，嘱咐西门外大营的守卫，赶紧布防。七郎的马可快，北国的小番刚刚报进大营，头一层连营的守将一听说，赶紧吩咐正在当值的校尉军官们，多备雕翎羽箭，见到来人甭废话，给我射成马蜂窝！所以七郎的马刚到辕门外，一队弓箭手在辕门前鹿角丫杈后边候着了，也不喊话了，一阵瘪咧吹响，万箭齐发！七郎就乐开花了，摆开乌金枪拨打雕翎，照样儿猛往上撞，丝毫不勒坐骑。别忘了他是靠什么吃饭的，他是东京城禁军弓箭班的都指挥使，也是总教头，是个射箭的大行家，更是个避箭的大行家。一般人见到这么多箭朝自己射过来早就慌了，但杨七郎平时都拿这个当游戏耍，天天叫禁军将领们射自己，练习躲箭之法，早就练得眼法纯熟，这箭大老远射过来他就知道能不能伤着自己。但是以前的练习，就是愣这么试着硬来，难免受伤，再自己总结经验，并不得法。那么前些日子在凤凰岭下跟自己的老丈人杜老英雄学到了法门儿了，学的是杜家的听箭耳和看箭眼，专门练了自己的耳力和眼力。此刻自己身上还套好了麻衣大仙的鼍龙铠，就是射到前胸也不怕。所以说避箭之术，关键在于你不能心慌，艺高人胆大！别看这么多箭射过来，能射准的十支里能有一支就不错了——就在半空当中，很多支雕翎箭自己就跟自己打架了，旁边射过来的就能将别的箭撞飞。就算是射准了的，有些弓箭手射得急，有些呢，干脆就是臂力不够，这弓也不够硬，根本也不能穿透甲胄——这样的箭你也不用管。七郎毫不慌张，盯紧了防的就是自己的头眼和黑毛虎的前脸儿，马不停蹄，连人带马一阵黑旋风相仿直闯辕门而来。

七郎的这匹黑毛虎乃是令公亲手替七郎从西域贩卖来的宝马中给挑的一头小马驹子，从小儿开始训练，不用主人催，到在战壕前面，自己一提身，噌，跃过了壕沟和鹿角丫杈，落下来正在弓箭手的队伍中间，这些个军兵来不及逃跑，叫黑毛虎踢、踏而死的有几个，其他的是自己踩踏拥挤致死，折伤大半，这叫作"闯辕门马踏弓弩手"。打这儿起，这帮子辽军就在军营里边传开了，说杨七郎厉害，根本就不怕箭射，射也射不着！我们乱箭齐发，人家连眼睛都不眨！就拿这大眼睛一瞅，我们的箭就往地上掉，简直是神乎其神了！七郎就进了辽军大营了，这些弓箭手拦不住七郎，赶紧四散奔逃。七郎没工夫搭理他们，催马接茬儿向第二层大营闯过去。

这第二层大营是由木栅栏围成的营中之营，二门紧闭，有几个小卒正在那儿上门销呢。七郎催马上冲，趁着惯性拿大枪一撞木栅栏门，"咣当当当当……"把顶门的辽兵给撞出去一丈开外，辽敌木楼上的兵卒赶紧鸣锣加吹瘪咧报警，"哞……哞……"七郎往里边继续走着，前面有一队人马在七郎的面前列开阵势，为首的是三员辽将，各个身高膀大，凶神恶煞一般，书中暗表，来将是辽国征南右军兵马都总管乌古龙带着两个兄弟副总管乌古虎、乌古达。头一个青面朱眉，铁甲豹袍，手里头举着一只千钉狼牙棒的就是都总管乌古龙，他抢在最前面冲着七郎就上来了。七郎一看这三个人要一拥而上，显然不是什么大将，必须得速战速决，就抢个先手，抖大枪朝番将的脸上就扎。乌古龙拿狼牙棒来找枪头，嗨！劲儿没少使，再一看，杨七郎的枪头不在眼前儿了。这手儿叫存手枪，也叫寸把枪，讲究"枪走中平骤停留"，敌人要封、要拦都老是找不着枪头，因为这枪头吞吐自如，后把存着劲呢。一沾着敌人的兵器就收回来，收的劲不多，枪头总能给闪过去，正好让过敌人的兵刃，就再进枪。第二次再一进枪，敌人收手不及，肯定当场就能死于非命。今天七郎要从速建功，所以使出这手儿枪法来。乌古龙根本就没见过这么高妙的枪法，刚一愣神的工夫，七郎的枪二次进来，人借马力，扑哧！一枪穿通了乌古龙小腹。乌古虎一看不干了，这个愣小子是个紫面庞，面赛黑鸡血，说红不算红，说黑不是黑，战袍也是黑紫色外套老虎皮，手里擎着两柄乌铁锤。"把我哥哥肚子都给穿了，那他还拿什么吃肉、喝酒啊？小南蛮你纳命来！"七郎一看他手里这锤，乐了，太小了，跟海碗那么大。七郎顺手把枪纂当枪头就朝乌古虎的肚子这儿也扎过来了，乌古虎打算用双锤把他的枪给砸撒手，"呀！"双锤砸向七郎的枪纂，七郎哪能让他砸着，两把一转，叫"秦王卷旗迎风舞，下掠上惊捣把枪"。只是枪头换了枪纂，正反着用了。这一纂正打在顶梁门上，"嘭！""咔嚓！"脑浆迸裂，死尸栽落马下。最后边的是乌古达，别看长得凶狠，胆子太小。见势头不妙，赶紧拨转马头就要开溜。杨七郎并不想追，但又不甘心就这样放他走，顺势把大枪交到右手，用一路单杀手枪法，叫"单把夜叉巡海式"，枪头前探，一扫乌古达座下马的后蹄。七郎的意思是，这一枪扫着了，算你倒霉，我也不来为难你；扫不着，算你走运，七爷爷我就不管你了。可巧这一枪是扫个正着，"啪嚓！"他的马可就卧槽了，后腿折了。马是往前跑，猛然间一个急停，人就飞出去了，偏巧这个地上有一块大石棱子，乌古达的脑袋不偏不倚正撞在棱子上边，当场摔了个满面开花，死于非命。这就叫"撞连营枪穿乌古龙，纂打乌古虎，摔死乌古达"。

　　七郎一马杀三将，乘勇直冲，抖金枪就杀入辽军阵中。七郎这条大枪摆开了沾死碰亡！七郎在杨家兄弟八个里边是枪法最好的，因为他天生神力，能够把霸王枪法的精髓给发挥出来。什么叫霸王枪？乃是项羽所创，但并非亲传。当年楚将军后人把项羽在垓下冲出韩信十面埋伏阵时所运用的枪法汇编成一套冲锋陷阵所向无敌的勇猛枪法，最适合用来冲撞敌营。今天杨七郎把所学的霸王枪法施展开来，专门拿枪找辽军的兵器，"叮、当、啪！日……"

刀枪棍叉漫天乱飞。这霸王枪法是很有说道的，兵器一出手军卒肯定就要往后退，就和后面向上冲的人搅和到一块去了，人踩马踏，且不论七郎杀死多少人，单是被拥挤踩踏死的和被飞刀、飞枪砍死、扎死的就不计其数。

七郎连闯四层连营，前面就到了中军大帐了。这时候右军帐前的巡营将官哈里赤、哈里灰正好率领一队刀斧手来到营中，拦住了七郎的去路，浑愣浑愣地一块儿就冲上来了，他们那意思是，我们哥儿俩还收拾不了你一个吗？哈里赤使的是猎鱼叉，哈里灰使的是牛头镗，哥儿俩舞动叉镗就上来了，抢了个先手，一个使叉奔七郎就刺，一个用镗朝七郎头顶就砸，都铆足了劲。七郎就盯着这俩人的兵刃，眼瞅着快到近前了，拿枪杆就在这马的两只耳朵当间儿一点，这是暗号，告诉黑毛虎咱往后面蹦。杨家兄弟的战马都是从小由令公训练的，你拿兵刃点左耳，它就向左蹦；你点右耳，它就向右蹦；俩腿一较劲它就猛往前蹿；点当间儿就是告诉它朝后面蹦。这哥儿俩哪儿见过啊？一闪眼，哎，杨七郎人没了，黑毛虎往后蹦了三步。七郎撤下去了，这哥儿俩可就对上了，哥哥的叉先刺着了弟弟，弟弟的镗就砸着了哥哥，哥儿俩全都丧命在自己兄弟的手里，这就叫"束手倒马杀死了哈里赤、哈里灰兄弟"。七郎闯进了第五层大营，是穿营而过。

巡营的兵卒赶紧跑到元帅大帐去禀告右军元帅："报！不好了，有个南朝的将领，单枪匹马从卢沟桥杀进了大营，马踏弓箭手，一马连杀牙将三员，请元帅速作定夺！""好！本帅知晓，再报再探！""嗻！"小番下去。右军元帅是谁？正是萧天佑，是承天皇后萧绰萧燕燕的亲弟弟，也是麻衣大仙的俗家弟子。

承天萧皇后有俩弟弟，大弟弟叫萧天佐，二弟就是萧天佑，是对儿双胞胎，自幼苦练武艺，先拜麻岳山的麻衣大仙为师，打小儿的童子功，浑身的横练儿硬气功，刀枪不入！开始也学的长枪，可是这哥儿俩天资不足——用现在的话说就是悟性差，不够灵活，身体的协调性不好。这枪法老是学不好，后来老宰相萧思温又拉着去拜老将军耶律休哥为师，全都改成使刀了。老王爷因材施教，练得也算是刀法精奇。这次被萧皇后带到军前效力，由于是国舅爷，天庆王不好意思把官儿给低了，但这哥儿俩到底有多大能为他也不清楚，就叫这哥儿俩做了左右二军元帅，一个把守西门，一个把守东门，来围困幽州。天庆王的意思是宋朝大军要是想突围肯定是走南门，就叫韩昌把守南门，让这哥儿俩把守两翼，是个清闲活儿。没想到哥儿俩这两口刀还真不含糊，一个刀斩了马全义，一个削了药元福的首级，打这儿也都成了北国的名将。

萧天佑这两天正美不滋儿地回味自己的胜仗呢，嘿，你瞧瞧，我刚一上阵，我就一刀，唰！嘿，真痛快！我这手儿不错吧？哎，你说说你说说！他跟身边儿的小校问，谁敢得罪他啊，都给拍着："嘿，这还用说！瞧您这刀，那真叫一个利落！您是怎么练出来的？您这可没少下功夫……""怎么说呢，啊？你怎么说话呢？什么叫没少下功夫啊？告诉你，咱们国舅爷，那是天生的神力，那是天生的刀法！根本就不用下功夫，他这刀是一摸就会使啦！""对对对……瞧我这臭嘴，我这叫胡说劲儿的！就是就是！那叫什么来着？哦，大宋朝的开国名将，嚯，那叫不可一世，啊，晃荡着就来了，什么……太平侯药元福？嚯，咱们国舅爷，三个回合，就这么一刀，哎，怎么说来着？斜肩带背……"这通吹吧，大家伙儿一看，反正也没仗可打，陪着你吹呗，你爱听什么我们就说什么。萧天佑这酒劲儿就来了，打着嗝儿自己就吹上了："嘿哟，各位，各位！根本就不过瘾！你们知道吗？你们都知道我的拿手绝技是什么吗？哈哈哈……你们都不知道吧？"几位一瞧，这我们是不知道哇，您说说，您的拿手的是什么？"我告诉你们，我自幼上山跟随老师麻衣大仙学艺，我起小儿学的可是童子功，我这是金刚不坏之身！你们信不信？"谁敢说不信哪，"我们信！我们信！"萧天佑心说你们都说信，我怎么给你们表演表演哪？东瞧瞧，西瞧瞧，"你们不信，你们别信哪！""国舅爷，我们都信您说的，您说得肯定没错儿……"怎么都说信呢？好，你说不信，这位喝醉的憨二爷，真拿刀砍自个儿！是真的好说，要万一不是呢？可千万别瞎说，别说不信！可是你不说人萧天佑下不来台啊："嗯？那不成，你们得信……啊不，你们得不信！你们不信！"

几位一看，这马屁可要拍马蹄上啦！这是要惹祸啊，这可不成！有机灵的，眼珠一转，"哎，国舅爷，我们这些人都信！您可甭跟我们这儿比画，那算什么哪？您哪，我跟您说，这南朝这仗可还没打完哪！为什么这么说呢？都知道，这一回咱们狼主南下，碰上最厉害的那主儿……前日儿个他可没在幽州城！""嗯，对呀！你说是……那黑小子，杨七郎吗？""不是他还有谁啊？日抢三关，夜夺八寨，插枪镇草桥，还说怎么着，啊？还说……"旁边关系好的一捅，别说了啊，大仙儿可是咱国舅爷的师父……哟！这位赶紧一捂嘴。萧天佑听出来啦，一拍桌子，手指东南，"小贼杨七，你给我过来！你家元帅我，我不怕你！我要会会你！你，你给我过来！你现在就来，看我拿我拿手的对付你！哈哈哈哈……"

话音刚落，外边探马就钻进了大帐，"报！有南朝将领，单枪匹马杀进大营，马踏弓箭手，一马连杀三员将……请元帅速作定夺！""好！本帅知晓，再报再探！""嗻！"这位刚出去，换了个小番进来，"报！报与萧元帅得知：南边杀来一员宋将，单人独骑！已然闯过了卢沟桥，马不回环枪挑铁木宽！闯辕门马踏弓弩手，万箭不伤身！撞连营枪穿乌古龙，纂打乌古虎，摔死乌古达。束手倒马，又杀死了哈里赤、哈里灰！如今进入到右军第五层连营之内，眼看……""罢了！来将竟敢是单人独骑？什么模样？""元帅，来将黑人、黑盔、黑甲、黑战袍，胯下骑一匹黑马，掌中是一杆乌缨枪！""啊？这个……你待怎讲？""元帅！来将黑脸儿、黑盔、黑甲、黑战袍，胯下骑一匹黑马，掌中是一杆乌缨枪！""哈哈！这么说，这是南朝的杨七郎来啦？来人！鞴马抬刀！待本帅我亲自出马……我要……"好几位小番在一旁一拱手，"大帅，我们都等着瞧您那拿手的！"

〖二回〗

萧天佑正在西门外中军帐内饮酒吹牛呢，忽听探马来报，说一员宋将单枪匹马来闯营解围，再一细问，猜着八九不离十，黑人黑马乌缨枪，这个有可能是杨七郎。刚想要说大话，待本帅前去擒他！且慢……一帮子人都跟着起哄奉承，都等着说大帅我们都看您的！这会儿萧天佑忽然间不吭声了，他就琢磨着，我现在这酒喝得有点晕乎，我真的就能战得过这杨七郎吗？别价了，此刻我还是老老实实地跟大帐里醒醒酒，别出去弄不好还现眼。

"嗯？哈哈哈哈……只是个小小单丁何足挂齿？"就问帐前众将，"哪位将军愿意前去擒来这员宋将，献在本帅的帐前？"起哄的赶紧跟着改口："对，小小单丁哪儿用得着大帅您亲自出马呀，咱们这儿有的是英雄，谁，谁来讨令？""末将愿往！"帐下有卧虎沟的大都督沙米罕踏出队列——这位在大帐之中实在也是待不下去了，听这些人说话恶心。他可是北国九沟一十八寨的名将，曾经跟随天庆王耶律尚跨海远征，军功卓著。这次被招到阵前，本想多多建功，却不被重用。听说有来闯营的，心想元帅不屑亲自动手，还是我去把他拿来，总不能空手而来再空手回家去，寸功未立，那样我就该遭父老乡亲们的嘲笑了。沙米罕请命出兵，萧天佑就拨给他二百名兵卒前去擒拿宋将。事不宜迟，老将军上马擎棍，问过探马杨七郎杀到了什么地方，就赶马来追七郎。这个时候辽军已经不敢阻拦七郎，纷纷叫喊吓唬，就是不能近前。七郎前途无阻，穿出右军营帐直奔幽州城前跑去。正跑着，就见从斜刺里杀来一哨人马，为首一员北国将官：

头如麦斗，膀赛牛驼，蓝脸膛、红胡须、扫帚眉、钢铃眼、鹰钩鼻子底下一张血盆口，压耳的毫毛是扎里扎煞。皮盔皮甲皮裤，胸前狐狸尾，脑后雉鸡翎，皮袷带煞腰，足蹬黑漆皮的皮靴。胯下马是一匹铁脚青鬃兽，掌中使一根铜梢虎尾棍。

沙米罕心想，我的力气大。南朝人？都说他们的武艺比我们北国人要好，嗯，我不能让他抢先手，我得先砸他！所以这位一上来打个照面儿，一句话都不说，这坐骑压根儿就不打算停，直接就奔七郎过来了，自己这条大棍抡圆了，呜……照着七郎的脑袋就砸过来了！"小南蛮，你瞧棍啵！"

七郎一看这是一位有点来头的将军，怎么也这么不识礼数？看大棍快砸过来了就拿枪尖找棍头，这个枪法是杨家枪法的独特绝招，叫破棍枪，噌！就顶上了。这手儿枪有个技巧，棍分前、中、后三节，力道实际上全都集中在前梢，往外搪大棍不能顶这儿，那就叫硬碰硬，光较劲了。这最虚的地方就是中节，力量最弱，往外封大棍就冲这儿下手。所以这是一手险招，但是杨家枪法训练有素，手头都很准，所以七郎有把握，枪向前伸，也没用全力，噌！这一枪顶在棍上，棍头就朝了后了，震得沙米罕两膀发麻，好悬没撒手。一看手心，呀，血津直冒！好大的力气！

二次照面，沙米罕再抢上风头，横棍就向七郎的腰里扫过来了，这叫推山入海。七郎大枪一立，"当啷"，把沙米罕的棍给拦住，紧接着枪头一翻转，舞一个花儿，枪头就砸在棍身上，"啪……"直砸得沙米罕是前把脱手，棍头就落了地了。沙米罕知道这不是一般人了，他是身经百战的将官，见多识广，就把棍交在左手，勒住马对七郎说："且慢！这员宋将，你能磕开我的大棍，必定不是普通将领，想来是一员大将。请问你的尊姓大名，为何要闯幽州？"七郎心说，给你点颜色看看你才知道礼节吗？"来将听真！要问小爷的名姓，你且在马上坐稳当了，咱可有个来历，某姓杨！"说到这儿七郎先清清嗓子，他是想起来五哥延德教给他的话来了。怎么回事呢？原来上次瓦桥赌头夺关一战，七郎和潘洪打赌，日抢三关，夜夺八寨，单枪匹马守草桥，英名初显。后来五郎延德就跟七郎说了："哎，我说老七哟，你可出了名儿喽，打今天起你可就算是名将啦！这名将可得有个派，你知道这名将的派头怎么要吗？"七郎一听怎么，这名将还得要个派头？"我不知道哇，五哥您知道啊？那您教教我得了。"这五郎就跟他胡诌起来了："你呀，在阵前再有人问你叫什么名字啊，你先别直说，你得先表表来历。""我还有什么来历啊？咱家住山后火塘寨……""去去！谁叫你报家门啦？哥哥教你吧。你就说啊，来将听真！""好，来将听真！""某乃是金刀杨令公之子。""嗯，某乃是金刀杨令公之子。""排行在七，我姓杨名希字延嗣。""排行在……哥哥，这我都知道哇！""是啊，你接着听哪！某乃是日抢三关、夜夺八寨……""好，日抢三关、夜夺八寨……"就这样，五郎教了七郎一套说辞，让他在两军阵前显摆显摆，说你以后不用动手，你就把这几句往外一亮，人家就得被你吓退。七郎这个人有时候机灵，有时候憨厚，耍心眼儿的时候，平常人还真耍不过他，憨厚的时候也是真可爱，他就真信了五哥的话，以为做了大将真得有这样的派头呢。所以今天沙米罕一棍没砸着他，说了两句捧他的话，七郎想起五哥还教了我一套派头词呢，就给搬出来了："来将听真！某姓杨，乃是金刀杨令公、无佞侯余氏太君之子，金枪老祖火山王之孙，官拜殿前司东西弓箭班指挥使，今年三月二十八在天齐庙又擂台夺魁，御前亲封前部正印先锋官，第一仗我枪挑了金岭川贺斯、鞭打银岭川哈密龙、箭射渤海高天鹏，一日我就抢了三关！""噢？你一日就抢下三关？""还有哪！某骂走马坤，羞走马荣，一夜夺下了八寨！""呀！还一夜夺了八寨？""别忙，还有哪！某还一声吓死了野马川胡尔达，立马单枪守草桥。""嗯，你是个英雄！还有没有啦？""得，没了，俺排行在七，人称我为七郎杨希杨延嗣是也！"沙米罕一听，别说，还真听说有这么一个主儿，今天见着真人儿了。看来这是我家元帅上了呼延赞的当了，这哪是回东京取玉玺去啊，这是去搬兵求救去了，把杨家将给搬来了。"好，杨七郎，我知道你的厉害，刚才这一棍我已然使足了十成的力量了，可是你没费劲就给磕开了。你看我的虎口震裂，可你还没咋地，可见我不是你的对手，我服了。我已是你手下败将，你要是非得要我的性命，那咱俩再接着撒马一战。你若是不待见取我残生，那就放我回北国，我是归隐山林再也不上阵了。"那意思是你看着办吧。这是一个明白人，在军前不被重用，天天盼着阵前效力，可是第一次出兵就遇见杨七郎了，已经是灰心丧气了。七郎一听他这话就乐了，嘿嘿，五哥的话还真管用！"那可好了，不用再打了！你快快走吧，我不来难为你就是。可是要想走，你还得留下你的姓名才行，你都问完我了，那你姓甚名谁啊？"沙米罕一听纳闷儿了，干吗问我叫什么啊？他不知道七郎这犯着坏呢，这会儿工夫又自己续编了一套派头词，所以要问沙米罕的姓名。沙米罕长叹一声，用手掩面，"唉……败将沙米罕，在北国卧虎沟任大都督之职。"说完了一甩手把大棍给扔了，心里话这次我贪生怕死阵前免战，脸面算是丢尽了，这家伙以后也就再也没脸用了。这就叫作"报名头，吓退沙米罕弃棍而逃"。

　　二百名辽兵见主将逃亡，没了主意，都往后撤。七郎趁机打马出了连营，直奔西门城楼。到了城楼下边，抬头观看，还是宋朝的旗号迎风招展，踏实了。冲着城楼上的宋兵喊："喂！弟兄们，我是前几天被贬的杨先锋，今天圣上又给封回来啦！我来给你们解围来了，快快禀告元帅得知，给我开城门哪！"城楼上的宋兵早就知道有人来闯营来了，有小校到帅府去送信儿给潘洪。老贼得知有人来闯营解围，心说这呼延赞还真有点本事，真就让他闯出了北国连营，把杨家将给搬来了。来的头路救兵是谁呢？这个时候老贼还不知道是谁在闯营。又等了一会儿，小校来报："启禀元帅得知，西门外有先锋官杨延嗣前来闯营解围，请元帅打开城门，迎进城内。"潘洪一听，原来是杨七郎，呵，真是冤家路窄啊！就跟部下将官、一班儿子、干儿子们一起到西门城楼上面来了。老贼却不露面，他叫潘虎上去和七郎说话："哟，这是杨七将军哪？您这是打哪儿来的啊？"七郎这个气啊，这不废话吗？"潘虎呀，某从瓦桥关来的哇，你倒是快给我把城门给开开啊！""哎哟，我说七将军哪，您可算是来啦，我们君臣都快给困死在这儿喽！""哎，我说潘虎呀，你就别废话啦！快开门吧！"潘虎赔笑说："七将军先别着急，不瞒您说啊，我们是被辽军给打怕了，怕辽军打进城，就把这个城门拿石头和沙袋给堵死了，这个西门啊……算是开不开啦！"七郎心眼儿实在啊，他哪知道，这都是潘洪老贼在潘虎的后面教的，是成心不给七郎开门。"那潘虎啊，哪扇门还没堵上呢？"潘虎假装想了想，实际上潘洪早就教好了，"啊……这样吧，七将军，您奔北门吧，北门那儿是我哥哥守着呢，您找他去，他那儿准能给您开门。"那好，七郎绰枪上马，辨认了一下方向，"如此我就告辞了，弟兄们小心守城，杨七郎去也！"

七郎上马一兜马头，奔了北了。西门外的萧天佑能轻易让他走吗？趁着这一会儿的工夫，萧天佑连灌下好几碗的醒酒汤，明白过来了。沙米罕弃棍而逃，气坏了萧天佑，吩咐兵卒响炮出兵，本帅要亲自捉拿这员宋将！右军众家将官都去收拾停当，上马随元帅出征。这边杨七郎沿着护城河边正跑着呢，就听"叨！叨！叨！"三声炮响，瘪咧号角轰鸣，西门外的辽营里杀出来一支人马，旗幡招展，号带飘扬，当中间儿一杆帅旗高挑，白月光里一个斗大的"萧"字，但见旗角下一员大将：

平顶身高是九尺挂零，头戴黄缎子番帽，白帽檐，蓝帽顶，铁圈环绕，当间儿三根雉鸡尾脑后高垂，白羊毛护耳，两边是花狐尾斜挂在胸前。身上披着青铜打造的大叶攒成龟背麒麟甲，雪白色的战袍，掐着银边，走着银线，牛皮带煞腰，脚下是牛皮战靴牢扎金镫。再往脸上观瞧，项短脖粗，面赛姜黄，板刷黄眉高挑，鱼鳖怪眼圆翻，斜鼻梁、咧腮口，颏下是焦黄的胡须，胯下骑着一匹黄骠马，掌中举着一口曲背黄铜滚龙刀。萧天佑这口刀是他的刀法老师、镇守云州的宋王耶律休哥赠给他的，乃是北国的宝刀，打造于前汉年代，东汉开国功臣云台二十八将里的吴汉曾经使过，后来吴汉镇守幽州，这口刀就流落到北国。

两个人马打照面，萧天佑就问了："闯营的南朝将官，敢不敢报上名来？"七郎心说，怎么我的名儿还没叫你听见啊，看来这个派头还得再耍一遍，就把五郎教他的又给卖了一遍，"哈哈！你要问我啊，我乃是日抢三关……"

这么一大套背完，最后尾儿又加上一条，叫作"报名头，吓退沙米罕弃棍而逃"。"我说，我的说完了，这就是名将的派头儿！你呢，你叫什么？你又是什么来历？"

坏了，萧天佑拍拍自己的脑袋，我呢？这位也是头回参军打仗，根本就不懂得上阵的规矩。临行之时倒是老千岁耶律休哥将军叮咛嘱咐了不少，可是这位没记住多少，光记住说两军阵前与敌将碰面儿，不能上来就动手，得通名报姓……嘶，没听老师说还得报这么长的哇，还有派头儿。哦，有这个派头才是名将哪？七郎这还催呢："哎，我说黄脸儿的，你这半天都不说话，你是怎么了呢？你这来历得跟我也说说呀。""哼哼，杨七郎，我不告诉你！你看刀啵！"撒马举刀，抢个先手，扳刀头献刀纂先给七郎来了个迎门一点。七郎一看，嗯，这个刀法还有点儿意思，记得小时候爹爹教过我口诀，说和使刀的交战有几句应敌的诀窍："刀怕盘斜不怕直，迎面不怕左右拦。起手砍斫非行家，仙人指路最难防！"这就是说，一打照面儿不怕使刀的迎头砍斫或者拦腰斩，凡是上来就用刀砍的肯定不是内行，一上手就用刀纂来点的是最难防的，因为后面就攒着无穷的后手儿。但是七郎是内行，明白怎么回事，拿枪去拨他的刀，这手上留着劲，知道萧天佑这手儿刀是虚招，后手儿才是实的。萧天佑一看枪来拨了，抽回刀纂，斜盘一刀砍向七郎的左肩。七郎这次倒不动了，好像要拿脑袋去找他的刀头一样，用眼睛盯着他的刀。等到了近前，萧天佑再也不能抽刀换式了，猛往上用枪尖去找他的刀盘，这就是硬碰硬了，"当啷"一声，把萧天佑的刀就给封出去了。萧天佑一惊，再要回手就来不及了，杨七郎顺势把枪一搋，向萧天佑的腿上扎过去了。萧天佑赶紧立刀杆来挂七郎的枪，这时候二马错镫，七郎枪头抽回，翻手一个枪杆子就砸过去了，萧天佑再要转换身形举刀架枪都来不及了，只好把刀杆往身后一背，啪！七郎这一枪就砸上了，有刀杆挡了一下，缓了一下劲儿。再者，这萧天佑自小练的麻衣大仙的硬气功，刀砍不伤，枪扎不破，可是就是怕砸。这一枪杆砸上，震动了五脏六腑，七郎这一枪杆子可是摔上劲儿了，直打得萧天佑甲叶子乱飞，栽两栽、晃两晃，一张嘴"呜哇"，一顿饭带醒酒汤全都吐到马脖子上了,这叫抱鞍吐酒。萧天佑拨马要走,杨七郎拿枪一举,"慢着,现在还不许走,你小子得给我报上名儿来!"为什么呀?七郎心说待会儿见着敌将报名头的时候我好再加上一条哇!"惭愧,败将我乃是大辽国的右军统帅,我叫萧天佑。"七郎一惊,知道这位就是师兄,身上应当有横练的铜头铁臂蛤蟆气,为什么还怕我这摔杆子呢?提鼻子近处一闻,乐了,我以为您抱着马鞍子在那儿吐血呢,合着您这是吐酒饭哪?明白了,硬功忌酒,今日儿个是天助我杨七郎成功!"得嘞,师哥您走吧!还有萧天佐在哪里?"萧天佑一愣,不明白杨七郎为什么叫自己师哥,糊里糊涂,朝东边一指,"就在那边呢!"七郎的枪一放,自己满面通红,拨马就走。

  从今天起,萧天佑算长了见识了,山外有山,在杨七郎马前连一个回合都没走上,以后再也不敢傲慢狂妄。闯幽州一战之后,萧天佑回去接着勤学苦练,到后来孟良盗马以后,他又挂了二路元帅,在嘉禾山倒马关和宋朝军兵交战,成了北国的名将,这是后话,暂且不表。萧天佑都大败亏输,其他的辽国右军将官都不敢再阻拦七郎,纷纷救护着元帅向大营退去。七郎接着朝北门走。幽州城也就是咱们这老北京城啊,在宋朝的时候,位置大约就在今天的西便门、宣武门外往西南,最远不过右安门,哎,这么一块地儿。没有现在北京城这么大,可那也不小了,当时这儿是辽国的南京,得算得上是一座规模最大的军镇,跑马绕城墙也要费一番工夫。根据史籍考证,换算咱们今天的尺寸,那个时候的幽州城跑完一圈大概是二十八里地,一面大概就有七里多地,跑马也得跑会子呢。

  杨七郎跑马到了北城,幽州西北临燕山,远远望去,山前边都是辽国的后军大营,密密麻麻,走来走去的,到处都是巡营瞭哨的队伍。杨七郎想啊,自己悄悄地跑到城下,叫开城门就得了,因为自己跑了大半天,从早上到正午,人还没吃喝,马也还没饮喂,现在是又饿、又渴,再想找吃的、喝的,什么都没了——闯桥之前都给扔了,怕压分量。再者说,走了多半天,人也已经有点疲乏了。

  哪知道刚到城门前,正想张嘴喊军卒呢,就听见辽军大营里是炮响连天,瘪咧号角哞哞乱吹，呼啦啦杀出来好几哨人马，来到疆场拼成一队，左往左分、右往右列，大队雁别翅排开阵势，当间儿拥出来一队女兵，嚆！个顶个的英姿飒爽！当间儿推出来一杆大纛，上边一个斗大的"萧"字。

〖三回〗

　　杨七郎单枪匹马勇闯幽州解围救驾，枪挑铁木宽闯过了卢沟桥，马踏弓弩手，这一回练好了避箭术，没有一支箭矢能伤得了啦！连闯五道辽军的连营，到在西门外。可是此时幽州城里的保驾将军是潘仁美，潘家一党早已承揽了幽州的城防，这可坏了！潘虎在潘洪的指点下登城跟七郎对话，嘿嘿，七将军，幽州城的西门——已然堵死啦！我们要开城门可是太难啦，您能不能奔北门呢？我哥正在北门值班儿呢，您去北门，我保证北门没堵上！七郎也没多想，得了，这说得有道理。真怕辽兵攻进幽州城，最好的办法还就是把城门先堵上，省得叫人家给撞开。好嘞，打马奔北门——刚刚到北门外，辽军大营炮响连天，来到城下亮队。

　　七郎一看北门外辽国人马鱼贯而出，一层层、一列列，脑袋都大了，怎么这么多人啊？原来这后军大营由萧后亲自坐镇，她跟北国各处召集来的能兵强将众多，多数都在她这儿呢。西营失利，萧天佑差点被砸死，消息早就传进了后军大营，萧后一听，呀！什么时候走漏了风声，叫杨家将知道了。马上传令几路人马都出来捉拿闯营宋将，所以北城这儿的人马早就聚齐了。

　　杨七郎只好再次打马迎敌，来到阵前，把大枪举起来冲着敌兵喊喝："呀呔！北国的军兵将领听真，某乃是金刀杨令公与无佞侯佘氏太君之子，金枪老祖火山王之孙，官拜殿前司东西弓箭班指挥使，今年三月二十八在天齐庙擂台夺魁，御前亲封前部正印先锋官，第一仗我枪挑了金岭川贺斯，鞭打银岭川哈密龙，箭射渤海高天鹏……"把自己得意的事迹又来了一遍。听得萧后直想乐，打心眼儿里喜爱这个宋朝小将。这萧后有爱将之癖，但是说来凑巧，她喜欢的全是杨家的子弟，后来招的俩驸马都是杨继业的儿子。今天她在阵前看见杨七郎，嘿，这个小伙子黑脸膛，黑盔黑甲，黑衣黑马，斗大黑缨衬着皂金的枪头，就跟一头小黑老虎相仿。萧后回头跟亲随传下懿旨，传令众将不许伤害七郎的性命，只许活捉。七郎把自己的派头耍完了，自吹自擂了一通以后，把北国阵中的广威将军铁木驼给惹恼了，来到萧后的辇前讨令，萧后就又嘱咐了一遍，只许生擒活捉，不许打死打伤。"哈哈！圣后放心，末将有数了！"铁木驼是表面应允，心里说我把他打死还不是立功，承天皇后还能为一个南朝小将治我的罪吗？

铁木驼催马擎锤到在七郎的马前，"喂！可认得你家大辽国广威将军，锤震高怀德的铁木驼！"铁木驼的意思是说，我虽然没有你那么多料儿拿出来显摆，但我这一阵杀的可是天下第一的名枪！高家和杨家是三代世交，高怀德是七郎八虎的干爹，七郎一听说眼前这个人就是打死干爹的北国将领，心说，行了小子，你来了就别想走了！"看枪！"七郎紧催座下黑毛虎，把皂金枪的枪花舞起来，使了有十二成的劲儿，奋力一手儿力贯枪向铁木驼当胸便扎！前文表过，七郎的力贯枪法是一绝，先慢后快，一般人根本封不出去，往往是马不回环就挑敌落马，卢沟桥上七郎枪挑铁木宽就使的是这手儿枪。书中暗表，那个铁木宽正是这个铁木驼的弟弟，哥儿俩都领教了七郎的这手儿枪。不过铁木驼可比铁木宽厉害多了，要不也不能被封为广威将军。这家伙有点真本领，把双锤往左右一分，迎上七郎的枪头往中间一合，"格棱"，愣把七郎的枪头给锁住了。这枪头后面都得安放个枪挡，杨家的枪头上全都有个虎头，两只锤一前一后就把这个虎头给咬住了，想往前扎扎不进去，想往后撤也撤不出来。这一手儿叫作双锤锁单枪，使枪的要是着急把枪拔出来，无论你是往前扎还是往后撤可就都上了当了，你一较上劲那边使锤的再把大锤一分，你就得栽出去，就有了性命之忧。七郎是谁呀，杨家枪法里破什么兵刃的招数都有，所以七郎的枪是既不撤也不进，而是先把枪杆一拧，"哈！"

这一拧，铁木驼的双锤可就锁不住了，突噜噜噜噜……眼瞅着皂金枪就在俩锤头当间儿打转儿！黑老虎脑袋就跟猛虎翻身似的，在自己眼前儿一个劲儿地翻转，枪尖子就跟老虎的舌头相仿，突突颤抖！趁铁木驼打愣的工夫儿，七郎再把枪往下一摁。嗯？铁木驼一时着急，别叫你的枪头跑啦！跟着往上提自己的双锤，那意思是要拦着你往下的劲儿。这可就上当了，七郎就势再把皂金枪一挑，"起！开！"这一挑的力道太大，铁木驼也把自己的劲道朝上用，七郎这是顺着他的劲儿来的。铁木驼双臂都抻直了，七郎的枪还在往上挑——直把铁木驼的双锤给挑脱了手了，柔、柔……飞上天啦！这手儿枪使得漂亮，把铁木驼给看傻了，死盯着七郎手里这杆枪看。就在这一愣的工夫，七郎也是可乐，将自己的枪头一抖，噗噜噜噜噜，斗大的乌缨乱舞。嗯？当间黑老虎脑袋张牙舞爪？铁木驼都看傻啦！正在发呆，自己的那两把大锤掉下来，正好就砸在他自己的脑袋上，一上一下，噗！嚓！给敲了个脑浆迸裂，死于非命。这一场就叫作"单枪挑双锤，砸死铁木驼"。

萧后在辇上一看，得了，铁木驼已经是我们后军阵中本事最强的将官了，一出马没走上一个回合就让他给砸死了，这个杨七郎也太厉害了！这时候，阵中有北国的一个小邦鹬突国的国王狐狸王忽秃满[①]催马走到萧后的辇前，"圣后，您要拿活的，咱就得群战这员宋将，有道是好汉难敌四手，饿虎还怕群狼！末将麾下有亚力氏四兄弟，使四条大槊，都有万夫不当之勇，求圣后降旨，准许他们四兄弟上阵擒敌。"萧后看了看这四员大将，都是膀大腰圆的主儿，点头应允。四弟兄领取了旨意，上马抡起来四条大槊，哇呀呀地怪叫，一齐向七郎杀了过来了。

这哥儿四个分别叫亚力托天、亚力托云、亚力托山、亚力托海，全都生得凶神恶煞一般。七郎见这四个辽国将领分从四个方向掩杀过来，但先后有别、进退有序，一看就是平时都练熟了的，不能小觑。他又把黑毛虎的缰绳轻轻地抖了抖，又告诉黑毛虎你该准备蹦了。亚力托天马绕到后面，先动手来砸

[①] 原本亦作虎力王呼图蛮，后文破天门阵的时候又再出场。

七郎，七郎拿眼角扫着周围，另外三个弟兄封堵住了其他三个方向，自己这马可就不能蹦了，于是赶紧举枪先来磕他的槊，"当啷！"亚力托天还真有把子力气，没脱手。这条槊刚被磕出去，老二亚力托云的槊就从另一边扫过来了，七郎赶紧悬裆换腰立枪杆来挂大槊，又是"当啷"一声，亚力托云的槊力量还真不小，把七郎给震得手里头有点发麻。还来不及仔细想，老三亚力托山的一条大槊也到了，七郎把他的槊刚给分出去，老四亚力托海的槊又从下盘掀上来了，七郎拿枪纂给点下去了。就这样，四马连环，弟兄围战杨七郎。七郎心说，糟啦，这哥儿四个招儿合得还真好，我可要应付不过来了！枪法也施展不开呀！不好，照这么下去我要吃亏。七郎凑合着和这哥儿四个对付了十几个回合，瞧出不好来了，眼珠子一转，这个憨老七有时候心眼儿也挺鬼的，打着打着突然间暴喝一声："嗨！"这嗓门儿太大了，把哥儿四个给喊愣了，就趁着这打愣的夹当，七郎举枪把亚力托天的槊就给压住了。亚力托天赶紧猛一抽往回撤大槊，想和七郎较劲，不料七郎突然一抽枪，亚力托天在马鞍鞒上就坐不稳当了。杨七郎二次进枪，这叫抽屉枪，亚力托天躲闪不及，"刳嗒"一声就栽到马下。七郎等于就争了这么会儿的工夫先破一条槊，其他三个人就好说了。七郎眼疾手快，探猿臂一把就把亚力托天的这条槊给攥住了。"嗨！"七郎先把这条槊朝亚力托云一甩，这是一手虚招，但这个时候亚力托云正关心亚力托天摔下马以后有没有受伤，亲兄弟心连心。忽然看见七郎拿他哥哥的大槊朝自己打过来，"不好！"赶紧把身子歪到一边，举起自己的槊来架开这条槊。他没料到七郎这是双枪呢，另一只手把枪纂朝亚力托云戳过来，亚力托云刚才已经失了重心，也掉下马了。哥儿四个翻下去了两个，那两个可急了，赶紧挥大槊一边一个冲上来了。七郎不慌不忙了，他眼睛仔细瞅着这两把槊，自己抬腿先把手里的枪槊挂在鸟式环上，等着这两把槊。哥儿俩一时摸不着头脑，心说这杨七郎怎么不要命了，把枪扔一边了？一时也想不通，也来不及仔细琢磨，两条槊就戳过去了。他们俩哪知道这七郎专门练过夺槊的本领，就在马上挓挲着两只膀子，等着他俩的槊一到，"嘭！嘭！"把两只槊头就给抓住了。哥儿俩想再往回夺，那可就来不及了，七郎在马上早就做好准备，胯下夹紧黑毛虎，一催马，这黑毛虎向前一蹿！得，哥儿俩没撒手，就攥着两条槊离开马鞍鞒了，双双掉落马下。七郎把槊往马鞍鞒上一担，催马过去把亚力托云的那条槊也给捡起来了，举着这四条大槊——指、掌、拳、横，回到阵前，向北国军阵中挥舞了一通，然后丢到地上。亚力托云哥儿四个只是从马上摔下来受了点轻伤，各自吩咐军卒上战场捡回来自己的大槊，羞臊得不敢抬头，来到老狐狸王忽秃满的马前。狐狸王也是臊眉耷眼的，气得一踹镫，回马跑回了连营。据说收拾了收拾，连同亚力四将一起回归了塞外，从此再没来南朝前敌。这就叫作"大喝一声破合围，力夺亚力兄弟槊四条，气走狐狸王"。

七郎还在这儿耀武扬威呢，萧后一想，再要派将出战是平白地挫伤我军士气，这个小将要进幽州而不是闯出幽州，先不为难他，放他进去，以后还可以再把他擒获。于是传令撤军，大队偃旗息鼓退回到大营。

七郎扬扬得意地来到北门城楼之下，朝上面叫城。潘龙听了老贼的指使早就到这儿等着七郎了，"哈哈哈哈，七枪（将）军，杨先锋，撇（别）来无恙夫（乎）？"没把七郎鼻子给气歪了，你有多大学问哪还之乎者也的？"既然认出末将，就请大国舅您速速打开城门，让我进城！""哎哟，七将军，我现在这手里只有守城的大令，可没有开城的大令。您得知道，咱的军令森严哪，没有元帅的金批大令，我可是不敢开城门。"七郎听着新鲜，是我求着你来给你们解围的啊？还得你有开门的大令你才能开？"我说潘龙啊！你说的这叫人话吗？我大老远从雄州瓦桥赶过来，人没吃、马没喂，连口水都没地儿喝。你我也算是同殿称臣，你不认识我啊？还不赶紧给我开开城门，你就别白话了！"潘龙满脸堆笑，"呵呵，七将军，您这不是为难末将吗？您还是先锋官这不假——听说了，说圣上传旨复了您父子的职。但您也得替我着想哇，我手里没有大令，当兵的也不听我的啊。要不您就在这儿多等会儿？我赶紧去帅府向元帅去讨令。"七郎心说等你去得等到什么时候啊？"好，我没工夫跟你斗嘴，潘龙，你跟我讲实话，你爹潘元帅他到底在什么地方？"潘洪在哪儿呢？就在城楼里猫着呢。潘龙就说："您要问哪，咱潘元帅今天呀应该去镇守东门，我看您要不就直接去东门得了，我爹他肯定就在那儿呢！""肯定就在东门？""嗯，肯定就在，您就赶紧从那边进幽州城吧。有元帅自己在那儿，比我们可强多啦，他自己就是大令！"说完这句话潘龙的脑袋一晃，就不见了。

　　七郎没辙了，跳下马把自己浑身收拾紧衬利索了，大带紧了又紧，又把马的肚带也紧了紧，翻身上马，向东门奔去，要力杀三门。东门这儿谁在镇守呢？左军元帅萧天佐——萧天佑的哥哥。可巧今天萧天佐不在大营，他去前军大营也就是幽州城南门外的前军营帐中去找他的姐夫天庆大梁王耶律尚和征南大元帅韩昌唠嗑去了。天庆梁王和两家元帅正在这儿聊天呢，就听探马来报："报……启禀大狼主、元帅得知，有南朝小将一人，单枪匹马闯过卢沟桥，枪挑了都督铁木宽，撞右军大营辕门，马踏弓箭手，一马杀三将——枪穿乌古龙，纂打乌古虎，摔死乌古达，束手倒马杀死了巡营将官哈里赤、哈里灰兄弟，报名头吓退沙米罕弃棍而逃。不进城门，又绕城池而走，又杆砸右军元帅萧天佑，与承天皇后会战于北门前，单枪挑双锤、砸死铁木驼，大喝一声破合围，力夺亚力兄弟槊四条，气走狐狸王。现在还是不进城门，又来杀东门来了，恳请大狼主、元帅早作定夺！"

　　有人说了，怎么辽军的探马这么厉害，就跟跟杨七郎跑了一路似的，全知道哇。那个年头，在军中传消息主要是靠口口相传，每二百五十步设一个岗哨，专门给各营传递消息、命令，所以军情传到前军营帐这其实并不费事。天庆梁王一听，"什么？连杀三门？合算我的三十里连营是大街啊，随便溜达。我手下的这些个将官都是饭桶！怎么连这么一个人都抓不住啊？"韩昌听得来报，稍微一琢磨，明白了，"哎呀！糟糕！"连连跺脚，"嗨！咱们的计策全泡汤了，完喽……狼主啊，咱们煞费苦心的谋划，如今全都已是付之东流！"

〖 四回 〗

　　韩昌在南营听说杨七郎横扫三门，连连跺脚叹息。萧天佐和天庆王还糊涂着呢："至于吗，大元帅？瞧把您吓的，不就是一员宋朝小将嘛，那是没到咱南门，要是到在了咱这南门哪，哼哼，管叫他有来……而无回啊！"韩昌说："你们都不明白！狼主啊，咱们都被呼延赞给蒙了！他哪儿是回朝去取玉玺去了，他是到瓦桥关搬兵去了！这么厉害的将领来闯营，甭问，是杨家将到了！"天庆王说："不能吧？杨家的兵权都给削了，一撸到底啊！杨家把宋王恨得牙咬得嘎嘣嘣的，还能来舍命救他？"韩昌说："狼主啊，人心难测。杨家忠义是天下闻名，这次他们不计前嫌，来幽州救驾，我看宋国军心必然齐整，我军如若硬攻，必败无疑！""那么依元帅之见呢？""依我之见，咱们先撤兵古北口，收复幽州之计需从长计议。"

　　从幽州这一仗，天庆王很服韩昌，"好吧，既然元帅以为当撤兵咱们就马上准备撤兵吧。"萧天佐不干，他还不服韩昌，他辈分比韩昌大，按理儿是韩昌的舅舅，却在韩昌帐前做副帅，所以一直想逮机会压压韩昌。萧天佐就说了："元帅您是多虑了，一个小小的南朝将官，咱把他给捉住，城里城外通不了消息，他们还怎么打仗？我把他抓住就是了。"韩昌乐了："抓不抓这个南朝小将可并不要紧，不过少时会战此人，还要看国舅爷您出力。"韩昌脑子多通透啊，心说那好，这个扎手的玩意儿就转给你了。韩昌和天庆王稍微商议了一会儿对策，立刻传令三军，准备拔营起寨。所以再等半天光景，杨家大军杀到，幽州城下的辽军大部队已经撤退到三十里外，没有什么伤亡，都是韩昌的功劳。

再说这边杨七郎顺城墙根儿底下沿着护城河走马，又是六里多地，就来到了东门。辽军左军大营的元帅不在，有副元帅耶律奇在此镇守，听说有南朝将官叫杨七郎的前来解围叫城，就率领部下战将军兵出营来拦截。这时候杨七郎枪法厉害的威名已经传过来了，耶律奇自己可不敢出战，派出手下战将八员：秃先、秃后、大金环、小金环、土金牛、土金宿、庆山奴、庆山雕。耶律奇心想，狐狸王四员大将围杀你一个人还不够，我就再加上四个，看看你还有什么本事。八员猛将一齐出马，向七郎就冲过来了。

其实耶律奇失算了，八个人根本没办法一起下手，挤啊，眼瞅着人多势众，但实际好多人在旁边看着搭不上手。两下里通完姓名，各自把马带开，各压阵脚，开始冲锋对阵。秃先、秃后冲在最前面，各使刀枪来战，七郎也是先取这哥儿俩，一上来大枪用个摆枪式，梨花乱点头，秃先一个冷不防被七郎的大枪贯穿前胸，后边枪尖还露出好长。秃后从哥哥身后抡动大刀就要砍过来，七郎一看再抽出枪头可就来不及了，一咬牙，"嗨"，把秃先的尸身挑起来，顺着劲往前进枪，扑哧！又扎到秃后的胸前，哥儿俩就跟穿糖葫芦似的穿在了一处。把后边的六个人吓傻了，这叫什么枪法啊，改穿糖葫芦了？一时间都没上来逼战，错镫过去，七郎才从哥儿俩尸体中拔出枪杆，二次撒马来战六将。这一下是十几个回合下来，未分胜负，为什么？当中有两个人的本领高强，一个是土金牛，一个是大金环，这两个人的力气大得出奇，将将能和七郎相比，都是难得的勇将。所以有这两个力猛棍沉的招式在旁边招呼着，七郎一时不能取胜。这个憨老七又开始耍心眼儿了，七马错镫过去。七郎暗暗把弓摘下来，再把箭从壶里抽出来，猛一回身："辽将，看箭！"对准最前边的土金宿就射出一箭。这个土金宿后来被萧后封为定远将军，是有些真本事的，也擅长射箭，在北国也有个外号叫"小养由基"。善射的人也必善躲箭，所以土金宿不慌不忙，等箭到近前，轻轻一伸手，"嘭"，一把把箭给攥住了。"好！"那几个赶紧给这手喝彩。土金宿把箭交右手，伸出左手把身上的宝雕弓给摘下来了，弯弓搭箭对准七郎就回射。七郎一看，嗯？就怕你不会射！好！七郎回头看着箭快要到了，轻轻一侧身，张开双臂把箭头让过，也伸手把箭给攥住了，但是七郎攥得比土金宿高明，他是拿肩膀挡着呢，没叫六将看见。六将从身后看过去，就好像七郎中箭了一样，肩膀带箭，耷拉着脖子和脑袋，在马上晃悠着。大金环想抢头功，催马赶上来要抓七郎，哪知道，七郎这一点没伤着呢，是装的。前文说过，七郎的马受过训练，主人轻轻一抖这个缰绳，它就知道主人要它做高难度动作。七郎假装受伤，就给这马发了信号了，"你给我准备好啊！"七郎低头盯着地上的影子，眼瞅大金环就快赶到近前，猛然间座下这匹马就来了个大掉头，一下就转到了大金环的身后。大金环这正奔着前边看呢，眼前一花，呀，七郎不见了！正在这儿纳闷儿，就感觉腰间的皮带一紧，忽悠一下，身体就离了鞍子了。一回头，啊？已经被七郎擒过了马。这边小金环正往上赶，一看哥哥被杨七郎拿住，着急了，哇呀呀地暴叫："小南蛮，快把我家兄长给送回来，如若不然，看我要你的性命！"七郎说你要啊，好，给你！大金环正在手上手舞脚蹬地不老实呢，七郎两膀一较劲，嘿，就把个二百多斤的大金环给扔出去了。小金环没想到哇，哟，这位还真听话，赶紧接着，那能接得住吗？"哐当！"砸在小金环的脑袋上，来个大窝脖儿，颈骨断裂！大金环也没好哪儿去，从上边掉下来就那么寸，咽喉正撞上小金环的枪头，"哏喽"一声，一命呜呼。

八将损折了四将，像这样，耶律奇你就赶忙鸣金收兵就得了，他不，为什么呢？因为这个人很爱面子，爱面子而且还胆小，自己不敢出马，让别人垫马蹄："来呀，三军儿郎，给我击鼓助威，起号角！"闻鼓则进啊，自从老主耶律德光到中原做了几天皇帝以后，辽国军队里也用上锣鼓了，所以单这本《金枪传》里我们听到北国军队也有锣鼓号令，和号角瘪咧混杂一处。这剩下的四员将还真不含糊，一点没畏惧，一听阵中鼓声响起，好！重整征袍，抱定必死之念，又向七郎冲过来了。七郎这时候也杀红了眼了，大喝一声，摆开金枪就迎了上来。前面是庆山奴，手里使一把八卦开山斧，对着七郎当头就劈。七郎使了个抛梭枪法，是尉迟敬德鼍龙枪法中的一式，叫作流星赶月闯鸿门，迎着斧头向旁边一带，闪、剁、坐、拦、捉、攻，连用了六手短枪，是个节节险嫩的枪法。庆山奴防不胜防，一个闪失，噗！一枪扎在软肋，就挂了伤了。二马错镫，七郎就势一个转身枪，叫"懒龙翻身出海势"，大仰八叉地靠在鞍子上回手一枪，正中后心窝，死尸在马上栽歪着，打着晃儿回归本队。庆山雕要来报仇，他也用的大斧子，连削带砍，如风魔一般。过了一个照面，七郎不想恋战，反臂背枪，来了个"廉泉奔月撒手枪"，这杆乌金虎头枪可就出手了，直扎在庆山雕的后背上，穿透前心，死尸带着枪就落在尘埃。土金牛一看七郎兵刃都出了手了，有机可乘，就打马来抢攻。七郎早有准备，心里有数，摘下弓搭上箭，对着土金牛就是一箭。土金宿在后边等着这手儿呢，心说你怎么又来啦？叫一声："兄弟小心了！"也发了一箭，干吗呢，和七郎对上箭了，二箭空中相撞，一起落在地上。

　　七郎心说好小子，就等着会你这个射箭的呢！唰！唰！唰！从走兽壶抽出三支雕翎箭，这是七郎的绝活儿，啪啪啪！这叫连珠箭，是唐朝薛仁贵征讨天山时用的箭法。土金宿也连发三箭相对，三支连珠箭全都对上啦！"啪啪啪！"六箭掉落。过去大将出征，随身儿的箭袋只有一拃来宽，最多就能装上十对、二十支雕翎箭。今天七郎上阵和土金宿两个人都是头回在阵前用箭，俩人也全都带了二十支箭，方才二将对射，是七郎的箭，但是土金宿再给射回来，七郎也接住了。这会儿二人对箭可就好看啦！七郎的三支箭叫土金宿的三支箭全都给射落在地，土金牛就不敢上前了，勒马在后边看热闹，给哥哥叫好。土金宿心说，我能射落你的连珠箭，你呢？自己探手抽出来三支箭，照样儿连珠射法，奔七郎就去了。七郎一看，这是要考考我呀。"啪啪啪！"自己也是三支箭射出去，照旧是六支箭相撞落地。七郎一看，看来一般的射法对你是没用的，一把抽出雕翎箭，一支一支……土金宿也是真横，就真的跟七郎较上劲了，一支一支地跟着，你来我往，雕翎箭是掉落了一地。到最后，俩人都是各剩下一支箭，就在战场上弯弓搭箭，四目相对，停了这么片刻……猛然间土金宿暴喝一声，撒手一箭直奔七郎的面门。这箭一离弦，猛一拖掌手这只弓就不要了，探手抓起自己的长枪就催马上前——你七郎的箭后射，就算是你射落了我的最后一支箭，我抢了先手，长枪先能刺到你，这会儿你手里可是没有军刃的！没想到七郎压根儿就没拿箭射土金宿的箭，而是直接一箭就奔土金宿射过来啦！土金宿一愣，这眼神可就不好使了，又盯着看七郎打算怎么着，又想看看射自己的箭在哪儿。大家都知道，这会儿岂能分心呢。当前是箭先到七郎的面门，就看见七郎冲着自己的这支箭大喝一声，"哈！"气吞山河之势！我的天哪，自己这支箭竟然在空中打转儿，飘落在地！这稍微一晃神儿，七郎这箭可就到啦，土金宿再想躲闪可就来不及了！哎呀不好！中箭翻身摔落马下。七郎留了他一条性命，没射要害，只是一箭射中了土金宿的左肩膀，半年以内，土金宿不能再拉弓射箭了。半年后养好了伤，土金宿在演武场射箭夺魁，被萧后封了安远将军，率兵大破宋军，把佘太君困在董家林。后来六郎前去解围，领着小黑虎史文斌冒充七郎显灵，土金宿被吓得弓断箭折，在这儿有个埋伏。

　　这时候就剩下土金牛一个人了，这小子还真不怂儿，前些天在麻岳山脚下就碰见过七郎，可惜是金钱镖拦路，没能和七郎会上，不能给哥哥土金虾、土金虎报仇。今日儿个难得沙场相遇，就剩自己一个人了，照旧是抡着紫金方天戟来战七郎。可是满场除了土金牛，辽兵辽将全都傻了，都不知道杨七郎是人还是神，竟然大喝一声就把雕翎箭给喊下来啦？两军阵前竟然静得鸦雀无声！七郎的枪还插在庆山雕的背上，庆山雕的尸身都没人敢抢，这杆枪就在尸身的背上晃悠着……乌缨飘洒，人人见了心胆俱寒。

　　七郎从心里佩服这个辽将，真有胆量！把马勒住："吁……哎，我说，你叫什么来着？"土金牛这儿还举着家伙呢，一看七郎也不去捡枪，也不打算跟自己比画了，在那儿站着跟自己说话，一下没反应过来："啊……这个，我叫土金牛，你干吗不打仗了？"说话的时候这手还举着呢。七郎给逗乐了："我说，咱俩这样打没用，你肯定得死在我的枪下。我看你力气不小，你可敢与我比赛角力？"土金牛这个人呢，是天生的纯朴厚道，不懂得什么叫坑蒙诈骗，是个直心眼儿。来到军前效力，全靠着他的哥哥土金宿帮着他，平时寸步不离兄长。今天完了，哥哥重伤败阵，就自己在这儿了，这小子就没了主意了。

"啊，比赛力气，那好啊，枪法我比不上你，论力气你就不是我的对手了。"杨七郎是艺高人胆大，跳下马，走到刚才庆山雕的尸身前把枪给拔出来了。这个时候要是耶律奇一声令下，辽国军兵一拥而上，七郎来不及上马，就很危险。但是耶律奇看傻了，他想知道七郎到底想要干什么。七郎拿大枪在地上画了一条道，然后把金枪插在一旁，一点土金牛："喂，你下来吧！咱俩呀，就在这条道上比赛顶牛，谁能全身顶过这条线，谁就算赢了！"

土金牛一看，要比赛顶牛啊？特高兴！为什么呢？因为他原来就是放牛的。土金氏兄弟出生在北国的伏牛沟，这个地方的野牛特别多，老百姓就把野牛给圈到家里边豢养着，到了过年的时候送到国都上贡，可以得到不少的赐赠。土金牛年幼放牛的时候觉得没意思就跟小牛犊比赛顶牛，他跟牛比赛，就跟牛犊一起长大，练就了浑身的牛劲，最后牛都顶不过他了。那野牛可不好管哪，最后土金牛是可以倒拽九牛回，把牛都给顶服了。他哥哥土金宿跟他不一样，土金宿自己放着一群牛，牛不听话啊，吃草的时候老乱跑，怎么办？他就找个高处看着，拿那石头赶牛，有跑出了圈的，就远远给一石头，把牛再给打回来。他是这样从小练到大，等到了十八岁头上，眼力、手头儿奇准，百发百中。他们还有个小弟弟叫土金寅，这个人长得是鬼头鬼脑的，自幼聪明过人，他看大哥的办法虽然省事，但是自己太累，每天膀子累得都抬不起来了，不学大哥。再看二哥的放牛办法更累！这个小子就琢磨了一个好玩的法子，训练了捕捉来的野狗和野狼来帮他放牛。这个土金寅真是个奇人，能通兽语。开始牛老被野兽给吃了，他就加紧训练，到最后把豺狼虎豹都给训练得服服帖帖的。这三位就是土金氏三雄，是隐居北国边地的奇人。有一天韩昌的父亲大辽国的燕山王韩匡嗣到伏牛沟巡查，看见这哥儿几个的本领，吃惊不小，有意收在帐下，可是这哥儿仨难以管束。这样，韩匡嗣就找到了伏牛沟的都督土金虾、土金虎，哥儿俩跟这哥儿仨算是堂兄弟，相认以后，就由土金虾带着进入军营了。韩匡嗣再给找来教师爷教土金氏兄弟的武艺，后来他们就成了北国的大将，将来又是韩昌的左膀右臂。

七郎先在这条道上站好，拿脚在底下比好了："你来吧！"土金牛也照着七郎的姿势站好，拿脚和七郎对上："我可来了啊！"使出了九牛之劲，"嗯！"向七郎就撞过来了。七郎还真跟他比顶牛啊？才不是呢，他是计赚土金牛，找机会不费吹灰之力把大枪拿回来。一看土金牛顶过来了，七郎人往旁边一闪身，让过土金牛，一步跨到线的那边，回身哈腰伸手，"嘭！"一把把土金牛的脚脖子给抓住了，往自己这边一带，"啪嚓"，土金牛太卖力气了，摔了个真正的大马趴，嘴、眼里边全是土，真是"土进牛"了。等到他醒过味儿来，掸掸身上的土，把眼睛强睁开一看哪，杨七郎早已是绰枪上马，笑嘻嘻地瞅着自己呢。"呀！杨七郎，你耍赖！"七郎都笑翻了，捂着肚子跟土金牛说："我说牛儿啊，你自己看看，你这两只脚丫子还在线这边呢，我刚才跟你说的是谁全身过到线的对过儿来谁就是赢，你看看，我连人带马都过来了。"土金牛低头一看，还真是，我输了。七郎说："既然你输了，就得听我的，你现在赶紧跑回自己阵中去吧！"七郎觉得这个人挺有意思的，不忍心伤害性命，就放他回营。这一仗打得昏天黑地，把北国的军卒全吓服气了，叫作"枪穿秃先、秃后，生擒大金环，撞死小金环，转身枪杀了庆山奴，撒手枪杀了庆山雕，箭射土金宿，角力计降伏了土金牛"。

这边吓得耶律奇直打哆嗦，手里这一对熟铜锤互相碰撞，"嘚！嘚！嘚！嘚……"两旁边的众多将官已经看在眼里，心里话，您不是还叫擂鼓吗？该你上了吧？杨七郎心想，他们围在这儿，我就不能去叫开东门了，不行，"呀呔！对面，尔等前来拦挡你家七爷，却是站在那里，战又不进，败又不退，还有哪个上来敢与你家七爷是大战一场啊！"这一嗓子七郎抖足了丹田气，声震四野！耶律奇本来就在那儿打哆嗦呢，一听这一嗓子，吓坏了，去你的吧，把两把大锤就撒手给扔了，回马就要走。他这一扔锤不要紧，旁边有一位比他还紧张的主儿，叫耶律瓜，也吓得够戗，突然耶律奇一丢这锤，一下还没反应过来，啊！惊吓过度，脑袋一糊涂，栽于马下。其实耶律瓜还没死，只是吓昏过去了，但是接下来辽兵辽将全都拨转马头往回跑，谁还顾得了他啊，就被马踩而死。耶律奇回头一看，得了，吓死一员大将，快跑吧！兵败如山倒，全部退回到左军营帐。这一段就叫作"一声断喝惊走耶律奇，吓死耶律瓜"。

七郎来到东门城楼下，跳下马把枪挂上，一抬头可算看见老贼潘洪了："哈哈哈！可算见着你啦，你就是大令！快开门！"我怎么成大令啦？老贼挤出一脸的假笑："呵呵呵呵，七将军、杨先锋！你单枪匹马闯营报号来解幽州之围，力杀三门，实在是当世的英雄也！"七郎说："元帅，咱俩就别这么一上一下地对嘴了，您倒是快开城门啊？"潘洪这会儿是又恨又怕，他可没想到杨七郎杀了三门还能战胜敌兵，这个小子是什么做的，钢筋铁骨不成？老贼是抱定宗旨不开城了。"哈哈，七将军，本帅原本是要大开城门出去接应你的，但是你顺着我手指的方向来看……那边是咱幽州城的南门，刚才有探马来报，说南门外辽国军队攻打得紧急，叫我马上就去救援。我说七将军哪，这杀三门也是杀，杀四门也是杀，你何不再加把子力气赶到南门前去解围，学学几辈古人来个力杀四门？要不及时赶过去，我恐怕南门就要丢了！"七郎一琢磨，不对："我说元帅呀，您这不是赚我呢吧？""唉，我赚你干什么啊？我都这么大岁数了。""好吧，元帅啊，按说再杀他个四门也算不了什么，南门要丢的话我也不能不管，但是有一样儿，我今儿个一大早杀到现在，您看现在已经是未时了，我这打仗打了大半天哪，人还没吃马也还没喂呢。我说您能不能给我送点吃的东西下来，让我吃点东西，叫我这马啊，也啃点、饮点？"潘洪心说我就是想把你给饿死、累死！"哎呀，七将军啊，我这个城里头也没粮食了哇，咱这个幽州城里啊，从前天开始就已经是罗雀抠鼠啦！"什么叫罗雀抠鼠啊？就是说大家都没吃的了，实在没办法了，就去抓麻雀挖老鼠窝，改吃家雀和耗子了。老贼这话里有毛病，因为前一天呼延赞到三关搬兵的时候跟令公说，说城里的粮食虽然不多了，但也还够几天的。所以当时王源就出主意说，那咱们就再等几天再出兵，那会儿七郎还在呢。可七郎哪有这个记性啊，特好糊弄，"得嘞，那我就什么都不要了。元帅啊，咱就回见吧，您到南门去给我打个接应去。"七郎拍了拍自己这匹黑毛虎，还不忍心上马，一看这个马啊已经累得浑身是汗了，站在那儿有点打晃。这也就是杨七郎，是跟它从小一块长大的主人，要搁着换个人，黑毛虎早尥蹶子了。马通人性，知道今天老七也不容易，"突噜！"冲着七郎打个响鼻儿，意思是说,老七啊,你别愁了,上来咱赶紧走吧!七郎叹了口气,翻身上了战马,回头又看了看城楼上,老贼早就没影了。"也罢!今天我杨七郎就来个力杀四门!"

〖五回〗

　　七郎连闯幽州城三门，来到了东门城楼下，是老贼潘洪在此，还是不开城门，请七郎去南门杀敌解围。

　　七郎打马扬鞭赶到了南门外，定睛这么一看哪，把鼻子给气歪了。怎么？空荡荡一片开阔的战场，是空无一人。七郎心想是不是老潘听错了，这儿没人哪。难道说又要到别的门去？七郎糊里糊涂地赶到城楼之下叫门："哎，我说城上的弟兄们，俺乃是官复原职的先锋官杨延嗣是也！快快通禀元帅，好给某家打开城门！"七郎这里嚷嚷着欢实，那城楼上的当兵的就在那女儿墙里头猫着，不好意思探头出来。为什么？老贼潘洪已经下了死命令，不得开城！七郎纳闷儿了，这是怎么回子事呢？这个……噢……我明白了！七郎把今天来回几趟的关节就给琢磨明白了，敢情是老贼潘洪成心害我呢！我怎么那么傻啊，让这老贼给涮了！气得七郎手指这城头是破口大骂："潘洪！潘仁美！老贼！你这是公报私仇！哼哼，你家七爷爷我还不进城了，我去找我爹，我们都不进城了，我看你如何向皇上交代！"七郎这骂着呢，听身后是号角齐鸣，"哞……哞……"，前营里北国的兵将有如潮水一般涌过来，铺天盖地！来到南门前战场上是列开大队，这一站，嗬，如兵山将海一般。

　　那上边老贼一听，噢，醒过味儿来了，醒过味儿来也晚了，北国的军兵不还是来了吗？站起身形："啊哈哈哈哈！杨七郎，你明白了不是吗？我跟你说，你要是再不退下，辽兵这么往上一冲，本帅可就要下令开弓放箭了！

连你，我是一块儿射！"老贼这话是说得解恨哪。七郎气得拨转马头，不看城池之上了，自己定了定神，暗下决心，好，我回去，叫我爹也不来救你们！低头一看黑毛虎，都打蔫儿了，抚摩了片刻，轻轻一打马的脑袋："嘿，我说虎儿啊，他潘洪老贼就想看咱们死呢，咱可不能便宜了他，偏偏不让他得意！再加把力，咱回家去！"这已经耷拉着的马脑袋，"噌"就立起来了，"唏溜溜……"一仰脖儿，精神百倍！七郎心疼啊，没办法，咬紧了牙关，举大枪再次来到两军阵前。

嚯！这一天下来，杨七郎已经是威名远扬啦！辽国军营里上上下下全都听说了，说有一个南朝的小将，单枪匹马踏翻了咱们的三门连营，哎哟，太厉害了！听说是杨无敌家的老七，前些日子日抢三关、夜夺八寨的那位！啊呀，真是将门虎子啊！韩昌本来正准备见到杨家八虎旗以后就撤兵，这儿正准备着呢，有小番来报说杨七郎啊又来杀咱们的南门来了！韩昌并不明白这其中的奥妙，怎么这个杨七郎还杀上瘾头儿了？有心不出兵，又一想，不行，这个杨七郎不能留啊，要不以后我辽国的军兵一听说他的名头就得怕死，那还怎么打仗？光有一个杨无敌就已经够厉害的了，杨家将里再出这么一位……于是韩昌才亲自摆队来战。

南门前军兵卒还没见过杨七郎呢，全都抻着脖子跟这儿仔细观瞧，哟，好威武的一员虎将，好一位力杀四门的英雄，见七郎：

跳下马平顶身高能顶九尺，生得是虎背熊腰、身材魁梧；头上戴镔铁打造的挠头狮子盔，宝蓝色抹额，相衬二龙斗宝，顶梁门一只紫绒球，上洒黄点，突突乱颤悠；搂海带四指宽，上排一排银钉，卡得是紧绷绷；脑后有一个斗大的红缨低垂；身上披着乌黑发亮的鼍龙铠，黄金镶边，内衬皂征袍，巴掌宽的狮蛮带煞腰，大红色中衣，左右勒征裙，护裆鱼踏尾，三叠倒挂吞天兽，口含银环，斜搭在铁过梁上；脚下穿着一双青缎子高勒白底的虎头战靴，牢扎乌金镫内；背插五杆护背旗，象征着先锋之五德，都是青缎子镶心儿，上面绣着金麒麟，走白火焰，银葫芦罩顶，青穗子低垂。再往脸上看：长圆盘脸，面似黑漆，黑中透亮；宽天庭，重地阁，准头端正，下巴颏闪黄，是金光灿灿；两道卷云眉倒竖，一双虎目圆睁，铜铃相仿；脑门子上是皱纹堆累，眉心的立纹更清楚，横竖一交叉，尤其是他这么一拧眉瞪眼，横纹就乱搅麻花，脑门上就好像是草书的一笔"虎"字，看着那么的威风凛凛！通贯鼻子，血盆口，颏下无胡须，两鬓挓挲着紫毫毛。胯下这匹马，浑身上下一色的乌黑，身体强壮，类如虎豹！掌中端着一条虎头乌金枪，枪尖扁如龟背，纯镔铁打造，枪头后面铸一只虎头，是爪牙狰狞！

此正是：

为救宋主闯连营，
力杀四门鬼神惊。
单枪匹马撞幽州，
英雄从此显威名！

韩昌一看七郎的模样，由打心中敬重，好一员威风八面的虎将！"众家将官，杨七郎这杆枪实有霸王之勇，没有把握的就不要出马了……"说到这儿韩昌就拿眼睛扫旁边的萧天佐，那意思是该您出马了吧？您还打算不打算上啊？萧天佐把刀一托："啊，元帅！您看我这口刀可能行？"韩昌心说你那刀当然能行了："好，那就有劳国舅出马！"萧天佐催马来到阵前，七郎一看，这个和刚才西门外那位使刀的辽将模样戳个儿都一样，只是脸色不同，那个是姜黄脸，这是个蓝靛脸，手里擎着这口刀可不错，是一口象鼻子古月佝偻刀。"哎，蓝脸的，你是何人？""某乃是辽国的左军元帅萧天佐！""噢，刚才有个萧天佑，那是你什么人？""那是某的同胞兄弟！""你们弟兄挺好，还有左有右，那还有萧天上和萧天下吗？""没有了，就我们哥儿俩！""既然如此，你我撒马一战！"

七郎催马上前，抖枪便扎。扑棱！直奔萧天佐的前胸就扎，萧天佐双手托着自己的古月刀，一点也不慌张，接着催马往上撞，也不拦七郎的枪。七郎一愣，这枪"扑哧"可就扎上了，扎上可是扎上了，这枪就跟扎在石头上似的，根本就扎不进去！哟！七郎想起来了，这位也是我师父的徒弟哇，也有蛤蟆气的硬功！七郎就明白了，枪扎不进去，这是这位运上了蛤蟆气。萧天佐嘿嘿地冷笑，拿刀横着往上一格，啪！把枪就给封出去了。借着劲萧天佐横刀就抹，唰！来找七郎的脖子。哟，好刀法！七郎扳枪纂拨刀盘，咔啷！二马错镫，萧天佐的刀可是名将的传授，刀走大转盘，转回来一个磨盘刀，拦腰斩！七郎一看，这一刀是奔自己的肚子来的，也这么一鼓气，当啷！身前的护胸甲散落，可是这一刀砍上，七郎愣也是一点伤都没受——他也有护体神功"鼍龙铠"呀。萧天佐一愣，这是一个照面了，就这样两个人你来我往，战在一处。

　　杨七郎这阵儿可就感觉到有点费劲了，太累了，这打了一天的仗，人不吃、马不喂，一会儿都没落到个闲儿。再者这个萧天佐也确实是一个劲敌，不但刀法精奇，浑身的硬气功刀枪不入，自己这枪只能是奔他的咽喉扎，除了这儿他别的地儿都不怕我的枪哪！他还是个铜头铁臂，胳膊也不怕我扎，可是我的胳膊没宝铠，我的胳膊腿都怕刀砍！两个人又战了有二十几个照面，七郎一想，不能再这么拖着了，哎，对呀，方才的萧天佑也是横练儿，为什么就败啦？是叫我枪杆砸的，看起来要对付这哥儿俩，我扎是扎不坏他们俩，但我可以砸他！我马鞍子底下还有货呢，该用它了！什么家伙？是一根十三节水磨钢鞭，把手上还拴着一根十丈来长的铁链子套，是一把链子鞭。七郎借着二马错镫时机，悄悄地把钢鞭抽出来放在左手里拿着，就藏在背后。七郎的姿势有些奇怪，北国阵中的元帅韩昌都看见了，他虽然没看明白，但觉得必定有蹊跷，就和旁边的大将麻里庆吉说："你看这杨七郎的手里是不是藏着什么家伙啊？"麻里庆吉是个神射手，眼力好："嗯，我看像是取出来一件暗器！快叫萧国舅小心了！"韩昌一听，糟糕。现喊可就来不及了："来呀！给本帅响号角，鸣金收兵！快把萧国舅给我唤回来！"

　　两旁边的军卒观战正热闹呢，一听叫敲锣、吹瘪唎，现倒手可就来不及了，再要开敲……就见杨七郎和萧天佐已经马打对头了，七郎是一手单手枪，"啪"一摔枪杆，萧天佐拿象鼻刀向外搪，七郎把枪杆再往回带，枪头上的老虎耳朵是倒钩，这手叫抽屉枪法。萧天佐赶紧抽刀杆，防被七郎带偏，就在这阵儿，七郎把鞭可就举起来了，"看鞭！"古人用暗器讲究要事先跟对手报一声，你有本事就躲过去，没本事躲闪可就不怪人施暗算了。七郎先喊打，实际比北国阵中的瘆咧还管用呢。萧天佐一听"看鞭"，哟，有暗器？赶紧缩颈藏头。啪！钢鞭扫过帽头，把他的帽子给打掉了，露出个大光头。二马错镫过去以后，他还在这庆幸呢，就听七郎又喊一声："看打！""啊？"萧天佐没敢回头看，心里嘀咕怎么这么远了还能打着我？还这么缩着脖子等着。你倒是看看奔你哪儿打过来了哇。那七郎的鞭上不是拴着链子套呢吗，这一鞭直奔萧天佐的后脑勺就甩过来，噗！啪！七郎怕自己这一鞭没用，手上可是加了把劲儿了，萧天佐运好了蛤蟆气也没用，眼前一黑，人就昏过去了，侧歪了几下，撒手扔刀，幸亏命还没丢，叫兵丁背着回归本阵。

也就在此时，麻里庆吉的暗箭可就到了！这家伙怕七郎的黑虎鞭伤着大国舅，赶紧射出来一支冷箭，本意是阻拦一下七郎。七郎鞭砸萧天佐，刚要得意，就瞧见眼前金风一动，自己已然练就了看箭眼，知道不好。现要拿枪拨打，此时自己是单手握枪，没那么快！那么说抢手里的黑虎鞭来拨打，鞭刚刚打出去，得收回来才能再打，也来不及！挓挲着两只膀子就这么瞧着雕翎箭，七郎乐了。我嘴里是三支枣核镖，方才斗土金宿用了一支，现在还有两支，小子，叫你见识见识！"哈！"一声大喝，全场都吓了一跳，不知道是怎么回事，就瞧见杨七郎大喝一声，麻里庆吉这支箭眼看就快要射中七郎的面庞了，愣就在空中是当空折断！这也是一个寸劲儿，七郎这一支枣核镖正好打在箭杆上。这个急劲儿可是真准哇！全场辽兵辽将又傻眼了，都呆看着出神。别说辽将了，幽州城南门城楼以上，大宋朝的将校军卒，哪一个不凑到女儿墙头往外看哪？谁不关心七将军的死活？这阵儿一看，也都傻眼啦！七将军不是凡人哪，啊？一声大吼就能够吹断雕翎箭？"好哇……七将军您威武哇！七将军您是天神下界哇……"就连城头之上的老贼潘洪，都看得是忑呆呆地发愣！呀！嘶……难道说，大家私底下传的那些话……都是真的不成？

麻里庆吉心中也是忐忑，可是这个人不信邪，就不相信世间能真的有什么鬼魅神怪。刚才他虽然是箭射杨七郎，可是眼睛里盯着萧天佐，还有七郎甩出来的黑虎鞭……眼前一花，光听见一声喊，哎，自己的箭怎么落地了？并没看清到底是怎么回事。催马出阵，来到七郎的马前："七将军，久闻您的大名啦，可惜在得胜坡前没能与您一战。如今您到在幽州城下，这个机会我可不能错过，不知道您是不是还有气力与小将我一斗箭法？"七郎心里头这个气呀，暗箭伤人的就是你吧？"对面，我听说我怀德伯父在阵前也挨了一支暗箭，是不是你小子射的？""七将军，两国交战，这也是各为其主。"七郎就明白了，就冲你这人性，小子，我就饶不了你！可是往自己的身后一摸，糟糕，自己的雕翎箭是一支都没了！"好小子，少说废话了，你要比箭好办，咱俩就一箭决胜负你敢不敢？""哦？七将军，您说的是怎么个一箭定胜负？""最简单不过，我射你一箭，你射我一箭，谁把谁射中了，谁就赢了，输的把性命搁在这儿！你要是不敢，就赶紧回去，换你家元帅出来！"麻里庆吉一愣，真不知道这是怎么个比法，"七将军，你我皆是能将，一箭岂能伤着你我？""哈哈，我说的是不许躲避，不许格挡，五十步外，只许就这么挨射！你敢不敢？"七郎撇着嘴拿话这么一激，麻里庆吉也就大意了，"哼，七将军，你还别拿大话激我，你敢先来让我射，我就敢跟你比！"

　　杨七郎力杀四门，到南门外已然是精疲力竭了。方才苦战浑身横练的萧天佐，已经没法再动手打仗了，这才拿话盯住麻里庆吉，拖延片刻时间让自己喘喘气儿。眼见北国三军儿郎虎视眈眈，吞了自己的心都有，可是这阵儿要不拿几句大话吓唬吓唬，自己真就得命丧当场！"哈哈哈哈！小子，告诉你实话吧，小爷爷我乃是上界黑虎煞神转世投胎，寻常的刀剑都伤不到我，你那箭压根儿就射不中我，你的箭见了我得拐弯儿，你信不信？"麻里庆吉心说，我就不信你真是神人，你就真的能将雕翎箭给喝断，我倒要看看……嗯？哈哈哈！麻里庆吉看出来了，七郎身后走兽壶箭袋之中，空空如也！这就好办啦，这就等于是只许我来射你，你可没法射我呀，那我还怕什么？"哼！你少说大话，既然你这么说了，咱俩就比试比试，可得说好了，我先射你，你可不许拦挡！""哈哈，绝不拦挡！"俩人拉开了五十步，七郎在马上双手掐腰，"来，你射吧！"麻里庆吉弯弓搭箭，就看七郎面不改色……刚要放箭，七郎猛然想起来了："哎，且慢！""哈哈，怎么样，你怕了吧？""我要是怕了，你家七爷爷我给你当孙子！我告诉你，我这马都会蹦，一会儿你一射，我是不躲你的箭，它要是躲闪，你可不能赖我！""嘿，那可不成！""那不成该怎么办呢？""你得下马来！""我才不下马呢，我下马，你们好几百号人一起上来臭揍我一顿我受得了吗？""你下马，咱俩是比试，两军阵前自然是有规矩的，我们元帅不会派将来乘人之危！""那好，我下马！"七郎下马，再一掐腰，你来吧！

麻里庆吉心说，这就别怪我狠毒啦！弯弓搭箭，啪！这一箭就射出来了，不偏不倚正奔七郎的咽喉，眼看就要射中了，就见七郎张嘴大喝一声："住了！"这支箭竟然凌空打转儿，晃晃悠悠掉落尘埃！书中暗表，这是七郎今天在舌根底下埋好的最后一支枣核镖。麻里庆吉一点破绽也没看出来，真犯傻，误以为七郎果真是上界神仙下凡来的，单手举着自己的弓愣在了当场。两军阵中一起喊好！都忍不住了，这简直是太神了哇！只有韩昌微微地冷笑，怎么呢？他全都知道底细呀！自己的师父将口含救命枣核镖传授给了这位冒名的师弟，这件事自从杨七郎火烧麻岳山，八将败回大营，顺带着麻岳山上的小老道们也来了不少，找韩昌来哭诉来啦，你一句，我一句，七郎都干了点什么事，没有一件瞒过韩昌的，韩昌是了如指掌。

七郎趁麻里庆吉在就地发愣的当，向前两步，就捡起来地上掉落的箭矢，动作那叫一个麻利！这就是他为什么忽然间想起来下马的缘故，我不下马我怎么能捡到你这支箭哪？箭一到手，七郎回身上马，这叫一个快！猛然间弯弓如满月，一撒手，啪！七郎压根儿就没搭上那支箭，可麻里庆吉早就是惊弓之鸟了，吓得自己滚鞍落马。这才知道，七郎把自己耍了，哪儿还敢再比试箭法，连忙垂头丧气跑回到本队。

韩昌一看，得了，该本帅亲自出马了！一拱裆，可就下了场了。七郎往这边看，呀，来了个大紫茄子？就见这员辽将：

平顶身高在八尺挂零，头戴圈金八宝天王盔，镔铁幞头用紫金打磨，紫金的抹额，银凤盘双翅，周围套一圈花绒球，黄地黑点，迎风颤跃；半幅罗帕罩顶，用猩猩血染红，好似红霞起东海，衬托着壮观威仪；顶上双插雉鸡尾，胸前是狐裘搭甩；身披一领五龙天王皮甲，甲叶子如大叶荷花，紫金砌成，密排排簇新联结；内里衬着一件紫色征袍，虎皮裹肋、豹皮缠腕，巴掌宽的牛皮带煞腰，镶金配玉，紫蟒缠身；紫征裙遮膝盖，下身穿黑牛皮裤，足蹬翻尖头高鞡皮战靴；左挎铁胎弯弓、右配龙泉钢锋，背背八杆护背旗，那是元帅之八德。再往脸上看：紫红色的脸膛，鼓脑门子发白，眉心里长着一个大红疙瘩，有如旭日东升，两道抹子眉直插入鬓，一对大黑眼珠子是皂白分明，大颧骨、咧腮颏、塌鼻梁、翻鼻孔，阔口横张，两耳朝怀，挂着一对大金环，颏下是扎里扎煞的短钢髯。跨骑一匹紫电喷云兽，手中用一条乌龙搅柱紫金枪，龙鳞甲缠杆，紫缨飘洒。

韩昌和杨七郎马打对头，"对面，可是杨家的七郎君到此了？""呵呵，自是你家七将军到此，对面来将，我看你是北国军兵的三军司命，可是韩昌韩延寿吗？"韩昌心说我可是你的师兄！"哈哈，正是本帅。七将军啊，不知道你来幽州解围为何是单人匹马啊？怎么不见你杨家将的三千飞虎军？"七郎说："哼！韩昌，你就等着吧，他们说话就到，定将你这四门连营踹翻踏平！""噢，好，那么你来闯营，为何这幽州城中也不给你打个接应啊，也不开门放你进去？""韩昌！既已撒马就休要多言，你我对一对金枪，见一见高低上下！"韩昌这时候才把金枪举起来，要下场与杨七郎决一雌雄。

韩昌这个人很有股子傲气，轻易不亲自动手。头几天宋辽三门血战，他没亲自动手，只是派遣大将出战。后来得知铁木驼把高怀德给打死了，他就更不能出马了。今天这个机会合适，为什么？杨七郎马前一个回合就把铁木驼给砸死了，战败了四门满营的将官，那么我一出马，如果杀了杨七郎，岂不就可以服众啦？我丈母娘对我偏心眼儿，当初选了我做姑爷，多少人看着不服。所以韩昌先让萧天佐出战，然后自己再出来，让这俩国舅好好地服服自己。

韩昌马往上撞，摆枪与七郎战在一起。韩昌的这条枪在本部《金枪传》里也是一条名枪，排在第四名，使的是十七路燕山阴把枪，是他祖父韩知古的家传。两个人都是使枪的高手，也就都精通如何防枪，所以两个人各自施展绝技，打了有四十几个照面，没分胜负。韩昌是越战越勇，可杨七郎不行了，又累又饿，人困马乏，根本就难以支撑。韩昌一看七郎两眼发直，喜上心头，手里加紧招数，"唰唰唰唰"，一枪紧似一枪，一枪重似一枪……突然间使了一个盖顶三枪，"啪啪啪！"大枪抡圆了连砸三下，这时候七郎胯下这匹黑毛虎可受不了了，"刳唗"一下子，前蹄一软，就塌了架了，七郎重心一偏，"咣当！"从马上摔下来，这么一震也是不省人事，昏死过去。

　　韩昌一瞧，不能留你啊，想不到我韩昌初次临敌就要杀此勇将，真是天助我也！想到这儿马往前走，刚才看出来了，你身上套着恩师的鼍龙铠呢，抬枪就奔七郎的颈嗓咽喉扎了下来！此正是：

利刃破开金索甲，枪贯狡蛇刺穿心！

　　不知七郎性命如何？且听下一本书《替主赴会》。

【二人本・替主赴会】

第四卷·第二齣
楊延平替主赴會
沙灘口弟兄話別
右起
楊五郎
代州邊防軍夫
大郎延平帝主裝
丁酉年九月六日
記

【头回】

词曰：

夜宿停车秋问，身寒句冷戈沉。勤武论兵春日短，暴骨何知贵贱门？可希忠正臣。　野草荒高路漫，落鞍数角鸦声。常想巡边景泰顾，知盼征人早回程，顺停茫野坟！

《破阵子》[①]

上回书说到，七郎与韩昌大战于幽州城下，老贼潘洪不发一兵一卒，不供一饭一浆，就在城头上这么看着，是有意要七郎战死在幽州城下！眼瞅着七郎不敌韩昌，一个闪失，摔落于马下。

韩昌心想，这个人可不能留着，这位，好么，日抢三关、夜夺八寨，麻岳山上刺死了我的恩师老仙长……到今天又来个力杀四门！方才喝箭令破了麻里庆吉的神射，北国人把这位都传成神啦，这要是还在对过儿做先锋，将来疆场之上……谁还敢跟他对阵呢？今后只要宋军之中有此人做先锋，我北国的军心必乱！想到此，虽有惺惺相惜之意，不得已催马提枪照着七郎的咽喉是举枪就刺。这枪眼看着就要……突然间从旁边闪电一样飞过来一样儿家

---

① 在这首定场词中，隐含着杨家八虎的名字。

伙，正撞在韩昌的枪杆上，"当啷！"这枪可就偏了。"啊呀！什么家伙？"韩昌赶紧收枪，抬眼观瞧。就见刚才那个东西已经落了地了，噢，是一只链子锤，正在往回吞。顺着链子看过去，不远处来了几员宋将，旗角下当间儿是一位老王爷，金盔金甲，气宇轩昂，手里头拎着这只铁链子，步下一员猛将正在那笑嘻嘻地收锤呢。呀！韩昌一愣，原来正是杨继业杨老令公已经来到了当场！

　　老令公在三关分兵派将以后，到了第三天一升帐点卯，威胜八虎军旗依序这么一排布，都来了，单单不见了七郎，就知道这个老七准是又着急先走了。就赶紧吩咐麾下将士率领五百火山军和代州三千飞虎军，连同三关守军合共是两万六千名士兵，准备赶赴幽州解围救驾。呼延赞自己赶着粮草和辎重，押着三关大军在后，老令公和七个虎子按八面飞虎旗的方位列开阵势，和三千飞虎军走在前头，快马加鞭赶奔前敌。但是再快，这么一大队人马呢，也比七郎慢了这么多半天才赶到。

　　大军一路没什么战事，就进了辽国的三关了。道路两边的辽国军兵一望见令公的旗号，哪还敢拦挡哪，都偃旗息鼓躲得远远的。就这么，日到午时，过了卢沟桥，到在幽州城下。令公一看辽军营帐凌乱、军伍不整，知道七郎刚杀进去不会太久，心里踏实了点，赶紧命大郎延平和二郎延定到北门，四郎延辉和五郎延德绕道去探勘东门，三郎延广和八郎延顺瞧瞧西门，自己和六郎延昭、众位家将一同去破南门。分派已定，告诉他们哥儿几个别恋战，搅乱了北国困城的兵营，就火速回南门会兵。令公和六郎几个马走如飞，先到南门瞭敌，一看，城门前旌旗飘摆、战鼓隆隆，正打着仗呢。几匹快马穿阵而至，北国军兵一时没有防备——没精神头儿防备啦，都看杨七郎看傻了。王源一马当先，把金锋枪使开了一通扎，闯开一条血路，令公兵不血刃就来到了战场当间儿，所以韩昌还没明白过来就已被几位宋朝名将给围上了。天庆王在阵脚中一看，哟，可不能叫我家姑爷吃亏哇！赶忙派将拦截，派出十二员猛将出马，早有金枪王源、银戟张文、铜锤程普、铁鞭高化和穆伦、杨雄、周胜、罗芳、魏直、胡奎、马信、姚雷一一对敌，在疆场上走马连环，二十四将战在一处。

令公马到近前，正赶上韩昌要枪扎七郎，那能让吗？从身后抽出链子铜锤，在七丈开外甩手就是一锤，正撞在枪杆上，把韩昌的枪可就撞偏了。马前姜豹赶紧跑过去收锤。韩昌抬头一瞅，呀，甭问，金刀老令公来啦！心里说，这就是杨家拿手的绝技流星铜锤呀，要是直接奔我脑袋这儿来，我可就没命了。他哪知道，老令公上阵绝不用暗器伤人性命。令公回头叫六郎："延昭啊，这个人必定就是辽国的主帅韩昌韩延寿，你上去把他战败，咱们好扫退敌兵，叫门进城。此人枪法精奇，你见阵不要纠缠，见面儿就用杀手枪法！""孩儿明白！"六郎心说，这儿这么多将官在场，我爹单叫我出马，这是要捧我，我可不能丢脸！想到这儿一拱裆催马到韩昌面前："这位将军，你可是北国的元帅韩昌韩延寿？"韩昌抬眼一看来的这员将：

跳下马平顶身高有八尺五寸，宽肩阔背，体态威严。头上戴亮银打造的白虎定天盔，亮银抹额，亮银护耳两只虎爪相仿，虎口吞额的幞头镇顶，两只老虎眼睛里边是光芒四射！三叉戟顶，顶梁心银穗子低垂。身上披着亮银打造的锁口连环、白虎通天甲，内衬素征袍，五股攒成的袢甲绦，护心镜冰盘大小，亮如秋水，锃光瓦亮！巴掌宽的狮蛮带煞腰，白虎头的扣袢，一排排的小银钉，密匝匝排于带面，护裆鱼塌尾，三叠倒挂吞天兽，兽口含着银环，斜搭在铁过梁上。征裙左右分开，露出云堆锦绣的中衣，足蹬银线帮、翠云跟、虎头团花的五彩战靴，牢扎在银装镫内。左挎弯弓飞鱼袋，虎筋龙角，玉扣金梢，铁胎衬背，宝雕画鹊；右悬走兽壶，桦桃皮儿束边，雕翎箭齐刷刷地插在里边，拔出来就得穿杨落雁。再往脸上看：面似银盆，宽天庭，重地阁，剑眉虎目，五官端正，颏下微有墨髯，看年岁，也就是三十不到。胯下一匹素白银龙驹，掌中用一杆素缨虎牙蘸金枪。身后有小校给打着一杆白色飞虎左辅军旗，张牙舞爪一只虎，身旁是星斗缠绕，看着真有大将军的八面威风！

韩昌一瞧这位，心里头打鼓，为什么呢？他的爸爸燕山王韩匡嗣，自幼跟随北国九顶铁刹山八宝云光洞的老祖金碧峰学得枪法武艺，顺便还学了一套马前神课、大六壬、观星之术，讲究这种兵家的黑道禁忌。韩匡嗣就经常跟韩昌说："孩子，你武艺高强，精通兵法，将来准得是个将才，但是为大将的必得知道先天的命数。你的五行归木，遇水则吉，遇金则亏；见黑见青，你是必得飞黄腾达，见着白虎，你就难保命丧黄泉。孩子，你得记住啦！"是真是假，反正古人是这么说的。

嘿，你猜怎么着？去年腊月里，北国是举国武士都跟着狼主饮马琉璃河，干吗呢？设围场，比武招亲，给大公主铜镜招驸马。韩昌带着几个弟弟也来了，一进场子一看，遍插黑旗、青旗，连一面杂色都没有。韩昌乐了，看这个意思，真应着我爹的那句话了，今日儿个是该着我"飞黄腾达"！结果一下场子，韩昌精神百倍，一箭就贯穿双鹿，自己一个人下场子里力搏十熊，把十头大狗熊都给摁倒了！没人敢跟他比，就在围场夺魁，做了北国的大驸马。打这个日子起，韩昌对他爹说的这句话是深信不疑。今天在阵前一见七郎是一身儿黑，他又乐了，这员将再厉害，也难逃我手，我是见黑就发财！再一见六郎，傻了，不但是浑身雪亮一身白，背后还打着一杆白虎旗，把他给吓了一哆嗦！哟，这难道说真是要我命的主儿来啦？硬着头皮、咬着嘴唇就上来了："正是本帅！来将何人？请通上名姓再来一战！"这回是俩人头回见面，谁都没料到，日后得在疆场上对敌一辈子。"你要问哪，我乃是大宋朝金刀令公山王膝前的不肖之子，排行第六，姓杨名景，老主爷御赐名唤延昭，官封殿前司左右金枪班都指挥使。韩元帅，你我阵前碰面，各为其主，少时请恕延昭掌中的金枪多有得罪！"哟，金枪！韩昌又是一哆嗦，怎么呢？他爸爸不是说了吗，遇金则亏。六郎不再废话多言，打马冲锋，一颤枪杆，六郎使了一手"五虎断门枪"，晃出来五只枪头，直奔韩昌的面门。呀！韩昌一愣神，怎么？六郎用的枪叫素缨虎牙蘸金枪，枪缨前头是一只老虎脑袋，张牙舞爪，凶眉恶目。平常这个枪是垂着的，素缨遮在上头谁都看不见，一抖起来，虎头可就显现出来了，舞定枪花就出来五个老虎一起冲着敌将扑过来了，头次碰上这手儿枪的人都会被吓得慌忙失智，丢了性命。所以这叫绝命枪，见过的人也没有活下来的，碰面就死，世上无人知晓。杨家这手儿枪法，别人学也学不去，为什么？因为这得靠老王杨世厚亲手打造的这十二杆金枪。

当年老王银枪大帅杨世厚在魏州为总镇,得到罗弘信亲传的罗家绝命枪法,从魏州以北的太行山东坡的乱石山上,砍来一棵奇木,就是降龙木。这种木材坚硬如铁,宝刀宝剑都不能动其分毫,放到河里都能沉底儿,磨好的杆子隐隐约约好像挂着一层闪金的龙鳞片,在阳光底下耀眼夺目,所以叫降龙木。这种枪杆做出来,韧性非常好,"五虎断门枪"就得靠这种枪杆,一抖起来,枪花能定住,叫人不辨真假。韩昌一见此枪,吓了一跳,杨六郎一上来摆枪怎么就蹿出来五只白虎脑袋呢?还冲着我直瞪眼。难道说这个杨六郎他就是白虎星降世?韩昌这么一走神的工夫,枪可就到了。韩昌拿枪一拨,拨着个假枪头,素缨虎牙枪顺势一进,直奔韩昌的颈嗓咽喉就来啦!嗨,亏了韩昌还是身手敏捷,撒手扔枪扭头这么一闪,算快的,六郎这一枪没扎到咽喉,偏了三寸,把韩昌右耳上的八宝金环给挑下来了。刺啦!韩昌的耳垂可就撕破了,鲜血喷出,染红了半张脸。韩昌算是捡回来一条命。

可把韩昌吓坏啦!这是什么枪法呀,碰面儿就要我的命?哎呀,中原有此人,我瞧着狼主和国母的霸业难成啊,这个人是我的克星,我赶紧跑吧。他还以为是白虎星君显灵呢,捂着耳朵赶紧往本队跑,再一看,十二猛将一个也没剩,全都叫杨家众将战败逃归,也不耽搁,朝本队一挥令旗,有暗号啊,全军朝城池以北败退而去。早在和杨七郎城下激战之时,韩昌就早已经和麾下的战将都说好了,等一下全军要撤出幽州。

老令公也不追赶,毕竟人马不多,不宜乘胜穷追。姜豹和薛彪两个人赶紧上来把七郎给搀扶起来,王源赶紧跳下马给七郎仔细查看了查看,把把脉:"嗯,令公,七将军没受什么重伤,昏迷不醒,都是累的!""好,豹彪二将,赶紧扶延嗣下去歇息歇息。八营指挥排布好阵势不变,以防敌军突袭。王贤弟,咱们几个帮着扫荡城下残敌,赶紧去叫城门,你我好进城给圣上问安。"王源说:"不对,令公啊,慢来!""嗯?贤弟,有什么事吗?""老哥哥,先别急着进城,我瞅着事有蹊跷。您看哪,辽国南营的大军可说是早有准备,连车帐都捆好了,咱们一来,撤得是秩序井然,您想想这是怎么回事?呼延王爷说了,辽国的这个小元帅一点不亚于当年他的父亲,狡诈多谋啊!如果咱们进了城,辽国大军再行合围,咱们兵合一处再想突围出城也不容易呀!再者说了,我怎么看咱们老七好像是从早上一直杀到现在呀?老七至于是在南门跟辽兵辽将杀了半天儿吗?您看那马鞍子上都着了多少土了,他怎么一直都没进城呢?别是……我也不瞎说了,咱得等他醒过来问清楚了再进城也不迟。""嗯,贤弟所虑极是,那好,咱就在城外等等各门的消息,再作定夺。"又等了不一会儿,西门、北门、东门的六虎就都回到南门来报捷,辽国六十里连营全都是不战而走,撤走得很快,都退到了三十里地之外。令公奇怪了,韩昌是用的什么计谋?王源说得一点没错儿,自己带来的人马也不多,自己刚杀到疆场上,韩昌不知道底细,匆忙退去。可是必定在周边留下了探马侦卒,待会儿大军要是全都进了幽州城,韩昌就全都知底儿了。再要是趁机合围,失去了此刻的犄角之势呼应,光靠我父子九人在刀枪上拼命,杀出去也必然伤亡惨重,当然最重要的,能否保圣驾和八千岁万无一失,这可就不好说了。

大概过了有那么一会儿,七郎被喂上几口水,慢慢儿地苏醒过来,一见着亲人,是放声大哭。英雄也得掉泪啊,就把自己怎么来闯的幽州,怎么被潘洪诓得力杀四门都给说了一遍。大家伙儿一听老贼又施奸谋,诓杀四门,连令公在内,所有人都急了。我们父子兄弟这可是在拼命啊!都到这个时候了,还在记恨私仇?难道说,非得眼看着大宋江山拱手于人方才罢休吗?老令公一捋银髯,可就琢磨开了,我到底是进不进城呢?君王昏聩,主将暗怀鬼胎,我这么就进幽州城,难免受其牵累。临行之际五台智聪长老一而再、再而三地嘱咐我,叫我不要再理会幽州的战事,说一旦是宋王被困,在幽州城下大败亏输了,让我也要找个由头让自己远离战场。长老说是我灾星就在眼前,虽然说我并不信他的话,可是我也知道他的真实心意。以长老的慧眼,雍熙帝不是真命之主,任用亲党,久后必有后患。我现在就在幽州城下,大哥年过花甲,却落得个命丧北国的下场……唉!我再无情,也不能说弃大哥的灵柩不顾,不帮着归葬故土。我再说只顾自己,也不能不管君保和君佩呀。这可真是迈上一步,恨不得退后两步——进退两难。

想起来,还是老兄弟王源的见识不一般,叫到一边商量,兄弟你看眼下这个事咱们该怎么办？王源也觉得很棘手，圣上已经降了旨意了，封令公为保驾随行的副帅，副元帅怎么能不进幽州城见驾呢？进了城，有潘洪这样的奸臣在君侧，实在是太过险恶了，难保七郎将来不再被他算计了。老令公和王源、张文、程普几家老弟兄到小树林儿里坐在马鞍子上慢慢商量，全军就地歇息，吃一些干粮，给马也喂喂。特别是得给七郎吃点儿东西，七郎挨饿的时间有些长了，不敢上来就啃干粮、嚼肉脯，先由伙夫军就地支起大锅来，点上火、煮开水，给熬了点粥，这粥啊，比一般的稀饭可稠得多，再多少搅点肉末进去。七郎来了两碗，坐下来缓了缓，忍不住又赶紧去瞧了瞧自己的黑毛虎，"嘿，虎儿你比我强啊。"都闷头吃上草料了，没什么大碍——黑毛虎也是浑身的马铠护身，这心里就踏实多了。

令公到城下，城楼上的潘洪可就瞧见了，哎哟，全都来啦？老贼也有心眼儿啊，这个时候还不开门，要是把杨家将给逼走了，皇上和自己要是再叫辽国大军围起来，我们就没救了！他也明白，自己这会儿就是开城迎接，人家还真未准进来。眼瞅着一帮一帮的队伍都聚集在南门外，就是不进来，自己也猜出来里边有事。怎么办？这个时候他想起来皇上和八王千岁了，赶紧跑回城里，到燕交殿上面见皇上、八王，先把杨七郎给夸了一通，"嘿哟，这个黑老七真是太猛了，杀了一门还不进城，连杀了幽州四门，古来少有哇！"皇上和八王不知道是怎么回事，喜出望外！老贼又说："啊……这个，万岁、八千岁，可是这个老令公好像还有些记恨您……嗯，我这是这么猜想吧，当初万岁您没听他的劝告。您瞧，南门我都打开好半天了，他们就愣是不进城。您看，咱们是不是该当出城迎一下儿啊？""哦？"皇上一想，那也是应当的，我是对不住他。"好吧，那就听太师的，咱们赶紧摆驾出城，鸣礼炮，备全副的大驾卤簿，朕要亲自迎接！""啊，叔皇啊，既然令公的大军到了，幽州之围也算是暂解燃眉之急。咱们……是不是先不急着迎他进城？咱等等，看令公是不是还有别的什么部署。""嗯，皇侄你说得也有理，可是……"潘洪一看，这要是皇上不出去接，自己可就麻烦啦！可别等令公派人送信儿进来，说我愣不给他儿子开门。我们就不进城了，您把潘洪的人头悬挂在幽州城头，微臣我再率队进城……好么，甭管日后怎么论这个事，此时只要是这么一说，我就活不成啦。"哎，别价别价，八千岁……万岁啊，您都没在城头看着，嚯，这，这杨七郎这叫一个勇猛啊！都神啦！好嘛，一张嘴一声大喝，您猜怎么着，愣就能叫雕翎箭迎风断裂！这黑虎将才离开咱们几天哪，嗯，我估摸着，这是跟麻岳山的大仙学到真本事啦！咱们还是得赶紧出去迎接，可别等他来信儿了。您二位听我的，这令公的心胸可没那么宽！这您……啊，是不是啊？万岁您在五台山，啊，您给人家的官儿全撸了，这个，您能说这会儿人家都来到城下来了，咱们这边一声不吭，就这么憋在城里头忍着？那，老臣我可是觉得怪不合适的。"二帝心说你怎么哪壶不开提哪壶呀？可是一听说这杨七郎力杀四门，还真是想立马就见着人，好好听听这段儿书。"哦？那干脆这样，潘太师您出一趟城，您去见一见令公父子……"啊？潘洪心说我出去，我出去杨七郎能一枪捅漏了我！"嘿哟，八千岁，您可别拿老臣我开玩笑，我出去接令公哪成哇。我出去，万岁跟您不去，令公得怎么想？""得啦，你们也甭再说了，怎么说都不是，不如还是朕我出城去接一趟吧！说老实话，朕我的心中有愧，当初在五台山没听令公的劝，这才有高老千岁阵前的失手，也才有曹老千岁的出走……令公不计前嫌，这么快就发兵前来救驾勤王，这就当得起我这一接。德芳，你我叔侄与杨老令公在城下先见上一面儿，有什么话讲在当面。假如说令公还不肯进城，那也由他嘛！来呀，你们给我吩咐下去，赶紧地，预备好仪仗卤簿，朕我要大驾出迎，太师得辛苦您，由您来这六引……"嘿！万岁，微臣遵旨！潘洪乐的，我就是想来这个！什么叫六引？就是过去天子大驾卤簿的仪仗规模最高规格，前边有六家大臣来引路，哎，这引路的大臣越是尊贵，这场卤簿的规格就越高。这会儿好，国家的三公之首！太师亲自领着兵部司马、御史大夫这一干的名臣勋贵，引着队伍可就出了南门来啦！

嘿，说是大驾卤簿，这阵儿在幽州呢，哪有那么些个仪仗队的人哪，随驾的太监、禁军将校、文武百官都跟着一块儿，最难的是当间儿的乐队，人手不够拿太监凑，笙、管、笛、箫、钟、鼓、铙、钹一应齐全，一路上是吹吹打打，喜气洋洋——能不喜气吗？三天前吃了大败仗，眼看着北国层层围困，都以为这回自己是回不去了，杨令公的救兵犹如从天而降！能不高兴吗？会不会吹的也都可劲儿地吹，不会敲的也是铆足劲儿地敲……赶大队走出幽州城的南门来，再一看，潘洪在最前边儿啊，傻眼了！城池以外的救兵人马尽皆不见，光秃秃的野草荒原一片，什么都没有了！这下潘仁美可是真急啦！什么？这，这令公这小心眼儿的，真的都走啦？哎，不对，没走！前边有这么一片儿小土岗子，后边是一片小树林儿，树林里挑着几面飞虎军旗，有飞虎旗就有杨家兄弟在哇！这阵儿就见旗角下有两员将官催马过来，看见潘太师，下马施礼："潘太师，您出城来干吗来啦？""哦，二位将军，我这是引着圣上的卤簿仪仗特出城来迎接杨元帅进城！""哦……潘太师，您和圣驾来晚了，我家令公，左等不见您开城门，右等也不见您开城门，您……已然率领着救驾大军离开了。"

〖 二回 〗

　　上回说到，杨七郎力杀四门，成就了英雄的威名，此一战只要是七郎在阵前报名，北国兵就磨头往回跑，都说是天神下界，我们甭送死啦！可是七郎杀四门是被老贼所骗，差一点就命丧在城下了。潘洪知道自己这一回可是要糟。本打算勾结北国人，自己献出二帝，可是自己在幽州城布防的这几天，八王对自己盯得太紧。二帝心慌意乱，不肯出门儿，都委派皇侄德芳四处巡查。德芳出宫一检查，发现幽州城并不全是空城一座，四处的胡同里还是有不少的居民藏在家中没走。德芳担心这里要是有北国人的奸细怎么办？德芳找来了高君保、高君佩哥儿俩，再叫来汝南王郑印和靖海侯米信——现在幽州城里有点儿真本事的将官也就是这四位啦！这四位听八王的吩咐，八王赐予尚方宝剑，专门盯住了夜间的城防，只要是有人敢偷出幽州城，叫这四位看押，可以先斩后奏。白天呢，这四位睡觉歇息，换老国舅贺怀浦和贺令图率领原先的三关守将轮值城头的防务。所以杨七郎到在城下，那四个能开城放他进城的人睡啦，贺家父子虽然也在城头，可是畏惧潘家的权势，没敢私自给七郎开城。
　　那么救兵全都到了，潘洪就着急了，赶紧去说动皇上用大驾卤簿出城来迎接功臣令公。干吗呢，让你说不出什么来。在这样的仪式当中，人一高兴也就把自己故意不给开城门的事给忘了。所以这老贼就紧着催，咱们快着点出城去迎接一下山王千岁去吧。叔侄俩到底是给说动了，摆好了整套的大驾，云罗伞盖花罐鱼肠，鼓乐喧天！八王和二帝乘车在后边儿，头前儿是当朝的检校太师潘洪潘仁美打头儿，他身后跟着的是新任的兵部大司马贺朝觐、御史大夫韩连、户部尚书胡旦、太常寺正卿窦严、殿前都虞侯崔翰——这就叫"六引"，国朝之六位重臣引着龙驾往前走。这六位身后这十二面大纛旗可是费了劲了，怎么？每面旗子都高可数丈！以前哪，这大纛旗都得由好几名专门司职护旗的仪仗队员来扯着，今日不成，为什么？二帝出京，没带这么些个仪仗兵一块来，大纛旗燕交殿前倒是有，可是老贼要出来的时候找不到谁能扛着这个。老贼也是想瞎了心了，一数，身后的儿子、侄子、干儿子们，哎，不多不少正好是十二个！老贼心说，你们哪，都跟着受点罪吧，不然待会儿杨七郎要是跟我较真儿，你们也好不了！"来呀，你们哥儿几个来扛着这十二面大纛旗，叫你们的随从在四面扯着，不然你们准得叫大旗给带跑了！"哥儿几个没办法啊，老太师发话了，不能不听。拉过来自己的马来，打算先坐在马上，再叫人给自己端上来这大旗杆……潘洪一瞪眼珠子："嗯？骑什么马？都给我下来！都给我在地上走着！"潘龙一吐舌头："爸爸，我索（说）呀，册（这）拓（大）套（纛）旗本来粿（就）是骑马托着的哇？""甭废话！要是叫杨七郎那小子瞧着你不顺眼，你们几个还能活过今天吗？都听我的，全都得在地上拿腿走着去接，累点就累点，辛苦和丢命哪头轻哪头重你们还不知道吗？"都点头，得嘞，跟着您混也真是没少享福，今日儿个也算是头一回这么厉，也认啦！

哥儿十二个都在地上走着，大旗杆就在怀里抱着，四面只得四位从四角儿拿绳索扯开，以免当间儿的把持不住，大旗倒喽再！好么，今日儿个天儿还热！咱前文书不是说了吗，这是在六月里，赶上一个大太阳天儿！晒得这十二位……满脑袋上都是油。秦肇庆、米信义、潘定安、刘均齐——这是四个干儿子，麾下的悍将！这四位走在最前头，还算好受点，自己膀子上都有点儿功夫。后边这八位可就惨喽！潘龙、潘虎、潘强、潘章、潘容、潘符、潘昭、潘祥，这是三个儿子和五位本家儿的侄儿，多数都是养尊处优，懒胳膊懒腿儿，才走出去没多会儿可就累坏啦！歪歪扭扭、迤逦歪斜地就走出来了，看着实在是不像话。老贼一瞧，喜在心里！就是要你们惨一点，你们越惨，七郎和令公看着就越心疼，人都有恻隐之心，看着你们那么惨，也就不会老想着弄死咱们啦！

老贼自己刚想上马，潘龙不干了，"嘿，爸爸呀，您别光敲（叫）五（我）们走着啊，您也得走着！您写（也）汹（用）腿儿！笑（要）不然，杨老七不会稍（饶）了你！"老贼这脚都蹬上马镫了，双手扶着自己的马鞍子，就品潘龙这句——儿子说得对！抬头看看天儿，一丝云都没有……嗯，我自己也得惨着点，我越是惨，越是满脑袋汗，我越是颜面扫尽、狼狈不堪，这杨七郎就越不会太跟我较真儿，杨令公也就不好跟我过不去啦。得嘞，我今日儿个听一回儿子劝。老贼吩咐人牵走自己的马，再一看，贺朝觐、韩连这几位刚才看老贼的姿势，个个比老贼还快，早就都骑上坐骑了。这会儿也个个抬头看天儿，就是不低头瞧他。"嗯，列位大人，六引那是你我六人一同行进，既然老夫我都不骑马了，各位……"这不是跟您商量哪，这就是命令。五位大人臊眉耷眼地就下来了，吩咐人牵走了自己的马匹。得嘞，咱们都走着出城去接杨家父子。

好嘛，大队的卤簿仪仗浩浩荡荡可就出了幽州城了，可是出城外一看，潘洪可傻了眼了，外边儿连点大部队的影子都瞧不见！好在小土岗子的后面插上了几面飞虎军旗，有这么两员将跑马过来："太师，您与圣驾出城出晚了，我家令公早已率领全军人马绕道奔东门去了，他已然走啦！您要是想找令公啊，您……请到东门去见他。"

老贼这阵儿已经累得是上气不接下气了，"啊，呵……呵……好！好！好！""太师您这是怎么了？您这是想当三好先生啊？""不是……嗯，哼，呵……我来问你，令公……他走了有多少时候了？我，我，我……""您哪，不用驾大车，您怎么还赶上牲口啦？""我，我这不是……我是问你，我，我多少……""哦，您是不是想问您多少时候能追上我家令公啊？您赶紧着去追，刚走，也就是……一盏茶吧，这才刚看不见队尾的。您赶紧追，您可千万别进城，您就沿着城墙根追，一会儿您准能追上！""好，我去回复圣驾，你们二位随我来……""不成，太师，将在外，君命有所不受。末将我们俩还有紧急军务要处置，这就告别。"二将撒马就跑，直奔西边就下去了。潘洪一看，这我是追不上，有马我都未必能追上！老贼回头一看，这事可不能对皇上实说，我呀，我先走着再说啵！反正皇上在车里坐着也不累，不像我们，只要是追上令公了，这事就好交代了。

老贼紧着往前跑，他是最头前儿的哇，身后的五位重臣没办法，也得跟着一块儿往前跑。他们几个是空身儿还好，身后的仪仗队可就乱了！扛着执掌权衡、金瓜斧钺朝天镫的这些位赶紧是催马跟着，这可就把后边这些位扛大旗杆的给落下啦。秦肇庆一瞧，哎，怎么忽然快起来了，自己脚底下加劲儿，噔噔噔噔噔……米信义、潘定安、刘均齐能跟上，可是潘龙、潘虎可是跟不上啦，赶紧一加快脚步，手里这旗杆端不住，走两步就歪，一救活这旗杆，又歪那边去了，这脚底下不拌蒜²吗？潘强那儿早就托不住旗杆了，这玩意儿我哪能抱着这么长时间哪？吩咐自己的随从，一前一后地扛着走。不提这后边哥儿几个的乐儿……老贼一直这么追着。嗯？倒是道边有过大军的架势，可是不见有令公的影子啊？一个人都没见。可是这会儿说扭头再回去，我怎么跟皇上交代哪？得嘞，我先到了东门再说啵。拖拖拉拉的一行卤簿仪仗队可算是到了东门了，可是到这儿跟前儿了，也没见着有什么大军在城外。潘洪到在城门前，一瞧啊，大门没开，就知道不会有人进城，高喊城头上的人："何人在此？"一个人冒头出来，一瞧正是贺怀浦老国舅爷。"太师，潘元帅，您不在南门把守，您怎么到这儿来了？""贺国舅，您没见着令公吗？""哦，瞧我这记性，您说得没错，令公是瞧见了，就在刚才，令公领着麾下的救驾勤王之师刚刚从这儿过去，他们大概齐是奔了北门了。""啊？老贺，你怎么不给开门呢？你把令公给让到城里去多好呢，你怎么不喊住他哇！""哎，潘大帅，这可就是您的不对啦！上午您才吩咐的，没有您的大令，哪个城门也不许我们开！我们要是胆敢私自开启了城门，先就是一条死罪！我可不敢开，谁来我都不开。我说，您是想进城吗？您带了大令没有？"

老贼一拍脑袋，坏了！我这会儿没拿自己当元帅，我认为只要是令公进城来，这元帅就跟我没多大关系了，我怎么会怀揣着时辰大令出城呢？"老贺，咱可不能开玩笑啊，圣驾就在我身后呢，你知道吗？你赶紧把这城门给我开开，好叫圣驾进城歇息。""潘大帅，您怎么贵人多忘事呢？今天早上我要给杨七郎开门，您不许我开，您说谨防奸细，没有您的大令，任何人都不许私自开启城门，敢开门的就是通敌之罪！这可是您亲口说的！我可问您来着，那照您的这个意思是，非得有您的大令，只要是没您的大令，谁说都不能开城门？是不是甭管谁光拿嘴说……我这都不能开？这是我问您的，是您亲口说的'对，谁说都不能开'。现在是您在城下说，您也没您的中军帐大令在手，对不住，末将我是遵从您的军令，绝不开城！""你糊涂！万岁就在后队！""大帅，我给您支个招儿。您是要追杨令公的，您都追到这儿了，令公可是刚从这儿往北走的，您这会儿再不追他，万一令公绕过幽州城，人家掉头回瓦桥关了哪？您别跟我这儿废话啦，您赶紧着去追啵！"说完了贺怀浦一错身，老贼就看不见了。

潘洪瞪着螃蟹眼狠狠地看着贺怀浦闪身不见，可是也觉得他说得有道理。我这会儿就是进了城，也于事无补啊！杨继业真的要是生我的气，掉头走啦，人家回瓦桥关了！北国的大军假如说再也不打回来了，圣驾只要是往回走……我的性命堪忧！老贼赶紧吩咐，全体继续前行——这回可真是把老头儿给累坏了，借了几匹马来，大家伙儿甭再假装虔诚了，都骑着吧，赶紧奔北门。一路上还是只见烟尘足迹，就是不见人！到了北门一看，空空荡荡，哪儿有救兵在哇？哎，远处跑来一匹马趟翻，马上坐着的正是金枪手王源——卸了任的监军。王源见着潘洪施礼："太师，您到这儿来干吗来了？此地乃是幽州通往北国之险地，您还领着万岁？赶紧从这儿进城吧！""嘿哟！我可见着你啦！老王啊，你可得帮帮你家老哥哥喊！"他这也是累得犯糊涂，这王源你能拿他当好人吗？"哈哈，太师啊，我也高兴啊，总算是见着您啦！您这是怎么……您怎么邋遢成这样儿？""嗨，别提啦！我算是倒霉啊，我自己也认啦！老王，我问问你，令公到底是在哪儿呢？""啊？您问令公？我知道，他在西门外哪！他得在那儿等着卢沟桥那边过来的粮草车，这才能押送进幽州哇！您这是大驾卤簿，您这一回去的是那六引的头儿吧？您这做得对。可是您要是还骑着马去西门见令公，我怕令公得挑您的眼，得怪您不懂事！这大驾卤簿哪有骑马来接人的哇？您这么着吧，您骑着马到西门外一里地那儿，您就下马走着去见令公，您放心，我绝不跟令公说！"王源越这么说，潘洪的心里是越嘀咕。这能说话算话吗？万一你要是说呢？人慌失智，潘洪赶紧下马来，不敢骑啦，脚底下走着。又是辛辛苦苦一趟，从北门外再走到西门——潘洪走着走着，明白了，自己是被令公算计啦！我骗杨七郎力杀四门，他这是提拉³着我愣拿脚丫子赶了四门啊！

老贼想到这儿也是一阵地惨笑，心里想着是早晚有一天我得把你们父子给整死！他这一笑后边的人可吓坏了，都以为老太师这是累的、热的，疯魔了。潘龙、潘虎那几位干脆一扔手里这大旗杆，一屁股就坐地上了。大驾卤簿已然是混乱不堪了——令公也来了，路过六引重臣，连眼皮都不抬，领着自己的八个儿子、一干的家将越过前边的潘家一党人等，走过乐队，就来到了龙车辇前。

二帝跟八王这叔侄俩糊里糊涂被潘洪带着绕城好一圈儿了，这才在西门外碰上令公——您打听清楚了一开始就奔西门不好吗？皇上和八王在车上，颠簸虽然是有点，可是这心情舒畅，还能遮着阴凉，倒是比潘洪这些人在地上走着强多了。二帝远远地就见到了飞虎军旗，知道令公已来在近前，不顾帝王家的范儿了，赶紧和八王互相搀扶着下车——二帝早已是眼含热泪："爱卿，你可想煞寡人了！"这句话可不是假话啊！原先甭管怎么着，这仗是打得太顺利啦！七郎两番日抢三关，可以说是不费吹灰之力就打到了卢沟桥，二帝就幻想可能自己收复燕云失地的日子就不远了。那时有七郎做先锋，曹彬做主帅镇住自己的宝帐，高怀德护驾随从，杨令公前军运筹……多难的事自己都不觉得。可是一夜之间，高老千岁阵亡，曹老帅音信皆无、生死不知！宿将老臣是死的死、伤的伤！用今天的词来说，二帝已然是绝望了，就认为自己这回是回不去了。一见到令公人在眼前，立刻就觉得自己不用怕了，有令公在，自己是准能平安回京。

令公跪倒磕头见驾，皇上和八王是说什么也不叫令公跪下，愣是给搀扶起来了。八虎将和火山军诸将跪倒给圣驾问安请罪，皇上一连扶起了八虎将，一个都没落下，挨个儿给扶起来……到七郎这儿一看，嗯？怎么由两位家将搀扶着？心里一动，这话可以先不说，微微一笑，向诸将问候——都请平身。皇上开龙口请令公进城，王源也不好说别的，叫老贼累成了这样儿，也就算是消了这口气儿。令公心里好受了点，点头应允："好吧，微臣情愿保驾暂于幽州驻跸。"这就是说，您别担心了，接下来我就不会离开您了，我得保着您离开险地。

实际上今天令公压根儿就没绕道四门。一开始在南门外的小树林里歇息了片刻，王源一琢磨，咱们半天不进城，一没人进城给万岁交旨送信儿，工夫大了皇上准得派人出城来迎你来，到那时候你再说不进城，就是抗旨不遵。"令公，咱们不能再在南门外等着了，这样等着必定得接旨进城，可是咱们这些人是为了赶上搭救七郎，百里急行军！后边步下军兵押着粮草车还得慢慢赶到，还得容一些工夫。咱们这么着，咱们奔西门外，那儿离卢沟桥更近一些。"令公一想也对，顺道还得有人巡查各门外的辽军实际情况。二人议定，令公带着大家到西门外歇兵，同时也是在西门外显一显军威，让周边巡逻侦察的北国探子摸不准救兵的人数。王源领着周胜、罗芳、马信、姚雷一干家将绕城一圈，探听辽军退军的虚实。令公前脚一走，王源可就来了主意了，准知道待会儿老贼就得出城来接，就吩咐马信、姚雷二人留在南门外等着，假如说瞧见潘仁美出城，就这么这么说。然后领着派给自己的将校和一千火山军围城跑马——这可也不是为了欺骗老贼，他们哪儿那么多工夫啊。这是为了查看好四面城池的地形、地貌，真要是进了幽州城，这些就不好再查看记录了。等这些人到了东门，老国舅贺怀浦正在东门等着，赶紧下城出门来迎接。王源就问了老国舅几句，老头儿气得胡子都撅起来了，把自己知道的诓骗七郎种种，都跟王源说了一遍。王源摇头叹息，如若不是老天照看老七，看起来今天好悬就得替老七收尸啦！王源脸上是不动声色，可是心里头的恨意顿生，本来设计是想叫你老贼受受苦，转上一个城门也就得了，现在我可知道你老贼心到底有多毒了！好，这件事绝不能就此罢休！你诳我家老七杀了四门，今天找给你个便宜，你给我也绕一绕啵！王源算计老贼的时候可没想到，这一干的奸贼竟然都是步下行进。

"老国舅爷，不是末将我胆大包天地敢议论您，这是我不得不说。您今天这事办得可不地道哇！您知道吗？七将军在南门差一点儿就叫韩昌一枪穿透了咽喉！老国舅呀老国舅，都知道说您怕事，您不敢招惹权贵……可是城下那位要是您儿子呢，嗯？"王源可是真不客气了，紧紧盯着贺怀浦，这老侯爷是满面的愧色，无言以对："王监军，您也得知道，这军中军纪森严，我没得帅令，私自开城门，那就能当场法办，皇上拦都拦不住哇！""您现在给我开门就不算吗？""他我这是……""得啦，王源我还得感激您的这一番肺腑之言，不是您跟我说这么多，我又怎么能够知道这么多的实情呢？我可不是要为难您。那么……看起来您也是受够了这老贼的欺压，要不然咱们一起合谋来办件事儿，您看您敢是不敢？"老贺这会儿也是叫王源给骂明白过来了，一跺脚，我也是前朝的国舅爷，我有何不敢？"好，那么待会儿老贼必然会到您这儿来，您赶紧回城关门，待会儿他要是来了，我教给您这一番话。这番话说出来，他老小子没别的招儿，只能是奔北门……告诉您，只要他到了北门就好办了，今天我也要诳他绕城一圈跑四门！不知道国舅您敢是不敢？""好，就按你说的办！咱们俩就这么说定了！"贺怀浦也是这些天的气，这一下全都吐干净了！

贺怀浦在城头上跟老贼说话，皇上听见没有？二帝和八王的车辇距离城头还远，听不真切，可是自有小太监给前后传话儿，俩人的对话多少知道了个八九不离十。二帝早就疑心上了，听话得会听音儿，贺怀浦这么说……再联系说杨七郎勇闯幽州，大战在南门……不对，别看我吓得哆里哆嗦地藏在深宫大内，可是外边哪儿喊杀、哪儿号角震天我是听得出来的呀。先是在西门，可是工夫不长就挪到了北门，然后还在东门，最后才是到的南门……二帝可不是糊涂虫，多少自己心里有了点醒悟。八王也不多说话，也有自己的考虑。等到绕城多半圈下来，叔侄俩没叫潘洪到龙车辇前来问缘由，也就能看出点奇怪的地方来了，可是老贼早就累得气喘吁吁的，还顾得上琢磨皇上吗？

呼延赞这阵儿也押着粮草车和大队人马赶到，君臣说说笑笑进了幽州城的西门。把守西门的是贺令图，今天也没少受气挨骂啊！开始是叫老贼和潘虎骂，后边是叫自己手下的兄弟骂，都埋怨贺令图做人没骨头，光听老贼父子的喝[4]，没有开城门迎七将军进城来……好嘛，憋的这口气！这会儿在城头一看，皇上和令公见着面了，君臣携手言欢，礼让着就进了城门了。等龙车辇进来，大队人马押着粮草车咕噜咕噜……顺着就进来了。大车排着队往里进，潘洪和一干的奸贼本来就累得够呛了，看看这会儿自己是进不去城门了，说换一座城门再进。算了吧，累得腰都快折了！儿子、干儿子们也都劳累过度，趴在地上就打上呼噜了。兵部司马贺朝觐、御史大夫韩连这几位可算是跟着老贼吃了苦啦！武将没什么，这几位文官这辈子都没受过这个，一个个垂头丧气，也都趴在马鞍子上快晕过去了。他们难受，那些伺候这些位的随从比他们还不如呢！扛大旗杆的更是了，早就是这些位抬着了！这会儿旗杆丢在地上，个个是气喘如牛。可是就那点老太监给留下来的水，还都叫潘强、潘祥这几个纨绔子弟全给喝干了！

嘿哟，好不容易呀，粮草车都进了城了，留在外边的人马也都陆续进了幽州。留在最后的，还是王源。王源就等着治你们哪！有几位潘洪手下的校尉抢过来要进城门，这其实是要给老太师开路——潘仁美和贺朝觐那几位正慢腾腾地想要爬起来。王源一拦这几位："哎，你们都什么眼力价儿啊？看看、看看，那地上大驾卤簿的大旗杆，能就这么丢在地上吗？这要不是看在你家太师累成这样的份儿上，你们这就是死罪！怎么着，你们还敢让这些位少爷们扛着进城啊？就得你们去！快回去，先把地上这些累赘之物都扛上！"几位一瞧，真是这样，自己要是先跑到这儿看门来，那边就没人帮着少爷们扛着大纛旗了，这几位准得找我们的麻烦！好吧！转回身儿去扛大旗杆。潘洪爬起身来，有军卒牵着马匹过来，想叫太师骑马——可是这会儿这腿是别想再上马了，都肿成大冬瓜啦！得了，我就底下腿儿着啵！潘仁美托着自己的大肚子，一步一步地往前挪，可就到了城门洞儿里了。抬头一看，哟，不好，金枪手王源怎么拧眉瞪目,双手端好了金枪?这是要……没容老贼想明白呢,就瞧见王源一拱裆,座下马嗒嗒……就往前来了,金枪枪尖子突突乱颤!坏了,这王源这是想就在此地结果了老夫!

〖三回〗

上回书是杨七郎被奸贼所诓骗，被逼无奈力杀四门，险一险儿[5]命丧在南门之外。令公救驾到来，知道七郎一天无法进城，都清楚这是奸贼的诡计，就是要置七郎于死地。爱子之心人皆相同，尤其是对七郎。令公可就动了心了，有王源在一旁煽风点火，令公不打算进幽州了，移兵到幽州城的西门外，打算就此驻扎在城外，也好与城内里外照应着，再行谋划救驾闯出幽州之地的办法。

王源此时是心生恨意，起了杀心了。为什么？给您提个醒儿，当初高怀亮下南唐，假如说不是潘洪逼着他夜渡扬子江突袭泰州，也就不会中王天寿的埋伏，自然就不会被罗英的回马枪刺死在陶营口。这还只是其一，不是潘洪逼战，怀亮不会死在阵前；不是潘洪临阵脱逃，陶营口失守，怀亮也不会背水一战！而且王源背尸回营，潘洪假意谢罪，闷晕王源，打入囚车，反判王源私离迅地之罪，押回东京，后来被禁天牢二十载……潘洪直到今天还蒙在鼓里，不知道这位是谁，可是王源自己能忘了吗？自己最好的年华都在大牢里度过……好不容易叫七郎给自己重见天日的机会，出得天牢，老王源看什么都新鲜，瞧什么都好，特别是老主怀亮的儿子高君佩也是侯爷了，怀亮也有了孙子了……自己的老恩人杨衮的后代果然是大宋朝王侯第一家啦？杨继业这家子人日子过得是够有多红火？嚯！那天老王源得机会能再给杨衮的牌位叩首，老头儿心里是全都平和了。上天让我再出来，我不能老记恨着潘洪的过往，现在此人是圣上的丈人，当朝的三公之首，我可不能为报私仇，坏了令公和八虎将日后的前程。这王源是这样的心思，干脆就把心中的仇恨压住，也盼着自己能跟着继业和赛花一块享受几天他们的天伦之乐，这就仿佛是自己的。所以自从出狱，一直到受封监军之职，王源是从来没起心要杀潘洪报仇。可是今天，潘洪阴险毒辣使出了这样的手段来，王源可就翻出了自己内心隐藏了许久的仇恨！他让令公在西门等着，说是自己带着骑军精锐巡查城防，其实就是想法子要折腾潘洪。就猜着了你准得出城来迎接令公，只要是你出来，你就也给我来个赶四门吧！眼瞧着老贼父子们哆里哆嗦地歪在了城外，哼哼！王源就打算好了，今天我是决不能叫你再进幽州城，决不能叫你今后再害老七！我宁肯豁出去性命不要了，我也得弄死你！

　　王源是这么打算的，就拖在大队人马的最后——令公净顾着问候圣上、八王和文武百官了，没顾得上瞧自己的身后，支应这个，支应那个，自然是疏忽了，慢慢地跟着二帝的半拉卤簿仪仗队可就进了隆福宫里了。王源拖在最后，干吗呀？我就在这儿我一枪就扎死你！我王源此刻是孑然一身，我怕什么！我的老家在北国，我杀了你老贼，我往北边一跑也就完了！王源把自己的金枪摘下来，奔老贼就要扎。潘仁美可是吓坏了，这会儿脑袋里全都清醒了。诓自己绕城一周的可不会是杨继业，杨继业不是这样性格，看起来都是眼前儿的这位监军，我可是粗心啦！赶紧是满脸堆笑："哎，嘿嘿嘿……贤弟，老弟……我的王监军大人，啊不，回头您一准儿是副元帅！您就是我们大宋扫北的前军主帅！帅爷哟，我先跟这儿恭喜您啦！嗨，我那是老糊涂了，您可千千万万别跟我一般见识……"老贼心说，英雄不吃眼前亏，此刻此老手端着金枪，血灌瞳仁，我还能活命吗？就看这一会儿能不能把他说软下来。王源嘿嘿冷笑："老贼，你再说几句我听听，我看你还能说出什么来。""哎呀，贤弟呀，你可万万不要鲁莽。你看看，高老千岁没了，曹老千岁也不知道去哪儿了，现在这军前谁还能做保驾的大将军哪？哎，那呼延赞能行吗？当然是不行啦！就得是您哪！"王源心说让我好好地看看你的丑态，再扎死你也不迟！"好，潘仁美，你还不知道我是谁呢吧？""您是谁？瞧贤弟你问的，您就是日后的兵部大司马呀！啊？现在这……这大司马哪儿去了？"老贼借机回头瞄一眼，简直是气得鼓鼓的，这帮子人全都在远远儿地看着，还假装趴在地上起不来呢，地方都挪窝啦！你们是还站不起来吗？这不成心吗？"哈哈，潘仁美，你好好地想一想，我是从哪儿来的？""你从哪儿来？哦，想起来了，您是冤屈被下到刑部的大牢里啦！明珠埋粪土，您肯定是受冤枉的！没错，就冲您这本领，啊，肯定是哪个瞎了狗眼的东西陷害您来着……"王源仰天大笑："哈哈哈哈……对对对，是哪一位瞎了他的狗眼！"嗯？老贼一愣，这是什么意思呢？"你好好地看看我，我要是刮了胡子……你瞧瞧。"老贼盯着看了半天，刮了胡子？那也不成啊，您还一脸的皱纹哪！摇了摇头。"哼，老贼！潘仁美！你可还记得当年还乡侯爷随身的马童！"呀！老贼猛然间有了一点印象，对呀，我怎么就没想起来呢？当年那个马童也是二十多岁不到三十，这一晃二十多年过去啦！"嘿哟，您瞧瞧我这脑子，我当是谁呢，原来是你呀贤弟。嘿哟，老哥哥我可是后悔死啦，我当初……"老贼心说甭管怎么说，我能拖一时是一时。王源已经没有耐心了，此时就听自己的身后马蹄声紧，知道有人来了，不管是谁，心里话我先扎死你老贼再告诉你我是谁！一颤自己手里的金锋枪，就听见身后一人高喊："且慢！先听圣上的旨意！宣潘太师速速进隆福宫燕交殿见驾呀！"

王源扭头瞄一眼，不是别人，正是圣上的贴身内侍臣总管大太监崔文，身后还跟着一位，白袍银甲，正是六郎杨景。这二位是怎么来的呢？圣驾早就进了隆福宫内，有人去给杨令公安排宿营地，二帝就说了，甭去别的地方，就在我的寝殿外边儿，得让我睡觉的时候能看见老令公的营帐才成。二帝这几天真是吓怕了，估计晚上要是看不见令公的大帐灯火，他还真就睡不着觉。令公也不好说什么，那就安排吧。八虎将各自按照自己值守的四正四隅方位把守好了——唯独七郎连累带饿，这会儿早就睡着了。令公一想，一个萝卜一个坑，都有自己的地方儿，可是行军打仗的时候陈宣是位居中央掌管大纛旗，可现在总不能叫陈宣住在圣驾的寝殿之侧呀？就叫陈宣在南方八郎的正位之后帮着防卫，托本来应当在南方正位的老兄弟王源去正北照看七郎……找了半天，就这位不在。

六郎心细，看到老叔蔫不出溜儿地拖在了队后，猜不出来老叔打算干什么。可是全军进驻幽州，各自分派好了驻扎营地，慢慢地六郎就看出来了，老叔不但说一直没来，潘洪一党扛大旗的也一直没回来。令公一四处找王源，六郎就偷偷地跟爸爸说了自己的担心，这老叔不会是拖到最后要给小七儿报私怨吧？万岁和八王都进了寝殿歇息，自己不便打搅。瞧见忙里忙外的大太监崔文了，令公就请过来崔文，把六郎的担心一说。令公说，虽然这潘太师多行不义，可是我也不能甘愿叫自己的好兄弟私刑报复。不然请崔公公您跑一趟，您帮着给拦下来——我这位好兄弟在天牢里受罪无数，还得请崔公公您多担待，切勿声张。崔文是热心肠儿，赶紧出宫上马，叫六郎陪着一同到西门——咱不说了吗，呼延赞随后押着粮草车赶到西门外，毫不客气，也不让路，慢慢地进城，把老贼父子们堵在城外的工夫可是不小了。等崔文和六郎赶到西门，正好看见王源要枪扎潘仁美。崔文路上就想好了词了，自己经常帮着圣驾传旨，这一刹那自己顾不上那么多了，为了救人赶紧说圣驾传旨要潘洪进殿——王源要是再往前刺这一枪，老贼一死，今日这事可就全糟了！王源先是一个激灵，知道要坏，再回头一看老贼，嚯，老贼这脸上得意的，不是刚才苦苦哀求的相儿了。再看他身后那一帮人，什么大司马吧，什么尚书吧，什么亲儿子吧，那个是干儿子……一个一个全都爬起来了，凑到近前，个个帮着叉腰拔创[6]。王源俩眼一闭，摇头叹息，这就是大宋朝的"朝堂栋梁"吗？一个个丑态百出！双手往前一送金枪，心说我杀了你老贼首恶，随后还不知道得出来多少个潘仁美呢，又有何用？得了，我替四少爷先报此仇，省得老贼今后为难令公一家，再来陷害小七。

当啷！这枪还没扎出去多远，就听一声脆响，自己这枪就停住了。王源睁眼一看，老贼吓得是坐在就地，一帮子从贼奸臣围在左右……自己的金枪前头是一杆虎牙金枪，老虎脑袋有两只虎耳倒钩，拦在了自己金锋枪的枪挡之上，再要往前进是纹丝不能动了。王源一阵苦笑，撤下来自己的枪，看看自己身旁的六郎。"王叔，您还要再思再想……延昭给您赔罪了。"六郎知道王源的为人秉性，慢慢地也收回了自己的枪，挂好在鸟式环、得胜钩上。王源一扯自己的缰绳，打算就此远遁江湖。六郎说话了："王叔，您别忙，方才已经跟我家父帅知会此事。依着父帅之见，此事还应由万岁做主，依国家的律法来惩办，您可千万不要走，咱们得看着……"

书中暗表，两狼山之前，杨家将三释潘仁美，三次饶恕了老贼的死——今天这是头一次，可是老贼照旧陷害杨继业父子。那么说杨六郎此刻出手拿枪拦住王源的枪到底是对还是不对呢？可能您诸位听众各有各的见解，您先听说书人给您解说一二。今天距离当时整整已经过去了一千年，代代传颂杨家将，都说杨家将是忠臣良将，为什么？七郎八虎闯幽州，千古的悲歌！到最后老令公为国捐躯，碰死李陵碑——这一家子为国家的边疆守卫，三代尽忠，谁能说他们不是忠臣？谁能评说他们不是良将？那么我们再换一个角度来看，假如说这一回，王源刺死了潘仁美呢？请诸位想一想。王源真的刺死潘洪，他可以一走了之，可是你本来是谁的部下？谁不知道？传言会怎么说，不会说是你王源自己的主意，都会说是令公的主意。眼下是二帝担心自己能不能安全地回到东京，绝不会跟令公过不去。可是要是回去以后呢？潘妃会怎么跟皇上说？潘妃能善罢甘休吗？说书人也请诸位听众掂量掂量其中的是是非非……二帝回京以后，南北两国要是接着打仗的话，用得着令公还好，要是不打仗了呢？二帝就要琢磨这个事了。说得好听，你们因为私怨在阵前互相报复。说得不好听呢？你杨继业救驾勤王，来幽州解围，用你的重兵胁迫我不得不赦免你擅杀朝廷重臣之罪。那么可以说早晚皇上得按这个来治你杨继业的罪责。到那时，杨家将受此事的牵连——千年以后，大家伙儿听故事，还有没有这一家儿忠臣良将呢？书说至此，说书人也是不得不跳到故事之外来，与您一同深思。

再说王源。枪交到左手，看看六郎延昭，摇了摇头，再点了点头。摇头是说，不杀老贼，倒霉的是你们父子；可是真的杀了老贼，你父子也可能就此承担不忠之名，所以点点头，表示我知道令公的心意了。王源跟崔文打了个招呼，不想多说，策马回城，六郎紧紧跟随。老贼一般人如何回到自己的住所，不必细表。当天夜晚，还是在天庆王的内殿，举行盛大的庆功宴，皇上亲自为令公接风，外带给杨家将封赐庆功。哎呀，别提有多隆重啦，随行的文武百官、保驾的将军都来了，列坐左右。令公一看，眼圈儿红了，高王爷和曹老王爷，还有马全义、药元福等开国老将，全都没了。皇上举起第一杯酒，洒天敬土；第二杯酒，感念功臣烈士；第三杯酒，谢过才解征鞍的将士。老贼潘洪赶紧献殷勤，拿起酒杯，来到当间儿："哎呀，万岁，老臣提一杯酒，啊，给咱们的先锋官七将军杨延嗣，他少年英雄，力杀四门，威震北国啦！啊，咱们这杯酒是不是应当敬我们的七将军啊？哈哈哈哈。"皮笑肉不笑，让人望而生厌。可是潘贼一党的人多哇，一帮子的儿子、干儿子、侄子、门生们嘻嘻哈哈，都跟着起哄："对呀，我们都瞧见啦！七将军乃是当世之霸王，横扫城下千军万马，简直了，就不费吹灰之力！""我们都瞧见啦！得先敬杯酒给七将军，七将军您现在就是南北第一名的英雄！"七郎坐在后一排，一瞧老贼朝自己走过来了，站起来，怒目而视。把潘洪给吓住了，没敢接着走近，老远把酒杯一举："老夫先干为敬！""慢着！老贼，一杯酒你就想蒙混过去吗？不成！"七郎这一嗓子，把在座的各位都吓了一跳，再一瞅七郎，拧眉立目，脑门上那虎字都快飞起来了！令公冲七郎点了点头，那意思是你想说就说吧，这一回我不拦着你了。

七郎从桌子后边走出来了，到了老贼的身边。老贼心虚啊，退后一步："啊，七将军，你还有什么说的？""当然有说的，哼！万岁，八千岁，我有话说！"皇上举着酒杯呢："哦？延嗣啊，请讲当面。"其实皇上是早就打听得差不多了，专门找老国舅贺怀浦和贺令图问话，早就心里有数了。"万岁，八千岁，您二位可能还不知道，末将我可是差点就没命啦！"把自己早上杀过辽国连营以后，老贼是怎么怎么办的，都给说了一遍。啊？满朝文武一听，都炸了，什么，太师到底是想干什么？有这么报私仇的吗？皇上一听，知道这种事他潘洪做得出来，偏头看了看小八王，八王把酒杯可就摆下了，怒气不息，瞪着潘仁美。老贼还得厚着脸皮辩解："哎呀，万岁、八千岁，老臣可不是报私仇哇，老臣我用的是激将之法，本来是一片好心，想借着这个机会成全七将军做个力杀四门的大英雄啊，嗨，没想到叫七将军误会啦。七将军，来来来，就当老夫给你赔罪了。"觍着脸拿酒杯过来要和七郎碰杯。七郎没理他，跟皇上说："万岁，您可得给我做主！"底下大家伙儿也是议论纷纷。皇上一瞧，现在是什么时候，君臣上下，大难临头！城外是虎狼围困，自己只有不到十万兵马，辽国大军三十万，虽说幽州的围是解了，但是自己能不能够好好地还朝还未准哪！皇上也明白，令公这次不计前嫌来救驾，可不只是什么功勋不功勋，笼络军心事大啊！这个时候要是不给七郎做主，群臣不满，难保不会军心哗变。自己还想不想回家啦？可以这么说，自己身家性命现在全都攥在令公手里，舍不得潘洪，可就保不住自己了。"嘟！大胆潘洪！"这么一叫名字，酒杯一摔，啪嚓！潘洪就知道不好，赶紧扑通跪倒："哎呀万岁！老臣知错，您，您可千万别动怒，今天可是大喜的日子啊！""呀呀啐！潘洪！你身为当朝太师，三军司命，难道说你就不知道自己身担什么样的职责吗？大宋如今国难当头，兵临城下，想不到你还记挂前仇，假公济私。朕岂能容你！来呀！左右将潘仁美给我推下去，立斩前庭！"好嘛，连午门都不要推出去了，就在这儿，就在我眼前儿，我得看着你掉脑袋！

啊？潘洪就觉得顺着自己的脊梁沟直往上泛凉气儿！"万岁！万岁……"还想求饶。皇上心说，我可救不了你啦，把袖子一甩，自然有人上来将老贼往下就拖。可了不得了，潘洪什么人哪？满朝文武一半都是他的人啊，呼啦，前边立马跪倒了一大片，以兵部司马贺朝觐为首，都来给潘洪求情。皇上把眼一瞪："都给我退下！谁也不许求情，再有求情者，与潘洪同罪！"贺朝觐一看，完了，一转头，看见令公在那儿坐着直皱眉。哎，有了，这个事儿现在求谁都不成，就得求他！贺朝觐过来是真不含糊啊，上来就给令公磕头："山王千岁哎，您快给圣上说说呗，老太师已然那么大年岁啦，犯点糊涂也是有的，看在他为大宋朝这么些年，没有功劳还有苦劳哪！求您老人家宽宏大量，给说说情啵。"

杨继业本来打算的是什么呢？老兄弟王源为了自己，都豁出去担待罪责，要在城门外刺死潘洪，这也是潘洪老贼的罪不可恕。可是自己不能做出这样的事来,就等着七郎告状,想看看皇上你如何处置。只要是你皇上处置得不公,我杨继业就好办了,我还真就敢当殿跟你辞职交出帅印,我听智聪长老的话,认可做平头百姓了,我也不能再在你这样的皇帝手下干活啦!可是他光想着皇上要是处置不公,我怎么怎么办……他还就是忘了,那要是皇上一上来就要杀潘洪呢?他可丝毫没去想这一节,所以这一下老令公也是心乱如麻。真的要杀啊?真杀了老贼就好吗?皇上你这也纯属做戏!潘洪该不该杀?太应该了,但是现在这个场面,你也不说问问、查查,交由法办,你马上就要开刀,还得是在燕交殿的大殿前庭,这是做给人看呢。你这么杀了老贼,日后人言不会说是你要杀,人们都会说是我杨继业要杀,皆因为兵权此时在我的手中。这要是以后回到了京城,娘娘一跟他闹,谁倒霉呀?还是我们家倒霉。令公把这一层看得很清楚,知道这个事还真就非得我来求情不可,不理会贺朝觐,一探身,坐起来了:"万岁,请容臣一言。""哦?令公,您有何话讲?"皇上这就叫明知故问,知道是给他老丈人求情来的。"万岁,正如您方才所说,如今大敌当前,辽国大军还在幽州城北,不战不退,费人猜测。军前正是笼聚军心之际,咱们在这损伤大将,于军威不利。再者说,潘太师虽有过错,但罪不至于斩立决。依微臣看,留在军中以观后效也就是了。等仗打完了,您安稳地回到京城,再请御史公审其罪,也并不算晚。臣斗胆请万死收回旨意,万死之罪,诚惶诚恐。"这些话叫令公一说,味儿就不一样了,大家都在底下挑大拇哥,真是宽厚仁义的老令公!

皇上也是很感动,能说出来这一番话的也只有杨老令公!"令公,既然您给太师求情,朕就不得不准下,死罪饶恕,活罪不免,太师免去行军主帅之职,潘龙、潘虎代父受责,重打四十军棍!"有人把潘龙、潘虎拖下去行刑,打完了拉到殿上给老令公验刑。潘洪把脸丢尽了,带着俩儿子回自己的营帐养伤去了,庆功宴是不欢而散。

单表第二天一大早,皇上坐殿,令公带着八虎和几大家将都来了,和文武群臣站列两旁,皇上和各家大臣商议军情,看看怎么才能撤兵回朝。令公就说了:"万岁,虽说辽国大军现在已然拔掉了连营,不再困城了,可是我们来的时候路上看明白了，从这儿往南的三关，关关都驻守着重兵。咱们要是现在带着大兵往南撤，辽国的大军可是在古北口那儿聚着哪，他们往下一追，三关的辽兵再出城一截，咱们可就叫他们两头儿堵上了。咱这点家底儿现在可经不起这么折腾了。"其他几家大将也都认为令公说得对，现在要是走，辽兵就在城外虎视眈眈，沿途变数增多，皇上的车驾不安。皇上也就刚高兴了一天，哦，合着我还不能还朝啊？呼延赞说："万岁，咱们现在可有的是吃的，不怕，咱们就在幽州城里跟他们耗上了！"唉！皇上叹口气，也只得如此，见机行事，现在还不能妄动，得听令公的了。君臣这儿正在商议该怎么办呢，忽然殿外有人来报："万岁，杨元帅，城楼下边有辽国的使臣前来求见！"

〚四回〛

君臣正在无计可施，打算先在幽州城内暂止车驾几天，看看情势再说，殿外侍臣来报，城外有大辽的使臣来下书求见。嗯？大家都感觉很奇怪，两军正要酣战呢，怎么又派遣使臣来啦？二帝也不能不见哪，传旨召见。等了一会儿工夫，使臣就上来了，大家伙儿一瞧，哟，这个人的相貌可不一般：

身高八尺有余，头戴番帽，雉尾双插，身穿马褂，左右臂披，胸前狐裘搭甩；面色紫红，大鼓脑门子，眉心这儿有一个大红疙瘩，叫旭日东升，两道抹子眉，一对黑环眼，大颧、咧腮颏、塌鼻梁、翻鼻孔，阔口横张，两耳朝怀，只有左耳朵上挂着一对大金环，颏下是扎里扎煞的短钢髯。

六郎和七郎一瞧，认识，正是辽国的三军统帅，韩昌韩延寿。哟，胆子是够大的，三军司命亲自来为使送国书，可谓有胆有识。韩昌走到大殿上，给皇上行礼："卑使拜见宋国天子！"虽说是两军正在交战，但对待来使还必须得把礼节给够了。"贵使免礼，此番来见，不知有何话说？""哦，现有我主所修国书一封，非为别的，乃是我国狼主素有奉佛慈心，日前忽感两国交兵，生灵广遭涂炭，心生悔意。特遣小将前来下书，邀请圣驾驾临敝邦的避暑胜地，就在我们这个幽州城北四十里地，有一个所在名叫'金沙滩'。明日一早我国狼主在此地摆下一场'双龙宴会'，专门候着您来，也赏赏景儿，也尝尝野味，请您品一品我们北国的佳酿……然后呢，我国大狼主要好好地和您商议一下，两国就此罢兵，该当怎么办。您要是顾念军卒血战之苦，打算就此和兵不战啦，就请您明日赏光来坐一坐；您要是还打算再和我国接茬儿开兵见仗呢，那您就甭来了。只要说您明日没来，我们狼主就明白了，您是想和我们决心死战到底啦，那好，倾举国之兵，咱们在疆场上再见真章！"嗬！伶牙俐齿，口若悬河，太能说了，说得皇上直啊啊，"啊……啊……啊……噢，四十里金沙滩，噢，请问贵使，这个金沙滩上都有何美景啊？"噗！把群臣都给气喷了。韩昌把大环眼一眯缝："哎呀，那个地方就别提多好看啦！这么说吧，您不是先前到太液池梳妆楼游玩了一番吗？您觉得梳妆楼怎么样？可要跟金沙滩来比，那风景还差着一大截儿哪！金沙滩有接天满眼的荷塘，绿映天碧，清凉无比啊！您现在去瞧，可正是时候。"韩昌一边说话，一边往前迈步，可就离二帝的龙书案不远了。"啊，这么个好地方呀？哎呀，真是，难得你们狼主的一片心意……"皇上也有点二乎，怎么呢？他也觉得这个事来得太突然，就这么答应他，自己到底是去还是不去？胆小不去，被敌国嘲笑；去了，俗话说酒无好酒，宴无好宴，这个天庆王假如说要是效仿楚汉鸿门宴故实……我可就得是有去无回了。

　　皇上可不傻，他也觉得这个国书里边有诈，但是皇上还有旁的心思，什么呢？他可着急要回京城了。这一次出京御驾亲征，时日不少了，皇上有点想家了——此前民间说书就得说皇上主要是想娘娘了。其实呢，二帝此番御驾亲征，本打算举大军长驱直入，收复燕云十六州失地，回去以后好好地跟这些前朝的老臣宿将们显一显。你们瞧瞧，我也是马上皇帝，你们别老动不动就跟我先帝长、先帝短的！再一个，自己登基坐殿十年不到，僭位得天下，太平了十年。可要是打仗的年月，边镇驻防的那些节度使们倒还可以放心，这一太平，可就让皇上糟心了，这些节度使们年年与外邦的部落酋长们深与结交，常年的来往，有的还结成儿女亲家，要说二帝不担心，那是假的。这些老帅们本来就对自己不服，头几年是老相爷赵普给压着，大家都服老丞相，听老头儿的话，认可了金匮之盟。可是自从老头儿辞官休养，这些人里有的就对我是爱答不理了，到年节、我的生日万寿节也不见得会派人送什么贺礼来，糊里糊涂跟我装傻——这是什么意思呢？本来二帝御驾亲征的真心所想，是这一仗要是打下来，自己重建自己的武功，有了威信。另外，还会成就几位青年名将，比如这杨七郎现在是天下闻名，我能拉拢好杨七郎跟着我，那些暗藏私心的边镇老将们，必然是有所忌惮，不敢轻易地有所不轨。可是呢，自己糊涂透顶，误信北国奸计，一战就丧了那么多的名臣老将！自己心里明白，这一仗打到今天就算是败了，自己还留在幽州干吗呢？自己在外多待一天，京城里的政局变数就会增加一天。为什么？自己的威信渐渐地就会失去，人人在背后那儿数落我，我在外边我怎么能知道呢，我就得赶紧回去。这会儿辽国狼主先来求和，假若是真的，也是难得的好机会，自己捡回了面子，还能赶紧回家……假如是假的，有无敌金刀杨老令公给我保驾，我去哪儿不成啊，啊？就算是北国人的奸计，撕破面皮，不也跟我不去是一样的吗？二帝琢磨这半天，韩昌就在面前这儿站着，盯着二帝看，谁都不知道是怎么回事，不好多说。

　　"好，辽国使臣，你回去，告诉你家狼主，朕明日必到，咱们好好商议商议该怎么重修和好之计。可是这个地方我们并不认得，明日一早，你们派人到幽州城前来迎一迎。""好，那就请您给写回书，我好回去回复我家狼主。"二帝把笔提起来，刷刷点点，把回话给写好了，有太监拿过来印玺，皇上在国书上用完了印。刚要叫太监接过去递给韩昌，哎，就在这个时候，韩昌恭恭敬敬地走上前来，走到离着龙书案更近的这个地方，上上下下、仔仔细细地打量了打量二帝。两旁边有保驾的将军怒斥韩昌："呔！大胆的使臣，不许上前，再往前半步，小心你的项上人头！"再瞧韩昌，一点也不害怕："呵呵呵呵，常听人说，说南朝皇上都生得是禹背汤肩、龙形虎步，今日一见，果然名不虚传！末将三生有幸！"说完了大踏步就往出走。哎！有太监嚷嚷，你那回书还没拿哪。韩昌一边走一边大声回话："不必啦！您是上国天子，君无戏言！来的是君子，不来的就是小人！小人主国，我们还怕什么啊？到那时，我们要取南朝小人疆土，自然是易如反掌！鄙使告辞了，明日一早定当在城前恭候您的圣驾。"腾！腾！腾！腾！腾！腾！走出去了。老令公一瞧，在心里暗挑大拇指，北国出了这样的人才，南北两朝难免又起征尘！有人把韩昌送出幽州，按下不提。

再说这个殿上，可就闹开喽，群臣议论纷纷，一个一个地说："万岁，您可千万不能去啊！此去金沙滩，定是龙潭虎穴！他天庆王这摆的可不是什么双龙宴，乃是鸿门宴呀！您不能去！"那个说："对呀！万岁，自古以来，两国交兵，酒无好酒，宴无好宴……"二帝一手掐额头，一手乱挥："去去去，朕我还能不知道这个吗？可是你们没听出来吗？人家把话都说绝了，我要是不去，咱们大宋朝可就把脸面都丢尽了！"小八王出来说话了："是啊，照着辽国使臣所说，咱们要是不去赴会，那可就算是不体恤两国百姓之苦，不顾念将士征战之劳。咱们去了，才知道是不是鸿门宴；咱们要是不去，那可就是咱们的不对了，谁知道他们这个是鸿门宴呀？人家可就得着话把儿[7]啦，人家说咱们不顾念将士的劳苦哇，不但咱们的腰板先软啦，也难免涣散军心哪！叔皇答应前去赴会，依小王之见，也是不得已呀！"

几家老臣也都说是是是，圣上答应也是无奈呀，应当应当！可是明知是龙潭虎穴，咱们就这么愣闯吗？二帝说："众位爱卿，朕已然琢磨出了一个主意，朕前去赴会，杨令公与众位爱卿趁着这个时候保着皇侄赶紧先回京城。假如说辽国天庆王他摆的是双龙宴，两国从此和好罢战，朕自然能安然返回，没什么说的了；假如说天庆王他摆的是鸿门宴，酒席宴前刀兵一动，朕我就难保全躯啦。到那个时候，甭管我还在不在，太子年幼无知，难以担当重任，你们几家开国的功臣一定要赶紧扶皇侄登基即位。有朝一日，再兴兵扫北，为朕报仇雪恨！你们什么都别说了，朕意已决，都回去吧。"啊？群臣都傻了。二帝说的是真心话吗？当然不是啦，他太知道杨继业的为人了，自己越这么说，他就越得拼命保着自己，自己就算是保了险啦。

果不其然，杨令公一听皇上这么一说，哎呀……还是深受感动，哪能叫皇上只身犯险啊？走出来一抱拳："万岁！为臣情愿为您贴身保驾，陪着您一起去金沙滩，同赴双龙会！您放心，有为臣三寸气在，我看北国胡儿哪个敢损动您一根毫毛！"嘿！皇上听着顺心，心说，有你们一家八只虎给朕保驾，谁还能把我怎么着啊？哈哈哈哈……皇上心里是踏实了，脸上不能带出来："唉，爱卿，绝不能够让你陪着我身赴险地。不必再说了，朕意已决。朕孤身前往，令公保着皇侄速速逃离幽州。"您要是真心的，您不能总是说逃离哇？令公能听得了这个吗？八王在旁边也坐不住了，自从自己长大成人开始陪在君王的左右，每天回到南清宫，都是皇娘贺太后仔细询问，帮着给分析，二叔为什么这么说，为什么这么做——不信孩子你就等着看，不出一个月，你二叔准得怎么怎么着……这一晃是十年，您就知道了，八王早就熟知自己叔父的脾气秉性了。八王一听，这里边把我搁进去，这不是真心要让位给我，你这是警告我自己要小心呢！"叔皇，我大宋国朝国运恒通万万年！侄臣我也一定陪着您去金沙滩，您可就别再说别的啦……"

呼延赞在旁边直摇头，不对不对。皇上就问了："呼延爱卿，你为什么在那儿直摇头啊？你说说你的道理，你有什么说的吗？"呼延赞说："万岁呀，八千岁、令公啊，你们想哪，北国人可比咱们熟悉地形啊，那金沙滩到底是个什么地方，咱们都没来过，前前后后究竟都是什么样，咱们是一无所知，咱们就这么去了，就是令公您亲自领兵保驾前去，身入其中可是犯了兵家大忌。人家要是有心害咱们，咱们进去了，想要出来可就不那么容易了。他们既然请咱们去赴宴，北国必有准备啊！"皇上一听，哎呀，是这么个理儿啊！令公纵然无敌，没去过那个地方，该往哪跑都不知道哇？皇上又有点二乎了。"这个嘛……"呼延赞还说呢："还有哇，万岁，八千岁、令公啊，咱们明天带多少人马去赴宴哪？咱们把这满城好几万人都带去啊？那甭和谈了，干脆就打仗吧！可是您要是带的人少了，人家那儿埋伏了多少人哪？咱们知道吗？一旦要是千军万马，把咱们一兜口袋，咱们还跑得出去吗？"哎，还真是，可说呢。哎呀……皇上叫呼延赞给说得更发愁啦！"还有哪，万岁，八千岁、令公啊……"叫令公一把给拦住了，得了得了，老三，你就甭说了，净招皇上为难，已然答应了，咱们明天怎么着都得去啊！呼延赞说那咱们也得好好合计合计啊！大家伙儿闹闹哄哄，争论不休，半天也拿不出一个好主意来。

哎，就在这个时候，殿角里头有一个人嘿嘿地冷笑，憋出来一句话："哼哼哼哼哼哼哼哼……有人效仿霸王摆设鸿门宴，难道说我大宋朝满朝的文武忠良，就没有一位敢效仿纪信之辈，替主赴会的吗？"谁在那儿说话呢？老贼潘洪潘仁美。这回老贼被皇上一撸到底，心里头可就怀上恨啦，不但恨杨家和忠良老将，把皇上也恨上啦，憋上坏主意了。他跟这儿嘀咕的这个"纪信"是谁呀？咱们得先叙一段古书。

想当初，楚汉争霸，汉王刘邦屯兵荥阳，霸王项羽趁着韩信发兵攻打燕、赵两国的时候，兴兵前来夺取荥阳，把荥阳城团团围困，刘邦想跑就跑不了啦！刘邦怕城池守不住，派人出去和楚王讲和，就说我们愿划荥阳为界，将荥阳以东都划给楚国，汉军西退。项羽不干，非得要捉拿刘邦，要刘邦投降楚国才肯罢休。刘邦正发愁呢，张良献上一计，说咱们可以学一学当年的齐顷公与逢丑父故计啊！张良就说啦，想当年东周列国之时齐晋交兵于靳阳，齐顷公兵败而逃，被晋兵紧追不舍，眼看难以脱身。这个时候，齐顷公身边有一位车夫姓彭，忠心耿耿，就跟顷公说您赶紧把您的衣帽脱下来，我穿上，您到路旁边的小林子里边躲一会儿，等您瞧见敌军把我抓住了，您再出来，跑回国，没别的，您以后重整兵威，您再给我报仇！齐顷公也没别的办法了，只好就照着彭车夫说的这个法子，把自己的衣冠脱下来交给车夫，自己隐身林中，终于是全身脱难。张良说我把这个故事给画下来，赶明日儿个，您召集文武群臣来赴宴，宴会上我假装挂画讲故事，邀集文武群臣一同观画。咱们这满朝文武当中必有忠义之士，愿意替您到楚营诈降，咱们就趁着这个时候，突围出城。哦，好，就依先生之计！结果在宴会上张良把这个画儿一挂，把典故一讲，群臣就明白了。可是有一样，楚军将士多一半都见过刘邦，想要冒替刘邦蒙混过关可不那么容易。可是群臣当中，还真有这么一位，相貌和刘邦长得一般无二，就是纪信。纪信这个人很感念刘邦平日对待自己的恩德，甘心替主赴死。刘邦就给项羽送去了一封信，说明天一早我刘邦就打开东门，出城请降。项羽就乐了，答应第二天在楚营中迎降。等到次日一早，纪信穿戴着刘邦的冠冕袍服，坐着刘邦的车辇，慢慢腾腾地来到了楚营。刘邦和张良、陈平等人，乔装从西门出城，逃向成皋。等项羽在大营里见到了纪信，一开口知道不是刘邦，霸王大怒，吩咐士兵点火把纪信坐的车辇给烧了，烈火焚身，纪信替主而死。

今天老贼潘洪在殿上提纪信，什么意思呢？他在旁边偷眼观瞧，就看大郎杨延平：身高八尺，体态雍容，面如紫玉，细眉大眼，直鼻阔口，颏下三缕紫髯，相貌和二帝长得太像啦，简直就像是一母孪生一般。那位问了，这大宋朝的二帝太宗怎么是个紫脸儿啊？跟您说这还真是有道理。因为老书都说，太祖皇帝是一张大红脸，那么他亲弟弟能是白脸吗？肯定也得有点色才对。老贼眼珠儿一转，哈哈！坏主意就琢磨出来了，谁叫你长得相貌与万岁一般无二呢。好，我要是这么一说，谁能去啊？就得杨大郎去！他去了，就甭想活着回来！

可老贼这个主意还真是一个好主意，文武百官一听，哎，还别说，今天老贼还真说了句管用的话，是这么回事。皇上还有点不太明白："哎，老太师，您这个话是什么意思啊？""万岁，想当初，汉高祖刘邦被困在荥阳，有忠良臣纪信，因相貌与刘邦一般无二，甘心替主诈降。老臣就想了，要是咱们朝中也碰巧有这么一位，相貌和万岁您略有相似，他也能效仿前朝忠良，替您前去金沙滩赴会，他天庆王摆的到底是双龙宴还是鸿门宴，都在他一身承担。您正好可以趁此时机，潜出幽州，不就可以全身还朝了吗？""哎，着哇！这么一来，要是真双龙宴，此人就可替朕代签国书，与辽国狼主和谈；假如说是鸿门宴，哎呀，此人要想生还可也就难啦！是这么回事。哎呀，不对，北国天庆王和承天王后都和朕我见了面了，刚才辽国的元帅韩昌也亲见朕我的真容，这样一来，要效仿纪信故技，还就得是有一位和朕我……嘶……"趸摸什么呢？找人呢。谁和我长得比较像呢？不用皇上找，老令公早就知道自己的长子延平和当今万岁的相貌有九分相似，乍一瞧，不熟识之人难分彼此。此刻老令公的脖子竟比千斤还重，知道孩子就在自己的下垂手站着呢，年年在家拿延平开玩笑，都说他有帝王之相，想不到这个玩笑在今天就是索命的阎王！延平能学纪信，可是我呢？我能往出推自己的儿子吗？令公最知道延平的品性，自己如果扭头看他，他必然是点头应允。可是这就是去送死哇，我能这么做吗？我这么做，回去以后赛花要是问我，我怎么说呢？这时候令公就觉得整个的大殿里都静下来了，就是掉落一根针大家都能听见。正在此时，令公就听见自己身边大郎轻声地说了句："爹爹，孩儿我情愿替主赴会。"令公一听这句话，字不多，可重抵千斤哪！心底里是高兴的，我们家儿祖孙三代全都是忠勇之士！好，不愧为我杨门之后！听了延平的话，知道延平的决心，也知道这是眼前破局的唯一办法。

老将军迈步出来："万岁，太师所献之计，还真是两全其美的法子，可以保全我大宋朝的国威脸面。真是和谈，咱们是皆大欢喜。假如说真是鸿门宴，咱们有人能替主赴会，从北门出去和辽国假意和谈，您想啊，辽国大军肯定是都安排在金沙滩埋伏呢，咱们君臣正好能借此良机潜出幽州，老臣愿保圣驾早日回朝返京。""嗯，老爱卿您说得太对了，可是满营的朝臣，又能有谁甘愿替主到金沙滩赶赴双龙宴呢？这一去啊，可就难说还能不能全身而还啦。""万岁，您放心，不用旁人。您看，微臣的长子延平，他的相貌身形和您可以说得有九成的相似，虽说辽国狼主和元帅都见过您了，要是叫延平穿戴上您的冠冕袍带，谁能看得出来哇？"说完了令公一侧身，大郎杨延平往出一走，把胸脯一挺："万岁，如今国家有难，圣上乃万乘之躯，绝不能轻涉险地。为臣不才，甘愿替主赴会！"

〖 五回 〗

　　老贼献计，效仿纪信救主，找个人假扮二帝，替主赴会，前去赴双龙宴。眼前都谁和二帝长得相像啊？只有大郎杨延平杨泰。延平偷偷地跟自己的父亲说了，您放心，就让孩儿我去替主赴会。老令公出班自荐，万岁您恕罪吧，将龙袍交给延平，请他替您赴会和辽主和谈，签订国书。"老臣我趁机保着您离开幽州，北国人不知底细，如此我们君臣要走也就容易脱身了。"老令公刚说到这儿，大郎延平就踏步出来了，毫不畏惧，圣驾您看看我，微臣不才，甘愿替主赴会！

　　皇上一看，还真是这么回事——以前因为装扮不同，自己没留意，这个杨延平长得还真和自己很相似。辽国的天庆王和国母虽说见过自己，但毕竟并不熟知，不可能瞧出破绽来，嗯，太好了！"延平将军，真难为你甘愿替朕赴会犯险，实乃当世的纪信、我朝的逢丑父，不愧是山王世家，拳拳报国忠心，苍天可鉴哪！可是延平啊，就你一个人前去赴会，朕心有不安。啊……不知道可有哪位将军愿意保着延平将军前去赶赴双龙会？保延平就如同保驾一样！"皇上刚说完，哗啦啦啦，殿前走出来一排，杨家八虎将全都闪身出来了，还有金枪王源、银戟张文、铜锤程普、铁鞭高化四营家将也都出来了："万岁，末将等皆愿保延平将军前往金沙滩赴双龙会！"嘿！皇上一看，俗话说"打虎亲兄弟，上阵父子兵"，杨家兄弟全都去，嗯，延平也能得保平安了，皇上踏实一点儿了。满朝的文武一听，没有不佩服的。这是什么呀？替皇上赴死难啊！弟兄谁都不甘落后，毫不含糊。老令公虽说明知自己这些个孩子是身赴险地，他们要是能一起去，互相有个照应，自己也能放心点。有心跟随孩子们一同去金沙滩，可是保驾的人就太少了，自己也跟着去，皇上该没主心骨儿了，只得作罢。

皇上降旨，如此这般一番安排。接下来延平跟着二帝回行宫，学一下皇家出行的礼节，试试皇上的龙袍，这是罪过，得先拜过才能穿戴。其他弟兄也去化化妆，装扮装扮——总不能说光一个皇上领着一般将官去跟北国的天庆王讲和去吧？令公又把满营的众将重新分派一下，谁谁保驾，谁谁做突围的前锋……不一一细表了。

第二天一早，大郎杨延平穿上二帝的龙袍，戴上皇上的冠冕，里边儿衬着软甲，脚底下是一双快靴，好在龙袍的下摆都长，遮得住。再把胡须好好修整修整，对着镜子瞧了又瞧，确实跟二帝的形貌不差分毫了，走出来上了龙车辇。两旁边的太监、随从，都是火山军兵卒装扮的，为首的大太监就是金枪手王源自己装扮的，大家伙儿你瞧我，我瞧你，都觉得好笑。皇上行宫里随驾的这些位太监本来是皇上吩咐好的，要陪着大郎兄弟们进金沙滩的。可是快到临行之前，忽然都不乐意了——都怕死啊！谁不知道此一去凶多吉少，全都趴在地上抓着皇上的脚跟地上哭："万岁爷哟，我们都舍不得您哪……"这一哭，也闹得二帝挺心烦。杨家兄弟是什么人性，瞧瞧你们这帮人是什么人性！得啦，不愿意去哇？我现在就宰了你们！崔文一看，赶紧给这些小太监求情："万岁，不能杀啊，他们都不是军人，害怕也是自然的。老奴就不能再伺候万岁您了，他们不乐意去，总不能叫延平身边没有人伺候着，这可就露馅儿啦！老奴我不跟着您回京啦，就请您降旨，我领着我身边的这几个孩子一块陪着延平前去。"二帝可就为难了，离开了自己这位大总管，可是寸步难行。二帝沉吟，王源就看出来了。"万岁，这些人就是跟我们去了，有什么用呢？到时候我们还得费心神保着这些老伴伴，您这不是给我们添累赘吗？让他们跟万岁您一起回京去也罢，我们来假扮太监就得了。"哎，就这么，王源带着大家伙儿装扮起来。大家伙儿为了乱真，还现把胡子都刮喽，等刮完了以后，浑身上下的行头一戴，大家互相一瞧，都乐了，没见过这个样儿的，下巴都光着，不穿盔甲了，都改成长袍大袖了。数王源干瘦干瘦的，两道长眉，最像了，大家都拿他开玩笑。王源说："既然我最像，你们今日可得听我的，我就当一回内府大总管了！哎，崔公公，您把您那套好看的袍子给我啵。"崔文乐了，您这是帮着我呢，我这袍子反正也不能穿着出去，那样不就等于是告诉幽州外的辽国侦卒说，我们这队伍里有皇上吗？好，这个归您啦！脱下来自己的大袍，王源给换上。再一看，"哎，总管啊，前几天您陪着圣上去梳妆楼，您是不是就拿着这柄蝇甩子啊？""嗯，是啊。""那您这个也借给我使使……"这是借吗？崔文苦笑了，双手端起来自己这一支拂尘，恭恭敬敬地捧着来到王源的面前："王将军，此物，唉……跟了咱家二十年，咱家可没换！王将军原物拿去，可一定要亲手交还咱家。"王源点点头，知道这话里的意思，是祝愿自己能够活着回来。"哈哈，老伴伴您放心，我准得将您的这件儿宝贝带回来，到时候您得请我喝一盅。"王源接过来，往自己肩膀上一搭，嘿，那做派是真像！大家伙儿都跟着起哄乱捧他，别说，他还挺上心，一路走一路还跟这儿练练老太监应当拿什么声调儿说话。令公一共带着阃府的火山军兵卒共有五百人，兵分两路，一路二百人跟着自己，另一路三百人跟着大郎。另外大郎从代州领着来的五千镇边士卒，也都装扮成御林军，跟着一块儿到金沙滩赶赴宴会。

　　大郎扮成皇上上了龙车辇，往左边一望，嘿，二郎也扮成大丞相的模样上了一辆车。啊，有这样的丞相没有哇？长得跟蓝靛颏儿似的，下巴底下是满部钢髯扎里扎煞。拿着那个牙笏，还跟握着把腰刀一个样儿。大郎瞧着想笑，再一看右边，更可乐了，三弟延广扮成一位王爷，看那意思，是一位武将，头戴王帽，身披蟒袍。他那个儿太高啦，什么现成衣帽都不合身儿，王帽歪在脑袋上就跟猴儿顶灯[8]似的，怎么瞧怎么觉得可乐。六郎和七郎直接就做了保驾大将军了，他们俩都在阵前亮过相，不用乔装改扮。哥儿俩的背后也都跟着自己的黑白飞虎旗，自己的马、自己的枪，紧紧地跟在大哥的龙车辇后边儿。

再一瞧车队之后，是四郎和八郎装扮成了扈从随驾的马夫，在最后尾儿跟着。为什么？这个可太要紧了，所有将官、军校的马匹必须得有人管着啊。假如说没人把马匹给管好，大家伙儿进了敌营就甭想出来了。哥儿俩还带着六个火山军里的校尉在后边打着六杆大旗，正是那哥儿六个惯常出马时使用的六色飞虎旗——这是为了好认，除了六郎、七郎哥儿俩自己的金枪可以直接就在自己马匹的鸟式环上挂着，其他弟兄几个的枪就藏在那旗杆里头。这也是大家伙儿反复琢磨之后商定的办法，金枪要是露在外边儿，就怕被北国眼尖的人看出来。他们想的是，假如说双龙宴真的是辽国想和宋朝和谈，这些个枪最好还是别露相，怎么扛着去的，还怎么扛回来。要真的就是一场鸿门宴，把大旗杆放倒，从旗杆底下一抽就能把枪都给抽出来，一点儿也不碍着自己使。这些枪可都是哥儿几个的命根子，闯金沙滩没自己的枪可是个事。令公吩咐中营掌旗官陈宣负责保护六杆飞虎旗，实际就是为了保护哥儿六个的枪。后边银戟张文、铜锤程普、铁鞭高化三大家将也都化装成王侯模样的宿将老臣，有的是文官，有的是王侯……这样便于贴身保护大郎。还富余出一位杨五郎，因为五郎得随身挂着自己的斧子，太显眼，不能扮成官员，只能扮成扈从的将校，就叫他扮成随时听令的护驾军校，前后伺候着。

二帝带着随行的文武群臣亲自出来给送行，拉着几位将军的手，掉上几滴眼泪——说是收买人心也好，说是由衷也罢。令公率领着众家将、三军儿郎也一起出来了，城里的人也得走哇。大郎出行走幽州的北门，令公、二帝一行偷偷出西门，飞速赶到卢沟桥，过了卢沟桥再筹划南下的路。可是大郎出幽州，就在北门外引路的北国兵将已经守在那儿了，这个时候皇上和八王是千万不能露头的，不然一旦叫北国人发现，皇上就难脱身啦！之前就考虑到这个事了，君臣得等大郎一行人都出了幽州城，估算着辽王在四十里金沙滩和大郎碰上面儿了，那个时候幽州城外的北国哨探最是放松，令公再领着圣上急速出城。令公把大郎弟兄几个送到北门，连声叮嘱：此去赴会，得想法子多耽误工夫，工夫拖得越长，我和皇上就能多跑出去几里地。头天晚上就吩咐好了，连夜在幽州城头竖起一根好几丈的大旗杆，高耸入云！干吗呢？

早上升起来一面红旗在旗杆顶上,跟大郎、六郎约好了,咱们就以旗杆上的红旗为号,我们君臣若是顺顺利利地逃离了幽州城,自然会有军校来降落这一面红旗——这就等于说我们安全地撤离啦。那么你们哥儿几个呢,假如说双龙会北国有诈,只要是看到红旗不再飘在城头,你们能杀出金沙滩就可以往外杀了,也就不必跟北国人过多地纠缠了。可是假如说红旗还在城头,就是圣驾尚未离开幽州城,这是咱们之间的暗号,你们兄弟在金沙滩能多拖延就多拖延,坚持等到红旗落下。当然了,如果真的是和好的宴会,你们替圣驾签好了国书,安全地带回来,这是最好。最后令公又把六郎、七郎叫到一边,你们哥儿俩一智、一勇,有事多关照着,可得把你们大哥给我保护好了,谁都不许丢喽。遇见什么什么,你们该怎么怎么办……弟兄几个一一答应,怕老爹爹不放心,都劝父帅自己保重,一个一个谈笑风生,打马登车而去。

　　一出北门,没走多会儿,车驾的两边都是北国人的骑军小队跟随。走着走着,前边闪出来一哨人马,为首正是辽国元帅韩昌。韩昌来到龙车切近,在马上给大郎行礼。王源掀开帘子,大郎也和他打了个招呼。韩昌仔细盯着大郎瞧了一会儿,他昨天冒死亲身下书,就是为了亲眼看一看二帝的真容。可是他是万万没想到,杨家大郎的相貌与宋王毫无二致!好在大郎来到沙场,很少在阵前露面儿,北国人根本就不知道有这么一位替身。韩昌一看,嗯,是真的。再往两旁边瞧,哎,宋朝的文官怎么长的是这个样子啊?看见二郎延定了,大蓝靛脸,钢髯扎里扎煞,哪儿是什么丞相啊!转念一想,哦,皇上是真的,可是这丞相不一定就是真的,是武将假扮来随君保驾的,也对,不必跟他们较真了。车队往前走,哎,韩昌看见六郎和七郎了,尤其是看见六郎,吓得一捂耳朵,战马往后倒退了好几步,把头一低。韩昌是这么想的,有这两位保驾来的,准是宋朝皇帝,没错了!可是为什么没有金刀杨令公跟着来呢?心里有点纳闷儿,可是想不明白,自己先接引大家朝北走去。

　　说话就到了金沙滩了,大郎在车上长身一望,所谓金沙滩,就是一条河流故道,河水早涸,留下来黄石混着的沙滩一片,太阳一照,金光灿灿,所以当地人管这儿叫"金沙滩"。大郎一看,哪有什么荷花池塘啊,什么风景都没有，河道沙滩里是一点水都没了，是一片苍茫，哪有什么"接天莲叶无穷碧"的荷叶啊。大郎一看，心里就明白了，辽国这个双龙大会就是鸿门宴。大郎还学二帝的嗓子呢，得憋着点，大郎是武将出身啊，嗓子比皇上粗多了，也快得多，所以要是跟韩昌说话呢，得专门噎着点："啊，辽使啊，怎不见你昨日所说的这个荷塘美景哪？"韩昌差点没乐出来，哪有什么美景啊，我昨日儿个蒙您哪。可是嘴上可不能这么说，要是皇上一生气不往里进，我们再动手抓人，那可就麻烦了。"啊，您别着急，这一段儿的河流改道，可没什么水了，咱再往里进，就能瞧见水啦！咱们先到摆宴的这个行宫大营去，我家狼主还跟那儿等着呢，等商议完两国和谈的大事，我再专门给您引道。来，请，请！"大郎心说你别瞪眼说瞎话了，咱现在是由西南往东北走，上游都干没水了，下游还能有吗？哼！大郎还得假装傻皇上："啊啊，好哇，那咱们先去见狼主，呵呵！今日都吃点嘛好吃的啊？"咕噜咕噜……龙车辇就在这个沙滩上摇摇晃晃、颠颠簸簸，奔金沙滩里边就来了。

　　大家就这么往里走着，六郎可没闲着，四外打量，嘶……呀！不由得倒吸了一口冷气。金沙滩、金沙滩，这个地方是一个凹窈地儿，当间儿河道看着倒是很宽阔，两下里足有二里地这么宽，两头都是土坷垃的山岗子，土岗子的上下因为多年没有河水啦，长得满满的都是野草、灌木，后边是层峦叠嶂，林木丛生，连条小路口都没见着。这条老河道越往前边东北方走，两边儿的青石岗子越来越高，开始不觉得，可是越往里走越觉得不对劲儿。两旁边的山冈开始拱起来了，沙滩地越来越窄，两旁土丘密布，老树茂密。六郎仔细一看，灌木丛中隐隐有刀光闪亮，那么大的一个林子里，连一只飞鸟都没见着！不对，定有埋伏。

　　走着走着，六郎给旁边的五哥使了个眼色。杨五郎啊，装扮作扈从校尉，哥儿几个说好了，由他断后给打总接应。六郎一看，这个地方是个紧要的咽喉，从这儿开始里边就好比是一只口袋，我们要是杀出重围，这个地方不能丢，这个地方要是叫辽兵给占住了，把这口袋一勒死，我们可就别再想出去了。所以六郎就给五哥使了个眼色，偷偷地拉着五哥来到队伍的尾巴，拿手一指：

"五哥，您看！"五郎往六郎指的地方一瞧，不远处有这么一处高岗，岗子上是一棵年深日久的古柏，又高又大。六郎小声地说："五哥，你找个借口留在此处，这棵树就当咱们的暗号。我们要是进了金沙滩里，地势越来越低，我们根本就看不见幽州城北门上的红旗。可你要是能站在岗子上，你就能望见。这么着，你留下来在此地，再带着一些人，就守在这个口子里，以防辽军一会儿把这个口袋给勒死了。你要是瞧见城头的红旗降落，那就是父帅和万岁爷顺顺当当地离开了幽州，咱们也就可以脱身啦，那么你就用你的斧子砍倒这棵古树。你看，这一棵大树高大显眼，我们在那边很远就能望见，古树不倒，我们兄弟在沙滩里继续撑着，怎么苦熬也要撑住。一旦说瞧见你这棵大树倒了，那就是说万岁他们都已经走了，我们再往出厮杀也不迟！""嗯，咱们说好了，总接应是我的，在这个地方是最合适的。你放心吧，我都明白了！"

哥儿俩来到了队伍之中，韩昌还跟前边领着呢，就瞧五郎一皱眉，"哎哟、哎哟，嘶，我这个肚子里边怎么拧着劲儿地疼哇？哎哟、哎哟喊，将军哪！"跟六郎还打报告呢，"将军哪！我这个肚子里边好像有玩意儿在闹着呢，末将我可不能再走喽，我得到那里边去解手儿去！"一指点旁边的荒草丛。六郎还假装生气："啊？哼，贪吃生事！那你啊，就别再往前走啦，你就留在这个地方好好歇着吧。这样，给你留下来二百名军卒，罚你就在这个地方留守，等会儿圣驾回程，你再接驾回还不迟！""好嘞，末将遵令！"杨五郎自己都领着哪些人，其实昨天晚上都排练好了，五郎还假装东点西点的，你、你、你、他……你们都跟着本将军我在这儿……啊，出出恭……谁也乐不出来，都停下了脚步，眼神儿里全是不舍。留下来的，也不知道待会儿的命运是什么，继续跟着大爷往里去的，也不知道一会儿还能不能活着回来……这些人都是代州的边防部队，有的是多年的好友，有的是父子叔侄，有的是兄弟至亲。可是没办法，此刻道别，谁都不知道再过一会儿还能否再相见，也没人知道自己还能不能活着回家乡。你看我，我看你，嘴里不知道说什么好，就只能是这么盯着看……

龙车辇刚要走起来，大郎在车里忽然说了声："且慢！"韩昌一愣，不知道南朝皇帝为什么要停车，此刻自己的阴谋要是叫这位看出来了，说不好一场的厮杀下来，自己北国的军校也难免死伤不少。要是能骗他们君臣进到沙滩之内，锁拿宋君，作为人质——幽州城里不知道杨家将的救兵到底来了多少？可是南朝的皇上都成了我的阶下囚了，南朝的军心必然是大乱。再打仗，杨家将纵然英勇，我们这场仗也就注定是赢家啦！哈哈！尤其是此一战必然能擒住杨六郎和杨七郎，这哥儿俩要是被我活擒，杨老令公还能不就范吗？所以此时韩昌非常地谨慎，不敢露出马脚来。"啊？宋王天子，您叫停车驾，是何道理？""哈哈，韩元帅，你有所不知，这些人都是常年跟随朕左右的将士儿郎，此地日晒狠毒，待朕为其备足饮水，朕的车驾再进沙滩却也不迟。"哟，韩昌心说怨不得南朝有杨家将这样的英雄人物，敢情这南朝的皇帝如此对待部下将士啊？

大郎下了龙车辇，二郎、三郎也走下了自己的马车，站在地上，望着五郎和这二百名代州跟随来的军校，注目无言，由二郎、三郎亲自为每一个人带好了水袋。大郎微微一笑："弟兄们，日头毒辣，但也没什么可怕的，少待几个时辰，朕，我与辽主商谈已毕，再回来与各位一同回程！各位，保重了！"再看看五郎，"这位将军，你要小心了！"二百名军卒眼泪慢慢地流出，一起跪倒，不敢抬头，怕被辽军看出来，个个是高呼"万岁，万万岁……"大郎转身过来，脸儿冲着的可是韩昌了，"哈哈哈……各位弟兄，让你们受苦啦！朕进沙滩，辽主自然是好酒好肉！回头等朕归来，咱们自当畅饮一番！走！"

此正是：

相执话别谈笑间，英雄逐难自当先！

三本·双龙斗宴

〖头回〗

诗曰：

> 顾望沙滩起乱尘，当年曾过尽忠人。
> 列兵本欲擒宋主，见房谁惜死难臣。
> 蚁聚蜂屯争霸业，兴亡胜负几回春。
> 江山万里根基厚，御侮长城在人心！

唱罢连年征战史，还续《金枪传》上文，引出来咱这部传统评书《北宋倒马金枪传》的第四卷书《金沙滩》第三本《双龙斗宴》，书说到这儿，就是咱这部书最叫座儿的一段，叫作八虎闯幽州！

大郎杨泰杨延平假扮二帝太宗，和二郎延定、三郎延广、四郎延辉、五郎延德、六郎延昭、七郎延嗣和小八郎延顺，弟兄八人，替主赴双龙宴会，到幽州城北四十里金沙滩与辽国的大狼主天庆王聚宴和谈。既然是赴会和谈，保驾的军卒不能太多，大郎领着自己代州镇边本部的五千儿郎，连带天波府里的老火山军三百名健勇卫队，一同出发。大队来到沙滩口，六郎一看地形，知道此地必得留下接应人马，就嘱咐五哥留下来，盯着幽州城头的红旗。红旗降落，五哥就砍倒古树为号，我们瞧着沙滩里边儿情势不对，就可以杀出宴会。

弟兄话别，韩昌看在眼里，觉得有哪儿不对劲儿，也说不出来。好在留在这儿的只有二百人，算不了什么，沙滩口子两边我埋伏了五千精兵，更加上五百铁甲军，你们这点人算什么？您听好了，五郎自己留下来是留下来了，大家伙儿都忘了一件事了，五郎的枪还在四郎和八郎押着的旗杆里呢！昨日晚上，弟兄几个这么盘算、那么盘算，就是忘了这一条了！人和枪分离两处，忘了交还给五郎了。杨五郎光端着自己的两把斧子留在此处——您听好喽，这两把斧子一把是五郎原先的，另一把是临时凑数赶制的，原来那一把斧子已经被五台山碧波潭里的老蟒蛇精给叼走了。可是此时五郎没有拿着自己的青蕻藜丈八铁拐吐金枪，到后来金沙滩里大混战，六杆枪都没能拔出，自此就失落在了番邦。

　　大队人马接茬儿朝里走，大约又走了有七八里地，就看见前边儿筑起了一座矮土城，也有城楼、吊桥和护城壕，还挺齐全。城墙并不很高，都是拿木头架子支起来的骨儿，再拿土坯子糊上，一看就是刚刚草草地搭起来的。城楼上高高挑起一面大旗，上面写着三个大字"双龙会"。

　　一行人等刚走到城楼底下，两扇铁皮城门吱呀呀呀呀……叫人给搬开了，打里边儿走出来一队仪仗齐全的辽国侍臣，二龙出水式分开。最后出来的是俩大官，一身儿北国的官服，正是北国的两位老丞相：大丞相赤勒迪罕、二丞相撒尔哈齐，双双出城来迎接南朝的君臣。大郎在龙车辇上朝两位丞相还礼，俩丞相一闪身，军校推着大郎和二郎的车辇就上了吊桥了，三郎打马刚想往里进，两位丞相伸手一拦："哎，这位王爷，您和后边这些位将军的马匹可就不能再往里边儿进了，您瞧啊，这个城子里边可没那么大的地儿啊，您几位就先把马匹停在城外头吧！"三郎往城里看了看，自己转念一想，要是真骑着马进去了，这个城门很窄，这么多人往外走可够呛，好吧，不骑马也好。自己先下了马，叫人把马带到旁边的一块空地上，埋桩子拴好。其他将军、校尉也都跳下马来，把自己的马都拴在城外头了。四郎、八郎扮成了马夫，就带着一队火山军精锐装扮成的马头军跟这儿看守着大家的马匹和兵刃。六郎一直没闲着，俩眼睛上上下下仔细查看城楼上下里外的情形，心说待会儿外边这儿要是一掩城门，一抬吊桥——护城壕沟里必定是锐器，我们可就都堵在里边别想出来啦!"

想到这儿六郎跳下马来,将自己的马交给了八郎延顺保管,再一看韩昌也下了马:"啊,韩大帅!您看,这城楼之上有双龙会三个字,足见你家狼主和谈的诚意呀!"韩昌一看,嗯……可不是吗,我们虽然没诚意,但是这功夫下得是不错的。这会儿你们皇上的车辇进了土城了,可是你六郎和七郎二将还没进城,我得诓你们也进去才行,决不能叫你们俩在外边看马。"哈哈啊,六将军,这个您可以放心,我家狼主素来都是仁者心肠,他就怕咱们两国之间闹误会打仗。这回这双龙宴会就是想好好地与南朝天子聚聚,商谈两国日后的和好事宜。您还不赶紧进城,您这是……""哦,韩元帅啊,既然是两国之和谈,怎么这城楼之上,只能看见贵国的狼旗,却不见我朝的旗号哪?"韩昌一看,哟!坏了,我们没真打算跟你们好好地和谈啊,这手儿还真是给忘了!眼珠一转:"呵呵呵……六将军,您可是多心了,此地就是个临时搭建的土城,主要是怕这个季节的雨水多,万一咱们约好了是今日儿个,一下大雨,咱两国的君主都没法儿说话啦!在这儿搭建这么一座行宫,也就够啦!你们南朝的旗帜,我们现做也来不及哇。再说了,就是照着你们的做得了,万一这要是哪儿做错了哪,还得叫你们怪罪,不如不做。""哎呀,韩元帅,南人重礼,如今这城头不见两国的旗号,看起来你家狼主的诚意还是不足哇,不如……""哎,不足?足着呢!六将军您提出这个来,那您说该怎么办?""韩元帅,您看……"一指自己身后的六杆飞虎旗,"这就是我军的旗帜,我大宋的飞虎旗!咱们把两家的旗号分别安插在城门楼上,一左一右,这看着才是两国和谈的模样啊。""嗯,好吧,既然六将军你说到这儿了,就依着您,您将这六杆飞虎旗插上城楼吧!"六郎一想这就合适了,长枪在城里就是打起来也施展不开,不如插上城头。待会儿要是真的开打,陈宣在城头看着,朝里可以扔给我们谁,朝外还可以扔给四哥和八弟。赶紧拿眼睛瞅后边跟着的中营掌旗官金棍将陈宣:"掌旗官啊,你就甭进城了,你看,他这个城楼外边这块地还宽敞点儿,你们就跟这儿等着吧。今日里乃是两国和谈,城楼上却只有北国的大旗,而没有咱宋朝的旗号,这可不成,这么着吧，你带着咱们这六杆大旗到城楼上插好。等会儿和谈事了，万岁出城，你们可要小心迎候！"话里有话，给我们打好接应。陈宣明白六爷是怎么个意思，城门咱可得把住了，很听话："末将听令！"挥舞令旗，指挥着大队人马排列整齐，都下了马，在这儿留守，把马匹给围好了。都安排好了，自己带着一百名火山军将士登上城楼，把六杆大旗插在了城头。

韩昌一看，不得不佩服六郎，心细如丝，真够个大将的，沿途之上把退路都一一给把好了。二位北国的丞相和韩昌也不好阻拦，等着他们都排布好了，在头前儿带路，大家一起就走进了四十里堡的沙滩土城。一瞧，里边都是一座一座的帐篷，当间儿有一条甬道，甬道延绵有半里多地，最后尾儿那儿有一座小土台子，台子上是一座金顶黄罗宝帐——这就算是临时的行宫啦。大家举目观瞧，大帐前边有这么一片空地，遍插狼旗，天庆王就跟当间儿这儿站着呢，就见这位番王：

身高不满七尺，是个短粗汉子，身量不高，脑袋可不小，头如麦斗！大脑袋上顶着一顶镶金嵌玉的黑缎子八宝番王帽，额头上二龙斗宝，当间儿嵌一块绿宝石，毛茸茸的护耳，黑绒绒的帽檐，帽子顶儿上双插雉翎，耳旁边是胳膊粗的花狐尾搭甩在胸前，身上穿着明黄缎子的绣龙马褂，内衬滚龙袍，脚上蹬着一双千层牛皮的金龙闹海靴。再往脸上看，面赛姜黄，两条大红火焰眉，一对细长的三角眼，眼角拉出来两道鱼尾纹儿，不笑也是笑模样，狮子鼻，血盆口，颔下是遮胸盖腹连片的大红胡子。

身后跟着六位丞相，文的两家，武的四家，一个个肚大膘肥，摇头晃脑，不可一世。连前边大丞相赤勒迪罕、二丞相撒尔哈齐在内，这八位老丞相都是辽国的镇国老臣，个顶个儿的大白胡子，跟这儿张望呢，都想瞧瞧宋朝的皇上是什么模样。

大郎下了龙车辇，走上台来，跟天庆王施礼，两下里君君臣臣，强颜欢笑，纷纷见礼寒暄，天庆王把几位给让进了大帐之中。二郎和三郎，一个装扮成丞相，一个装扮成王爷，王源和张文几个扮的是太监，手里拎着蝇甩子，都跟着进了大帐。七郎和六郎也要跟着一块儿往里进，大帐门口有辽国的侍卫官给拦住了："且慢！黄罗宝帐，不许携带兵刃入内！这位将军，您这个可不能带进去，请您在帐外伺候吧。"噢？七郎还拎着自己的枪呢："嗯？"七郎一瞪眼，刚要耍横的，韩昌瞧见了，赶紧过来给圆场："哈哈哈哈，七将军，您别价！咱们现在是和睦为邻啦，您怎么还拿着这个家伙进大帐啊？要不然您就在帐外守候？""哼！韩昌，城下你要扎我的账我还没跟你算呢，你还敢跟我说和睦？不成，七爷这枪是绝不离手，待会儿我好跟你好好地比画比画！"六郎心说这会儿还不能跟辽国君臣说崩了，这会儿要是动起手来，幽州城那边圣驾是不是出了城还不知道呢！还是六郎会说话，赶紧拦着七郎："呵呵，韩元帅啊，我们哥儿俩乃是保驾的将军啊，不带着兵刃陪着万岁爷，就等于是未尽职守啊！您看……""对！对！可是拿着这个进去——也不像话，就跟要打仗似的。六将军，您瞧，我们这个大帐里可是没人带着兵刃哪！要不这样吧，您和七将军呢先把这个枪放在大帐外头，您要是觉得光有我们的军卒在外边守着还不放心，您几位可以挎着佩剑进去，您看怎么样？"

六郎瞧了瞧大帐之外自己的兄弟们插旗守候的地儿，嗯，倒是离宝帐也不算远，真要是动起手来，自家弟兄们往里递送兵刃也来得及。"嗯，好吧，韩元帅，那我们就听你的啦！"把哥儿俩随身的家将——肝、肺、肚、肠、昌、显、炅、明都给叫过来，你们哥儿八个把我们俩这个枪可得给看好喽！"是嘞，六爷、七爷，您二位就放心吧！"这哥儿八个就跟土台子前带着跟进来的三百名火山军将士把皇上的龙车辇和大家的兵刃看好，六郎和七郎就携剑进帐。韩昌一看，这伙人都进去了，嘿嘿地冷笑几声，自己并没进帐，一个人慢慢儿地退到后帐去了。

再说两国的国君和随身的大臣进了宝帐，天庆王在右，杨延平在左，各自落座。因为是两国的国主和谈，得平起平坐，所以把当间儿给让出来，正位上不分宾主，两个皇上一边儿坐下来一位，就这么雁别翅分开斜对着。天庆王的右手，按顺序排开是八个座位，北国的八位老宰相四文、四武挨个儿落座。大郎的左手下边也是八个座儿，这是预备好了的。那么按顺序先落座的是假扮成王爷的三郎延广，好嘛，这位王爷头如麦斗大小，面似朱膘漂染，两道马蹄花绞眉，一对金环豹子眼，颏下是满部的虬髯，遮胸盖耳。天庆王和北国的几家王爷宰相见着就愣住了："哈哈哈哈，我说雍熙王兄，这一位上回本王我可没见着哇，您何不给引见引见？"大郎在幽州城里早就排练好了："哦，天庆王兄，这一位乃是我大宋的九王爷。天底下都知道有朕的皇侄八王，却不知道还有这位九王爷，乃是朕的亲兄弟。""哦，既然是九千岁，失敬失敬！"三郎也不多说，上前落座。下一个是假扮成丞相的二郎延定，二郎上前，咧嘴一乐，好嘛，把几位北国的老宰相都吓了一跳！这位面赛蓝靛，豹颚虎头，粗眉大眼，秤砣鼻，血盆口，颏下扎里扎煞的黑钢髯，比方才那位一点也不差，这哪儿是什么宰相哇？"这位乃是我朝的右班丞相李正李大人，来，李大人还不谢过天庆王兄？"哪儿有什么李正哇，不是有一位李昉吗？二郎连头都不抬，闷声落座。后边还有六个座位，再往下轮就到总管大太监王源啦！王源一看，赶紧招呼张文、程普、高化这仨兄弟落座。还剩下俩座儿，天庆王就问了："哎呀，赵王兄，你身后这两位保驾的将军也请落座吧！"七郎一看，心里话我可不能离了我大哥左右。鼻子里哼了一声儿，晃当当直愣愣地往大哥身后一站，就假装听不见了。大郎点点头，扭头瞅了一眼六郎，又瞥了一眼大帐的门口。六郎明白了，最后俩座儿最靠外，离宝帐的门口只有三步远，自己要是守在这个地方，等会儿万一有什么变故，自己抽身最快，好给大家伙儿开路。六郎不等大哥张嘴，自己晃身躯来到下手，往第八个座位这儿一坐，目不斜视。天庆王一瞧，得了，也只得如此啦！"好好好，赵王兄，既然是远道而来，这也不是第一回喝酒啦，咱们先来一杯洗洗尘！一边喝着，咱们再商谈两国和谈的大事！"

有小番给端上来酒杯、酒壶，又由侍臣上来，给大家都挨个儿斟上酒。大郎就这么瞧着，就见自己面前的这个酒，是自己身后的侍臣从自己桌上的酒壶里倒出来的，跟天庆王的酒并不是出自同一只酒壶。这个侍臣倒完了，就站在自己身后靠当间儿的地方，端着这酒壶等着。等酒都满上了，天庆王把自己面前的酒杯就给举起来了："来来来，咱们俩已然是二回相见啦，有道是一回生两回熟,就甭客气了,来,为我两国结为百年睦邻之好,先干此杯!"拿起来,一仰脖儿,这杯酒就给搁下去了。呀!大郎一看,我怎么办呢?我是喝还是不喝呢?

哎,大家伙儿都举着杯要喝呢,就趁着这个时候,自己把酒杯一抬,眼睛就盯着天庆王,一看天庆王低头没看着自己,唰,把酒就给折到自己的袖子里了,完后还咂巴嘴:"嗯、嗯,果然好酒!哈哈哈哈,耶律王兄,有感盛情!有感盛情!"酒杯放到桌案之上。身后的辽国侍臣又来了,先给天庆王满上,再给大郎也满上。这会儿天庆王耶律尚又把酒杯给举起来了:"来来来,赵王兄,你我二人实是难得一见哪!就为了咱这二回见面,看来是有缘,来,酒饮二杯!"又一仰脖儿,这杯酒又下去了。大郎跟着一乐:"好好好!耶律王兄,请了!"把酒杯给举起来了,得,刚才那招不成了,怎么呢?天庆王就这么一直瞅着自己,要是再往袖子里泼,可就瞒不住了。

"啊……耶律王兄,请了!"天庆王眯着眼儿就跟这儿盯着大郎,哎,我得瞧着你喝——您请吧,呵呵……旁边假扮太监的王源也一直盯着呢,哦,天庆王老盯着大爷,大爷本不想喝,刚才那杯给搁袖子里了,这杯可就不好办啦。王源灵机一动,一指前边的大宰相赤勒迪罕:"哎,这位老大人,您刚才那杯酒可没喝完哪!别放下,别放下!哈哈哈哈,您可得喝完喽!"老宰相一看自己这杯酒,嗯?我干啦,没剩下的了啊?可是满帐的人都往他这儿瞧,大郎把自己这杯酒又是一折,洒洒到地上。天庆王再一瞧,哟,没看着,嘿!天庆王又吩咐来人给——斟酒:"来来来!赵王兄,咱们这叫不打不相识,啊?哈哈哈哈,来,就为咱们这个化干戈为玉帛,再饮一杯!"大郎把这杯酒给端起来,这可怎么办?哎,有了,"好,耶律王兄,您方才说不打不相识,您说得好!这一仗,南北两朝不知道死伤了多少将士英豪!如今两国罢兵休战,咱们可不能忘了这些位为国捐躯的英烈!来,这杯酒,朕就敬给那些将士英豪!"说完了不容天庆王拦着,一挥手把酒朝地上一洒,算是给亡魂喝了。"哎,这个……他,这个,嗨!"天庆王一挓挲两只手,得了,好吧,把自己的酒也给洒地上了。不能再劝酒了,开头这个酒只能是三杯,再多劝就算是耍无赖了。

　　天庆王回到自己的座位上，来！上菜！有人把吃食都端上来，这个叫国宴，不会是真吃，再说也根本就不是为吃饭来的，所以上的菜并不是叫人解馋和饱肚子的，只是一种礼仪，就为讨那么一个说法。大家伙儿就见端上来的第一道菜，是一个大盘子，里边黄澄澄的，挺好看，大老远还看不出来是什么，等离近了才能瞧出来，这黄的是拿南瓜瓤子雕刻的盆景儿：有山川河流、松柏杨柳、草场牛马、农田茅舍，可以说是栩栩如生。就在这个山川当间儿，南瓜瓤子让出来一小块空地儿，当间儿架上一个小炭火盆儿，盆儿上还支起来一只小砂锅，里边咕嘟咕嘟着一锅子汤，里边是什么东西瞧不清楚，反正闻起来喷香。大郎一看，真不知道这是什么菜，听都没听说过！不知道自己该怎么下筷子，就瞅天庆王。天庆王哈哈大笑："赵王兄，这道菜可是我北国的名菜哪！就请我国的大丞相给您讲解讲解！"

　　大丞相赤勒迪罕就上来了，背着手儿起身儿，"呵呵呵呵，雍熙天子，您就听我给您说说吧！这个锅子里边，您可别小瞧了，哎，乃是我们北国有名的烧燎白煮①！都什么东西啊？是猪肘子、后臀尖再加上前后腿的肉，先拿柴火烧，这个烧可有个讲究，不能烧糊喽，肉得熟，皮儿不焦，所以叫燎。燎完了以后呢，再搁到锅里边用水煮，煮的时候啊，什么作料都不放，所以叫白煮。您听好喽，这个做法儿，在我们北国有个简称，就叫作'燎煮菜'。可是有年头儿啦！不信您看看，您看看这嫩还是不嫩？"赤勒迪罕拿起自己的筷子凑到大郎身前儿来，您看看，这肉嫩不嫩？大郎哪儿有防备呀，不知道这天庆王葫芦里卖的是什么药，自己也拿起自己的筷子来，在这白肉上戳了几下，可不是嫩吗，烧烤完后水煮！"嗯，老丞相您说得不错，嫩！"连连点头。赤勒迪罕心里偷着乐，南朝的皇帝喊，我就是要你点头，一会儿你就点不动啦！"嫩就对啦！您再看，这个托盘儿里呢，是师傅拿南瓜瓤子雕的，叫万里江山。哎，雍熙天子，您好好看看，这是崇山峻岭。您看这儿，

---

① 老北京著名的满族传统饮食改革而成的经典名吃。

这儿是江河湖海！您看，这个地方还波浪滔天哪！您再看这儿，这儿是小桥流水人家。您说，这雕得怎么样？""雕得好！"大郎接着点头。"雕得好吧？您再看，这可不能就这么生着吃，今一大早就得把它放到大锅里蒸，这一蒸熟了才有这足足的香气呢！这叫什么呢？叫蒸南万里香！您闻闻，香不香？""嗯，香！"杨大郎不知道这老爷子想要说什么，连点了三回头，赤勒迪罕诡谲一笑："哈哈，这两样儿拼在一只大盘子里端上来，我们北国这道菜有个大名，就叫'燎煮蒸南万里平'！"

〖二回〗

　　金沙滩双龙会上南北两朝斗宴。坐下来后，天庆王击掌上菜，上来的第一道是蒸南瓜加烧燎白煮——这位大丞相编了个谐音词叫"辽主征南万里平"！哦……大郎听完还跟这儿点头呢——刚才被引逗着连点了三回了，习惯了。就听见满帐的辽国臣僚无不哈哈大笑，连带后边的侍臣也都笑得直捂嘴，个个都是指指点点，嘀嘀咕咕，看起来面带嘲讽之色。嗯？大郎一皱眉，不知道他们在那儿笑什么，可是知道必定没有好话。

　　这可就把大郎给难住了，虽然说北国的宰相将这道菜给讲说了一遍，但是可没说该怎么动筷子吃，自己手里握住筷子，一大盘子南瓜雕的菜就在自己的脸前由侍臣托着，自己要是不动手，于礼节不符。可要是妄动筷子，没学问，可就得遭北国人的笑话啦！这会儿自己还没下筷子呢，北国君臣是连连大笑！大郎光看着南瓜瓢子新奇了，他没听出来，王源可听出来了。什么啊？他们这是取这个谐音哪，"燎煮蒸南万里平"说的就是"辽主"，可不是"烧燎白煮"的燎煮，而是辽国狼主的辽主。"蒸南"，哪儿是蒸南瓜啊，是征讨南朝的征南。连在一块儿就是"辽主征南万里平"。这是在羞辱南朝君臣呢，你看，我们北国兵强马壮，你们的江山就好比是这盘菜一样，早晚得让我们给你平喽！这是在嘴上找便宜。

　　按说两国君王会宴，应当好好地商议军国大事，该说什么你就说什么，找这种便宜话有什么用呢？要依着大郎这哥儿几个，不理他们这茬儿也就算了,可王源不干。老将军眼珠子一转,主意就来了,把拂尘一撸,走到前面,跟大郎说话:"万岁,辽主千岁!"他把这个"辽主"俩字学得跟方才赤勒迪罕说的调儿一样,干吗呢?叫大郎明白明白。哦……大郎听明白了,"辽主"和"燎煮",敢情刚才这道菜,他们那是借着这个菜名损我们哪!大郎醒过味儿来了,身边的这几位也都反应过来了,哦,不是王源叔父提醒,咱们还没听出来哪,什么"燎煮"啊,是"辽主"!大郎一看王源还瞅自己呢,"噢,王公公,您……这是有什么话要说哇?"

"呵呵,万岁,这道菜,咱们宫里头也有哇,难道说您忘了不成?"大郎一打愣,心里话宫里有没有我哪儿知道去哇?就算真有我也不能知道!转念一想,宫里有你王叔父也不能知道,您又不是真太监。哦,这是叔叔拿话来引我,"哎呀,王总管哪,卿家!朕我是日理万机,早就淡忘啦!卿家你是内廷大总管,自然是你最熟了,你给说说,咱们这道菜又唤作何名哇?""嗨!万岁爷,您可真是贵人多忘事!上个月您不是还在宫里用过这道菜呢吗?天庆王这是讲究哇,咱们招待辽国的使臣也是这道菜,也是这个南瓜雕刻而成的万里江山啊!咱这道菜可不能吃,只能拿筷子在南瓜雕刻的江山上边扫一下,就取这么一个吉利话儿,您想起来了吗?"说着话,起身离座就过来了,帮着大郎把筷子给送过来了,一努嘴,那意思,你啊,别吃,就拿筷子把他这个江山万里给扫平喽!大郎明白过来了,很听话,拿起筷子来,在这个南瓜江山顶上拿筷子一拨拉,南瓜是面的啊,筷子一扫,就都塌下去了,师傅的刀工都白搭了。

扫完了以后,王源说:"万岁,您那筷子可不能留着,得搁在这个里头,好取这么个吉利!""哦?好,听公公你的。"大郎把筷子给扔到里边了。嗯?满帐的辽国君臣没明白,什么意思呢?就看王源,"好嘞!"把盘子就给端起来了,"来来,丞相啊,您也来一筷子!"给二郎送过来了。二郎不知道他犯的是什么坏,就跟大郎学,也扫了那么一筷子,完了把筷子一扔,也都放在这南瓜江山里。王源转身再来到天庆王的面前,"狼主千岁呀,您也来这么一筷子吧!这是我们南朝的规矩,扫这么一下子,这个菜就算是用啦,就得撤下去了，咱再上第二道。"天庆王一琢磨，哦，我也得扫这么一筷子？也好，反正也把话都说明了，这道菜也就没用了，吃与不吃都成。也拿筷子在那南瓜山川上边扫了一下，把筷子往上边一放。王源乐了，端着这个盘子，挑着刚才那个大丞相赤勒迪罕，"来来来，老大人哪，您也来一筷子！"大丞相也不知道他要干吗呀，也跟着扫了一筷子，扫完后把筷子一扔，丢在里边。王源端着这大盘子走到当间儿，跟辽国的几位大丞相就说了："列位老大人啊，在我们南朝也有这么一道菜，巧了，也是在宴席开头上的，叫什么呢？我们叫万里江山一扫平！今日儿个赶上你们北国的这个菜加在里头了，咱可以给加个帽头儿，这个就得叫'辽主江山，八杆金枪一扫平'！啊？哈哈哈哈！"王源这个人机灵，你们不说这盘子里是辽主的江山吗？好，这话得看怎么说，我有办法给你反过来，来一个"八杆金枪一扫平"，比原来那个菜名儿还好听呢。几个辽国老头儿都傻眼啦，没法再往回找话了，吃了个哑巴亏儿。

　　老丞相中有位耶律虎古是个武将，他听不明白，还问哪："哎，你说这个叫'辽主江山一扫平'还差不多，可是这'八杆金枪'是打哪儿来的啊？"王源一乐："您瞧啊，扫完了以后，把这四双筷子往里一丢，这不就是八杆金枪吗？"满天下都知道杨家兄弟是八虎将，八杆金枪闯幽州救驾，这么一来，这道菜就不是辽主扫南朝的江山啦，改成八杆金枪扫了大辽的江山。嗨！天庆王一跺脚，我们怎么那么糊涂哇，瞎跟着他扫的什么劲儿啊？嗯……本来想能借着这个话茬儿羞辱宋王一番，逼着他翻脸，然后我好翻脸……嘿嘿！别忙，我们还有下一道菜哪！北国君臣心里窝火，得了，看看我们的第二道菜，倒看看你有什么本事，还能够再给你南朝找回颜面。

　　接下来有人给送上第二道菜，什么呢？一只大托盘里，四角各有四样儿一套的小烧碟，当间儿是一只中个儿的圆盘儿，四样儿小烧碟里都是什么吃食呢？大丞相赤勒迪罕心有不甘，晃晃当当又上来了："雍熙天子哇，我再给您说道说道。来，您瞧这个，四样儿小烧碟里边儿分别是肘子肉、杏仁儿、炒猪肝儿、炸鹿尾儿。当间儿围着的这个圆盘子里边啊，这个是拿元宝肉围着九个馄饨，哎，这个菜您要是吃的时候啊，得先拿筷子夹走一个馄饨，这个馄饨呢,又叫'蒸而炸',先蒸后炸,做得都是皮儿薄倍儿脆!您一夹,就得破喽,这一破可就对啦!来来来,您先夹一个,我再跟您讲这个有什么说道。"

大丞相这回是学乖了,我先不跟你们说出来,我一说出来,你们又得给我搅和喽!我来让你,你还能不夹这一筷子吗?大郎横竖没瞧出来这里边有什么说道的,好吧,拿筷子一夹这个馄饨,噗!馄饨露出馅儿来了,还是香气扑鼻!这菜做得是不错的。赤勒迪罕乐了:"哎呀,太好了,这可就应了我们这个菜名了。您看哪,这个四样儿打头儿的这个是肘子,还是先烧后煮,我们北国人管它叫胡肘。"王源跟这儿仔细地听着呢,心说,嗯,没胡说,确实是这么叫。"这一碟儿里是杏仁儿,这是酱汁炒猪肝儿,您待会儿好好尝尝,可是好东西;这个炸鹿尾儿呢,就是靠着它那尾巴上的油,很出味儿!这四样儿加在一块就叫'胡仁猪鹿'。您再瞧,这个馄饨在我们北国的宴会上哪,都叫它元宝。再拿这个元宝肉在当间儿这个盘子里衬着,就叫'中原',筷子一夹,'扑哧'一下,馄饨露了馅儿了。这个呢,都合在一块,我们给起了个名儿,叫作'胡人逐鹿破中原'!怎么样?您品尝品尝。"大郎一听,得,我上了当了,不应当听他的去夹这一筷子。

王源一听,嘿,你们这帮子人不读书,哪儿有自己说自己是胡人的哪?哎呀,我看看得怎么回他们这个话呢。还是他机灵,哈哈大笑,走到当间儿,给大郎跪倒:"恭喜万岁!贺喜万岁!""嗯?王公公,朕是喜从何来哇?""万岁,辽国君臣可是一片赤诚啊,他们这是拿菜名儿来跟您请罪呢,他们这是认了错啦!是在跟您说哪,情愿岁岁来朝我大宋哇!"嗯?在场的全都愣啦,哪儿能听出有这么一层意思呢?"呵呵,您瞧啊,干吗非得是九个馄饨呢?不多不少,正好是九个。"赤勒迪罕心说,干吗是九个,做得了馄饨,那个盘子就能盛下九个,这还能有什么说的?大郎不知道王源想要怎么往回找,但是知道这位叔叔的脑瓜灵,就跟着说:"嗯,着哇,这不多不少正是九个!"就跟捧哏的似的。"您瞧瞧,九个馄饨比喻是什么呢?就是社稷之九鼎啊!天下九州哇!这要是大丞相先教狼主下筷子,那就完了,那是他大辽国要反,那是要问鼎中原。人家是要您拿筷子先在当间儿顶上这么一点,您没看出来这是什么意思?"赤勒迪罕心说,嘿哟,不但你们皇上没看出来,我都没看出来!我听听你还能怎么说。"哈哈,王总管,朕我岂能不知呢,因此上我这不是点了吗?""要不怎么说还是您圣明呢!您这一筷子,单点当间儿,就把这道菜的菜名儿给定住啦!大丞相,我跟您说说,您刚才说的什么来着?咱家我是没听清楚,什么猪啊鹿啊的,那都不雅!""哦?王总管那您说什么雅?""先下手点馄饨,这叫作中原定鼎!我们万岁爷这一筷子下去,九州治平,九鼎点定!""嘿,你可真能绕!好,就算是九鼎点定。那你说说,这四碟儿小菜我看你怎么说?"王源一指围着四边的小碟子:"就这四碟儿吗?大丞相您可真是客气啊,您让师傅们费劲将这些小菜儿都剁得是这么碎,您这是为什么呢?"赤勒迪罕一愣,干吗剁碎了?刚才没仔细看,因为词都是背的,不用看。这会儿低头一看,果然,连带肘子肉和杏仁儿、鹿肉脯和炒猪肝儿,做得了以后全都给剁得细碎才装在四个小碟儿里的。嗯?这个我可不知道,扭头问上菜的侍臣:"谁做的这个?这是怎么回事,干吗剁得这么细碎?"侍臣哪儿知道哇,"这个嘛……"还是那位耶律虎古嘿嘿地乐了:"大丞相,您别怪罪他们,这是我吩咐这么做的。我这两天牙不好,特意地先去了厨房,嘱咐大师傅们,凡是有那炸的、炒的、干的、啃的,都给我剁得细碎些。看意思,这是为了照顾我做的。"赤勒迪罕摇摇头,这个大老粗,也就这样吧——嘿,琢磨过来了,我管你碎不碎呢,"王总管,这道菜如今切剁细碎了,又怎么样呢?""您这就是故意的啦,当间儿四边的小碟儿里都切碎喽,合在一块该叫什么啊?""那您说该叫什么?"王源再给大郎鞠躬,"万岁,这是您的中原定鼎!"再一指天庆王和赤勒迪罕,"四方小碟,是他们的,叫作:四方岁岁永来朝!"

嗨!赤勒迪罕眼珠子都瞪圆了!气得胡子乱吹,不知道该说什么。二丞相撒尔哈齐一看,我得给我大哥圆场儿啊,站出来面带笑容,先把赤勒迪罕让到座位上坐好,自己站出来,双手击掌,请出来第三道菜。四个人抬着一个出了号的大木托盘,里头呢,是一整只的烤全羊,皮焦里嫩,还做了个架子撑着这个羊身子,好像还活着站在那儿似的,底下是拿荷叶包好的羊血肠,也叫羊霜肠,一根一根,有红有绿,还挺好看。撒尔哈齐心里琢磨,我别说那么多花样了,说多了叫那个老太监找着毛病,我还麻烦。微微一笑,把那切羊肉的刀抓起来,刀头冲着自己,刀把冲着大郎就递过来了:"呵呵,您先品尝品尝这一道菜,没那么多的说道,就叫'羊(杨)在堂前,任我宰割'!哈哈哈哈……"

啊?大郎一听,这个是冲着我们家来的,我这个刀下还是不下?下,应了他们这句话了,不下,我该怎么下这个坡呢?没法子,回头瞧瞧王源,我该怎么办?王源走上来,把刀给拿过来:"万岁,老奴我给您伺候着。"说着话,这手可快,没奔烤全羊去,而是把底下的荷叶给掀开,切了一块羊血肠,递到大郎的碟子里。王源知道这种东西下不了毒,吃了没事,然后把刀给顺到荷叶包上压着,一扭身,四丞相还跟这儿呢,"老大人,您那个名儿可起得不好,太不吉利了,这哪叫吉利话啊?"四丞相说:"哦?我这个不吉利?那你说说。"王源说:"要我说,咱把这个刀往这一摆,这个名儿就来了,叫'刀压叶绿(耶律),一羊(杨)定太平'!""好!"杨家众将全都跟那儿叫好,嗬,把天庆王给懊忿的,哪壶不开提哪壶啊?怎么回事呢?当年老令公挂帅扫北,就一直打到了幽州城下,最后天庆王和一班大将要趁着深夜劫营,中了令公的计了,把辽主团团围困,天庆王硬着头皮跟令公对战,叫令公打下马来,就拿刀压着脖子,逼迫辽国归顺大宋。直到国母萧绰送来了国书顺表,这个刀才拿开。到现在,天庆王的脖子上一直还留着一道大疤瘌,那刀太沉,把脖子都压破啦!这是天庆王最丢脸的一件事,把他给气的,心说这个大师傅也是,你没事儿往里摆什么荷叶包啊?

二丞相撒尔哈齐气得一跺脚,转身儿回去了,跟大丞相老哥儿俩互相看一眼,都大低头不说话了。宋朝的假扮君臣都跟这儿哈哈大笑,王源问:"大狼主啊,您这三样儿菜都不错啊,还有第四道吗?"把天庆王给恨的,还上啊?得了,得了,甭上菜啦!你们这些不学无术的老糊涂,这有什么用?!"来呀,歌舞伺候!"有侍臣在后边儿一拍巴掌,就看见有一队人从后帐走过来了。

耶律虎古这个时候才听出来，哦，你们是拿这个菜名儿对着骂街哪？直气得哇呀呀地暴叫："尔等酒席宴前，来来去去光斗嘴贫舌，现在又要听这些个靡靡之音，哎呀，实在是太败兴致啦！"这都是天庆王和几家老臣商量好的话，他跟这儿一嚷嚷，自然就有人问了："哦？请问耶律丞相，您还有什么更好的节目吗？""啊？我嘛，我有啊！我来给各位唱上一曲如何？"这是把本来排练好的给忘了，开始胡说了。你自己不是说的别听什么靡靡之音吗？天庆王眼珠子都快蹦出来了。好在有明白人，武丞相当中还有一位乌古迪烈，排练的时候都记住了，替耶律虎古说话："大狼主，为臣麾下有一'剑奴'，擅弄剑舞，咱们都是打仗出身的，咱们喝酒得瞧这个呀！""好，那你就快快传上剑奴，咱们和宋王天子也好一同观赏剑舞！"话音才落，"小奴遵旨！"打后边儿就进来一位。把天庆王给气的，你倒是等会儿再进呀，噢，我刚说完话，你就进来啦？嗨，这不都露了马脚了吗？

就见此人，身穿皮衣、皮裤，腰扎牛皮带，外套一件羊皮坎肩，光头，没戴帽子，露着秃头髡发。什么叫髡发呀？就是把脑袋顶上和后边的头发都剃光了，就留着额头或者鬓角的头发，搭甩下来，这是契丹人的发型。再往脸上看，面似淡金，黄脸膛，高挑眉，细长眼，鹰鼻小口，嘴上留着两撇八字胡，手里头倒提着一口剑。别瞧他眼睛细小，眸子里边是炯炯放光，低着头，拿着小碎步走到大帐里头，先给大狼主磕头，再给大郎鞠躬，礼节有别，但是毕恭毕敬。没家主人的吩咐，没敢贸然舞剑，擎着剑就跟旁边这儿站着。天庆王觉得面子挺足，你看我们斗嘴斗不过你们那老太监，但在我们这边，这样的人，啊，只是一个家奴！是家奴吗？哪的事呀，此人乃是北国头年的武状元，名叫耶律奚底。这个人可太厉害了，精通十八般武艺，尤其是能开硬弓，有百步穿杨的绝技，被天庆王封为保驾大将军，专门给天庆王当保镖的，所以在阵前大家都没见过。今天耶律奚底装扮作一名家奴，要在宴前舞剑，是天庆王和他都商量好了的，到时候一叫你，你就出来。

大郎心说，多拖延一段时间才好呢！"好哇，耶律王兄，您这个节目我们都爱看，朕我也是马上皇帝。那么您就请这位给我们舞上一趟吧，叫我们也开开眼!"这是北国人预先就排练好的,"二帝"说话还不管用,剑奴给大郎鞠躬,再回身给自己的主人磕头——本来是应当耶律虎古说的话,叫乌古迪烈说了,那你应当是给乌古迪烈磕头哇。皆因为这四家儿的武丞相王爷里,属这耶律虎古的势力大,今日什么事他都要抢先,排练的时候都说好了是他的事。这位剑奴太紧张了,根本就没听着刚才的话,还以为是按排练好的来呢,跪倒在地给老丞相耶律虎古磕头:"剑奴见过主公,南朝皇帝说是要看剑舞,但不知您要剑奴做何剑舞?请主公示下!"乌古迪烈一个劲儿地给他使眼色,快,你小子得来找我来,你得给我磕头!这位给弄糊涂了,啊?耶律虎古一犯糊涂,也忘了自己下边的词了:"啊?啊,这个,嗨,你不是我的,你是他的!"拿手一指乌古迪烈。乌古迪烈呢,臊了个大红脸儿,这可够瞧的了!"好啦好啦!剑奴,既然你也来了,就给狼主和宋王天子舞上一套屠龙剑术!"耶律奚底说一声"小奴遵旨",噌!蹿上前一步,来到当间儿的这块空地,双脚并立,右手倒提宝剑,左手扣一个剑诀,啪!先把手里的剑给横在面前,一跺脚,丁字步一开,唰!冲着大郎先来一个仙人指路,剑尖直指大郎的鼻尖,然后接一个野马分鬃,把宝剑一摆,就朝了后了。六郎和七郎都好好盯着,哟!好剑!什么白蛇吐芯、燕子穿云、仙鹤亮翅、枯树盘身……一招一式,都很吃功夫。练剑的讲究"剑走一偏",剑可跟其他的兵刃不同,剑刃薄啊,剑身也轻,根本不能和其他兵刃相撞,要身不呆、手不钝、目不滞、步不迟,轻灵巧妙,剑要扎出去就得走偏路。六郎和七郎在后边一看,哎哟,这个哪是什么家奴啊,这样的剑客可是太难得啦!大家都跟这儿很认真地看耶律奚底舞剑。哎,看着看着,不对呀,耶律奚底的这个剑怎么一个劲儿地往大郎这儿指哪?看那意思是来给宋王献艺,但是六郎和七郎这么一看,明白了,哦,这还真是学人家鸿门宴呀?这个舞剑的不就是学项庄吗?

〖三回〗

　　杨大郎替二帝赴双龙会与辽国狼主和谈。大宋朝的王爷、丞相都是杨家兄弟改扮的，大太监是金枪手王源化装的。酒席宴前，辽国丞相借菜名来挖苦南朝君臣，没能得逞。天庆王一看，来文的不成，我们不如你们；我跟你来武的呗！召唤来剑奴耶律奚底，说是舞剑，可是剑剑不离杨大郎。六郎和七郎一看就明白了，这是项庄舞剑哪！
　　难道说，天庆王是想要在酒宴之上借舞剑把宋王置于死地吗？当然不是。天庆王这次摆设双龙大会，的确是鸿门宴，但是他用的是两条计：头一条叫"威慑宋王"，借着这个双龙大会，斗文斗武，叫宋朝君臣威风扫地，然后一步一步逼宋朝皇上归降北国，割让城池疆土；第二条是下策，实在不能逼得宋王就范，还有绝户计，再下手要宋王的命，双龙宴会的土城外边已经布下了天罗地网！这个地方假如说没来过，想跑出去，比登天还难，就只能走当间儿沙滩一条道。刚才咱们说啦，六郎已然识破，瞧出来河道两旁，早就埋伏下人了，所以把五郎留在了河道凹地口，防着待会儿要真的打起来，我们往回败退，别叫北国人把自己给圈在里边了。所以说，耶律奚底在这儿舞剑，不是想杀大郎，而是吓唬一下大郎，把剑往前送，天庆王想着只要是宋王在酒席宴前叫耶律奚底的剑给吓得一往后靠椅子，哎，这北国的面子就算是找回来了。
　　七郎不知道啊，他一瞧，剑奴的这个剑越舞离大哥的脑袋越近，嗯？想干什么？真是鸿门宴不成？你是想学项庄吗？再瞧大郎，身为大将，惯看刀兵，根本没当回事，还跟这儿是谈笑风生。唰啦，七郎把自己身上带着的佩剑也给抽出来了，踏上前一步，先跟自己的大哥说："万岁，一个人舞剑没什么好看的，臣不才，愿为万岁与辽主千岁献丑，与这位英雄对舞！""哦？哈哈哈哈，七将军，既有此兴致，朕也很想瞧瞧你的剑法，好好，你也上前和辽国的剑奴对舞一番！去吧！""谢万岁！"七郎往上一跨步，"来来，我来领教领教你的宝剑锋利否！"唰！一剑就奔耶律奚底的面门刺过来了，这叫"白虹贯日"。耶律奚底拿自己的剑一拦，双剑就碰到一起了，"当啷"，火星迸溅。七郎再晃剑来抢他的肋下，耶律奚底一侧身，闪得很巧妙，剑走偏锋，来抢七郎的手腕。就这么着，双剑对攻，可就打在一处了，哪是对舞啊。七郎并不精通剑法，要论剑法，和这个耶律奚底没法比。但是七郎这口剑可非同一般，七郎用的这口剑乃是一口古传的宝剑，是他太祖父老元帅杨世厚在魏州搜集来的，后来传了下来，一直传到了八虎手里，每个人手里都有一口宝剑。到七郎这儿，因为他的力气大，给了他一口重剑，剑刃宽、剑脊厚，可以切金断玉、削铁如泥。耶律奚底的剑也是一把好剑，但是和七郎这口剑没法比，刚一碰着，仔细一瞧，自己的剑上就崩了裂璺了。哎呀，太心疼了，他这一心疼剑，得，和七郎的对舞就落了下风了。再想吓唬宋王，可就够不着了，叫七郎给一步一步地逼到了后边，越往后退，可就越靠近天庆王。

　　七郎一瞧，哎，我可要得劲了。唰唰唰！连抢三剑，都挂着风声呢。耶律奚底剑法虽好，但是帐篷里边的地方太小啦，他要想靠剑法赢七郎，可一下转不过来身儿啊。没步法的转换，哪能把剑法施展开来啊？又不能往旁边闪。为什么呢？他一往旁边闪开，狼主就露出来了，可不能叫天庆王犯险啊。所以他只能咬着牙跟这儿顶着，怕七郎的剑，只能是巧于应对，专找偏门，找七郎的手腕，叮叮当当，一边对剑一边一步一步地往后撤。哐当！怎么？耶律奚底的后腰可就撞着天庆王的桌案前沿儿啦！天庆王一看，哎哟，到我这边啦？自己的桌子哐当，叫耶律奚底后腰这么一撞，就晃荡了，朝自己这边一歪，呀，赶紧，把酒杯放在桌子上，拿自己两只手一扶，等于是把耶律奚底给顶上了。

可是这么一扶,天庆王想撒手就不能了,耶律奚底就靠着这个桌子支着呢,挥舞宝剑和七郎对剑,越打越吃力,已经管不了那么多了,两剑是连连相碰,耶律奚底的剑都给磕卷了刃啦!天庆王两只手还得这么推着,要是一撒手,这个桌子就得倒下来,弄不好还得砸着自己的脚,拴这儿啦!大帐里的北国人都瞧出来了,糟糕,狼主那儿可不妙!这下可坏啦,帐后全都埋伏着剑拔弩张的武士,这些个人本来都藏着,后来一听有人在帐前比剑,个个都好奇呀,挨个儿往前凑,想偷偷瞧个热闹。一个脑袋冒出来了,就有第二个,一个一个,慢慢地就都露出来了,一看,哟,耶律奚底快不行啦?这些人都是保驾的武士,一瞧狼主天庆王有难,都急了,哗啷啷啷啷,有的是刀有的是枪,全都亮出来了,一步一步地都走到帐里来啦!就在这个紧要关头,七郎一剑找着耶律奚底那口剑了,当!那声儿可大了,咔嚓,耶律奚底的剑被削为两截。七郎一乐,你还耍横的呢?一挺剑,要杀耶律奚底。大郎一看,好了,该就坡下驴了,站起来一声大喝:"呔!延嗣,停手!看来是北国的宝剑铸工不良啊!分明是剑奴谦让于你,酒席宴前对舞剑术,也就是为大家助个兴,来呀,还不快快给剑奴赔罪!"

大郎为什么这么说话呢?皆因为七郎和耶律奚底对剑,所有人的眼光都停在他俩的身上,大郎赶紧给六郎眼色,六郎一看便知大哥的心思,悄悄地迈步出了大帐,远远一望,金沙滩的南口儿,那一棵参天古树还跟那儿呢,连晃都没晃!坏了!这就是说,圣驾还没离开幽州城呢,这可是已经过去不小工夫啦。六郎转身回来,再回到大帐,看着大哥,双眉紧锁,摇了摇头。大郎一看就知道怎么回事,心里一沉,再看帐上人物,心里明白了。今天宴会这么重大的国事,承天后萧绰怎么能没出现呢?明白了,看来是萧后带着另一支人马去打幽州,因此父帅和圣驾尚未能全身出城,父帅就得出马去迎战萧后!嗯,必是如此,不然幽州城上的红旗早就该降落啦!大郎知道,自己得想尽一切的办法再拖延一会儿,能拖一会儿是一会儿,一直得撑到皇上出城以后。所以先说这么一番话,自己拿话给往回找补找补。大郎给二郎一个眼神儿，瞟了瞟天庆王身后的内帐，二郎就知道哥哥的意思了。二郎假装生气，一拍桌子，啪！"天庆王！难道说你这摆的是鸿门宴吗？你看这帐下，遍列将士，个个拿刀执枪，什么意思？要想打仗，咱们在疆场上两军对圆，该怎么打就怎么打，你何必行此宵小狡诈之为？"七郎也看见了，反应真快，噌！一个箭步就蹿到桌子上去了，把自己的宝剑往天庆王的脖子上一摆，"嘿嘿，天庆王呀，您要不要也试试我这口剑，是它结实啊，还是你那脖子结实啊？"有拿脖子和宝剑试的吗？"哎哎，哎，小将军，当然是你那宝剑结实啦，你可千万别试！谁叫你们进来的，啊？我们两国现在是做了和好睦邻啦，你们干吗啊？都下去！"把天庆王给吓坏了，等于是叫七郎拿宝剑给押住了，几位丞相可吓坏了，这可不是开玩笑的，赶紧屏退了武士。

大郎一看，现在要是押着天庆王往出走，这是难得的机会。他再看六郎，六郎也刚刚从帐外头第二番地回来，照样的是双眉紧锁，摇了摇头……这就是说，大树还没倒。大郎心说，看起来此刻还真不能就跟天庆王翻脸，此刻就翻脸的话，自己这些弟兄就得往外杀了。我们一往外拼杀，狼烟势必点起，从这儿往南的沿途关卡都会封住，鹿角丫杈一旦都堵严实了，皇上要出幽州可就难上加难了。这就是打闪纫针的工夫，大郎换成了满脸的笑容，喝退了七郎，连连给天庆王赔个不是："哎呀，王兄您看，都是我管教不严，啊，手下的将士太鲁莽了，看看伤着您没有？"天庆王摸摸脖子，我这个脖子早习惯了，"没事没事，咱们已然是睦邻友邦啦，这闹点小误会算不了什么啊，啊？哈哈呵呵。"

天庆王回到自己的座位坐下，心里边直犯懊淘。一瞅七郎，黑黢黢的一员虎将，把宝剑还到鞘内，往自己身后一背，晃荡荡站到假宋王杨大郎的身后。哎哟，真是一员猛将啊，怎么这么厉害哪？"啊，赵王兄啊，你身后这位，可真是一员猛将啊，但不知，他是哪一个啊？"是谁呢？这么厉害。大郎乐了，"哦，耶律王兄，您问这位啊？呵呵，那您一定得听说过他，这位可不一般哪！"天庆王也是没话找话，"哦？雍熙天子，那么这位都有哪些特殊的本领呢？""哈哈！狼主，这一位日抢三关——枪挑金岭川贺斯、鞭打银岭川哈密龙、瓦桥关前箭射高天鹏；夜夺八寨——骂走马坤、羞走马荣，一声喝吓死了野马川胡尔达，立马单枪独镇草桥！闯卢沟，马不回环枪挑铁木宽，蹚连营，撞西营，马踏弓弩手，枪穿乌古龙，纂打乌古虎，摔死乌古达，束手倒马杀死了哈里赤、哈里灰兄弟，报名头吓退沙米罕弃棍而逃！走城池，杆砸萧天佑抱鞍吐酒！北门会战，单枪挑双锤，砸死铁木驼，大喝一声破合围，力夺亚力兄弟槊四条，气走狐狸王。破东门，枪穿秃先、秃后，生擒大金环，撞死小金环，转身枪杀了庆山奴，撒手枪杀了庆山雕，箭射土金宿，角力计降伏了土金牛，一声断喝惊走耶律奇，吓死耶律瓜！战南门，鞭打萧天佐！他就是那力杀四门撞幽州的杨家七郎杨延嗣，我们的前部正印先锋官！"嚯！这一大套词儿，难得大郎能背得下来，都是头天晚上七郎跟他念叨的，大郎记性好，今日正赶上天庆王问，大郎想起来昨天七郎吹嘘的这几句来了，好好地给老七捧了捧。今天必须再拖延一阵儿，替七郎吹牛这套词儿，正好派上了用处！

　　天庆王一听，啊！不由得往后一闪身躯，嘶……呀！原来是这位啊？我说呢，这么厉害！看来今天想威慑宋王，可是太难啦。正想着呢，大郎说话了："耶律王兄啊，您看咱们已经是酒过三巡、菜过四味啦！"嗯？耶律虎古还掰着手指头算呢，一、二、三……哦，合着耶律奚底这个剑舞算是第四道菜啊？大郎说："今日咱们在此，一不是为了吃喝游乐，二也不是为了观赏乐舞弦歌。咱们两国开战，可以说是生灵涂炭，边关的老百姓都叫咱们给赶跑啦，背井离乡！换句话讲，就是你们北国胜了又能怎么样啊？没老百姓给种地了，咱们还怎么富国强民哪？您给我来信，说要在此谈和立约，朕也觉得太对啦！咱们是不是应当好好商议商议啊？应当怎么退兵，怎么划定边疆。"大郎的意思，你我此刻也应当说说正事了。只要是一谈这件正事，我就知道你天庆王是否是真心来和我国议和，你要是真心的，咱们就能谈，而且可能还需要谈得更细。你要是虚情假意，必然是不想跟我谈，那我也就知道了，我好知会几家兄弟们做好准备，准备杀出你这金沙滩。

　　天庆王说："好，赵王兄啊，你既然这么说了，好，咱们先把酒宴停下，先好好说说这个和兵之事。来呀！"有大丞相把早就准备好的文书取出来，北国人抄了两份，一份给大郎递过来了，另一份给天庆王看。天庆王把文书端起来，一边看，一边跟大郎说："赵王兄，没别的，你看看吧，我们早就预备好了，这儿有这么一份和谈的文书，你看一遍，要是没有什么说的，您就在这个上面加盖玺印就成了，咱们也不用谈什么啦。您看看。"大郎把文书展开来，仔细一看，气坏了，哪是什么和谈的文书啊，分明是逼迫自己签下投降归顺的文书——是给自己预备的降书顺表！

都说的什么呢？北国根本就不跟你谈，就给规定了几条：一，南朝退军，属于败军，粮草辎重和武器都得留下；二，宋朝皇上从此得向北国狼主称臣，年年进贡、岁岁来朝；三，此番交兵，宋朝军兵杀入辽国边境，辽国损失惨重，宋朝应予赔款割地，应将黄河以北的土地都割让给辽国，再赔偿白银五百万两。好家伙，狮子大开口啦？大郎一点儿没客气，啪！把文书往书案上一拍，"耶律王兄，这个就是贵国起草的和谈文书吗？哼哼哼哼，你忒也的小瞧我们南朝的军民了吧，啊？割地赔款，不是我们宋朝人所能做得出的。看来，邀请我君臣前来和谈，王兄你并无诚意！既然如此，我们还在这鼓弄唇舌干什么呀？对不住啦，我们这就告辞了！"大郎此刻也是担心父帅，兄弟们都跟着自己到这儿来了，父亲身边只有那几位部将保着。这么长的时间，大树未倒，说明城头红旗未落，这到底是怎么回事？难道说父帅根本就没能出幽州城？难道说萧后带人又围困住了幽州城了吗？不对，果真是幽州又开仗了，那面红旗反而会早早落下——那就说明北国人已然是翻脸不再讲和了，父帅还用我们哥儿几个在这儿拖延有什么用呢？这不是幽州城下南北开战，就是圣驾这么长的时间也没能出得了幽州！看起来我们兄弟最好也回去帮忙去！

说完了站起身来，跟两旁边的弟兄使一个眼色，都明白怎么回事，此地不宜久留！走！呼啦，大郎和几位弟兄、家将想往外走，大帐门口，一帮辽国军卒可就凑上来了，刀枪并举，怎么着，想走？没那么容易！呀！大郎一看，还真不好办，自己的人都在土坛之下，现在还没动手，人一下聚不上来。在大帐里的人，多数都没拿着兵刃，有家伙的也只是宝剑，都不称手啊，怎么和这么多拿着长枪大刀的辽兵动手啊？就在这个时候，就听见天庆王哈哈大笑："呵呵呵呵，赵王兄，请留步，留步！您误会啦！和谈和谈嘛，不谈哪儿成呢？这个文书啊，不瞒着您说，我也是刚看着，嗨，都是他们那些个舞文弄墨的人瞎纂的，没用！没用！咱们不看这个了，您也别生气，小王我多有得罪！来来，我这儿还有多年的美酒佳酿一壶，小王我亲自给您斟上三杯，您喝了，这个茬儿咱就算揭过去啦！咱们再坐下来多谈谈，咱还没谈哪，您回来，来来来……"天庆王还很热情。大郎一琢磨，我们就这么冲出去，肯定得有伤亡，既然辽王他不翻脸，我也别急着翻脸，待会儿我逮个机会再把他抓住，出大帐可就不难了。这个时候，大郎的脸冲着外边，天庆王站在自己的桌子前，也脸冲着外边瞧着大郎，谁都没敢吱声，连根别针掉到地上都能听清，都等着大郎发话。

"哈哈哈哈哈哈！天庆王兄，果然是爽快人，啊？好，那我就喝你三杯，咱们再坐下来好好谈谈。"一转身，大郎就回来了，走到天庆王的面前。一看，有位奴仆把酒壶给送上来了，天庆梁王把壶接过来。书中暗表，这个壶可有个讲究，叫作"鸳鸯子母转心壶"，是能工巧匠花了好大心思琢磨出来的，都是拿银子打造的。为什么呢？要是倒出来的是毒酒，酒壶嘴儿就得变色，倒酒的人能瞧着，要不然，万一弄错了，自己就得把毒酒给喝了。天庆王今天要用这把壶毒死宋王天子。大郎并不知道世上还有这种酒壶，他见天庆王拿起来酒壶，摆上了两只酒杯，先给他自己斟上一杯，然后再给大郎斟了一杯，嗯，大郎看着他是怎么倒的酒，就一直盯着天庆王的酒杯，也是满满的一杯酒，端起来，"来，赵王兄，小王我是先干为敬！"哏喽！这一杯酒一饮而尽，大郎一瞧，哟，没事？同一只壶，一回斟出来的？大郎想应当不碍事，好，我也喝下去，看看他还能有什么花招。他可没看着，方才天庆王在斟酒的时候，斟头一杯的时候，没什么，好好把壶里的酒给倒出来，倒完了仔细查看一下酒壶嘴儿，嗯，没变色，好。再倒第二杯的时候，可就有小动作了，倒的时候，右手提壶把儿，左手托壶底儿，就用左手的大拇指摁住壶上的一个小孔儿，左手的食指一掰壶上的小疙瘩，这个时候，装着好酒的那个壶胆里头的酒就倒不出来了，另一个壶胆的扣就打开了，那里边装的是毒酒，拿辽东鹤顶红泡出来的,八步断肠!大郎可不知道啊,把酒杯端起来,"好!耶律王兄,朕先饮下此杯!"

〖四回〗

　　双龙斗宴，北国的天庆王假意说我这儿已经预备好了国书，就等着您来签字哪，您先看看。大郎拿起这一份国书一看，这哪里是什么和谈的文书啊，简直就是一份逼着大宋朝签署的丧权辱国的条约，干脆就是大宋朝的降书顺表——又要割地，又要赔款，还要对大辽狼主北面称臣。大郎假装恼怒，拂袖要走。天庆王面带狡诈，连忙把大郎给拦住了，你我再饮三杯，这份文书作废了，咱们再从头开始谈！

　　大郎刚才想要硬闯出金顶黄罗宝帐，看着外边已经站满了北国的兵卒，各执刀枪！要是自己和众家弟兄硬闯出去，不少人都得带伤。哎，不如我回到大帐，我喝你的酒，趁你不备，我擒住辽主天庆王，挟持你一同出帐！大郎一看，天庆王倒的酒是从同一只壶里倒出来的，心里踏实了，刚把酒杯端起来，天庆王已经是一饮而尽。大郎可不知道，这只壶是鸳鸯子母转心壶，里边安着消息机关哪！天庆王把机关打开，坏了，给自己斟上的是好酒，给大郎斟上的可是毒酒！大郎盯着看，可没察觉到。一看天庆王挺痛快，这杯酒一饮而尽，不知道天庆王葫芦里还有什么药。当场撕破脸皮，闯出大帐？大郎一看，大帐的外边，自己的兵马还离着有一段距离，要是这个时候就这么杀出去，自己的人里肯定得有点伤亡。转念一想，我先别着急，我把他一点一点地引到大帐的外边去，我们这些个人跟着他，等到时机成熟，我一把把番王抓住，押着他保着弟兄们杀出帐去！对，就是这个主意。

大郎打定了主意，端着酒杯，眼睛可就没离开过天庆王，一瞧他正看着自己手里的酒杯呢，哦，我还没喝呢，"好，耶律王兄，难得你的一片心意，你来看！"一举酒杯，凑到唇边，将毒酒也是一饮而尽。天庆王一瞧，乐了，成了，要了宋朝皇帝的命了！大郎把毒酒一喝下去，天庆王也不劝别的了，一边赔笑，一边说："哈哈哈哈，宋王啊，你可真是好酒量！好，好，赵王兄，你暂且在帐中小坐，这酒没了，待小王前去取酒！"一点一点往外蹭。嗯？大郎就觉得不妙，怎么我刚把酒喝下去，他就要出去呢？不对。就在这个时候，大郎猛然间就感到自己的肚子里忽然一咕嘟，咕嘟嘟嘟嘟……哎哟，坏啦！大郎自己心里就全明白了，不好，我是中了毒了，八步断肠，正在烧我的肚子呢！知道这种毒药的药劲儿这么大，自己是没救了，肚子里慢慢地就感觉好像翻江倒海一样！知道了，也晚了，这个时候后悔已经来不及了。再找天庆王，已经蹭到宝帐的门口儿了，自己再不动手，可就得坐失良机啦！"哎，王兄，你做什么？不要忙，你回转来，我……有话讲！"就这个时候，大郎的腹中疼痛剧烈！知道是剧毒，强忍疼痛，把脸冲着帐外，向天庆王一招手。天庆王知道啊，我还不走？再不走你们那位猛家伙知道皇上叫我给毒死了，还不得冲上来把我的命也给要了哇？但是这会儿，他已经走到大帐的门口儿了，两旁边全都是自己的亲兵卫队，心里有点底儿了，一听宋朝皇上说有话说，把脸可就别回来了，"啊？赵王兄啊，你有什么话要说？别着急，小王我马上就回来！"嘴里这么说，脚底下不动了，怎么呢，他想看看大郎的脸色，到底是不是中毒了。这个时候把大郎给恨的，我加了九百九十九个小心，最后这一千个没注意！"耶律王兄，你可知道我是哪个？""啊？你？你不是宋皇天子，雍熙皇帝赵匡义吗？""呵呵呵呵……天庆王，你错了，我不是雍熙皇帝，我乃是大宋朝金刀杨无敌的长子，忠孝侯杨泰杨延平！我本是代主赴会！果然不出我主所料，你们这摆下的明明是一场鸿门宴！天庆王，你两次三番诱骗使诈，难道说，你就不怕遭到世上百姓的议论和耻笑吗？""啊？！哇呀呀呀呀……杨延平，你好大的胆子，竟敢愚弄本王！你明白了不是吗？好，你们今天既然来了就别想回去了！""天庆王，我们既然敢来就有本事出去！你若不信，哼哼，你看看，这是何物？"大郎一扬手，嗯？天庆王还真傻乎乎地抻着脖子想瞧瞧大郎手里攥的是什么。什么啊？一支袖箭！啪！扑哧！正掇在天庆王的颈嗓咽喉上，一代番王，死于非命。

书中暗表，这杨家七郎八虎每个人都有一样暗器藏在身边，为什么？晚唐时候共有三个老将军最厉害，后来号称为残唐三老，谁呀？头一个是金枪老祖夏鲁奇，二一个是百宝丈人金良佐，三一个就是银枪大帅杨世厚。后来这三老的本事都集中在了一个人身上，就是杨世厚的独儿子杨衮。杨衮学完了父亲的枪法还觉得不够，就去找夏鲁奇拜师学北霸六合、五指蹿林枪法。夏鲁奇终身未娶，没有后人，很喜欢杨衮，就收杨衮为义子，把浑身的能耐全都教给了他。后来杨衮大闹河间府，又娶了金良佐的女儿金月茹为妻，成了金良佐的女婿。金良佐的本事是什么啊？他本是河间侯王重荣手下的一员干将，人号"千手将"，擅用百种暗器，威震黄河两岸。后来朱温逼河北、山东五侯发兵讨伐太原晋王李克用，在阵前金良佐不忍心用暗器伤害十三太保李存孝，只用飞镖把李存孝的盔缨打掉，和李家父子讲明心意，然后挂印弃官而走。后来金良佐隐居在老家，自号"千手百宝丈人"。再后来李嗣源灭梁兴唐，杨衮把岳父接到了自己的老家河西麟州，尽享天年。金良佐教给了杨衮一手链子锤，也就是在天汉山跟宋太祖交换的那只铜锤。老太君金月茹得了家学，杨继业的这几个儿子一出世，老太太一个一个帮着带的，挨个教了一手暗器：老大延平学了一手袖箭；老二延定使的是飞镖；三郎延广善用柳叶飞刀；四郎延辉用飞蝗石；五郎延德就学的月华飞斧；六郎延昭继承了一把银装锏，善使撒手锏；七郎就练就了一手链子鞭；后续小八郎用的是一把链子飞抓。今天临出来的时候，大郎早把袖箭拴在了自己的臂膀之上，防备着万一碰上紧要关头，好射杀敌将。嘿，真巧，正用在倒霉的天庆梁王身上。虽说自己身中剧毒，但是也算没白死，临死前射死了番王！

大郎的袖箭一出手，天庆王应声倒地，大帐里边可就乱喽！帐前的辽国武士呼啦一下就围上来了，有人把天庆王的尸身抬到后边去赶紧运往后营见元帅，有几名将校带着兵冲进大帐前来捉拿宋朝君臣。大郎一看，辽国兵丁手里用的全都是长枪大刀,自己的弟兄都只带着佩剑进的大帐,要是就这么往外冲,非得叫长枪队给戳死好几个不可啊!趁着弟兄几个还没反应过来,一纵身,就冲在最前头。啊!六郎、七郎等人都呆住了,"大哥!"眼看着大哥什么兵刃都没拿着,您怎么还冲在最前头啊?他们哪知道啊,大郎知道自己已经活不了啦,可是死人还有死人的用处,一纵身,朝头前的长枪队就扑过来了。头前的几名辽兵也傻啦,这位皇上怎么回事呀?愣不要命了!手一软,几杆长枪可就叫大郎给揽住了。有清醒的,"啊?"一进枪,噗!噗!噗!好几杆长枪就刺入体内,血溅当场!大郎还剩下最后一口气,铆足了浑身的力气,开!把长枪队头前的几名辽兵都给推到大帐外边去了,呼啦,倒了一大片,枪都扎在自己的身上,连退了几步,扑通!躺倒在地,口吐黑血!几个家将赶紧上来搀扶,"大爷!"大郎一甩他们,就地一使劲,把枪都拔出来,交给弟兄们,就剩下最后半口气啦,"兄弟们,天庆王的酒中有毒,哥哥我中了毒啦!你们拿上枪,快快冲杀出去!日后在阵前杀敌,就当是为哥哥我……报仇了!"说这话,是使出了浑身最后一点力气,接着又是一口黑血,气绝身亡!此正是:

　　　替主勇赴双龙会,天山一箭射番狼。
　　　弟兄血染金沙滩,流传千古演悲歌。

　　弟兄们一看胸襟上的斑斑黑血,明白了,方才大哥喝下去的是毒酒!二郎恨得眼珠子都快瞪出血来啦!哇呀呀呀!把身上的袍子一摔,露出来里边的铠甲武装,唰!就把自己身上的百宝囊给解开了,一把先把自己的飞镖都抓出来。真是急眼了,跟大哥一起出生入死十几年,哥儿俩阵前拼命死战都多少回了,一看大哥叫北国人长枪刺烂,气得是三尸神暴跳,五灵豪气腾空!转脸一看,北国的几家老丞相正想起身逃脱,那能叫你们走吗?噗!噗!噗!啪!啪!啪!一镖一个,把四武两文老丞相全都给钉死了,太使劲儿了,镖镖都是穿喉而过!还剩下俩,是赤勒迪罕和撒尔哈齐。二郎也不管那么多了,只想杀人,一个箭步就蹿过去了,一看,俩老头儿已经吓得是浑身栗抖、体似筛糠，腿都软成面条啦！二郎拿大手一手攥住一个的脖子，"行了！一个鼓，一个锤儿！"那俩还琢磨呢，嗯？什么叫一个鼓、一个锤儿啊？王源连听这句都比他们二位机灵，赶紧叫二郎："老二！不成，留活口！"干吗呢？王源想着抓住这俩人好押着往外边逃，这俩人都是北国的重臣，天庆王一死，眼前就他们俩的官最大，当兵的投鼠忌器，今天大家伙儿就好往出闯啦！可是二郎真是气急了，人急无智，净想着给大哥报仇了，把俩老头儿的脑袋往一块儿撞，啪嚓！脑浆迸裂！俩手一举死尸，站在地上哈哈大笑，他是悲伤过度，脑袋里边都糊涂啦。他可没防备，大帐中还有一个人哪——剑客耶律奚底。

这小子一直在帐中，他可太狡猾了，别人都乱就他不乱，悄悄地缩在桌子底下，静观其变。大帐里一乱，大家伙儿都瞧着大郎，没人注意他，趁着二郎仰脖笑的时候，扑哧！自己手里还剩下刚才七郎砍断的断剑半截，全都刺到二郎的胸膛里了，直透前腔，二郎举着北国的两个丞相的死尸，摔倒在帐中。啊！杨家兄弟眼瞅着就没了俩，一个个血贯瞳仁，"二哥！"七郎一蹿步，要来抓耶律奚底，他可太油滑了，顺势朝后头折了个跟头，顺着后帐帷子底下一钻。事先都安排好了，假如说要杀宋王，天庆王可以摔杯为号，一摔酒杯，大帐后边藏着的辽兵就杀出来了。然后天庆王和几家丞相就顺着后帐帷子底下的一条地道离开大帐，耶律奚底门儿清啊，自己先溜了。他跑了，后帐埋伏好的一群辽国兵丁就冲进来了，把七郎就给挡住了。七郎一看，好小子，我记得你了，你等着，别叫我抓着你！自己手里只有宝剑，喊里喀喳，砍断了长枪几杆，但是也难力敌，人太多了，自己是短兵刃，太不称手啦，一步一步地往后退。

王源从旁边扔过来一杆枪："老七，接枪！"七郎接枪在手，可就乐了，好！小子们，你们来吧！把大枪一舞，虽说不是自己的宝枪，可也比剑强多了，把霸王枪法使开了，也不管三七二十一了，枪穿纂扫，直着扎就是穿三，横着扫就是倒四，辽国兵丁哪是他的对手哇，死伤一大片，剩下的呼啦又退下去了。三郎说："弟兄们，别在帐篷里边恋战，快杀出去！"几个人有了长枪了，一拥而出。都是红了眼的猛虎啊，谁能拦得住？辽国兵丁被杀得四散奔逃，都乱了阵脚了。大家伙儿一起杀出大帐！外边也有火山军的将士给打接应，八大家将肝、肺、肚、肠和昌、显、炅、明赶紧给送来了哥儿俩的枪，可是走到近前一看，呀！三郎扛着大郎的尸身，程普扛着二郎的尸身，啊？"大爷，二爷，你们是怎么着啦？"谁能说得出来啊？两个人把尸首先驮在龙车辇逍遥马的背上，所有的人都跪倒在地，放声痛哭！

正在这个时候，就听见土城外边是号炮连天！刚才，北国兵往下退，是因为天庆王一死，没人在这儿指挥了，人无头不走啊。现在就不一样了，早有人报告给在后营指派埋伏的元帅韩昌得知。韩昌一听，啊？心中一疼，我国的狼主、自己的老泰山死了，哀伤成怒！跟自己的贴身将领吩咐下去，不许发丧，悄悄地派一队人拿大旗掩盖好尸身，先藏在后帐，免得军心动摇，再吩咐点信炮发号令，金沙滩的伏兵四起。号炮一响，中营的辽军就各就各位了，四面八方都有北国的兵将掩杀而来，有如潮水一般！王源一看："大家伙儿都别哭了，咱们赶紧杀出土城，咱们的大队人马还都在外边呢！"大家伙儿肩并肩往出冲杀，进来的人马并不多，可都是养在天波府的火山军，人人如虎、个个无敌，都是拼了性命而搏。辽国的兵丁死伤惨重，火山军将士是一步一步地往城门底下挪。六郎和七郎拿着自己的金枪了，所以是勇猛当先，步下用枪，连扎带扫，所向披靡。哥儿俩每向前踏出去一步，就得血流过丈。等杀到城楼这一看，糟了！城楼之上的北国伏兵早就和火山军动上手了，火山军的将士们都被辽兵逼到楼里，掌旗官金棍将陈宣拼了命地和好几名辽将厮杀，都叫血给染成红人儿了，坚守不退，他知道，杨家弟兄们的枪还在城楼上插着呢，无论如何也得保住这几杆枪！六郎一看，千钧一发，赶紧叫铁鞭高化和银戟张文带着两队人去抢城楼。

城门已经叫辽兵给封严实了，七郎想冲上去开门，城楼上边冲过来好几十个番兵，张弓搭箭，箭如雨下！七郎是真豁出去了，猛往前冲。他最擅长躲箭，身上还套着鼍龙铠，一个猛劲儿还真冲到城楼洞里了，但是身上也中了好几箭，好在有鼍龙铠护身。到了城门前一看，铁皮包的大厚木头门上能有好几道锁，现想辙开锁可是来不及了，使一个猛劲儿，把长枪一抖，开！一枪就撞到门闩上，就听见"咔吧"，城门被撞开了一道缝儿。七郎退了几步，再往上撞，"咣当"，门锁断开好几条，哗啦哗啦地往下掉，但是外边叫番兵给堆了好些个大沙包，堵得还挺严实，门只开了一条两尺来宽的口子，只够一个人侧身儿过的。

三郎瞧见了，"好七弟！"把自己的缠肋皮带一解，露出来二十四把柳叶飞刀。平时都舍不得使，今天还能顾那么多吗？嗖啦！拔出来好几把，嗖嗖嗖！一会儿工夫，二十四把柳叶飞刀都飞出去了，把城楼上射箭的兵丁连杀二十四名，这个箭就见稀了。自己一个猛劲儿冲过来，"七弟，你给我让开呀！"声响如雷！七郎知道三哥有绝招，什么绝招？杨家七郎八虎里边就属三郎的身躯最魁伟，真对得起他那个名儿，杨高杨延广嘛，是又高又大。三郎跑过来合身朝大门就撞，愣磕磕地来了个饿虎扑食，生往外撞，咣当！大门的门轴都给震碎了，反倒在地。这个时候，铁鞭高化带着一队人已经杀上城楼了，上边弓箭手一乱，底下这帮弟兄可就得劲了，三郎和众弟兄趁势赶紧拨拉开沙包往出杀，程普和王源牵着进入到土城里的龙车御马，马上驮着大郎和二郎的尸身，钻出城楼。刚走在吊桥上，坏了，桥底下的承柱里藏着人呢，辽国埋伏着十名挠钩手，伸上来好几只长挠钩，一把先钩着了程普牵着的那匹马，好几人一起用劲，嘿！连人带马都给钩到壕沟里了，咔嚓！连一声都没吭。

王源在后边跟着呢，一看见挠钩，哎呀！连忙拉着马后退，定睛一看，太惨了，壕沟里全是削好的大竹签、木标枪，尖头朝上，掉下去身穿百孔，必死无疑！连这乘逍遥马、程普和二郎的尸身都被穿钉透烂！可怜铜锤将程普也死于金沙滩一战。王源的反应是真快，赶紧搬城楼下的大沙包砸底下的番兵，后边跟上来的好几个火山军将士也都跟着找家伙砸。这些个人赶紧躲起来，有人专门拿着石头看着底下的挠钩手，三郎和大家赶紧加快脚步，冲出了土城。六郎还在城楼底下且战且守，想等着高化、张文、陈宣三个人杀下来，自己好给打接应。哪知道，也就是大家过城楼的这会儿工夫，城楼上的火山军将士全都叫番兵番将给杀光了，终究是众寡悬殊，更何况北国人在城楼上还设了好些个消息机关，火山军的人哪能知道啊，纷纷掉落陷坑，叫埋伏着的番兵都给扎死了。张文一个人抢先来拔大宋朝的旗子，把番兵都给逼开了，冲上垛口，一把把其中一杆大旗先拔起来了，一瞧六郎还跟底下等着呢，"六哥，你接着！"刚想要往下扔，忽然，打旁边射过来一支冷箭，嗖……噗！劲儿太大了，射透头盔，穿颅破脑！张文这身子往旁边一倒——为国捐躯。六郎在下边还伸着手等着接呢，到底这根旗杆还是没扔下来。六郎疼得把眼睛一闭，哎呀！银戟将也没了！七郎在远处也瞧见了，顺着来箭的方向一望，可气坏了，射箭之人就是方才在大帐中舞剑的耶律奚底，这个时候，他正站在城墙垛子上得意扬扬呢。七郎恨自己身上没带着弓箭，急得直跺脚，赶紧转头来找看守马匹的四郎和八郎。

　　这阵儿城楼上最后就剩下掌旗官陈宣和铁鞭将高化两个人了，好汉难敌四手，最后人都杀昏了，身被重创，倒地被俘。六郎在城楼底下一看，完了，知道不是恋战之时，只得连挑三名冲在前边的北国牙将，吓得番兵番将直往后捎。自己趁着这个机会转身跑过吊桥，等自己的人一过桥，命令将校拿斧子先把桥给劈散了，把桥掀到壕沟里去。三郎、七郎、王源先跑到城前找马，一看，还有三千火山军将士跟这儿布阵防护，四郎和八郎全都不在，几个人一打听，有几个校尉说："刚才里边一响炮，西边就杀过来不少的番兵，四将军怕西边的队伍叫番兵冲散，就到前边去督阵，可没想到一冲过去就中了番兵暗布的绊马索，叫番兵给抓过去了。八将军怎么劝都不听，带着一队人马上前要抢回四将军，八将军追杀而去，到这会儿了，也还不见回来！"大家先找到自己的马，各自翻身上马，三郎回头望了望城楼。双龙宴会的土城城楼上，六杆大旗还有五杆在那儿飘着呢，张文的尸身牢牢地抱着一杆，倒在女儿墙上。唉……自己的枪也藏在那些旗杆里头，有心想再回去抢回来，眼看着土城里的辽兵铺天盖地地杀过来，正在壕沟前铺桥——知道已是绝无可能。叹了口气，右手还得牵着负着大哥尸身的逍遥马，这就叫兄弟之义，实在不忍心把大哥的尸身丢弃在金沙滩，免遭番贼之辱。就这么跟着大家，一道朝西边的沙滩河道口奔逃。

咱们书中暗表,此一番杨家兄弟八虎将里的六杆金枪就此失落在番邦,总是有人打扫战场,就被人发现了,南朝的旗杆里藏着有枪!有那有眼力的,知道都是宝枪,就呈报给了韩昌和萧后,有人认得——奉承王刘继文,刘继文就将杨家金枪的来历给萧后说了个明明白白。萧后心说,我要恩收杨家将,日后他们真的到了我的大辽国来,我再把这些枪取出来送还给他们,他们得够多么地高兴哇?派专人保管,将这六杆金枪送到幽州城报国寺中放好了。十八年后,南北大决战在幽州城下,萧太后再在金沙滩设宴,摆设金枪会,杨家兄弟的金枪才又重回天波府。后边的精彩书目,都起自于今日的失枪。

【 五回 】

上回书是八虎闯幽州，杨家弟兄勇闯金沙滩。大郎饮下了毒酒，替了皇上死。二郎短剑之下丧生。三郎和六郎、七郎带着火山军将士往外杀，城楼上的张文又被耶律奚底射杀，程普在吊桥之下误中陷坑。等大家伙儿杀出城池，才发现四郎和八郎这哥儿俩都不见了。一打听，四郎被北国的公主用诡计生擒，八郎一着急，就追下去，现在也是一点消息都没有了！留下来的军校，都跟这儿看着马匹，不敢胡乱走动。好在此刻土城里的辽军尚未修补好吊桥，过不来，土城外杀过来的辽军都在远处观望，暂时无事。

书中暗表，生擒四郎的辽国公主乃是铁镜公主，大名叫耶律琼娥，铜镜公主的妹妹，是萧后的二闺女。自幼也是喜好习文练武，饱读兵书战策，这次和妹妹三公主玉镜一起来前敌做自己娘亲的左膀右臂，帮办南征。当然了，二位公主这一趟随军出征，也有自己的小私心——大姐算是老姑娘了，今年开春可算是成了亲、嫁了人家儿了，可着二妹、三妹的年岁就算小吗？说实话在今天不算什么，可要是在宋辽时期，就都难免会遭人背后议论。更何况，过去你怎么耽搁都没事，为什么？有大姐哪，我们怕什么的呀？现在不成了，大姐人嫁人了！你还能说什么？这大姐也不像话，自打她定亲以后，没事就拿这俩妹妹寻开心，回家就夸韩昌，不是这么好吧，就是那么好吧，这俩妹妹给气的！当然，三妹玉镜公主耶律琼珍才十六岁，多少能好一点儿，二妹铁镜公主可不干哪。可是生气归生气，怎么着，大姐我嫁人了，你生气？嫌我话多？你嫌我动不动就夸姑爷？那你也找一个去呀，有本事你也赶紧地嫁喽哇！这就得说铁镜公主能厚着脸皮，非要拖着自己的三妹来到阵前，不单是为了帮着娘亲——还有心也给自己找一位称心如意的郎君。所以，早在开春后不久，北国大军集结界河北岸之时，俩公主就一块儿来到了阵前。可是呢，真的来到阵前和北国出身的这些位少年的英雄们一照脸儿——原来嫌姐夫韩昌长得难看，这么一看哪，大多数还不如姐夫呢！有相貌堂堂的将军吗？也有，可是一问，不是已然婚配了的，就是本领太差的。一来二去，俩月，姐妹俩愣就没见着一个能看得顺眼点儿的。

此番金沙滩摆设双龙会，萧后的的确确是跟天庆王分了工了。天庆王来沙滩陪着宋王喝酒——当然这也是他所擅长的。老太太呢，自己亲自率领大军拐个弯儿来夺幽州城。赶大军一到幽州城下，才发现幽州已经是一座空城，萧后大吃一惊，不知道宋朝君臣打的是什么主意，连忙派身边的二女儿带着一队人马到金沙滩前去打探军情，顺便把消息赶紧通告给天庆王，嘱咐天庆王小心宋君使诈。也就是说一直到萧后都打到了幽州城下，幽州城里只有很少的宋军守军，萧后都还不知道来金沙滩里赴会的宋王是假的。铁镜公主急如星火就赶过来了——正好，赶到金沙滩前，已然是号炮连天，沙滩里北国的伏兵也都杀出来了。公主就找来领头的头目打听原委，谁都说不清是怎么回事，只说是韩元帅早就吩咐下来，只要是土城的号炮一响，叫我们都杀出来拦住沙滩要塞，不许宋军跑出去。

铁镜公主带着自己的人马冲进了沙滩口，很快就到了土城前边了，一瞧有个南朝的大将打对面的阵里跑出来，嗬！铁镜公主瞧了一眼，就看上四郎了，这个将军的相貌太好看啦：

　　身高能够着七尺五寸，中等身材，不高不矮，不胖不瘦，细腰乍背，双肩抱拢。已然脱去了马夫装束，头戴八宝夜明盔，身披绿玉绵竹铠，内衬着鹦哥绿色的征袍，团花锦簇，枝蔓卷藤。再往脸上看，生的是面如碧玉，白中显润，只额头和两边面颊各闪着点淡绿光，衬着刮利落的胡子茬儿，透着清秀漂亮！天庭方正，地阁阔满，五官端正，剑眉凤目，鼻直口阔，颌下是干干净净的三缕墨髯，根根透风，胸前垂洒。跨骑绿玉骢，掌中握着一杆普通的钩镰长枪。

铁镜公主长在北国，从来没瞧见过这么秀气的大将，不但清秀俊俏，还照样有大将军的八面虎威。书中暗表，此时的杨四郎已然是三十多岁，可是保养得很好，说是三十出头的人，瞧着也就是二十四五，反正是比韩昌可要好看多啦！这公主一看就有点动心了，别说其他的，这位这相貌，比我姐夫可要强得太多啦！我要是嫁给这个人，回头跟我姐姐可就有的说了！

铁镜公主一动这样的心思，就存心想收降杨四郎了。迎上去两个人再这么一动手，公主就更佩服了，哎哟，这个将军的枪法太好啦，这样的将领要是能归顺我们北国，那我爹我妈的江山不就更稳固了吗？其实呢，这也就是人都会给自己的行为找一个更正大光明的理由——什么为了爸妈的江山啊，就是为了自己个儿！杨四郎呢，他倒不至于上来就看上这位公主，这毕竟是在打仗呢。但是他看着公主觉得很奇怪，如此凶险的杀人战场，两边一旦翻脸动手都会是以性命相搏，怎么北国会派这么一位大姑娘来哪？此时四郎并不知道土城里边的情况，也不知道自己的大哥已经是中毒身亡，自己的二哥被短剑刺杀。城里放了号炮，估计是里边已经动起手来，所以他虽然撒马来战公主，可是自己还惦记着土城里边的事，心不在焉。诸位，这杨四郎在战场上神不守舍，枪在手上可就远比日常时上阵临敌要松得多啦！再有一节，毕竟对手是一位姑娘，此时还摸不准敌我之间是个什么情况，手上自然不会使出什么杀招来。这枪有的时候还应当再往里进这么一寸，可能再进一寸就能伤着公主了，哎，偏偏就停手了，枪就愣给撤回去了。这可就坏了，要不怎么说有些话是说者无心，听者有意呢，杨四郎倒是对公主无心，可是这两下儿在公主眼里可就不同了，公主就错会了意思了，就认为这位宋将一定是对自己有意思。公主心说，这幸亏是先碰见了我啦，这金沙滩里早就布下了天罗地网，你怎么可能逃得出去哪？这也必是我与此员宋将夙世有缘，叫我先碰上你啦！得了，看起来我要生擒你，必得如此如此！

公主打定了主意，俩人打着打着，公主拨马往沙滩口外就走。四郎本来无心追赶,心里惦记着土城里的情况,但是一瞧这名女将是一身贵族世胄的打扮,知道肯定是身份重要的人物,想着要是抓住了,只能是对大家闯出金沙滩有利,也就跟着追下来了。公主早就命人在路边的芦苇丛中埋伏好了绊马索,等四郎一跑到窄道口儿里,两下里的辽兵把绳索一提,四郎摔落马下,就这么被缚遭擒。

　　这边儿萧后呢,自打攻进了幽州以后,大围女也带着人走了,擒获了不多的留守宋军军校,怎么审问都不肯说……自己怎么想怎么觉得不对劲儿。才过了一小会儿,探马来报,说宋朝的几万大军都从幽州的西门潜道而出,奔卢沟桥去也!就连粮草辎重也都赶车拉走啦!哟!萧后就想,宋朝的大队人马怎么可能把皇上扔在金沙滩自己先跑了呢?就算是,怎么可能粮草车都预备好了逃出幽州呢?不对,该不会是派了假的宋王跑金沙滩去蒙事儿去了,真的皇上来了个金蝉脱壳之计?坏了!但是萧后还不能走,还得留在这儿打理城池防务,就派自己的三围女玉镜公主耶律琼珍也赶紧带着人马到金沙滩来禀告天庆梁王。这姐儿俩出城也就是前后脚儿,差不了两刻钟。

　　嘿,三公主来得正好,铁镜公主正好刚抓着四郎带着人往下撤呢,和三妹玉镜公主就碰见了,这姐儿俩平时就经常斗嘴,姐姐今天成心跟妹妹逗:"三妹呀,你看姐姐我已经是把南朝的一员大将给拿住啦,你打算怎么样啊?""哼!姐姐,你要是抓住一个,妹妹我也就抓他一个;您要是拿住了两个,妹妹我就绝得拿住一双!""哟,留神别闪了腰!妹妹啊,那这样,前边就是宋朝来议和的大队人马,姐姐我瞧好像还有位小将军正朝着我们这儿追过来哪,要不这么办吧,姐姐我在这块儿埋伏好绊马索,你上去把那员小将给引到这儿来,咱们姐妹俩合着就把这个小将给抓住啦。到时候,功劳都算你的还不成吗?"

　　妹妹气得一紧鼻子:"哼,我才不领你的情呢!你就在后边看着我怎么把宋朝的大将抓过来吧!"说着话一拱裆,哗嘟嘟嘟嘟,就奔前边儿来了,正好和急匆匆来救四哥的八郎杨延顺撞上了。玉镜公主一看见八郎,也打心眼儿里喜欢上了,嘿哟,南朝的这员小将长得可是太漂亮了:

就见杨八郎跳下马平顶身高在七尺开外,体格匀称,头戴火虎雁翅烈焰赤铜盔,身披猩红软镔金丝甲,内衬一领红征袍。天庭饱满,地阁收圆,两道秀眉,一双俊目,高鼻梁、挺鼻尖、准头端正,面如三春桃花映衬,一张嘴露出排牙似玉,真是粉面朱唇,比大姑娘都好看!胯下汗血火云驹,掌中端着一条长枪。

公主眼睛都看定了神啦!看得八郎都起了鸡皮疙瘩了,"哎,这位姑娘,你是哪家的千金大小姐?干吗不好好躲在闺阁之上,啊,跑到两军阵前你做什么来了?听本将军的话,快快回家去吧,不要拦挡本将军的去路!""哟,看你年纪不大,说话还挺横的哪!哦,就这么一条道,就许你走还就不许我过啦?你知道你家姑娘我是谁吗?我乃是大辽国天庆梁王的三闺女,号叫玉镜公主,我到这儿来可不是来玩耍的,我是专门来拿你的!""啊?你是北国的公主?""对呀,你叫什么名字啊?""呵呵,好好好,看你头顶盔,身挂甲,准是来打仗的。那本将军就不算是欺负你了,胜了我这条枪,就有我的名字,胜不了,你就甭瞎打听了。看枪!"八郎琢磨,怎么北国的公主也出来打仗?那可好了,我把她给抓住,就能把四哥给换下来了。把刚借来的长枪一抖,迎着公主摔杆子就是一枪,公主接架相还。

要论真本事,公主哪是杨八郎的对手啊,差得太远啦!一来,八郎是想抓个活的,这样好走马换将;二来,也实在不好意思在战场上把一个女将给伤着,怕传扬出去不好听。有了这么个心思,手里的枪可就算拴上秤砣了,该进的时候不进,该绷的时候不能使劲,两个人在沙滩上马走盘桓都十几个照面了,愣没分出胜负来。可是公主能明白,南朝小将是让着自己呢,要是不这么着,自己有好几下都差点死在他的枪下!哟,公主就多心了,她想着是,保不齐这个南朝小将对我也有点意思吧——这可真是亲姐儿俩!这个心思一开,可就麻烦了,在马上也不好好打了,一边打还一边眉目传情,笑眯眯地瞟八郎。把八郎给气的,唰,摔杆一枪,自己把脸儿给别过去,成心不瞧她。忽然就听公主"哎哟"一声,啊?心里话我这一枪没使上劲儿啊,怎么就会误伤了公主呢?八郎赶紧转回头来,这么一扭头,就见眼前飘过来一片红云彩,"呀!"赶紧闪身,来不及了,哗啦,铜铃铛响亮,一只红锦铃铛套索就把八郎给捆上了。这是女将最擅长用的一种暗器，就是个活绳子套，平时收在腰里，用的时候一抖搂，活套是松的，朝敌将脑袋顶上抡过来，得练这个准星儿，保证一甩就能把脑袋套住才能上阵使用。方才公主是有心吓唬他，假装哎哟一声，这么一来八郎就分了心了，趁着这个时候，把红锦铃铛套索往他脑袋上一套，就把八郎的双臂缚住了，再用力一拖，套索的绳头就勒紧喽，八郎的双手等于是给捆起来了，撒手扔枪，乖乖地摔落马下，叫番兵给活捉了。

铁镜公主一看，"妹妹呀，你这也成啦！看来还是妹妹的本事好哇！走，咱俩一起进去找父王请功去！"玉镜公主听了很得意，吩咐人把抓来的宋将先押下去，容后再审问——仔仔细细地嘱咐好自己的心腹之人，千千万万不要伤着这一员宋朝的小将。姐妹俩各揣心腹事，鞭鞭打马，奔沙滩里边来了，这么一来，就和杨七郎、杨六郎的队伍是狭路相逢。杨七郎一马当先，冲在最前头，这里数他最猛啊，他自己个儿的身上和宝马黑毛虎的身上都有宝铠护身，遇上刀砍、枪扎，干脆是连躲都不躲了。沙滩两旁边辽国的伏兵无数，一层一层地冲上来，七郎在里边冲杀往复，真如虎蹚羊群一般——这条枪摆开了只管杀人，毫不防守拨挡。六郎紧随其后，帮着给扫除余孽，将残兵剩勇都收拾了，后边的人好再往前进。俩公主带着人马一上来，就遇见七郎打头儿杀过来了，有小校就跟七郎说："七将军哪，这两个女将里边有一位就是拿住四将军的那个人，您要想解救四将军，您得找她！""啊？是这么回事呀？待我生擒此二女！"

七郎这个时候可真急了，一天之内，两个哥哥和两位家将都完了，四哥和八弟要是再出了什么事，回去老爹爹问起来，自己是怎么保护哥哥们的啊？一听，哦，四哥就是叫她们给抓去的，那可不成，得把她先抓过来，待会儿好把四哥给换回来。想到这儿，催马就往前撞。两个公主一看，呀，这个跟刚才那俩可太不一样啦，黑人、黑马、黑盔、黑甲，手里还握着一杆黑缨枪，都黑到一块堆儿去啦！脑门子上横排七八道，纵列通天一道立纹儿，现在杨七郎是拧眉瞪眼，五官都移了位啦，眉毛倒竖着，顶着这些个皱纹花绞如龙，就跟写着这么一笔虎字儿一样，而且都是活的，瞧着实在是可怕！俩公主还没动手呢，心里已经打上鼓了，三公主就跟姐姐说："二姐啊，你瞧这位看着可不好惹呀，咱们哪，是不是就别打啦，叫人在后边再埋伏上绊马索吧！"铁镜公主乐了，"三妹呀，你那么大的本事也有害怕的时候呀？""嗨，姐姐呀，咱们这叫逢强智取！你要是不服气呀那你就先上去吧，看看你的本事比这位怎么样？""呵呵，姐姐我也不成啊，妹妹，咱们俩得这么这么这么办。""好，还是姐姐你有法子，就这么着啦！"姐儿俩一起催马上来，要双战七郎。

　　七郎一看，俩公主一左一右，各举绣刀朝自己砍过来了，心说今天也不怕丢人了，为救四哥得跟俩丫头打一仗！摆大枪冲上来，连拨带打，把两口刀给封出去了。刀枪一撞，俩公主哎哟一声，都把刀交在另一只手里，往回一拨马，就往西边的芦苇荡里跑。七郎一看，都把一条膀子搭甩着，嗯，叫自己这一枪给撞脱了环了，那可太好了。"来呀！追！"紧着催着马从后边就追。刚要追进芦苇丛，后边有小校赶上来提醒七郎："七将军，你可得小心着点呀，刚才四将军也是追进芦苇荡里叫他们给抓去的！"哟！七郎一犹豫，对呀，我还是别追了，还是先沿着这片沙滩空地儿原道往回杀吧，先保着三哥、六哥和王源叔父脱离险境，然后我再回来找她们算这个账。想到这儿，七郎把马一勒，黑毛虎双蹄乱刨，一下儿就站住了。玉镜公主扭头一看，嘿，这个黑大个儿还挺鬼灵儿的啊，眼珠子一转，有鬼主意了，把单腿的镫给摘下来了，跑着跑着，嘴里头"哎呀"一声，来了个镫里藏身，自己把身子一闪就闪到一边去挂着了。北国儿女都是打小儿就练这些个马上的花骑技艺，熟得不得了。这个时候公主的马已经跑进芦苇塘里了，从七郎这边看，就好像是公主的马蹄叫什么东西给绊了一下，她翻身掉下马去了。七郎刚想回马掉头，嗯？瞟见了，有个女将掉下马来了，我呀，先把她抓住再说吧。又叫玉镜公主给诓过来了。七郎提马一冲，就进了芦苇塘了。再进来一找公主，哎，没在地上啊，哪儿去啦？往前边一看，公主的马还在那儿小跑溜达着呢，嗯，跟着过去看看吧！再一提马往前去，可就坏了，有七八个番兵都跟那芦苇丛里边藏着呢，两边各有三四个人牢牢地把住了绊马索的一头。公主的马过去的时候，这个索是撂在地上的，等七郎的马上来以后，几个人再一使劲把这条绳索猛着劲儿地一绷，抬起来有那么两尺半，正搁在马前蹄的抬腕骨前。

使绊马索也得有个巧劲儿，并不是你随便这么一拦就能把战马给绊倒，得瞧着时候，眼睛得盯住了敌将坐骑的四蹄，看准了前蹄一落地，就得把绳子给绷起来往后抖，等后蹄都往前送了，该抬前蹄了，有这个绳子一搁着，前蹄和后蹄一撞，马就失了前蹄了，就得一头栽在地上。这个时候必须得拿捏好了，早了不成，早了马的前蹄一蹬，人手未必能把得住绳索；可要是把绳子绷晚了，光拦后蹄那就根本没用了。几个番兵把绳子一绷，正搁在七郎坐骑的黑毛虎马前蹄上。嗯？七郎早有准备，刚才小校说了，这个女将就是拿绊马索把自己的四哥拿住的，所以七郎有个准备，把自己的金枪顺到了马前蹄的前边，枪尖冲着下，手底下攒着劲儿呢。黑毛虎也是训练过的，小碎步跑着，看着跑得急，其实跑得是很稳当的。七郎手里这枪一碰着绳子，两边儿一搭上，七郎手上就知道有家伙来了，顺着劲儿往上边一挑，七郎的劲儿多大啊，再加上黑毛虎往前冲锋的劲儿，好嘛，几个番兵都叫七郎这一枪给带起来了，摔出去两三丈去！公主从马的一侧翻身回来，一瞧，哟，太厉害啦，连绊马索都叫他给破啦？俩公主没咒念了，不敢和杨七郎再动手了，赶紧带着人往下跑。

七郎是紧着追俩公主的马，还想着要抓一个好换回来四哥、八弟呢，六郎和三郎、王源等人率领着火山军的将士跟在七郎的后边儿接着往西边的河滩尽头杀下去。六郎心里很清楚，只要是能杀到沙滩口那儿，两旁边的土岗子就矮了，到那个时候，辽国的大军怎么围也困不住大家了。眼看着沙滩口儿的古树还没有被砍倒，这大概是五哥看到幽州城头的红旗还未落，那么只要是五哥还在沙滩口，自己带着这些人只要是能杀到缺口儿，五哥就能带着人来接应。可是大家越往前走，番兵是越来越多，一层层，一队队，都是韩昌指派好的，火山军再猛也是死伤惨重。七郎的黑毛虎脚程快呀，眼看着就快要追上两位公主了，俩公主着急啦，番兵一个劲儿地往上冲，但是谁拦得住七郎呀？都叫七郎连环霸王枪挑、砸、穿、绷，都给撂到一边去了，就跟河水叫龙王给分开一样，哗啦，全都往外闪，就把俩公主给露出来了。坏了，公主给吓坏啦,要这么着下去,我们姐妹俩可就糟了糕啦,迟早得叫这个黑小子给抓着啊!眼瞅着七郎的马头可就要追着公主的马尾了,七郎把大枪一颤,要把俩公主给挑下马来!死活也不论了!

正在这个时候,就听见山环里边炮响连天,叨!叨!叨!咕隆隆隆隆……鼓声如雷,瘪咧号角也是一起吹响,哞……哞……咩……都乱到一块儿了!喊杀声四起,又是好几队的人马从土岗子后边冲杀出来,旗号乱展,看都看不清。从北边先杀来一队人马,为首的是一员大将,胯下马掌中一口古月刀,拦住了七郎!

此正是:

天妒杨门扶宋将,故教辽主困双龙!

一段《双龙斗宴》演完,杨家兄弟能否逃出金沙滩,还听下一本书《血染沙滩》。

四本・血染沙滩

〖 头回 〗

诗曰：

> 平沙落日悲风起，夜色苍茫照北燕。
> 丛丛白骨阳关弃，草殓谁知姓名全？
> 铁甲垂幡英杰士，闻风起晓踏关山。
> 几声号角凄凉曲，多少征人念未还。
> 旗銮烽火烁边庭，血战当年不肯闲。
> 堂前老父庭前子，欲达音书谁可传？
> 天南地北少相知，缥缈孤魂无所依。
> 夜啼身逢征战苦，黎明方知已白髻！

战场吊凭歌一首，吟断金枪古人谈。① 咱们接演长篇传统评书《金枪传》的第四卷《金沙滩》，这是第四本书《血染沙滩》。

杨家兄弟勇闯金沙滩，四郎和八郎先后叫辽国的铁镜公主和玉镜公主生擒活捉，七郎着急要救回自己的兄弟，紧着追这俩公主，快要追上了正要举大枪扎公主，山环里边炮响连天，瘪咧号角一通乱吹，土岗子后边杀出来一队人马，为首一员大将：

---

① 原本的这首定场诗可能是前后两卷内的别本的，但由于是凭吊古战场内容的，置于金沙滩苦战之后比较合适，特此说明。

身高九尺开外，胸宽背厚，肚大腰圆。头上戴着一顶八宝镶金蓝缎子番帽盔，黄帽檐，蓝幞头，当间儿高插着三根雉鸡翎，铁圈环绕，两鬓边是斑豹尾低垂护耳。身上穿着一领蓝征袍，上边刺绣着金花团团、怪蟒张牙，内里披着镔铁打造的蓝圈乌油甲，外边罩着蓝缎子跨马服，脖领子上挂着两条花狐尾，双搭十字袢，豹皮护肋，虎皮缠腰，都掐着金边、走着金线，牛皮带煞腰，脚下是牛皮战靴牢扎乌金镫。再往脸上观瞧，蓝洼洼一张脸，上边长满了一个一个的小红疙瘩，红一块儿、紫一块儿，上边一块儿大奔儿头，扫帚眉、大环眼，狮鼻海口，颏下满部的短钢髯。跨骑一匹青砂兽，浑身铁青色的短寒毛，满满点点的小蓝鬃毛，好像是蓝砂石洒出来的一样，掌中端着一口象鼻子古月偃偻刀。

七郎一看，认得，正是自己的手下败将辽国的左军元帅，天庆王的大国舅萧天佐。萧天佐在幽州城下叫七郎拿链子钢鞭给打了，这心里还一直憋着气呢！当时自己虽然是运足了气，可是后脑勺经不住这一鞭。可是毕竟这位是铜头铁臂的蛤蟆气，这一鞭只是给萧天佐打蒙了，歇两天也就全都好了。今天得令在金沙滩里埋伏着，早就盼着能再和七郎会战，好把幽州鞭打的仇给报回来。这一下他可得劲了，正好和七郎相遇，萧天佐先把俩公主给让过去，俩公主说："还是舅舅好哇！您可得小心着点啦！""小丫头子不要害怕，都赶紧闪到一旁！看舅舅我的！"

萧天佐马往上撞，和七郎马打对头，两人再次对阵，刀对枪、黑对蓝、马打盘桓，杀在一处。萧天佐可是失算了，他以为上次败给七郎，是因为自己中了七郎的暗算，是自己一时的疏忽，这次我小心着点他那枪里加鞭就成了。哪儿是这么回事呀？上回七郎被潘洪诓杀四门，气力丧尽，本事有十成也就能用出三成来，所以七郎跟他还能对上二十几个回合。可是今天不同，一来七郎刚刚开打往出闯沙滩，这膀子算刚抡开，枪杆儿算刚攥热，能叫他再走上那么多的回合吗？两个人对阵了有四五个照面，七郎就不耐烦了，再一照面，把枪单交右手，把位就攥在枪纂根儿这儿。七郎用的这手儿枪乃是杨家一十二路枪法里的第十一路枪，这种枪法有个名叫"单把杀手枪"，乃是当年的汾阳王郭子仪郭令公单骑见虏时所用的一套枪法，曾经是枪扫阴山七骑，威震北国。七郎现在用的这一式乃是这一路里的头一式，叫作"单把夜叉探海式，孤雁出群把敌降"，先来个夜叉探海，把大枪给抡起来，照着萧天佐的肩膀头子就抽过来了。萧天佐赶紧拿刀来封，上了当了，七郎的这手儿枪起手占着上风，因为单把握枪，枪杆就长出一大截，老远就能扎着敌将，敌将还不能够着自己；可是单把握枪，把肯定不牢，一磕着枪杆，力气再大的人这个枪也得脱手。七郎的这手儿枪就是这么用的，单把一抡，看着好像是扎过来了，其实胳膊肘上是弯着呢，枪在上边一抽手就缩到后头来了，萧天佐的刀眼看着就要撞在七郎的枪头上了，仓啷！刚蹭着一点边，根本没磕着。七郎的枪缩回来，右手变了后把了，左手一抓枪杆，又改了双把了，左手阳、右手阴，两把一合，跟着就是一个"孤雁出群"，冲着萧天佐就是一枪。萧天佐这个刀一封七郎的枪，破绽可就露出来了。二马一错镫，七郎借着这个劲儿一进枪——七郎知道萧天佐有横练的蛤蟆气，但是脖子上怕横着拉破皮儿，只要是自己这枪能拉破他的皮儿，这口气也就破了。这枪就顺着萧天佐的脖子擦过来了，正好扎在萧天佐脖子底下的搂海带上，啪！皮带可就给扎断了，蹭着肉皮穿过去一枪。哎呀！把萧天佐疼坏了，那一疼啊他还不知道是怎么回事呢，心里明白蛤蟆气被破——还以为七郎把自己的咽喉都给扎伤了呢。"哇呀呀……"赶紧回马就跑，七郎这就叫二败萧天佐，萧天佐吓得跑回了本队。

　　萧天佐一往下退，从他身后闪出来野利氏四猛和驼普氏六杰共十员猛将，一起上来把七郎团团围住。这一仗下来，辽国军营里早就传遍了，都知道南边新一辈儿的杨家将出了一位了不起的大英雄，日抢三关，夜夺八寨，独镇草桥，力杀四门！一提杨七郎的名儿，没有不知道的。所以说打这儿以后，一听说有七郎在阵前，一般将领根本不会单独出战，都吓破胆啦！野利四猛、驼普六杰一看主将败退，自己不能不上，可也不能按规矩一个一个地上，那是找死，弟兄几个互相一瞅，来吧，别顾面子了，群战吧！哗啷啷啷啷……各抖丝缰，马踏銮铃声乱，全都冲到七郎的马前。群战有群战的讲究，没有错镫盘桓的空儿了，十匹马把七郎的马一围，不许你出去了，各举兵刃一齐往七郎脑袋上招呼，你顾得了这个，顾不了那个！七郎呢，毫无畏惧，连闯番营，他早已经惯对群战了，不怕！把自己手里的金枪舞动如飞，先找长兵刃，再拨短的，应接而战，以一当十。

这个时候，四面都是辽兵的喊杀声，铺天盖地，北国派出来十几万大军埋伏在这儿，打算把宋朝君臣一网除尽。六郎和七郎只带了一万人不到的扈从将校军兵，众寡悬殊，要想冲出去，就必得杀到沙滩外边去，大家一散开，北国的伏兵就不好困战了。六郎正带着人朝西边杀呢，正西面冲过来几匹马，马上是有黑有红几员将，各执兵刃上来把六郎也给围起来了，混战厮杀。南边也杀出来一队人马，为首的一员大将：黄番帽，麒麟甲，面赛姜黄，板刷黄眉，鱼鳖怪眼，斜鼻梁，咧腮口，颏下是焦黄的胡须，黄骠马，掌中曲背黄铜刀。正是右军元帅、二国舅萧天佑。

萧天佑害怕杨七郎，远远就瞧见了，他躲着杨七郎不敢近前。斜眼一瞧，宋军队伍的当间儿有这么一员大将，身高顶丈，膀阔三停，面似朱膘，花绞眉，豹子眼，鼻直口阔，满部虬髯，遮胸盖耳，胯下金毛犼，掌中一杆校尉官用的长把大铁枪，正是三郎杨高杨延广。三郎戴着猴儿顶灯的王帽，披着蟒袍，虽然人长得凶悍，但是这个时候瞧着衣冠散乱、精神不振。他牵着驮着大哥尸身的马，走三步就回头望一眼，看着看着就得哭一场，跟随的小校怎么劝都没用，俩眼都哭成核桃了。萧天佑一看，嗯，数这个人最好欺负，我就找他下手吧！催马赶上近前，"南蛮王子，你不要走啦，留在我们这接着喝酒多好啊。你就看刀吧！"这都是混账话！三郎赶紧把马交给别的小校，自己绰枪应战，马走盘桓。萧天佑算是倒了大霉了，杨家弟兄哪有弱的呀？三郎不但枪法好，力大无穷，论勇猛仅次于七郎啊，要不是哭了个泪眼模糊和枪不称手，早就一枪把萧天佑给扎死了。俩人战了有七八个回合，萧天佑一个不留神，叫三郎的枪砸中臂膀，哎呀一声，刀都拿不稳了，拨马就跑。他倒明白，赶紧朝东边跑，三郎是撒马就追，这个时候就听见东边也是号角齐鸣，"哞……哞……咪"，土城那边的北国兵将有如潮水一般涌过来，兵山将海一般。就见这一队辽军的部伍严整，前队全都是骑兵精锐：

飞龙旗、飞虎旗旗幡招展；飞豹旗、飞彪旗号带飘扬；

天罡旗、地煞旗四周挥舞；护队旗、压阵旗林立两旁；

当中间儿有两扇门旗闪开，一杆大纛旗迎风而出；

金葫芦罩顶，白穗低垂，火红缎子面，掐金边、走金线、寸蟒金龙；

上写着是"三军司命"，下边走蓝火焰套红月光，当中一个斗大的"韩"字。

正是：刀枪如麦穗，剑戟似麻林；旌旗遮红日，遍地起烟尘！

来的正是北国的兵马大元帅韩昌韩延寿。韩昌带着大队人马搭好了护城壕的桥梁，就耽误了一会儿工夫，这阵儿指挥大军布成一个大雁张翅的阵形来捉拿宋朝军兵。韩昌也鬼着呢，老远瞧见六郎了，自己躲着点六郎不上前。一看二国舅萧天佑被人追赶，正好提马上前来救，把自己的大枪摆开了来战三郎，你来我往打在一起。打着打着三郎使了一手抽屉枪，韩昌拿自己的枪往出一封，三郎的枪就粘在他那杆子上了，三郎顺势一拉，"唰！"哟，拉空了！怎么回事呢？三郎自己的金枪名叫菊花贯甲钉金枪，枪缨子里头衬着一个菊花瓣似的九品倒钩，甭管从哪个把位往回一带，就跟拉抽屉似的能把敌将的兵刃给拽出来，再一进枪，就要了敌将的命了。现在三郎手里的这个枪，只有一面有倒钩子，三郎还没习惯呢，一拉，偏赶上没钩子这一边朝下，没拉着！这一下可就给了韩昌空子了，三郎这么一拉是朝外手这边拉的，为的是待会儿好再进枪，自己右边的软肋可就拉出空儿来了。韩昌本来是一惊，哎，自己的枪还好好的，没拉动！正好一摔杆子，后手一拉，枪尖子就冲着三郎下来了，"噗！"奔右边的软肋就扎下去了。幸亏三郎的蟒袍里边还套着铠甲，这一枪没扎着要害，伤了皮肉。三郎赶紧往下败，韩昌和萧天佑等人打马来追。

这个时候，杨七郎刚好赶过来。他刚才不是叫十员猛将围起来了吗？对，那阵儿七郎是别想跑出圈了，叫人给死死地困在里边。但圈外有一个人没叫辽将看住，谁呢？装扮成老太监的金枪将王源，还是骑着老瘦马，侧着身儿，一条腿扎着镫，一条腿奔拉在鞍子上，晃悠着。谁看了谁都没拿他当回事，都以为就是一个老太监，扎着一杆枪在那等着别人保呢，所以大将谁也没来抓他。有几个小校上来想抓他，嘿，叫老太监连着几枪就都给收拾了。所以王源在乱军之中还挺清闲，他就打上接应了，看谁有危险就跟旁边打个下手，帮着扎一枪、扫一杆子什么的。他一看，六郎那儿没什么事儿，虽然有人围战，但是应对自如，他就跑过来专门来帮七郎的忙来了，骑着老瘦马溜达到几个猛将的身后，就用一枪，就把敌将给挑到马下边去了。去了几猛，七郎就得劲了，把大枪一抢，连伤好几猛，什么野利风、野利吼、野利先、野利荣、驼普班、驼普番、驼普宽、驼普粘、驼普罕、驼普严，四猛六杰都带了伤了，纷纷落败。七郎一腾出手来，先找自己的三哥，一看，三哥叫韩昌给扎伤了，正往下跑呢。好你个韩昌，我正要报幽州城下那没扎着的一枪之仇哪！哗啷啷啷啷……催马来战韩昌。

韩昌看见七郎上来了，还乐呢。为什么？见黑发财呀，他还记得他爸爸说的谶语呢，自己见着黑的不怕呀！把自己的紫金枪一舞弄，来和七郎见仗。"哎！杨七将军！我来问你，你们来赴我国双龙宴的皇上，到底是什么人？"七郎含着眼泪，"韩昌，你这个惯用狡诈的奸贼！你想知道来赴双龙宴的是谁呀？好，我得告诉你，叫你明白明白，今日我们保着来的乃是我的大哥，替主赴会的忠孝侯杨延平！韩昌，你们言而无信，竟然用毒酒把我大哥毒死啦！这些肯定都是你出的主意！今天你就别想跑了，我要给我的大哥报仇！"说完了不容韩昌分说，一拱裆，猛颤枪杆，"噗噜噜噜……"五只黑老虎龇牙咧嘴直奔韩昌的面门而来。啊？韩昌又犯傻了，没料到啊，怎么杨七郎也使的这手儿？定睛一看，明白了，哦，原来这是一手枪法，老虎脑袋是枪挡子，并不是星君下凡哪。想明白了，枪也到了，赶紧拿乌龙搅柱紫金枪往七郎枪花当间儿一插，他也颤起了枪花。他琢磨，我要是拿枪拨你的枪头，都不是真的，上回就是这么吃的亏，所以我不能拿枪去拨假枪头，我也得颤起枪花，往你那里边进，只要你一进枪，就得撞在我的枪上！韩昌也是使枪的好手，所以精通各种枪法的破法，一出手就对路子。但是他今天失算了，七郎的枪跟一般的枪可不一样，七郎的枪是重枪，枪杆倍儿粗。降龙木的分量可不亚于钢铁呀，枪前头的老虎脑袋是老王打造的十二杆金枪里最沉的，所以七郎的这杆枪是硬攻力贯枪。韩昌的枪颤着枪花可撞不动七郎的五虎断门枪，一个是猛劲往里进,一个是慢慢伸进去等着拦、拿,那能对得上吗?真叫韩昌猜着了,七郎的枪一进,韩昌的枪就撞到七郎的枪上了,"喧啷!"但是韩昌的枪花太软,七郎的五虎枪头往当间儿一合,五虎化成一虎,照样往里进,"唰!"韩昌"啊呀"一愣神,知道自己错了,就是撞着七郎的枪杆也不成啊。这个时候七郎的枪已经扎过来了,赶紧一个大低头,想闪开,还真行,这一下是把咽喉要害躲过去了,脑袋往右一掰,七郎的枪尖正扎进韩昌左耳朵上剩下的单只八宝金环里头。韩昌这么一晃脑袋,刺啦!得,右耳朵上的伤还没好利索呢,左耳朵也给裂开了,鲜血溅满了半张脸。"啊呀!"韩昌疼得赶紧拨马往后退。呼啦,上来好几名副将,把七郎给挡上了。

从这一战以后,北国的大臣就老拿这个事儿跟韩昌开玩笑:韩元帅呀,你看你这个耳朵怎么老这么碍事呀?老叫杨家弟兄给扎破喽。韩昌也就跟着打哈哈:是啊,我这个耳朵是太大啦,打这儿我就再也不戴耳环了不就成了吗?所以打这儿开始,北国人给韩昌起了个外号,叫"大耳韩昌",就是打这儿来的。

〖 二回 〗

　　七郎还想去追韩昌，三郎在后边喊他："七弟！别追了，咱们还得赶紧往外冲！"七郎扭头一看，西边的番兵太多了，自己的将士都被拦在这个沙滩口子里边了，四面受敌，都叫番兵给冲散成好几堆儿，来回拼杀，就是冲不过去。再一看自己的六哥，正在前边猛劲儿地冲呢，但是敌将太多，刚杀出一条血胡同，想召唤大家前进，就又冲上来一帮生力军，把大家都围在圈里。

　　七郎急了，马往上撞，冲到最前边，大喝一声："呀哒！北国的番鞑胡儿，可认得你家要命的黑祖宗！杨家将的七郎杨延嗣来也！"番兵都知道七郎的名字啊，这么一报名就管用，好些人手里的刀枪都慢下来了，还有一些人脚步都开始乱了，怎么呢？人都是自己吓自己，这几天番兵、番将在营帐里没事就唠杨七郎的故事，把七郎日抢三关、夜夺八寨、力杀四门……都快编成快板书了，传了个遍，无人不知，无人不晓。再一个，也都瞧见了七郎在城下口喝箭矢，当空断裂两截！都听七郎自己瞎说，说自己乃是上界的虎头黑煞星降世临凡，所以凡间的武器伤不了他的身！真伤不了他的身！要不然怎么能在幽州连杀四门而不会被伤着呢？今天七郎刚一闯沙滩，心里惦念着大哥、二哥的死，满腹仇恨，豁出去了，也不格挡辽军的刀枪了——那是自己身上有鼍龙宝铠护体。可是满沙滩的辽军就传开了，真就有亲手拿着刀枪砍着七郎、扎着七郎的番兵侥幸逃生出阵的，这么一传……"嘿，真的！哥哥呀，我这刀可是真的砍上了啊！怎么就砍不进去呢？""嘿哟，谁说不是的呢，我这枪也扎上啦！怎么就好像叫什么东西把我的枪头给咬住了，根本就扎不进去！"人都爱传这样的话，别看就这么一会儿，撤下来的番兵跟新增补上来的辽军士卒一聊，都胆颤心寒！这会儿一听七郎报名，谁心里都虚啊！再一见七郎把乌印虎头皂金枪抡圆了，也不论什么枪法了，左右如车轮旋转，来回拨打，当者必是骨断筋折啊！这么一来，呼啦，番兵是退败如潮，番将想拦都拦不住了，西边的沙滩口撕开了一个口子，火山军将士赶紧一起往出杀，六郎、七郎打前锋，三郎和王源断后，押着驮着大郎尸身的逍遥马在当间儿，且战且退。

　　后边韩昌看七郎没追，赶紧响瘪咧，纠集残兵。萧天佐、萧天佑和俩公主都聚到这块儿来了，韩昌把两位国舅、两位公主都给叫到僻静之所，"国舅爷呀，公主，我跟你们说啊，你们可别着急。咱们大辽也出了大事啦！""啊？元帅，怎么回事，你快讲！""我说可是说，你们几位的嘴可得严着点，要不然，军心可是要大乱啊！宋朝来赴双龙会的皇上原来是假的！乃是杨家将的大郎杨延平，酒席宴前，杨大郎暗藏着袖箭……刺杀我主，咱们的大狼主，天庆皇爷已然是中箭归天啦！""啊？哎哟我的父王耶！"俩公主放声大哭，俩国舅大吃一惊。韩昌赶紧说："别哭！别哭！这个事可千万别叫部下们知道，否则军心大乱！不但是狼主遇刺，就连几家老丞相也一同被宋将所害！此时宋朝大军如若反攻幽州，咱们可有亡国的危险哪！国舅爷、公主，依末将之见，您四位赶紧带着本部人马到幽州去见国母，当务之急，是赶紧扶保新君登基！末将这儿有一封信，公主，你们姐儿俩回去交给国母，切记！切记！"俩公主不明白韩昌的心思，只有萧天佐明白。北府大臣都不支持自己的姐姐当政，姐夫一死，靠山就没了，要是北府的老臣一起发难，姐姐可抵挡不过来，所以自己哥儿俩得赶紧赶回幽州去！韩昌的信里就是劝萧后不要贻误时机，赶紧自立为女皇，因为天庆王和萧后只有一个儿子叫文殊奴，阿哥文殊奴从小身体就很虚弱，只有一条腿是好的，走起路来一瘸一拐，好文厌武，一提打仗就头疼，难当大任。韩昌说："您四位回去跟国母说一声，阵前的事就先交给末将了！"说完了，韩昌先上了马，率领前营铁骑前去追赶杨家弟兄。

放下萧天佐、萧天佑和俩公主的事暂且不表,再说三郎和六郎、七郎、王源带着火山军朝沙滩口杀来,眼看着就要冲到这儿了,六郎奋臂舞动金枪,心里说,等我们冲出这个口子,金沙滩西段就是一片开阔地带,两边的土岗子也矮,我们就可以分头上岸跑了。从那儿是朝西、朝南撤都成,番兵再想围困我们可就难了。所以他是一个劲儿地鼓动军校,"弟兄们!赶紧冲啊!冲出这个口子咱们就算杀出金沙滩啦!杀呀!"可是刚走到口子边上,两边山林里又是炮响连天,伏兵杀出来,呼啦,把沙滩口给锁上了。六郎一瞧,把守在这儿的辽军都是重甲铁骑军,除了马上的将校身披重铠,战马也套着马铠——就跟七郎从凤凰岭前得着的马铠是一模一样的。前边脑门子前挂着一块铁板儿,都是按照马头的形状打好的,把眼睛和鼻孔这儿留着洞口,叫面帘儿;脖子上包着一块大甲叶子套,叫鸡颈;身上也挂着四片甲叶披,前边搭着一块叫当胸,左右各有两片压在鞍子底下叫身甲,后边有一块桥形的甲披,叫搭后。把战马的四面也都给护好了,不怕枪扎、刀砍,但是战马冲过来,什么都得给踏碎了,铁蹄之下,岂能有幸免哪。

重甲铁骑军当间儿闪出几面大旗,旗下为首是一员大将,六郎和七郎仔细一看,为首的这个人:

跳下马平顶身高有九尺,头戴圈金佩玉铁打兜鍪番帽盔,脑袋顶上单插雉鸡翎,胸前也是狐裘搭甩;身披重重钉钉横挂牛皮甲,内衬绿征袍,虎皮裹肋、豹皮缠腕。面赛瓜皮绿,飞蛾眉,怪圆眼,宽颧骨,敞腮颔,通贯鼻子,血盆阔口,双耳上挂着一对八宝大金环,颏下是一丛短胡子茬儿。跨骑一匹青花骢,手中用一杆独角提牛大铁枪。

这是谁呀?是韩昌的大哥韩广韩延福。燕山老王韩匡嗣一共是五个儿子,老大就是这个韩广韩延福,老二就是韩昌,老三叫韩盛(音成)韩延康,老四叫韩隆韩延宁,老五叫韩庆韩延和。弟兄五个从小就在一块儿练武,老王韩匡嗣亲手调教,还都给送到北国海东的九顶铁刹山八宝云光洞海外老祖金碧峰的宫里,请自己的老师又用心指导了自己这五个儿子,可说是个个武艺高强。后来唯独是次子韩昌，深得老道总金碧峰的喜爱，老王韩匡嗣写书信推荐给自己的老友麻衣大仙，麻衣大仙再收下来点拨枪法——所以韩昌得到了自己家传的燕山韩家枪，也得到了老国师麻答的真传。去年腊月里，韩家弟兄一起到在燕山脚下参加狼主和国母的围猎场，可是大哥韩广是已然婚配了，不能下场，这才都捧着二哥韩昌下场夺魁。可是眼瞅着自己的二弟做了驸马爷了，大哥心里也多少有点儿不甘，就老是跟自己的二弟念叨，嘱咐二弟出征之时带着点自己，也去阵前建功立业。

这次韩昌就只带上了自己的大哥韩广来到两军阵前。以前打仗的时候，他只叫兄长在阵里观阵，没叫他出战。今天在金沙滩布阵围困双龙会，七郎闯幽州致使不少将军负伤不能出战，一部分大将还都派到了南边防线布防去了，人手不够了就把大哥韩广给用上了。韩广自己高兴啊，也有自己在阵前建功立业的机会啦！他率领着的是重甲铁骑军，这是韩昌用的一点私心，铁骑军出战根本不用主将出马，只要是一发令，铁骑横排一冲阵，敌军就得损伤一半，要获胜是太容易啦！

六郎一瞧，知道要坏！常言说得好，南人擅射，北人擅骑，北国人擅用铁甲骑兵，北国的战马好哇，南朝攒不出这么些个个头、身量都这么好的马队来。南朝军兵擅长强弓劲弩，要是平常上阵对敌，北国的骑兵一列阵，南朝军队就得排开强弓劲弩队，用箭阵对付北国的铁甲骑兵，除此以外别的办法都不成。可是今天是化装成保驾扈从的禁军，哪有强弓劲弩队啊？六郎精通与北国军兵作战的兵法，从小就听爹妈说这些话，知道要糟糕了，自己没带着强弓劲弩队，就没办法防铁骑兵啊。要是这样对阵，自己的人马至少也得损伤一多半，一不小心就得全军覆没。哎，六郎一看，辽国军队里的将官是一员年轻将官，看样子，傲气十足，要是拿话激他，把他给引到疆场前边来厮杀，投鼠忌器，铁甲骑兵就不会驱驰出阵，趁着这个时候我再率领着大家一块儿往前冲，没等铁骑跑开呢，我们就能杀出去一多半人！六郎打定了主意，跟七郎说："老七，这个是铁甲骑兵，咱们可要坏啊！你听哥哥我的，要想冲过去，咱只能这么办。你呀，上去拿话激那个主将，把他给叫出阵来，你和他打上，缠住他。我再带着咱们的弟兄来个猛鸡夺嗉，兴许就能冲过去！""好嘞！六哥，你就瞧我的吧！"

七郎一拱裆，哗嘟嘟嘟嘟……马踏銮铃响亮，来到当间儿的空地儿，拿金枪冲着韩广一点："哎！对面的那个小子，你敢出来吗？"韩广一瞧，哟，南朝当先一员黑脸的大将，骑着一匹黑马，穿着一身儿黑，手里还是一杆黑缨枪，哟嗬，黑旋风一团啊！他没作战的经验，一听叫自己，也是一拱裆，走马就出了本队了。后边有军校提醒他："哎，将军，您别出去太远啦，咱们是骑兵队啊，您退回来，咱们好冲锋啦！"韩广说："我知道，你们先等会儿再冲，他们的大队人马不是还没到呢吗？我出去看看这个小子想说什么。"哗嘟嘟嘟嘟……跟七郎还有三十几步就不走了，把马一勒，"哎，对面来将，你还有何话讲？"七郎一瞧，嘿哟，还挺小心哪，我不卖点东西出来看来你是不会到近前啊？"呵呵，你可知道本将军我是谁吗？""你我初次见面，我哪知道你是谁呀？""好，那你就在马上坐稳当喽，啊，我怕一说出来，把你小子吓掉下去！"韩广一听，嗯？什么人那么吓人啊？哦，八成他就是大家老说的那个杨七郎吧？那我也不怕你呀。但是七郎这么说了，他就不能往后退了，怕人家以为自己害怕呢，就把马朝前还提了两步，"哦，你是何人啊？还能把本将军我吓着吗？你说吧！"七郎心里悄悄地乐，好，上当了，"我呀，曾日抢三关，枪挑贺斯、鞭打哈密龙、箭射高天鹏！""哦？"上来一步，"还怎么样？""我还曾夜夺八寨，骂走马坤、羞走马荣，吓死了胡尔达，立马单枪独镇草桥！""嚯！厉害！"又上来一步，越说厉害越不能往后。"某还曾单枪匹马撞幽州，马不回环枪挑铁木宽，蹚连营马踏弓弩手，报名头吓退沙米罕弃棍而逃！你怕不怕？""嘿，你是个好样的！可是本将军我也不怕！"韩广一挑大拇指，马又提上来两步。

"我还曾杆砸萧天佑，单枪挑双锤，砸死铁木驼，力夺亚力兄弟槊四条，气走狐狸王！""嗯，这就杀了两门了，够个英雄！"马又上来两步。"别忙，还有哪，我还破东门，枪穿秃先、秃后，生擒大金环，撞死小金环，转身枪杀了庆山奴，撒手枪杀了庆山雕，箭射土金宿，角力计降伏了土金牛，一声断喝惊走耶律奇,吓死耶律瓜!""嘿嘿,都看你的啦合着。"嗒嗒嗒……韩广可就上来了,两人马打对头,"你甭说了,我知道你是谁了,你就是杨七郎,名叫杨希,字叫延嗣,对不对?""哎哟,你都知道啊?没错!""可你还不知道我是谁呢,告诉你,你别狂了!别以为自己真的是天下无敌了,你这么多说的,那是你上阵以来就没遇见我,你要是先遇见我了,管保叫你命丧黄泉!你听好了,叫你明白明白,我乃是大辽国的燕山王韩匡嗣膝前不肖子韩广,字表延福,我排行居长。杨七郎,你也使枪,我也使枪,到底看看是你的那枪厉害,还是我的这杆枪锋利。你我撒马一战!"说完了把自己的大铁枪一摆弄,催马来战。七郎高兴了,只要缠住这小子,北国的铁骑就得缓缓,也是抢枪接战。

两人在疆场上这么一动手,六郎就腾出手来赶紧跟后边的王源、三郎交代,吩咐军校注意自己的阵形——一开始还都是横着排开的一字长蛇阵,可是只要是敌军的铁骑军一发,就得立马汇集成纵向的一条龙,这样铁甲骑兵的队形就叫自己给搅乱了。都做好准备了,六郎来到阵前,一看,两人在疆场上杀得正难解难分的时候,一声令下,火山军就冲了过来。韩广这儿打得正带劲呢,要说他的枪法还真是不错,七郎一点没让着他,两人来来回回战了有二十多个回合,难分上下。七郎正想着该用绝命枪了呢,哎,宋朝大军一冲锋,喊杀声震天啊,韩广给惊了一哆嗦,正好七郎的中平枪就到了,躲闪不及,正中前胸,死尸掉落马下。

这个时候六郎带着人就冲到阵前了,北国阵里虽说是主将阵亡,可是铁甲骑军在训练时的指挥将领——乌古庆仑就在跟前儿呢,大家伙儿本来也是听他的。乌古庆仑一看韩广阵亡,马上就接过韩广副将手里的令旗,吩咐响瘪咧,指挥自己麾下的马队就冲出来了。乌古庆仑操演铁甲骑军前后排了有五排,一挥旗子,前两排前跑出阵。头前两排还没跑开呢,就和六郎带着的火山军将士撞上了,双方各有死伤。凑巧火山军里有一小队钩镰枪手,可管了大用了,钩倒了铁甲马一片,大家趁着这个时候赶紧往上冲。

又听见北国阵里又是一阵瘪咧号角声响,尘土飞扬,几百步以外还有后边的三排铁甲马队，蹄声落地如雷，直奔火山军而来。大家没别的法子了，只好是严阵以待。王源和三郎都从马上跳下来了，假如说骑在马上被撞着了，那就得说是必死无疑，只能是弃马迎战。六郎和七郎来不及下马了，七郎冲在最前头，他那枪的力量也大，当先一撞，先撞倒了冲过来的三匹马，把铁甲马队给撕开一个口子，哗啦又带倒了好几匹马，前面的一摔，后面两排接着上来的马也就跟着摔倒了。七郎和肝、肺、肚、肠四将上前一个一个都把骑兵、将校给结果了，一招呼："弟兄们！快从这儿跑！"回头一望，五个人眼泪唰就下来了：这三排辽国的骑兵冲过去，自己带着的火山军将士死伤了有一大半儿！满地横七竖八的都是自己的弟兄，有的是踩断了腿的，有的是撞伤了腰的，还有的叫番兵的长枪刺破了肚皮，惨不忍睹！

亏了六哥和一小队骑兵还紧紧地跟在自己的身后，七郎牙一咬，知道这会儿不能再耽搁了："六哥！咱们得快走！先上到土岗子上边！"六郎带着这队人跟着七郎的后边往西边杀，冲过马队的阵营。乌古庆仑知道自己不是杨七郎的对手，挥舞令旗指挥着铁甲军后退，长枪队上前围杀……哥儿俩总算是杀到沙滩口了，举目一望，傻眼了！金沙滩的前滩渡口这儿，已经是满眼的一片红沙……满地倒着的都是两国军兵的尸首，六郎给五郎留下来的两百名火山军将士可说是无一生还，趴在地上就没见有活动的。这么一看，这儿不是刚才打的仗，而是早就开战了，难怪五哥没有把古树砍倒呢！六郎和七郎可是真急了，不管沙场上身边的敌军还有多少，哥儿俩都跳下马来，双手端枪，四处找五哥的尸身。昌、显、炅、明和肝、肺、肚、肠哥儿八个紧紧跟随，在身旁护着二位，有北国的长枪手冲过来，这哥儿八个先冲上前去抵挡一阵儿。六郎和七郎这俩眼都急红啦！双手紧着在死人堆儿里翻腾，掀开这个一看，不是五哥，掀开那个一看，也不是五哥，这二百人是天波府跟来的火塘山子弟兵，多少都眼熟，越看越心焦……七郎是一屁股坐在沙地里，双手捧起了红沙，"我的五哥哎……"禁不住是痛哭流涕！六郎知道是自己给五哥留下的人马太少了，哪儿经得起沙滩口数千北国伏兵这么冲杀啊？一看这个场面，知道五哥是绝无生还的可能。

七郎刚要翻身上马杀回阵里给五哥报仇，杨肝眼尖，一眼就瞧见了："且慢！六将军，七将军，您看，土岗之上的古树树干上，那是什么？"六郎抬眼一看，哟，沙滩口外高岗之上的古树树干上，一把明晃晃的斧子，正砍在树干之上，阳光映照得是光芒刺眼！

〖 三回 〗

　　六郎和七郎闯出了沙滩口，可是一到这儿才看见，满地的南北两朝军兵的尸身！火山军的将士果然是名不虚传，火山军只留下来了二百名跟随杨五郎守护此地，北国的伏兵呢，粗粗算来也有五千来人！二百敌对五千，简直是以一当二十多人！这二百名勇士，到最后将五千辽军也几乎是全数歼灭，只不过全都是同归于尽。满眼望去，沙滩地尽被鲜血染红。

　　哥儿俩想要找到五哥的尸身，可是怎么翻看都找不到，七郎刚要上马，杨肝瞧见了，你们看，五哥的斧子还在大树上挂着哪！兄弟几个赶紧带着身边的军校拉着自己的马上了土岗子，到这儿一瞧，果不其然，千年古柏树干之上正是五郎的斧子，一斧子砍进了树干之中好几寸。那么会不会是五郎要砍此树但还没来得及砍倒就被北国人暗算了呢？六郎仔细地查看，古树的旁边也都是宋辽两国军兵的尸身，并没有五哥的尸体。最靠近树干的一具尸身，搬开来一看，心如刀绞，正是紧跟着五哥的贴身家将。看起来是这位想要抢斧子砍古树，可是北国人有人冲上来从背后砍了几刀，又有长枪刺穿。杨肝、杨肺走近一瞧，这位兄弟尚有口气儿在，赶紧扶起来连连呼喊。这位悠悠醒转，睁眼一瞧是六爷，俩眼就直啦！双目暴突，身子一打挺儿，伸出自己的右手来，手指着远处："六、六……五将军他……"哇……一口鲜血喷出腔外，气断身亡。都是好兄弟，其他人抱着他哭，六郎猛然间想起来了，顺着他手指的方向起身扭头，正是幽州城的方向——六郎可就愣住了。此刻幽州城头的红旗已然不见了，远远望去，幽州城头旗幡飘扬，尽是北国的旗号。看起来幽州已然叫北国人复夺，那么说二帝和父帅到底是逃出去没有呢？自己的五哥呢？是死是活？

六郎和七郎赶紧叫身边的几个将官、士卒到死人堆儿里找找看，自己的弟兄只要还有口气儿的，赶紧扛走救起来。大家一一检看，哪儿还有啊，所有的弟兄都是身中数刃，力竭血尽而死。此时跟在屁股后边追击的北国长枪队也是死咬着不放，宋军将士要都登上土岗也是不易。七郎可急了，自己来到土岗子的边上，连放十几箭，吓退了不少敌兵。乌古庆仑知道不妙，自己训练了这么多年的铁甲军损失过重，一跺脚，挥舞着令旗，命令长枪队退后不再追了。大家伙儿也就都上了土岗子，然后下马把弓箭都准备好，好接应败退下来的弟兄。六郎和七郎把这里的大家伙儿都安顿好了，真着急啊，自己的三哥和王源叔父还没过来呢，刚才都叫北国的骑兵给冲乱了。哥儿俩带上几十名精兵强将又下了土岗子，重新杀回金沙滩。

没往回跑多远，喊杀声越来越近。哥儿俩一看，哟，真不容易，王源带着一队人从东边杀回来了。七郎和六郎赶紧来接应，把辽国追过来的骑兵都给挡住了，七郎和六郎接连几枪，挑落了好几个，这些个骑兵也都害怕了，赶紧拨马败回。七郎拉着王源就上了岗子，问："叔啊，我三哥哪？"王源老泪纵横，摆了摆手，六郎一瞧就知道完了，三哥也没命啦。原来，铁甲骑兵列队一冲锋，三郎和老将王源都下了马了，靠着步下的闪躲，还真就躲过去了。头一轮冲锋一过去，王源又找了一匹马叫三郎赶紧骑上朝西边跑，要不北国的铁甲骑兵再翻回来，可就不好对付了。但是三郎没上，他叫王源骑上先走，自己要去找大哥的尸身，刚才叫骑兵一冲，就失散了。王源只好先上马带着弟兄走，刚跑出去没多远，后边北国的骑兵就翻回来了，王源眼睁睁看着三郎在步下拿大枪横扫敌军，最后是枪扎到马身上拔不出来了，叫后边冲上来的马队给撞倒在地，好几阵骑兵鱼贯而过，可怜一代英勇扫北的虎豹儿郎，在金沙滩被马踩如泥，身躯血肉都尽归尘土……

七郎一听，什么？我三哥也完了？现在是五哥也无有生还之机，四哥和八弟被俘，甭问，我们杀死了天庆王，他们俩也活不成了。七郎这会儿一点都没哭，抬头一看，沙滩口子里还有辽军的铁甲骑兵和追兵在后头追呢，乌古庆仑正站在高处指挥铁甲奇兵聚拢，要二番冲杀。七郎这会儿眼珠子都是红的了，什么都听不见，谁说也不管用了，上马一举自己的金枪，暴喝一声！咱们不是说过吗，他的嗓门就跟霸王项羽似的——"喑呜叱咤，千人皆废！"满沙滩的人都不敢出声儿了，都瞧着他发傻……黑毛虎陡然间纵身一跃，就奔北国兵将人最多的地方来啦！南北两阵所有人都看傻了，六郎和王源也不知道是怎么回事，乌古庆仑也不知道这是怎么回事，就看七郎这马就跟黑旋风似的，呜……就刮到北国的大军军阵之中。七郎的枪都抡成了风车了，这阵黑旋风是到哪儿，哪儿就乱成一团，哭爹喊娘！眨眼的工夫，北国阵中的骑军全都叫七郎给冲散了，各自是弃马逃生。乌古庆仑还想要指挥骑军再集结呢，这小旗子没挥几下，就看七郎在阵里一拐马，哗啦啦啦……马跑如飞就奔自己来了，刚想要放下令旗，腾出手来抓自己的大刀——七郎又是一个廉泉奔月撒手枪，都使开绝命枪了！扑哧！穿透了乌古庆仑的前胸，死尸侧歪侧歪还没摔落……七郎的马就到了，一把拉出自己的金枪，乌古庆仑的满腔热血就喷出来了，溅了七郎满脸满身。这会儿七郎已经是有点儿疯魔了，什么都不问，是见人就杀，见人就扎！本来这些北国的追兵有乌古庆仑指挥的铁甲骑军，也有沙滩里韩昌指挥的主力追兵前锋，这会儿叫七郎这么一通横扫，全都成了败兵啦，都磨头往沙滩里边跑，都叫七郎给吓坏了，说是抱头鼠窜一点都不过分。七郎一看败退的辽军自己是追不上了，自己这力气也是耗得差不多了，这才气喘吁吁地回到了沙滩口儿，此刻才忍不住放声大哭。大家伙儿顾不上再悲痛了，六郎和王源上前解劝，再点了点所剩下的人，就还只剩下两百人，大哥多年训练的代州边镇雄兵一战丧尽，都埋尸在金沙滩内！这样也不敢怠慢，知道老父和皇上都是朝着西边儿走的，王源和六郎、七郎商议了几句，就吩咐大家赶紧把马匹、兵刃都拾掇了拾掇，有战马受伤的，赶紧下沙滩去拉已经无主的军马，兵刃不称手的，也都打扫战场去补充点装备……这么说吧，接下来要逃出沙滩，没马肯定是不成。耳听得沙滩里喊杀声音是越来越近，大家伙儿上马赶紧朝西奔幽州城西的卢沟桥，去追老令公和圣驾。

现在逃出来的人都是轻骑快马，跑得快，有这么一会儿工夫，就到了永定河畔。大伙一瞧，啊？怎么还没过卢沟桥呢？前边儿卢沟桥的东岸，密密麻麻的都是宋朝旗号。哎，这些人一到，后军将士都认得啊，一看见是六郎、七郎几个，都太高兴了，所有人都替他们弟兄几个挂着呢。可是一瞧也就这么几位回来了，个个愁容满面，血染征袍，也都跟着急，到底怎么样啦？六郎、七郎等人打马冲到了队伍的头前，就听见前边是战鼓隆隆，开着仗呢！等来到阵前一看，好嘛，太乱啦！好几位在卢沟桥前走马连环，其中一员老将，白发银髯，金盔金甲，正是自己的老父亲，金刀令公杨继业！

怎么回事呢？原来是大辽的北府宿将平宋王耶律休哥奉韩昌之命带着自己的本部人马在此镇守，防备宋朝君臣从此地逃脱。耶律休哥麾下有七个儿子：耶律希、耶律亮、耶律真、耶律开、耶律洪、耶律德、耶律肖，在北国号称阴山七骑，都有万夫不当之勇。耶律休哥和令公在雁门关打了好几年，深知令公的战法，亲自带着几个儿子一起出战，两下一对阵，耶律洪、耶律德、耶律肖哥儿仨把呼延赞、高君宝和郑印这三位王爷给困住了，耶律亮、耶律真、耶律开和火山军八旗家将混战一处，耶律休哥自己带着长子耶律希和令公是连环对战。在北国能和令公斗上一段儿的首推这位老王爷耶律休哥，他用的刀也是当年横勇无敌的大夏金刀王赫连勃勃所用的宝刀，名叫龙雀，同样是可以切金断玉、削铁如泥。世上唯一能克他这口刀的就是令公的九环金锋宝刀，这两口刀一碰，龙雀刀就无法称霸了。前面有一段书叫"九环破龙雀，激战雁门关"说的就是令公初会耶律休哥的那一仗，在雁门关前大破辽军，九环金锋得了定宋的封诰。今天耶律休哥照样拿龙雀来战令公，另外加上自己的长子耶律希，他使的是两只车轮大斧，板儿厚、头儿沉，令公的刀是根本削不动的。爷儿俩双战令公，两下里打了个平手，就僵在当场。

七郎和六郎来到阵前，马不停蹄，直接冲到阵前，把老爹爹换下来了。一个对一个，杀在一处。令公一看，两个孩子回来了，心里稍踏实点了，但一看他俩浑身都是血迹，看来金沙滩一战杀得真是够惨烈的。自己矬马回归本阵，回来一看，呀！令公就觉得心里头一揪，就回来了六郎和七郎哥儿俩，那哥儿几个一个也没见着影儿。看见金枪手王源了，"王贤弟，你这是……那几个孩子呢？你们赶赴金沙滩双龙会到底是怎么样了？""嗨……"王源叹息一声，先把老令公给搀扶下马。皇上和八王也都着急，都从车辇上下来了，皇上都不顾君臣之别了，拿手紧紧抓着王源的袖子，"王老爱卿，你倒是快说啊，啊？忠孝侯和那几位公子是不是等会儿就能回来啊？你们，你们可曾是遭到了辽国的埋伏？"其他一些老臣也都追问不止。

王源先把令公扶定，知道自己不说也不成了，但是实在不知道该从何说起，张不开嘴啊。这个时候随后跟上来的二百火山军也都被带到前边儿来了，走到皇上和令公面前，全都跪倒在地，匍匐大哭。实在是忍不住了，有的连累带伤，这么一哭，就昏过去了。令公就知道坏了，这一仗肯定是败得够惨的啊，这些个弟兄里边，有的自己认得，是天波府里的老人儿，有的是大郎从代州带来的，一个一个，血浴铁甲，浑身到处是伤，看着太凄惨了。令公看见这些个士卒老军，心疼啊，把头前的几位扶起来，"弟兄们哪，老夫无能……累你们受罪啦！"那几位趴在地上的更是泣不成声："令公哎，千岁啊，您得恕过我们的罪过啊，几位少爷，我们没能保住啊……"头都没抬，就冲着地皮儿说话，叫泪浇黄土。

令公一听他们这么说，"啊？"赶紧把王源给拽到自己的近前，"老兄弟啊，你跟我说实话，老大延平他，他，他是不是回不来啦？"老头儿嘴唇急得直哆嗦，群臣猜都猜出来了，但是还是希望王源能说出一声"不是"。王源慢慢点了点头："老哥哥，延平，不愧是将门虎子！天庆梁王在金沙滩内摆下了双龙宴会，他……他根本不是要与我国罢兵和谈，而是要逼我朝天子当场写下降书顺表。酒席宴前，延平毫无畏惧，道破辽主奸谋，天庆梁王一计不成又生二计，骗延平饮下了鸩酒！延平真是个好样儿的啊，临死之前，用袖箭要了天庆梁王的性命，也算是为我们死在金沙滩里的将士儿郎报了仇了。"王源说到这儿抬头望了望天，怕自己的眼泪掉下来，招令公难过。这个时候老令公倒踏实了，已经有了准信儿了，儿子是回不来了，闭上了双眼，紧咬牙关，双手颤抖着握紧了王源的手说："好、好，好个延平我儿！真正是忠孝两全！"

皇上一听，明白啊，那毒酒是人家辽国给自己预备的，"哎呀，忠孝侯啊，你是替朕死的哇……哎嗨！"接茬儿哭着，心里是真难受了。八王一看，"这个，王老将军，那么二将军他……"王源说："天庆梁王一死，北国大帐里乱作一团，二将军延定连杀北国八位大丞相，可惜一时没防备，叫北国的奸贼用短剑刺穿前胸，他，也……为国尽忠了！"令公这一回连头都没点，双眼出神，等了片刻才说："好、好、好，好一个延定，为国尽忠，死得其所！"老头儿把白胡子一捋，眼睛一眯，愣没掉下一滴泪来，就这么硬实。八王忍不住了，撩龙袍跪在尘埃，冲着东北金沙滩的方向，"两位将军！忠肝烈胆！你们本是替我赵家叔侄赴死罹难啊……"俯身拜倒。这可了不得，君拜臣，满朝随驾的文武谁敢不拜？也都跪倒在地，跟着八王念叨。有的伤心，有的叹息，替杨家兄弟不值，也有的偷偷地高兴。谁呀？老贼潘洪潘仁美和他那几个儿子、干儿子在后边也跪在地上了，但是心里都乐开了花儿啦！

崔文在一旁眼含热泪，哆里哆嗦，走上前来，一把就抓住王源的手："老将军哪，那，那，那三将军他哪？"王源接着说："老哥哥，崔总管，老三延广更是个好样儿的！辽国重甲铁骑冲锋，我们都把马丢了，他把马匹让给了我，自己还要去找他大哥的尸身，没能躲得过辽国骑兵的铁蹄，被马踏如泥！"令公点了点头，"真是有兄弟之义！好孩子！那么四郎儿呢？四郎儿是如何为国捐躯的？""四将军在阵前被敌将的绊马索绊倒，被敌将生擒掳走。八少爷为救延辉，尾随而去，一直到最后也没得着他们哥儿俩的信儿。我估摸着，也有可能能逃出金沙滩，咱们还得再等等看。""哦……那么，五郎延德哪里去了？""五将军受命在沙滩口把守，但是没想到，韩昌在金沙滩口布下了五千伏兵，五将军只带着二百人在那儿看着，等我们赶到沙滩口时，二百子弟兵是全军覆没，五将军踪影不见。我们找了一下，没瞧着五将军的尸身，所以，五将军或可逃出虎口，只是还没能追上咱们呢！"王源明明知道五郎是有死无活，但是还得这么说，这么一说，给令公一个盼儿，要不，一下死了六个儿子，令公伤心伤得还不得魔怔啦？

老令公一听这话，又把自己的身躯挺了挺，一捋银髯，哈哈大笑："不要紧，我五儿自幼就有高僧夸他福大命大，此时不见，必然还未曾遭敌军毒手，我儿延德必然还在人世……"大家伙儿都知道，这是老头儿自己骗自己，一下子死了这么多的儿子，再说谁死可是真受不了啦！王源又把程普摔落城壕被扎死，张文被射死和高化、陈宣被俘的事简单地交代了一遍，这几个家将都跟随着自己出生入死十几年，情同父子、兄弟。听到这儿，老令公实在是忍不住啦，想起来临走之时，老伴佘太君对自己的百般嘱托，现在八个儿子只回来了两个，两行热泪不禁流下了面颊。令公拍了拍王源的肩膀，走到跪在地上的火山军将士面前，"来来来，各位好弟兄，都起来！"一个一个给扶起来，后边的一看，老英雄二目放光，精神百倍！都很诧异，赶紧乖乖地站起来，不知道老头儿怎么了，是不是悲伤过劲儿了？

令公把军卒们都给扶起来，没说话，扭头朝着金沙滩的方向望了好一会儿，连皇上在内，大家都紧盯着他，大气儿都不敢出，不知道老头儿要干什么。令公望着东北足有一盏茶的时候，猛然间仰天大笑，"哦哈哈哈哈……"哟，大家伙儿全都傻啦，糟糕，令公这是疼子伤心伤过了劲儿啦。赶紧劝劝啵。大家伙儿都瞧着他，就见老英雄一回身儿，冲着雍熙皇帝深施一礼："万岁！老臣八个儿子只回来了两个，火山军十没八九，他们可都没白死！虽说这一回兵进幽州咱大宋朝是惨败而回，但有这金沙滩一战，我大宋的江山眼下算是保住啦！辽国天庆梁王一死，他北国的皇储、后妃难免生夺嫡之乱，一时之间北国人顾不上再来南犯。您看，咱们退到这儿了，六郎儿和七郎儿也败到了卢沟桥，北国的大队人马还没有追下来，连尘头都未起，可见现在的幽州城里不知道乱成什么样儿了！延平兄弟以身殉国……也值了！"最后俩字，咬着槽牙说出来的，真是掷地有声！皇上听明白了，把自己的脸一挡……唉，老将军呀，忠心耿耿，日月可鉴！这个时候——他心里想的还是朕的江山社稷！满营将士无不动容，全都低头了。

老英雄把自己的九环定宋金刀抓起来，翻身上马，又来到当场。一看，六郎和七郎也都快支撑不住了，耶律休哥父子是以逸待劳，六郎和七郎苦战半日，长途奔波，哪能和他们俩这么久战哪？令公一上来，并不参战，而是先叫住耶律休哥："耶律将军！且住，我杨继业有话要说，你等我说完了，还要交战的话，我们父子是奉陪到底！"耶律休哥一怔，嗯？半信半疑，但是平素杨继业从未做过任何奸诈之事，他也信得过令公，就吩咐士兵响瘪咧，叫自己的儿子们都住手。七郎和耶律希还没打够呢，两人谁也不服谁，互相拧眉立目这么看着，好不甘心，把马拨回本队。

耶律休哥一个人到阵前，冲着令公一拱手："令公，你说下大天去，也别想过这座卢沟桥！狼主传下了旨意，有放走你们的，那就得是死罪！您有什么话，请讲当面吧！"令公说："耶律将军，你既然把话挑明了，我也跟你说句明白话。你看见没有，我的这两个儿子都赶回来了。你再上眼看看，我国的万岁也跟在我的军中呢。实话告诉你说，今天去金沙滩赴双龙会的并不是我主，而是我的大儿子杨延平，他假扮天子去见了你家狼主，原来你国狼主摆的也并不是什么和谈的会场，而是杀人的鸿门宴！你还不知，就在酒席宴前，我的长子延平，已经用袖箭射死了天庆梁王！耶律将军，你们北国的皇族里边怎么回事，我杨继业也是早有耳闻。我知道你虽说贵为皇叔，可是你耶律家在大辽国说了不算！承天后和他的父亲霸占朝纲，你们这些耶律氏的老臣早就有心要废掉萧后，那么天庆王一死，你怎么打算呢？这么说吧，我们在桥的东边，你们在河的西边，现在你定然也是着急要回幽州，我们是着急要进边关。要不然咱们就好说好和，调换一下地方，各赶各的路；要不然咱们就打。可是打完了呢？时候耽搁过去了，谁还知道幽州城归谁管了呢？何去何从，请耶律将军你三思！"

〖四回〗

  平宋王耶律休哥和天庆王耶律尚是本家弟兄，乃是北府皇族耶律氏的主心骨儿，平时什么事儿老臣和天庆梁王都听他的话，和后族萧家人老对着干。假如说天庆梁王要是真死了，耶律休哥就得赶紧回北地上京扶立太子文殊奴耶律隆绪，别看他是萧后的儿子，只要小王爷能被自己扶助着登基了，大权就等于还是在皇族耶律氏的手里。所以说，耶律休哥听完令公的这番话，还真着急，哎呀，假如令公说的是真的，我和左贤王贺鲁达都在外边呢，谁回去扶立小皇上啊？不成，我是得回去！转念一想，万一是这个杨令公厚着老脸来蒙我一道呢？这么一琢磨，脸上就带出来了，悄悄地拿眼睛瞟令公。

  令公一辈子说话办事都很坦荡，一看他这个样子就知道，哦，怀疑我说的话，"耶律将军，历来国主刚死，都是密不发丧。我杨继业从来都不说瞎话，你看见没有，"拿手一指六郎、七郎，"他们个个都是血染征袍！他们能跑到这儿，可是你们北国的大军却还没追到，你说说，这是怎么回事？"耶律休哥一琢磨，是呀，他们从金沙滩跑出来逃到了卢沟桥，按说应当有人追呀，怎么会没有追兵呢？甭管杨继业他说的是真的还是假的，毕竟狼主是亲督的双龙大会，免不了有些个闪失，我就以这个为名目，赶紧赶回幽州。如真像令公所说的那样儿，我就得赶快和几家老丞相商议另扶新主登基的大事儿啦！他到这会儿都还不知道呢，北国的八位老丞相一个都不剩了，现在的幽州已经是萧后一个人独霸皇权。

耶律休哥就和令公商量开了。回到自己阵中，耶律休哥和几个儿子一合计，得，是得抢先回幽州，迎请太子登基。再回到桥头，和令公一说，好吧，我们的人马先过桥，你们后过桥，你看怎么样？令公说这样最好，你们先走吧，我们先让一让。就这么，南朝大军先把队伍带到一边儿，让北国北府的人马先走。耶律休哥带着麾下的兵将先过去了，耶律希成心拖到最后，还跟七郎说呢："嘿！黑小子，你好样儿的，咱俩没打够，你等着，早晚咱俩还得再来一阵！"呼啦呼啦……人马都开过去了。等辽军一过，令公也赶紧指挥着宋朝大军顺序过桥。

等大家伙儿都过完了桥了，最后剩下令公自己一个人，宝马登山雪就那么盘旋在桥上，扭着头朝北方张望。大家心里都明白，令公是在那盼儿子呢。照着王源的说法，五郎、八郎这哥儿俩还有生还之数，所以令公不忍心弃卢沟桥而去。八王瞧出来了，哦，我们要是弃桥而走，假如这个桥又叫北国的军兵一封，那么那几位少将军就是回来了也过不了桥啦！八王上前跟令公说："杨老令公，依小王之见，咱们应当先在此处驻扎几日，也许还有生还南归的将士，咱们得在这桥头接应啊！"令公听八王这么一说，感动得眼泪就流下来了，说不出话来，在马上一抱拳，低着头朝八王点了点。

令公圈马下桥，回到本队，一瞧皇上跟龙车辇上看着自己，张着大嘴，眼神发呆。哦，皇上着急南归啊，也是，这次幽州一战，皇上的龙体受了不小的惊吓。令公想了想，把六郎和七郎、王源都叫过来，来到龙车辇前，跟皇上和八王商议："万岁，八千岁，军情紧急，陛下也受了不小的惊吓。依老臣之见，还是圣上您和八千岁先走，就叫小儿延昭、延嗣和王将军保驾还朝。"皇上还假装客套哪，"嗯，不行，令公啊，你我君臣怎么能分开哪！朕愿与将军您共进退！"这都是说好听的话，嘴上这么说，实际上脚底下早就要往车上上啦！令公说："不然，万岁，此处乃是幽州西南的门户，老臣在此处把守，幽州城里的追兵就别想再追出来了。您和八千岁还有一干随驾的文武都得赶紧先走，此处就给老臣我留下两万人马就足够了，您要是留在这儿，老臣倒要牵挂着心思！"八王琢磨了一会儿，心说，令公说得也对，但也绝不能把令公一个人扔在这儿，赶紧抢着说："叔皇，要不您看这么办好不好，您呢，先跟着几位保驾的将军退兵还朝，侄臣我在这儿跟着杨老令公镇守卢沟桥。等到五将军、八将军和走散的三军儿郎们都回来了，我们再一同还朝。我就在卢沟桥这儿算替您巡视了，您看这么办成不成？"

八王说这个话的时候没来得及多想那一层，可是皇上听到耳朵里就觉得那么扎得慌。怎么？替我？照你这么说我就是一个窝囊废？哦，双龙会我去不了，要杨大郎替我死。最后留守卢沟桥我也不行，也得要你来替我出力？哼！皇上心里很不高兴，但是没带在脸上，他还是害怕。"啊？好、好、好……好皇侄，那杨老爱卿这里就由你来代朕巡视啦！众家爱卿，你们当中都有谁愿意跟随朕先行一步的？有谁想留下来帮着令公守桥的……啊，就跟着皇侄德芳一起留在此处。"皇上这么问没安着好心，他想看看，这个时候，到底有多少人是对我这个皇帝忠心耿耿——是想保着他自己一个人逃脱险地的，又有多少人是跟老令公和赵德芳亲近的。皇上这么一说，随驾百官你看看我，我看看你，连文官在内，除了潘洪的亲近党羽，其他的全都是异口同声："万岁，臣等愿保千岁王驾，跟随令公，在此把守卢沟桥！"

这么一跪不要紧，把皇上气得够呛。合着你们一起把我给晾在这儿啦？就我一个人胆小吗？实际上，大家是都放心不下那几位少将军，都盼望着能在卢沟桥等着，要是能亲眼见着回来一个，自己悬着的这个心才能放下来。令公一看，这样儿可不成，要都是这样，皇上也不能走了。"啊，潘太师、贺国舅，"贺国舅就是太原侯贺怀浦，"你们二位就别跟着老夫在此镇守啦，你们多担待着些个劳苦，都跟着万岁先进边关吧！"贺怀浦也瞧出皇上有点不快来了，"好，既然令公这么说，老朽自当从命。"潘洪当然高兴啦，还得客套几句，然后也应命接令了。两位老将归置好了本部军兵，整装待发。令公就命六郎和七郎哥儿俩为保驾将军，叫他们哥儿俩保着皇上赶紧退出边关。六郎领令，七郎还不干，吵吵着要留下来把守卢沟桥。令公把眼一瞪："嗯？延嗣！不得无礼！难道说你敢在军前抗命不遵吗？"七郎就不敢吱声了，抗命不遵，就是杀头的罪。自己的爸爸什么脾气他太知道了，一边嘟囔着，一边提枪上了黑毛虎，依依不舍，和刚刚一起出生入死的火山军将士们拱手告辞。

眼看着快要上路，六郎就问令公："父帅，那您看我们应当从哪条道儿回边关哪？"令公点了点头，知道六郎怎么想的，嗯，好孩子，就冲你这么问就说明你不糊涂。"孩子，你们可不能往南走，南边虽然路途近，但是沿途有铁佛口和涿州、易州三关，依为父料想，韩昌必在南路埋伏了重兵，单就铁佛口你们都不一定能闯得过去。从这儿往西百里之程，就是逐鹿山，一过逐鹿山就是蔚州，你们可别走蔚州，得绕着点道儿，绕过蔚州、广灵就到了五台山了。你们哪，是只能走西路，绝不能走南路。等我们在这儿等上三两日，也必去西面的五台山与大军会师。孩子，你记好了！""哎，好，爹爹，孩儿谨记了！"说完了也翻身上马，回头就这么定定地瞧着老父，爷儿仨刚刚聚在一处，还没说上几句话呢，就得分离两处，六郎也感辛酸，但是军令如山，皇上的安危关系社稷的存亡，不得已，提枪上马，指挥三军分队而退。

不提令公在卢沟桥前安营扎寨、等候败退南归的宋军将士，单表六郎、七郎保着雍熙帝和潘洪、贺老将军一干人等一同朝西南退兵。走着走着，前边是一个岔路口，六郎上前一看，哦，一条走良乡铁佛口，一条走逐鹿奔五台山，前一条是六郎的来路，后一条是雍熙帝和潘洪的来路。六郎明白，爹爹叫自己带着大家走奔逐鹿的道儿，吩咐头前的开路先锋，大军走右手的岔道折而向西。

这一上路，皇上坐在龙车辇上就瞧出不对劲来了，派人叫来了引路先锋官杨六郎，"郡马，朕我看这路走得可不对呀，怎么走着走着这日头跑前边去啦？咱们不是得回南朝吗？你怎么带着大队人马往西呢？"六郎说："噢，万岁，您是有所不知，咱们从卢沟桥下来，面前是两条官道，右边的路就是回逐鹿县可以奔五台山的路，左边的路通往良乡县铁佛口，一个向西，一个朝南，我家父帅方才嘱咐过末将，叫咱们退兵还朝是只能向西上五台山，不能朝南进三关。万岁，不知您唤为臣来有何旨意？"皇上一听，啊？还走那条丧气的道儿啊？我可不想再从那儿回去啦！"六将军，那么是从南边这条路回朝近呢，还是打西边回朝近呀？""万岁，当然是从南面的瓦桥关回朝更近，南面过了边关，咱们一日就可以进瓦桥关；西边路途遥远，得走上四百多里地，约莫怎么也得用三天才能看着长城。可是万岁，我父帅方才曾说，南面恐辽国元帅排有重兵把守，特意命末将保驾从西面登五台山还朝。"潘洪在一旁听出来了，哼哼……看起来这糊涂皇上有弃西路走南关的意思。

　　书中暗表，二帝可是不打算再登五台山了，否则就不得不应自己的誓言。为什么呢？皆因为前些日子在幽州城被困在隆福宫，别看一共不过是被困了四天，可就是这四天里大宋朝的君臣之间可就出了变化了。首先是，潘洪一党的人慢慢地疏远了潘家父子、叔侄，为什么？都知道这老贼靠不住。二帝呢，也越来越感觉到光靠潘党已经保不住自己了。可是原先开国的老臣，尤其是身边的武将，再无一个是与自己一条心的了。看得出来，贺家父子本来就是自己大嫂的亲人，被自己支出了京城；米信也是太祖爱将，叫自己远派到沧州受苦；郑印早就不服自己呀；高家弟兄就认为是因为自己的失误才害死了怀德老千岁……除了这些位，贺令图麾下的三关旧将，没有一个会跟自己一条心的，这些人见着潘洪都是爱答不理的。最可怕的是什么？是跟随出征的文臣里，像什么枢密使李昉和护国军师苗崇善这一班老臣，一见着自己就躲，可是老能瞧见这些人陪着八王去四处巡查。这二帝是一天比一天害怕，都不是度日如年了，简直是度时如年。晚上根本就睡不好觉，天天都担心，没准哪天自己睡下去，半夜里就叫谁给害死在龙床之上——为什么呢？就因为当初自己是拿着金簪刺死了大哥，夜夜都在担心报应落在自己的头上。耳听着幽州城外的炮火喊杀之声，辽国军队攻城吃紧，自己也是不得已将主帅授予潘洪，可是潘洪也不买自己的账，动不动就要挟自己，要这个要那个……什么意思？二帝可就悬上这颗心了，自己这是要众叛亲离呀！连老丈人都靠不住了，这可得怎么办呢？

　　所以说为什么令公大军一到，二帝自己也甘心乘车用大驾卤簿出迎，他这颗心悬着好几天啦！怎么熬过来的？晚上一听杨七郎告潘仁美的状，就知道自己得叫随驾的文武心里舒服，自己要是还向着国丈，自己就没准什么时候被刺死在途中——现在这几万人都不会再听我的啦！怎么办呢？杀！唯有杀死国丈潘洪，才能叫大家伙儿心平，这个他自己都知道。可是一说杀潘洪，最后虽然是老令公说情给免死了，这二帝是连潘家一党也给得罪惨了——这回是里外不是人了。再加上韩昌下书，大郎甘愿替主赴会，群臣都叫杨家父子给感动坏了！这么一来，二帝就瞧见自己身边的人是越来越少了，自己坐在燕交殿上，身边靠近自己的只有俩人。一个是八王，就挨着自己的右边坐着；一个是老总管大太监崔文，就在自己的左手下边站着。老令公就站在八王的身后边儿，再在老令公身后的才是枢密使李昉、军师苗崇善、状元吕蒙正和呼延赞、郑印、高君保这些人。那么左边呢，离得老远才是老贼潘仁美，他身后贴身保着老贼的是潘龙、潘虎这些儿子侄子们，再往后是干儿子们，再往后才是兵部司马贺朝觐、御史大夫韩连这些位潘家的死党。可是也有人慢慢地躲开了潘洪，往远处站，比如殿前都虞侯崔瀚这些位二帝登基之后才提拔起来的将官，也在有意地疏远潘党。可不论怎么说，这些人都一点一点地离自己越来越远啦。

　　这是很叫帝王疑心重重的场面。一则，你们两边此刻都不会听我的安排，你们要是掐起来，谁都不会顾及我的声音——那么那些本来还有些忌惮的人就再也不会怕我了，我说话已经是不管用啦！二来，听说王源曾经打算在城门洞里就结果了潘洪——这要是有人动心思打算动我呢？二帝的疑心不是没来由的，因为眼下不是没别人可保，自己要是叫奸贼刺死，这帮人立马就会去保八王去。本来嘛，八王德芳就是正枝正脉，人家本来就是太祖皇爷的亲儿子。可是潘洪一党必然是不敢，如若是扶立八王，对潘洪没丝毫的好处，而且可以说潘氏一门就此也就算败了！您说这当皇上的得动多少心思吧？所以二帝坚持叫潘洪做保驾的将军，即使说是免除行军主帅的职责，可是还是保驾的将军，护驾的禁军将校还是归潘洪来指挥——为什么呀？这些人绝不会跟八王是一条心！可是这些都还不能叫二帝安心，怎么办呢？他老瞧着苗崇善、李昉这些人的眼神儿里不对。

　　就在今天早上，自己将要出宫之前，令公都盼咐好了，皇上身边的一切仪仗卤簿家伙什儿全都从简。有的都被扛着跟大郎去金沙滩去了，还在这儿的，全都丢弃在幽州城里，都不许带。二帝一看，就剩下最后一件舍不得的，是五台山广慧大和尚在自己临行之时进献的文殊菩萨的金身像。自己天天地在菩萨像前烧香，实指望菩萨和佛祖能够保佑自己夺得幽燕失地，现在看来，这个愿望已成泡影。那么这一尊菩萨像我是带着还是不带着呢？扭头看看这些各怀鬼胎的文武群臣，二帝眼珠一转，计上心来。自己上前掀开盖着遮挡灰尘的黄绸子，率先跪倒在菩萨像前，点燃三炷香，焚香祷告。皇上跪倒，臣子岂能不随着一起哇？虽然说现在是人人不服，可是这礼节是不能马虎的，都跟着跪下了。二帝插好了香，磕头祷告——按说您有什么心愿您不必都说出来，可是这一回是一定得说出来才行："大智文殊师利菩萨在上，下跪我赵匡义本凡间的帝主，我等皆自知肉体凡胎早应入清净之门，怎奈开悟太晚，迟迟未能了此俗世烦恼根。此一番我等远征幽燕，兵败颓亡，百般错断全在于朕，不应迁罪他人。今朕在菩萨神像面前发下誓愿，如果此番能够脱此大难，生还我国——朕甘愿在五台山常侍菩萨道场，剃度为僧，洒扫度过余生。今日恭请菩萨恕过我等之罪，不得已留下您的金身在此，朕我以肉身偿还，故请神尊做一见证！"说完了再跪倒磕头许愿。

大家伙儿都跟着磕，可是心里是直犯嘀咕，皇上这番话是什么意思呢？您这说的是，只要您能活着回到大宋的国土境内，您就甘心在五台山上出家为僧啦？那……都看八王。八王也蒙了，不知道自己这叔叔这话是怎么出口的，谁都没想到哇。可是二帝这番话一说出来，就等于说是要传位了，可是没说禅位给谁。这就是二帝的高明之处，我不说我将来出家应誓以后我这皇位给谁，我也没说我给我的儿子当今太子，我也不说我就给你八王德芳……你们不是都打算靠近德芳吗？可以，我都一个一个地记住你们，你们等着瞧！我这么一说，你们谁还好意思对付我一个注定是出家的僧人呢？哎，你们不得真心保着德芳走吗？只要你们真心保着他走，我这么说你们就自然会觉得不用先对付我了——因为你们认为我早晚得退位，对你们的主子已然不构成威胁了。那么二帝这么一说，潘洪一党的人会怎么想呢？潘洪就会觉得，只要是回去扶立现在的太子，现在的太子亲妈已然是故去了，后宫最有权势的不就是我闺女吗？能够垂帘听政左右太子的不就是她吗？那我急什么啊，我好好地护送皇上还朝，我照样是权倾朝野，我怕什么。哎，二帝就料定老贼会这么想，所以自己这么一说呢，自己就能够安安稳稳地回到大宋朝的土地上。可是，要是一回去就将自己送到五台山——您想想，这不等于就是逼着自己削发为僧吗？

令公指引六郎护送皇上奔五台山，还真就没那么想，他根本就没拿皇上的那句话当回事——他认为这就是人慌忙中的应激反应，就这么一许愿，还不还的就甭说了。可是要进长城，最近的和最安全的道路还就是这条路了。今日二帝在龙车辇上这么问六郎，那爱卿你说说，这两条路哪一条近，哪一条远呢？六郎不知道皇上的心思，自然是南边近、西边远啊……潘洪就明白了，您在菩萨面前起过誓，你能安全地还朝，你就得在五台山出家！现在你问六郎这个，你这就是怕真要是到了五台山脚下，有人拽着你上山去剃头去！嘿嘿，你只要是有怕的就好办，我就怕你什么都不怕，你有怕的，我就知道怎么对付你，让你糊里糊涂地着我的道。赵二舍啊赵二舍，在幽州你如此狠心，连午门你都不往出推我，你就要在燕交殿前杀了老夫我……嘿嘿！老贼又打上主意了。打的是什么主意呢？前文书咱们交代过，这次雍熙帝误入幽州城，明里上是误中北国人的空城计，暗里是潘洪设好的圈套，诓他来的。老贼潘洪先让儿子给天庆王和萧后送过去一封密信，空城计这个主意是他出的。可是幽州城被困，自己身边全是人，见天价陪王伴驾，自己有心勾结辽国君臣，怎奈没这个机会。直到七郎力杀四门，自己的帅位二番被撸，潘洪再想倒卖幽州已经是有心无力了——自己没有兵权了，无权指挥三军。

今天自从老贼保驾还朝，这一路上可早就盘算开了。我这一封密信已经交到北国的天庆王手中，再想回头重新做大宋朝的忠臣，那是不能够了。我和天庆王约好了，说困住南朝天子以后我打开城门，帮着北国捉拿宋王，索要南朝的锦绣河山……我，我没做到啊！假如说天庆王一死，国母萧后恼怒于老夫……我投密信设计围困幽州这个事一旦暴露，我可就没活路啦！不成，说什么也不能让二帝还朝！唔……有了，既然二帝当今不愿意走西路——南路呢？令公说会有辽国的大军埋伏，看来是一定不会错。我何不干脆把这个糊涂皇上给骗到南路，让北国的伏兵把他给结果啦！到时候，老夫我就好巧取兵权，先治杨六郎和杨七郎一个保驾失职之罪，我就在界河这儿把这俩碍眼的给杀了！老令公和八王还在五台山等着会师，我趁此良机带着大兵赶回东京城，就说太子年幼，方才十二岁，扶助我闺女垂帘听政，辅助新君——到时候，老夫我就是国丈摄政王，天下说是他赵家的，其实还不是我潘家的？

〖五回〗

　　老贼这如意算盘算是打好了，听六郎跟皇上俩人的对话，也凑到龙车辇的近前："万岁！哎呀，为臣以为，这世上岂有舍近求远之理啊，啊？放着近在眼前的道儿不走，哦，赶着那么远的道儿走？南路有重兵？难道说西路就一准儿没有重兵把守吗？老臣以为，刚才令公是丧子失智，一时糊涂也是有的，他犯糊涂，万岁您可不能跟着犯糊涂啊！"

　　这个话说得二帝是真爱听，只要是不上五台山就成啊！可是当着六郎的面儿还不好直说："嗯，太师，你说的这是什么话，令公行军打仗多年，他不会看错。""万岁，令公自然是不会看错，可是西行是四百里，南行是一百里——您这就是乘车，假如说给您换上匹好马，也不过就是一两个时辰！您说，哎，郡马，您也说说，哪边儿有准头儿？"杨六郎一声不吭，不屑于搭理潘洪，没想到皇上搭话了："哎呀，嗯……太师所言也是有理！六将军，要不你也再与大家伙儿合计合计？你看，往南只要是过了易州，就是朕的家乡保州清苑县。前些年朕曾在清苑建立一支保塞军，个个皆是以一当十！六将军，咱们要是南下，即使是有韩昌的伏兵在此，有保州的精兵前来护驾，朕以为倒也无妨。""嘿哟，万岁，您要是不说，我还把这个茬儿给忘了！是啊，那支生力军可厉害！微臣我还曾亲自检阅过。哎呀，眼下要是有这支人马到来，可保圣驾您安稳无忧！""好了，延昭，你看如何？"皇上说的话就是旨意，这话看似说得客气，是和你商量呢，可六郎要是再多说什么，不肯走南路三关还朝，就叫抗旨不遵。更何况说六郎眼下职位低微，就是还想说什么，一瞧潘洪在场，也就不说了。无奈何吩咐下去，全军退回岔道口，不去五台山了，摆队朝南退走。

书说简短，一路走下来，还真叫邪门，就真是连一个辽兵都没瞧见。到了铁佛口了，城关里头是空无一人。二帝走到此处，一看这么轻易地就过了铁佛关、昊天塔，回头点指是哈哈大笑，潘洪凑个热闹，"万岁呀，您因为什么事啊，如此畅怀大笑哇？""我笑北国人愚鲁无谋，小韩昌不会用兵，若在此处埋伏下一支人马，所谓一夫当关，万夫都莫能开呀！我们君臣岂非是插翅难飞？"有几位什么兵部司马贺朝觐呀、御史大夫韩连哪、户部尚书胡旦啊……都在旁边给拍马屁，"皇上您英明神武哪！""皇上您是洪福齐天哪……"把七郎和六郎给气的，什么叫愚鲁无谋啊？把你的家当杀得就剩这么点儿了！干生着气不能说。六郎一看，这么紧要的关口没人把守肯定不对，不定在哪儿埋伏着哪。看来北国人必定是在前边布下了口袋阵，等着我们钻口袋呢！所以六郎已经加上了小心，吩咐手下的亲信，一路探察地形道路，自己好早做安排。

一过良乡铁佛口，大军就沿着琉璃河的东岸往南走，走了有六十里地，前边儿来到一个小地方儿，路口有石碑路牌，写着"黄土坡"①。四外一张望，真是地如其名，当间儿是黄土丘连片的开阔地儿，连一棵草都不长，偶有几个小村庄，早已是人去屋空。黄土坡的东、西两边儿都是老树林子，里边全是参天蔽日的桑、槐、松、柏，大军一过，惊起鸦雀成群。走着走着，大家伙儿瞧着天色渐晚，潘洪就提出来了要不然就地安营驻扎，明日一早再启程南下。潘仁美这是憋着坏主意呢，他眼瞅着自己这一路南下就要过关回国了，这可不成啊！这要是走过了界河可怎么办呢？这一次只要是叫皇上回到了南

---

① 原书口传地名董家岭、黄土坡，可又说是在董家岭密林中种种。据考，北京南房山有商周燕都土城遗址，其地恰恰名有黄土坡村，亦有董家林村，故知原本应为董家林。琉璃河等，是据其实际地理关系加入新本内容的。

朝，自己做的事就难免会露馅儿！怎么办？千千万万别连夜赶回南朝，还就得在这儿搭帐篷住下，等到深夜……哼哼！毕竟跟下来的人里我的党羽众多，我何不暗中杀死贺怀浦，再捉住杨家兄弟，为我的潘豹儿报仇？然后再治你个昏君雍熙帝！他这么一劝，皇上也累哇，巴不得有人提出来赶紧地安营扎寨，好歇歇脚儿。

六郎到四外一踅摸，瞧见前边不远处有一座土城，看样子早就废弃了，就指挥三军将士进城安营扎寨，这样还可以借助土城的城墙做防御。一切安顿好了，迎请圣驾进城，土城正当中是一座高台，在上边撑起黄罗宝帐暂作行宫，大家伙儿就凑合着歇息一个晚上再说吧。晚上三军儿郎草草地吃了晚饭，不必细表，各自安歇。刚到二更天，就听见外边的老林子里群鸦怪叫，呱呱乱叫，一群群腾飞而去，到处扑腾、乱撞。坏了！六郎一听就知道，深夜鸟惊，必定有大军偷袭！这是谁来了呢？六郎就没敢睡啊，一激灵，糟啦！赶紧起身到皇上的寝宫大帐，也不顾君臣之礼了，直接闯进大帐，"万岁！深夜鸟惊，必有大军冲撞密林，您得赶紧起身，咱们好连夜突围！""啊？"雍熙帝从睡梦里惊醒，竖着耳朵听……一开始呢，他还是半信半疑，猛然就听见四面八方是号炮齐鸣！叮！叮！叮！叮！叮！叮……彻地连天哪！这一下可把皇上的梦给打醒了，"哎哟，我这个糊涂蛋噢，怎么就不听老令公的劝告哪！六将军，那眼下朕当如何是好？"

"万岁，您不必惊慌，咱们还有好几万大军哪！这座古城营建得还算坚固，一时番兵还杀不进来。依臣之见，您得改改装束，您穿这一身儿赭黄袍太扎眼了，大晚上离老远都能瞧得真真儿的！您看这么办好不好，把龙袍先换下来，暂且换上一身车夫杂役的穿戴，龙车辇也甭坐啦，您换乘一辆拉粮草的马车，您就假装是一个赶车的车夫，臣我跟在后边保着您往出冲，敌军冲进来想的是要抓着万岁您，所以开头瞧见粮草车往出跑准保没人理会！""嗯，爱卿想的这个计策甚妙！好，那你赶紧给朕找一身车把势的衣服来吧，啊，找个身量合适一点的啊。"六郎回头吩咐自己手下的昌、显、炅、明四大将赶紧出去找车夫去，一会儿找了一个大胖子来，把衣服脱下来给皇上换上，杨昌还嚷嚷呢，这件衣裳皇上穿肯定够尺寸！雍熙帝也就不挑了，宽宽大大，往自己身上一套，龙袍脱了就不要了，把赶马的鞭子接过来，赶紧出大帐来找粮草车。几个人一到后营，傻眼了，粮草车一辆都不剩了！找人一打听，原来都叫太师潘洪给押着先跑了！

潘洪潘仁美今夜是当值巡营。潘仁美这个人物，在戏里都给勾成一个大白脸，浑身上下完全是一个文官的打扮。实际上，唱戏的这么穿戴是不对的。潘仁美本身是一员开国定边的大将，跟随赵匡胤出生入死也有几十年了，征南唐、灭西蜀，都有他的功勋。都按京剧里头这么说——那太宗皇帝也太糊涂啦，老让他潘仁美一个文官当元帅？令公给他当马前先行？所以说，潘洪这个人也是一员久经沙场的战将，今日晚上他一听见树林子里边儿有乌鸦啼叫，就知道啦，不好，有埋伏了……老贼可精着呢，他一想，看来是叫令公猜着了，南边儿这一条路上还真的有埋伏！乱军之中，自己并不知道对面是什么人，自己这个时候还不能跟北国人说什么，得赶紧躲开这个是非之地，再耽误就来不及了。再者说，自己本来留住二帝在此，就是想借刀杀人，让北国人将二帝刺死在黄土坡里才好呢！因此上老贼潘洪赶紧叫上自己的几个儿子、侄儿、干儿子们，点齐本部人马，连忙逃出了古城的北门——干吗呢，他认为北国人肯定在北面驻扎，我干脆先奔铁佛口去吧，见着北国大军的领头的，把我的意思一说，我们就兵合一处、将打一家，再一起杀回来捉拿宋王！假如说这一晚上宋王就已经被杀，那么我们再合兵南下去夺东京。老贼打的是这个主意。临走之时，老贼要了个心眼儿，又把全军的粮草车都赶上了。老贼是这么想的，皇上有六郎和七郎保驾，虽有辽军围困黄土坡，不一定能出什么大岔子，但是有那么句话，计毒莫过绝粮！我把你们的粮草都拉走，我看你们还怎么还朝！不让辽兵把你们杀死，也得把你们饿死在路上！

皇上一听，这个气呀！啊？全军被围，你国丈倒先溜啦？这叫临阵脱逃啊！最后还是六郎的随身家将昌、显、炅、明哥儿四个机灵，找遍了全营，还剩一辆拉草料的驴车。六郎一看，哦，就算是辆驴车也成啊，只要不让皇上腿儿着比什么都强。叫这哥儿四个也都上车，把皇上都挤到当间儿，保着皇上，头前那哥儿俩给赶着驴车。六郎在马上跟皇上说："万岁，您甭听南边的号炮响亮，其实南边的人马并不多，因为方才为臣仔细听过了，数北边的伏兵最多，他们那是等着咱们往回退呢！四面数西边的人马最少，因为西边有河啊，所以末将保着您从西边突围，这样方可保圣驾万无一失！""好啊，六将军，以后无论什么，都听你的啦！你就指挥三军吧！""好，谢万岁。"六郎又把贺老将军和七郎叫过来，叫七郎带着一队人马先从东边闯出去，好把辽国兵将的主力给引开；又请贺怀浦带着本部的主力军从南门杀出去，就好像大军要闯到南边一样；自己带着皇上，赶着驴车，从西门杀出去。大家都说好了，杀出去，假如说能够脱身，就都往西到五台山前会师。

说完了各道珍重，老国舅贺怀浦上马先走了。随后七郎也上了马，身后跟着肝、肺、肚、肠四大家将，点齐兵将，一回头眼看着六哥，拱手抱拳——刚刚父子分别，现在是兄弟二人也要暂离，一句话都没说出来，一别脑袋，"嘟……驾！""七弟延嗣且慢！"七郎赶紧把马头再别回来，黑毛虎听见战鼓隆隆，着急啊，马蹄在地上乱踩，叫七郎勒得原地乱转，嗒！嗒！嗒！嗒！六郎盯着弟弟瞧，自己不放心哪，"延嗣，杀退贼寇便罢，切勿穷追不舍！此去东边，老树林之后便是河道，不能回北边了，你可沿河南下，见着大路后再向西走，咱们弟兄也能会合。七弟，为兄不在身旁，你，要多多向老叔请教。好，去吧！"王源也点点头儿，七郎答应一声："六哥，你也多加小心！皇上万岁爷，您把那驴赶快着点儿！颠儿着屁股不怕，可别叫番贼抓着。这身儿鼍龙铠是献给您的，您又赐给我，还真派上用场啦！这会儿我可用不着了，辽兵辽将见着我就躲啊！还是您套上吧，往出跑您就不用怕敌军的箭啦！末将告辞了！"啪！一拍马，撒欢儿而去。二帝还没反应过来，鼍龙铠就被七郎丢进自己的车里。昌、显、炅、明四将一看，这是最好了！就一起七手八脚地给皇上套好了——待会儿往出杀的时候，也就不用太担心圣驾的安危了。

单表六郎保着雍熙帝赵匡义驾着驴车闯出了古城的西门，君臣出来一看，但见灯笼火把成群成堆，算不出到底有多少人来围困古城。六郎把金枪使动如飞，跑在前边的番兵番将一个一个都叫六郎给扎死、挑伤了，呼啦，全都让出一个小胡同，君臣赶紧朝外跑。正在这个时候，北国军阵里迎面跑过来一匹马趟翻，见此人：

身高过丈，虎背熊腰，头戴牛皮番帽盔，身穿牛皮番衣甲，外套黑战袍，两只大脚都出了号啦，穿着一双大钩子靴，牢扎镫内。一张大黑脸蛋子，脑门子上见白，大扫帚眉、螃蟹眼——左眼上还缠着纱布绷带，面貌凶狠。胯下马，掌中一条镔铁牛角拐。

六郎借着火把的光芒一瞅，在阵前见过，正是辽国老将独臂左贤王贺鲁达的长子贺鲁墨图，在前文书里曾经会战过七郎，后来败在程普的锤下——这小子不服杨七郎，后来又到麻岳山下等着，又被刘海蟾真人的金钱镖打瞎了左眼，这几天伤势刚刚好了一点儿，尚未痊愈，着急报仇又来到了疆场上。

书中暗表，在黄土坡埋伏的正是贺鲁达领着的本部人马。当年口外左贤王贺鲁达曾挂过辽国的三路元帅，在高州唐儿浒摆下了四门铁旗阵困住老主爷和令公君臣，后来还是铁鞭靠山王呼延赞用智谋骗出重围，到山后池州火塘寨搬请佘太君挂二路元帅，率领着杨家八虎和俩闺女、众家媳妇一同出兵，到唐儿浒解围破阵。那一仗，打得是昏天黑地，八虎将阵中的八杆铁旗杆都给砍倒了，破了阵里的消息机关，佘太君杀进阵中，和贺鲁达对阵，太君用了一手巧妙的翻云反把连环刀，贺鲁达从没见过这样精巧的刀法，一个疏忽，叫老太君把右臂给剁下来了。所以后来天庆王封了他一个独臂左贤王，总管洪州兵务。再后来，贺鲁达觉得自己年岁大了，辞去公务，到渤海隐居，专门教导自己的这几个儿子。贺鲁达膝下有五个儿子：老大就是眼前这个贺鲁墨图；老二叫贺鲁墨奴，前文书也出场过，使一对八角齐天拐；老三叫贺鲁墨忽，用的兵刃叫长把鸡爪镰，顶头是两只倒钩镰刀头；老四叫贺鲁墨玉，手使一杆丈八毒狼钳，上边全都是顺茬齿钩子，专拿长兵刃；老疙瘩是贺鲁墨律，是弟兄五个里边最厉害的一位，头年里夺得了北国的文武双状元，擅使一杆蛇尾伞钩枪，枪头后边有一对倒钩，倒钩下边还有一对半圈弯刺，对着就像是毒蛇摆尾一般，也是专门对付长枪的兵刃。书中暗表，贺鲁达和杨家将有断臂之仇，所以特意教自己的几个儿子苦练番邦的独门奇兵，都是专门对付杨家金枪的。这次贺鲁达带着几个儿子上阵，说白了，不为别的，就是要碰一碰杨家的八虎将。头年里，渤海流沙王要带头南征，是萧后派人来请的贺鲁达，老将军听说能和杨家将对阵，这才答应下来，率领自己海岛上的本部军兵帮办南征。

流沙王高天蟒被令公阵前断首以后，贺鲁达可没跟着韩昌、天庆王走，带着人马朝西边退下去了，最后就退到这个黄土坡里的土城中驻扎，自己落好了脚，派儿子贺鲁墨图到幽州奏报天庆王。后来太宗皇帝降香五台山，天庆王定计兵困幽州，贺鲁达专门带着几个儿子到幽州请战。这贺鲁达与耶律休哥是磕头拜把子的结义弟兄，哥儿俩和天庆王耶律尚都是辽国北府的勋贵，对耶律氏家族忠心耿耿。后来天庆王要设摆双龙会，韩昌成心把这老哥儿俩给支出去了，一个把守卢沟桥，一个把守琉璃河、黄土坡。贺鲁达也没法子，自己是帮办南征，也不能说有什么抱怨的，只能是遵命行事。

黄土坡两边的老树林子，当地人叫"董家林"。贺鲁达把自己麾下的人马兵分两路：西路由自己的大儿子贺鲁墨图领着，埋伏于琉璃河畔；东路是主力大军，自己亲自指挥，藏身于密林之中。嘿！真没白受罪，宋太宗赵匡义还真从这条路退兵啦！白天听到探马来报，赶紧带着人马在老林子里猫好了，到了晚上，点响信炮，东路大军来抢土城的北门和东门，西路的人马来围堵土城西门和南门。六郎凭耳力就能听出来，西门外的人马最少，带着皇上打西门出来，刚走出城门，前边杀过来这位贺鲁墨图，心里可有点打鼓。因为七郎在阵前和他碰过，杨家的枪破不了他那个牛角拐。两人一碰面，互通了姓名，贺鲁墨图有恃无恐哪，心说只要你那个是枪我就不怕！一催马就上来了，牛角拐一抢就抢了个先手，啪！砸了下来。六郎举枪一接，贺鲁墨图顺势把拐一撤、一涮，拐就奔六郎的手指头来了，六郎一缩手，躲过这一下。二马过镫，贺鲁墨图的牛角拐就着劲转了一个大圈，照着六郎的腰就扫过来了，六郎立枪来挂，"当啷！"拐被撞出去了，贺鲁墨图又顺势一带，牛角敲在枪杆上了，震得六郎手一麻，好悬没撒手！冲锋过去，六郎就觉得自己的心是"怦！怦！怦！怦！"越跳越快！就这么，俩人战了有十几个照面，六郎是越打越吃力，枪杆老是被牛角拐给推出去，怎么进枪都不得劲儿。

六郎一琢磨，得了，我用撒手锏吧！趁着二马错镫，六郎悄悄地把链子套拴好，自己一手拿枪，另一只手就攥上那锏了。再一对头，二马一冲锋，六郎就盯着两匹马的马蹄子，眼看越来越近，突然间，六郎喊了声："番贼，看锏！"一来这会儿天黑，六郎打出暗器来不容易看清；二来是贺鲁墨图左眼刚盲，一扭头正是在左边儿，就是转过去了也看不见。贺鲁墨图再想躲可就躲闪不及了，就听见"啪嚓"一声，六郎的撒手锏就打对地方儿了，正杵在面门上，死尸摔落马下，一命呜呼！六郎在阵前锏打贺鲁墨图，虽说是天黑夜间，可是有手持火把的番兵看清楚了，小跑着回报到贺鲁达知道。贺鲁墨图还有几家兄弟，个个摩拳擦掌要为哥哥报仇。其中最小的五弟大辽国文武双状元贺鲁墨律全都记在心里，心说早晚我得杀了你杨六郎给我的大哥报仇！

六郎锏打敌将，一点儿都不敢怠慢，跟自己的家将们一招手，"走！"昌、显、炅、明四将将驴车紧赶着就冲出了圈外。六郎看了看周围的道路——天波府的大堂里老挂着边关的山河地理图，他对边关的山脉是怎么走的，河流是怎么拐的，哪儿有城池，哪儿有平坦大道……全都了如指掌。稍辨认了一下方向，挑了一条小道儿，把金枪一指，带着大家伙儿赶紧朝西边跑，出了黄土坡，一头就扎到老林子里边儿了。

六郎带的人马不多，所以番兵都没当回事儿，西边的主将贺鲁墨图一死，就更没人管了，乱糟糟地到处乱撞。一进老树林，后边并无追兵紧追，二帝心里踏实点儿了。可是走着走着，前边就是琉璃河，拦住了去路，别看河没多宽，想要涉水而过，也还挺麻烦的，皇上的驴车肯定是过不去了。二帝又有点着急了，"哎呀，六将军，这可怎么办哪？前边是大河拦路，后边又有追兵，你我君臣可怎么脱此危难啊？"六郎笑了，这可不是大河，这就是一条小河沟，"万岁，您别看水流湍急，这是因为现在是六月，上游雨水多，河水刚涨起来。这条河的水可不深，咱们君臣骑着马就肯定能过得了！来，您得把这驴车扔了,您骑我这匹马,为臣给您牵着,保您能安然渡河!""哦,那可是有劳将军了!"二帝颤颤巍巍地下了驴车,回头瞧了瞧,还挺舍不得的,再怎么也是一辆车啊。就穿着这么一身儿马夫的衣服,上了六郎的银龙驹,得由六郎亲自牵着,慢慢地蹚到河里,一步一步,深一脚、浅一脚把皇上给送过了河。皇上坐在马上很是感动啊,这真是杨门之子。一过河,大家一看,跟过来的人可不多,除了四大家将,还有一些个保驾的将校,合共就只有一百来人儿。皇上这回可真的成孤家寡人了,看着直想哭。

六郎看了看身边的士卒,多数都是步兵,慌乱之中,几个将校谁也没来得及去找自己的战马,也都是跟着这么跑出来的,一百多人只有四五匹马。六郎先把自己的战马让给皇上,其他几匹,叫几个伤兵乘骑。皇上说:"哎呀,六将军,这可使不得啊,你是做大将的,哪能没有马匹啊?这要是有敌军杀来,你可如何抵挡?"六郎说:"万岁,您切莫争执,咱们别耽搁,臣等就在步下跟着走,不妨事。假如说真有敌将杀来,为臣我再上马临敌!"所有的将官没有不佩服六郎的,这才是将门之后,忠心耿耿,还爱护部下士卒。有伤兵要把马让给六郎,六郎把脸一绷,谁都不许再啰唆,赶紧走!一行人就奔西边儿走下来了。

这一趟,这个道儿可就走得远啦。虽说是远,果然如令公所料,沿途的北国伏兵几乎没有。偶尔能遇见北国的游骑,人也不多,没见着这一百多人里有什么像样儿的大官,认为没什么可抢的,省得费力受伤,多数都不理会。一直奔西走,见着蔚州地界了,再绕行往南就到了长城脚下了。说书的说了这么几句话,走道儿的足足走了有八个昼夜。皇上骑马也不习惯啊,再加上这么多的伤兵,大家每天最多也就能走上五十来里地。有时候不得不牵着马匹登山,四百多里地的路程走走停停,不得用些个日子吗?好在一路上,六郎专挑荒野村郊的小道儿走,饿了,带着几名军校到老乡家去讨要一点粮食,再到山里打一些野味,就这么饥一顿儿、饱一顿儿地挨着。

单说这天早上,大家伙儿赶个早就出发了,走着走着,嘿!前边可就见着一片一片的山川冈峦起伏,巍峨雄壮,山头上可见长城蜿蜒盘桓,烽火连接，城楼叠立。二帝这心里可算是踏实了。六郎知道，绕过了灵丘，得穿平型岭山口才能进长城。顺着山间的小道就摸着找关口了，正走着呢，就看见天上一只山鹰展翅滑翔，兴致一来，摘下弓，搭上箭，仰脖抬手……嘿，就见这只山鹰猛然间一个大窝脖，俩翅膀乱扇忽了几下，侧歪着就掉下来了。嗯？六郎一愣，跟几个步下将官追过去。一看，一支雕翎箭正射在脖嗓子上，早就死啦！哟，谁的箭法那么好哇？六郎把箭拔出来一瞧，箭杆上刻着俩字："延嗣"。啊？是七弟？赶紧朝四外望，就见从远处飞也似的跑来一匹黑马，马上之人正是七郎杨希杨延嗣！兄弟见面，分外高兴！七郎叽里咕噜就从马上跳下来了，紧走几步，顾不得先向皇上施礼了，一把抱住哥哥，哥儿俩抱头痛哭！"六哥啊！可把你们给盼来喽！"

此正是：

适才脱身才出险关，眼前失足更陷泥潭！

要知道雍熙帝二番进五台山降香，奸贼潘洪如何又能兴风作浪，请听下一本《代主出家》。

【五本・代主出家】

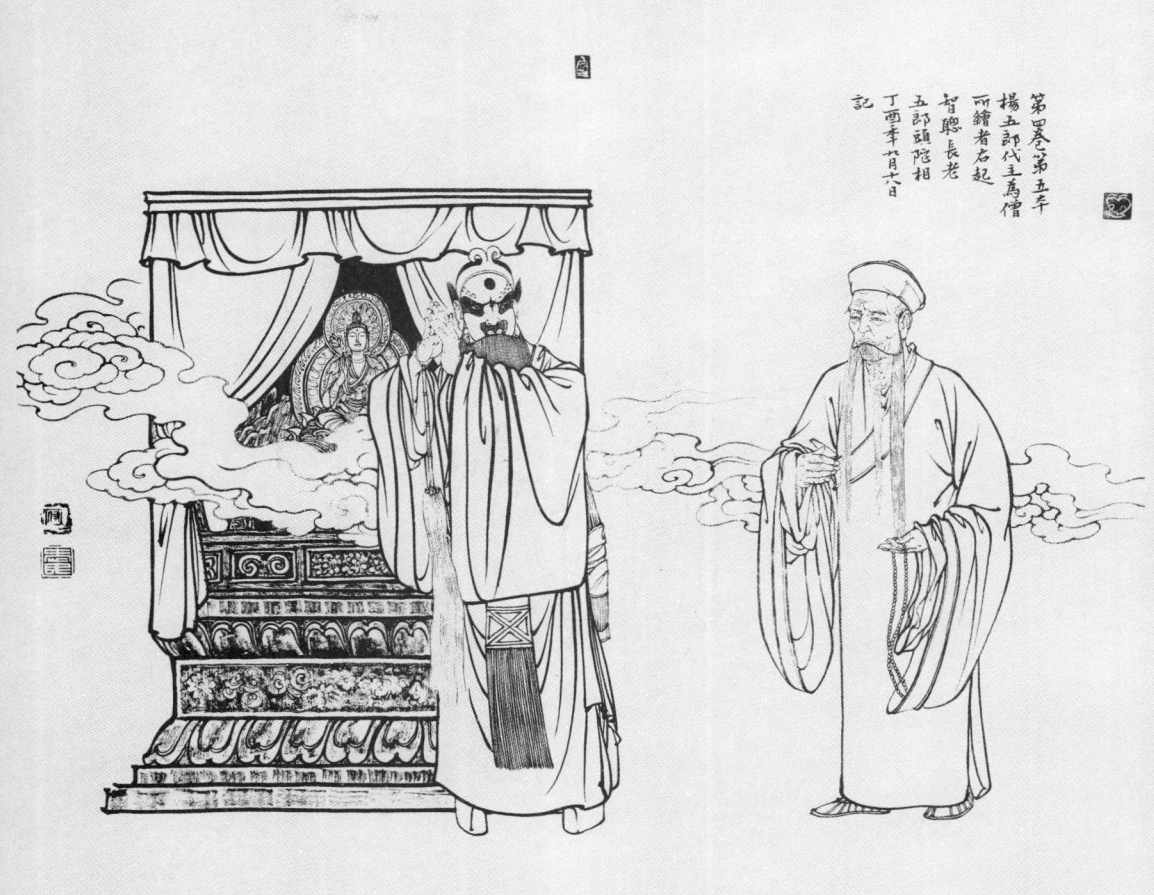

【头回】

诗曰：

　　边寨守城白发，征尘染透黄沙。山河此日属谁家，为甚强分高下？　　二月河滨杨柳，三秋篱下黄花。光阴回首去无涯，争弱争强虚话。

　　　　　　　　　　　　　　　　　　　　　　　《西江月》

　　剪断闲词一段，书归正传，引出咱这部北京的传统评书《金枪传》的第四卷书《金沙滩》，今天咱们说到第五本《代主出家》。

　　六郎保着二帝要进平型岭关口，就在城关之外巧遇射猎的杨七郎。怎么回事呢？得补上一段儿倒笔。就在黄土坡突围的那天夜里，七郎带着自己的部下杀出古城奔东，趁乱闯出重围，也钻进老树林了。东边的老树林里也埋伏着北国的伏兵，迎面正碰见贺鲁达的次子贺鲁墨奴，七郎没和他恋战，打了有六七个回合，假装败走。贺鲁墨奴跟后边紧追，七郎把自己的虎尾钢鞭掏出来，回手也是一鞭，正砸在贺鲁墨奴的脑袋上，就要了他的命。可是七郎急忙之中还没来得及把鞭套在手腕儿上套好，钢鞭打出去再往回一抽，鞭飞高了，正好挂在一棵大树的树杈上。那头儿一挂上，七郎的马朝前一跑，手就攥不住了，一秃噜手，钢鞭的链子头儿脱手了。黑夜之中到处找，也没找着，只好弃鞭而走。

　　这个事儿您得记好喽，到后文书里，这只挂在树梢上的钢鞭还有大用处。

日后七郎的妻子杜金娥到黄土坡寻亲，正赶上在董家林中产子，辽将追杀到密林之中，偏巧此时树梢上的黑虎鞭掉落下来，砸中辽将的脑袋，救了母子的性命。按老本书所说，因果报应；按今天的说法，也是无巧不成书！

七郎带着人马先往南走，一路上还有好几队拦截的辽国兵将，七郎和辽将一照面儿，连话都不搭，走马就是要命的一枪，边走边杀，谁见谁怕。七郎已经杀红了眼啦！脑子里老是晃着金沙滩大哥、二哥丧命的场面，把北国人都恨透了！如今横闯董家林，可算是得着报仇的机会了，马蹚如飞，见着将领就是一手绝命枪，一点儿都不含糊——全是一枪毙命。见着兵卒就是横扫竖劈，大枪一抡就得死伤一大片，马踩枪扎，所过之处，可说是血流成河。开始还有人往上撞来找死，等七郎蹚了几遍，完了，吓得这些北国的军校、都督都赶紧磨头往回跑。哪知道七郎已经是杀起了性儿了，瞧见人跑就追，追上就是一枪，就这么杀着杀着也不往南了，倒打马奔北了，追着北国的败兵跑，直杀得北国伤兵倒地，董家林里哭声震天。这一趟闯重围，光七郎自己就手刃番兵好几百人，麾下人马也个个勇如猛虎，勠力杀敌。至于说番兵番将自己踩踏冲撞踩死受伤的人就不计其数了。

七郎这么一冲一撞，就是一晚上，王源紧紧跟在他身后，叫也叫不住。一直杀到次日天明，在董家林里蹚出了一条血路，最后沿着琉璃河往南杀出了董家林、黄土坡，走着走着前边瞧见是一座城池，再看旗号，才知道原来自己一直杀到了涿州城下。赶到这儿一看，两支军队正打仗呢：一支队伍是北国的装束，扼守城关，排列阵势；北边这一支旗号不明、盔歪甲斜，全都是残兵败将，正是刚从黄土坡败下来的老国舅爷贺怀浦。七郎一瞅，沙场当中，老国舅正和一员辽将对阵哪，皮盔皮甲，胯下马，掌中一口赤铜刀，七郎一瞧认得，正是辽国的涿州刺史刘厚德。

七郎心里这火就烧起来了！心说你们这帮反复的小人，这才几天哪？刚归顺我大宋，这就又降了北国啦？七郎苦杀一夜，浑身是血，真跟个煞神相仿，大吼一声，紧催黑毛虎就跑到当场。"呀呔！大胆的辽将，可知道你家先锋官杨七郎在此！"马往上撞，举枪就刺！刘厚德一听说是杨七郎来了，啊？

脑袋里就蒙了，呆呆地在疆场上打愣儿，想开口跟七郎说几句话，可是不知道该从哪句说起。七郎这个枪多快，马一到跟前，扑哧！刺入胸膛，这么一个大活人，愣叫杨七郎给吓得连还手都没来得及还，可说是束手而毙！北国这边的军阵里可就乱喽，都知道杨七郎，听见七郎报名，"我的天呀！这位爷爷来啦！这位是要命的祖宗！虎头黑煞神临凡！哥儿们们快点跑啵……"很多北国的兵趁乱就跑到城池外边的荒郊野外去了，为什么？知道自己打是打不了，前些日子又刚刚归顺了大宋，个个身背罪名。此一战主将身亡，自己回去也好不了，得嘞，都跑吧！涿州城下可就乱作一团了。

此时贺怀浦认出了七郎，老头儿恨不得也哭一场，可是大敌当前，都来不及多说了。"延嗣啊，你可是冤枉了刘厚德啦！他不是真心跟我打，而是偷偷地跟叔叔我透漏边界布防的消息，你也太鲁莽啦，怎么一上来就把人家给扎死啦？辽国派出来重兵夺城，为首的就是韩昌的俩弟弟，一个是韩盛，一个是韩隆，个个本领出众。刘厚德这些人寡不敌众，再说又不能弃城而走，他们的家小都在涿州城里，这才违心降顺北国，可是心向南朝，在阵前和我对仗，这是要跟我商议怎么送我们回南朝啊！"七郎一听，后悔也晚了，知道自己是错怪刘厚德啦！正说着，对过儿又来了一位，正是黄眉令公刘宇。

刘宇陪二帝逛完了五台山，听说天庆王甘愿腾出幽州城来迎请宋王驾临，满心欢喜，以为这回自己的如意算盘打对了，南北两朝打这儿就和兵休战了，高高兴兴地陪着几家弟兄返回了易州。可没过一天，有消息说天庆王使的是空城计，又返回来把宋王天子给困到幽州城里了。嘿哟！把刘宇给急的，一天比一天上火。辽军大部队前来招降旧部，刘厚德、吕行德这几位寡不敌众，也只得降顺。后来令公从瓦桥关北上，刘宇就说动几家总兵，按兵不动，放令公过去，免结冤仇。换句话说，就是想拦也拦不住。这几天，刘宇专门赶到涿州来和刘厚德商议军机大事，正赶上北面天庆王派来了重兵监守，韩昌的两个弟弟韩盛、韩隆就坐镇在涿州，明明白白地告诉这几位，承天后不相信你们几个是真心归降，你们谁要是放走了南朝的败兵，就得吃个重罪，杀你们的全家！这些人的家小全都在涿州、易州里啊，不得已，刘宇就帮着刘厚德安排下关卡防线。按刘宇的本意，知道自己现在是左右不是人，特意请令出战，不是为了真的打仗，而是要告知宋将实情。刘宇还特意画好了地图，揣在怀里，打算指引南下的宋军走什么道儿。

眼看着刘厚德在城前被杀，暗自心疼，可是脸上不能表露出来。跟韩盛和韩隆请令出马，蹚过乱哄哄的散乱队伍，来会杨七郎。七郎认得是刘令公，此时王源带着人从后队赶到，换下七郎，自己上前。王源灵透，让贺怀浦一说就知道是怎么回事了，和刘宇在疆场之上枪来枪往地假打。刚对上话，嘿，北国阵中又出来一位，七郎和贺怀浦在后阵一瞧，正是原来的易州副帅吕行德。贺怀浦说："老七，这位肯定也不是真心出来打仗的，这个留给我就得了，你给我瞭阵！""好嘞，这位还是我的救命恩人，当初没他益津关我可打不下来！还是您来吧！"贺怀浦上前，和吕行德也是假打几个照面儿。场上正在双战，好嘛，辽国阵中又跑出来一位，正是易州大总管郭兴。七郎一看，我自己这边没什么人啦？让贺令图管带好军卒，自己也撒马下来，六匹马连环战在一处。还是人家刘宇熟悉地形，一个眼神儿，都看懂了，刘宇和郭兴、吕行德假装战败，一行人头尾衔接着就跑进了不远处的小树林儿里。好家伙，刘宇没跟王源、七郎说话呢，先问那两位："你们干吗跟着来哇？"郭兴和吕行德一脸的苦笑，"哥哥，你今天要是被韩隆、韩盛瞧出了破绽，不管你是不是跑了，我们哥儿俩都活不了，这才跟你一起跑了，借着出战，我们跟您一块远走他乡。""那也顾不上了，哥哥，我们今天不走，真是不知道哪天还有这样好的机会。"王源一看就明白了，"得嘞，待会儿我们回到阵前，就说把你们都宰了也就完了，你们的家小不会有什么事。日后战事消停了，你们再想辙来接家眷。""如此多谢王将军！"

刘宇就把实话都说了，知道自己已经不能再回北国了，叫七郎回到阵前就说是一枪将我们都给扎死啦！因为你七郎说这话谁都信！这样北国的萧后一时不会为难自己在大同府的家小，好偷偷搬家到西夏去。刘宇告诉王源、七郎、贺怀浦，从这儿再往南你们走不了了，沿途都是重兵把守，强要南归势必伤亡惨重。不如赶紧往西，绕开易州。刘宇就掏出了自己画的地图，把路怎么走指点给了三个人。王源都弄明白了，与黄眉令公称谢道别，刘宇和郭兴、吕行德也都趁机转道先奔西夏避难去了。

就这么，七郎再来到阵前，枪头高高挑着这哥儿仨的头盔，跟北国将官假说已经杀死了这三位，龇牙咧嘴、耀武扬威地装样子要夺城关。韩盛、韩隆听说了七郎的神威，一时不敢对敌，拒不出战，关上城门死守。正好称了七郎的心了，与老叔跟贺老将军商议，趁天黑夺路奔西。贺怀浦领着的人马不少，不用躲着走小路，是从大石口进长城，没用三天，一行人马就到了五台山下。此时令公和八王爷这一支人马也刚刚赶到五台山了，不但是他们到了，老贼潘洪也从良乡铁佛口那儿转道回来了。

潘洪是怎么回事呢？当天老贼不是说先跑了吗，带着自己的本部人马冲着北边走。他自己耍了个小心眼儿，以为北国的伏兵都在南边等着呢，自己奔北边就能逃脱围困，怕一路上缺粮食吃，还把粮草车也给拐走了。可是老贼万万没想到，贺鲁达正好在良乡的铁佛口这儿布了一个口袋阵，老贼的本部大军正好钻进了贺鲁达布置好的活口袋，前有堵截，后有贺鲁墨忽的追兵，两边是贺鲁墨玉和贺鲁墨律带着人封堵严实了，想跑是跑不了了。这个时候老贼潘洪手下不光是潘龙、潘虎、潘章、潘祥这些没用的子侄，还有几位有能耐的干儿子：什么秦肇庆、米信义、潘定安、刘均齐……除了这些人，还带着有京营殿帅府借给他的八台总兵，是陈林、柴干、郎千、郎万、黄荣、黄胥、冯臣、周汉，这八个人本是京城殿前兵马司总兵官杨静的部下，后来老贼看着武艺都挺好，就都给调到自己麾下来了。这八个人也都有一身的真本事。八台总兵一见自己叫北国兵将给收到口袋里边了，也都摩拳擦掌准备上阵和北国将领决一死战！老贼潘洪把他们都劝住了，"哈哈哈哈，根本用不着你们上，你们就等着信儿吧！"这个老家伙，先把自己的部下都安顿好了，孤身一个人，扈从谁都没带，单叫军卒赶上一部分的粮草车，跟着自己一起到辽营里去见贺鲁达了。潘洪是伶牙俐齿，到在那儿当当当当，把自己的道理一摆，左贤王贺鲁达竟然真的就收兵回了幽州了。

怎么回事呢？北国的贺鲁氏跟萧家和韩家最不对付了，贺鲁达总是瞧着韩匡嗣和萧老丞相这些个南府官员不顺眼，和耶律休哥是一党，死保老皇天庆王。老贼潘洪到了贺鲁达的营帐，坐下来先把天庆王已然被杨大郎射死的事儿一说，贺鲁达就是一惊！但是贺鲁达可是一只老狐狸，并不马上就信他说的，连夜派人回幽州去打探虚实。接下来，老贼可就说了："贺鲁千岁，老夫我知道，你和杨家将是死对头。老夫我也和他杨家有不共戴天的仇恨！我们是怎么怎么回事……老夫我今天过营来，是打算从今儿个起我就归顺大辽国啦，愿做咱们北国狼主驾前的臣僚，想请王爷您帮着给引见引见！"贺鲁达拿单手一捋须髯，"嗯……"没说话。老贼知道这个老家伙也是生性多疑，不可能就凭着自己这么两句话就相信自己所说的，"好，贺鲁千岁，我知道您还信不过老夫，没关系，请千岁移步，您跟我到辕门外瞧上一眼，看看老夫我给您献来了什么好东西。""哦？那好，待本王出营一望。"俩人来到辕门这儿一看，好嘛，车连车、车挤车，全是上好的粮食、草料，都数不过来了。贺鲁达虽然心里很高兴，但是脸上是一点没露出来，"嗯，有这么多的军粮献给我国，足见潘太师您果然是一片赤诚啊！好，您的心意本王一定转达给我家狼主。那好吧，既然您打算归顺我国，您就叫您本部的人马都把兵刃给缴到我的关口里来吧，我们也好按籍造册收编啊。"老贼在心里边把贺鲁达都骂了个遍，但是脸上还得是个笑模样儿，"呵呵，贺鲁千岁，我要是现在就投到狼主的驾前为臣，那我可就是个废物啦！老夫我论文文不成，讲武武也不算能，我有什么本事呢？斗胆说句大话，在大宋朝，老夫我可以说是权倾朝野！这么说吧，除了皇上和八王，就得算我说的话最管用。你们别瞧着杨家将在阵前能逞威风，这是没落到我的手里，只要皇上和八王不在军前给他们家撑腰，我就能将杨继业老儿置于死地！"贺鲁达一听这个话眼睛都亮了，那是，他和杨继业有血海深仇！"哦？老太师您果然能做得到吗？""哈哈！"老贼从怀里掏出来一封信，"麻烦千岁您帮我把这封信交给你们新狼主，就说潘洪愿在南朝给狼主做一个外放内应之臣，狼主要想得南朝的江山，没别的，得先想办法铲除杨家将！老夫我在南朝有得着兵权的那一天，但等到了这一天，哼哼哼……管叫他杨家父子有如老夫酒席宴前的老羊、小羊，呵呵，是任我宰割！""哦？哈哈哈哈！好，老太师您才是识时务的真豪杰！没说的，您这封信本王我一准转交给我家的新狼主！那要这么说，您就先回营等上两日，等幽州那边的信儿到了，本王我一定撤兵，放你西行！"潘洪知道老狐狸还信不过他的话，多等上两天倒也无妨。"啊，好吧，贺鲁王，还有句话请您转告狼主，就说潘某设计除掉杨家父子之后，大宋江山狼主可以说是唾手可得，到时候有老夫我手握重权，麾下也有厉害的战将千员，有我帮着狼主把南朝一扫平定之后——没别的，还请狼主许给老夫尺寸之地，叫老夫也能做个一朝的人主君王，老夫之愿遂矣！好，王驾千岁，老夫告辞了！"潘洪把该说的话说完了，告辞回营听信儿了。

用不着等两日，到了第二天一早，探马急匆匆走上虎帐，"报！太师，铁佛口内的辽国守军和三面围攻的番兵全都撤回幽州啦！"老贼乐啊，心说，好你个贺鲁达，真够奸的，你嘴上把我稳住了，暗地里早就收拾好了家当，这么早就跑啦？嗯，是回去争夺皇位去了，看起来北国人一时半会儿是不会来找我的麻烦了。麾下的众干儿子们齐来贺喜，大吹法螺、拍马屁就不一一细说了，全军拔营起寨，一起过关，回到岔路口再折向西。他们走的是官道大路，所以走得快，路上也就用了三天，就到了五台山前。

令公和八王一行已经先到了。令公在卢沟桥前足足等了有两天，真是望眼欲穿，第二天的凌晨没等到天亮，东方才隐隐露出一点儿鱼肚白来，令公就立马横刀在卢沟桥头等着。还别说，倒是真接着了不少的溃逃南投的伤兵，没白等。一直等到日落，也没见着那哥儿俩的影子。令公还是不甘心，就趁着月色，吩咐士卒举起来火把，照着卢沟桥的亮儿，我也在这儿等！呼延赞说换他，老头儿硬棒，一抬手一推呼延赞，你甭管我，我就在这儿等着我的儿！此刻老令公眼睛里哪儿还会有什么眼泪哇？眼看着南投的宋军残兵败将个个都是难民相仿……老头儿是摇头叹息！难怪说我们败了，这些人哪里还像是兵啊？自从二帝登基，全国的禁军统属，自己和高怀德、曹彬这些名臣老将都不得与新兵见面儿。说想去瞧瞧，不许！我们看看你们是怎么训练的，不让！李昉是枢密使、右班丞相，那我总可以了吧？兵部司马绝不允许。所以说二帝即位以后，监国的五家王爷都是摆设！这一仗出战，令公和曹老千岁、高怀德这才算是跟京城附近驻扎的禁军将士见着面儿。沙场上这一见真章儿，几位老千岁都摇头，军纪散漫不说，人人一脸的倦容疲色，天气稍有升温，就一大片一大片地中暑。老令公心说，四十万人，一夜之间就全都死走逃亡，也不能全怪皇上，更不能怪老帅曹彬的指挥有误哇！这样的士兵，根本就打不了仗啦！老贼一党全都牢牢地控制住了兵部的上下要员，枢密院也被他控制住了一半儿，这些人都是花钱做到的高官，谁会好好地干活呢？谁还会在平时到禁军府衙里去训练军卒去呀？再一个，这十几年都是怎么过的？这些人自己没真本事，能提拔那些有真本事的青年人才吗？个个都是嘴上说得好听，一遇见真才实学的，特别是青年才俊，一概打压，都给发出去远镇边疆去啦。

嗯……令公心里琢磨这些事，也就在马上这么看着。过桥的人里，伤兵也有，难民也有，忽然就瞧见在难民之中还有一个人是僧人的装扮，低着头！老令公就纳闷儿了，我们宋军来回，向来都不会去骚扰民房田地，更不会去寺院里搅乱哇？难道是你们北国人自己的军卒干的？会逼着僧侣逃出本寺吗？不会的呀。那么这个和尚是打哪儿来的呢？令公在马上仔细观看，就觉得这和尚的身形很眼熟，身材高大，身形魁梧，浑身上下是很普通的粗布僧衣，脚底下也是最普通不过的麻鞋。可是这和尚大脑袋老是低着，大热天的，头上还非得戴着一顶竹编的斗笠，斜斜地遮住自己的面孔——这该不会是北国人派来刺探的奸细吧？正好这会儿自己马前姜豹、马后薛彪二将都在，吩咐二将，你们俩去，去把刚刚要过桥来的那个僧人给我带过来！

过桥的人大多数都是零星败退南逃的伤兵，挨个儿在桥头有人替这些位核查部属番号，然后自有人领着这些人重新编队、归队。只有这个和尚似乎是要蹭过卢沟桥，不想和官兵碰上，总是躲着人走。瞧见姜豹、薛彪二将过来，这位就绕道儿走。姜豹和薛彪一瞧，不对！猛然跨步冲过来，伸手要拦和尚。没料到这和尚的反应更快，一个大转身儿，躲过姜豹就往回走。薛彪从后边叫他："哎，和尚！你别走！你给我站住！"你越叫，他跑得还越快！令公一看，高喊一声，你们给我闪开了！一催座下登山雪宝马，哗嘟嘟嘟嘟……

来追和尚。和尚头都没回,越跑越急!而且知道自己跑不过杨令公的宝马,看意思斜刺里奔桥头的栏杆跑过去,这是要跳河啊?正在盛夏,永定河的河水没有泛滥就是好的,要是跳下去,可没准还能不能再上来啦。杨令公猛然勒住了坐骑,不追了,高声喊叫:"延德!你不要再跑了,你给为父站住!"

〖二回〗

上回书说到杨令公舍不得走,听说五郎和八郎下落不明,四郎虽说有人见着是被北国人用绊马索生擒在芦苇荡里,可是是不是还有可能逃生出来,这也说不好。因此老头儿挂念儿子,横刀立马就在桥头上足足地等了一天。到了晚上,眼见一个和尚打扮的人头戴斗笠大低着头要过桥,这个人太可疑了,唤和尚过来。嘿!姜豹、薛彪刚一过去,就见这和尚撒丫子就跑,不往西南桥这边跑,干脆掉头往回跑。

和尚这一跑,令公就看出来了,此人不是旁人,正是我要等的我的五儿延德!高喊一声:"延德!你不要再跑了!你给为父我站住!你回来!你可知道……"老头儿干张着嘴说不出话来,想要说你可知道你的哥哥们,他们可都为国捐躯了!想问孩子你是怎么逃生出来的?老令公从小教导这几个孩子练武长大,每一个儿子的举手投足、一举一动都印在自己心里,一看这和尚的几步跑就认出来了,这人就是五郎,绝不会有错!为什么呢?自己从早上到桥头等着开始,这脑子里就老是闪出来五郎和八郎的身影,就在自己的心里不知道复习了多少遍了——一看就知道,这是我五儿!老头儿这句话就愣噎住了,半天没说出半个字儿来!再看和尚,傻呆呆地站在就地,也不跑了……姜豹和薛彪也傻啦,听令公说这和尚就是五爷,能是吗?从背影看身量是够,再看……就瞧见这位双肩抖动,这是在抽泣,一下一下,可是就是不肯回头。薛彪一点一点慢慢地往前走,怕这位一着急又要越栏杆跳永定河。

"五爷，您真的是五爷？您，您要真是五爷延德，您，您，您可知道老令公他，他在桥头，纹丝没动地等了您一整天儿！五爷，您，您这是怎么了？您要是五爷，说什么您也得回头叫老人家看上一眼！"薛彪这话还没说完呢，那边姜豹实在是受不了了，扑通一声就跪倒在桥头："五爷喊……老爷子再不下马吃口东西，这……您快回转身来！"听到这儿，薛彪就看见这和尚也是晃动彪躯，嘿哟！扑通！自己也跪倒在桥头："五爷！我知道您就是五爷！老爷子可想死您啦！大爷、二爷和三爷都没了，老爷子就盼着您能回来哇！"等说到这儿，这和尚是再也站不住了，扭转身来，打掉自己头上的斗笠，露出来光头一个——哇……这一声哭喊，肚子里憋屈了一天一宿的冤屈都吐出来了！此人跪倒在地，头点地，不敢起身，就在桥上爬着，是一边磕头一边往前爬，痛哭失声！还能说什么呢？什么话都说不出来了。

　　令公差一点没从马上摔落在地，幸亏有几个刚刚过桥的伤兵经过，有的过来扶住了令公，在马鞍鞯上坐稳了，七八个人接过来令公手里的九环定宋刀。别看老令公人都快要昏死过去了，单手紧紧地抓着金刀，五指紧扣，得要人一根手指一根手指掰开才能将金刀取出来！周胜、罗芳几名家将也过来了，慢慢地扶着令公下马。令公这阵儿可就有点哆嗦了，不敢相信哪！真的把五儿延德给盼回来啦？他在这边往前挪步儿，五郎在那边真正是五体投地，跟地上就这么连滚带爬地过来，大光头低着，脸就蹭在地面，无颜面见自己的父亲，羞愧难当！为什么呢？

　　前一天六郎将五郎安排在沙滩路口留守，就因为进了这个口子以后，沙滩里的山岗拔起，两旁边就很难再找到出路了——自己这一行人进了金沙滩，唯一的出路就是这儿。五郎知道自己是重任在肩，带着自己的贴身家将登上高岗，就守着六郎说的那棵古树。一开始什么事都没有，五郎站在就地，扭头看看幽州城北门城楼上的红旗，再朝沙滩里的土城望望——大致是能看到大郎一行人等已经进到了土城中了，也看见了自己的飞虎旗插在了土城城头，这才想起来自己的金枪还在飞虎旗里插着呢！嗯……待会儿自然会有陈宣等几位哥哥将金枪再给我带出来，我现在用不着呢。自己端着两把斧子，把怎么砍树的姿势都练好了，就是纳闷儿幽州城头的红旗还是不落！这一等，工夫可就大了。沙滩里边，五郎瞧不出有什么事来，可是身后的幽州城前已然是尘土飞扬，一定是有大军前去攻打，可是就这样，城头的红旗仍然高高飘扬！坏了！难道说圣驾和我爸爸都还没离开幽州城吗？

五郎一算时间，绝对不可能！君臣人等大队人马出城再慢，这会儿也该全军离开啦！可是为什么城楼的红旗不落呢？这里边肯定是有事！五郎一着急，心说我得去亲眼证实，不然我这里绝不能莽撞地砍倒古树！就叫来自己最信得过的家将，将自己的一把月华斧就交给了这位，"兄弟，这个你握着，你给我盯紧了幽州的城头！五哥我快马赶回幽州，我倒要弄明白了圣驾和令公一行是不是已然离开了幽州。他们要是已然离开，我定会立刻就将红旗放下！那时你这儿一看到信号，你就砍倒此树，大哥他们才好放心地往外闯！""好嘞，五将军您就放心啵！"五郎别好了另一把斧子，飞马往幽州赶，正赶上萧后的大军前来攻打幽州。还用打吗？幽州城的城门大开，里边宋军的守将剩不下多少人了，也几乎是无人抵抗。五郎飞马来到城门洞儿，凭着一杆夺过来的长枪杀进城内。五郎好不容易才杀上了城楼，一看，旗杆上还高高地挑着那一面红旗。再一看，旗杆下还有几名老军把守，就问了，圣驾和令公到底出没出幽州？

老军们都说："五将军，您怎么会这么问呢？圣驾和令公一行，早已离开幽州城，您和忠孝侯爷一出城，没过一炷香的时辰，万岁爷和老令公这些人就赶着车、拉着粮草全都出了西门外啦！""什么？那会儿就走啦？那为何这红旗未落？""啊？五爷，您得说明白喽，谁说这红旗一定得落？""昨日晚上天子驾前文武群臣都在跟前儿呢，大家伙儿都这么说的哇？给我们兄弟一个指引，只要是城头的红旗降落，就是说圣驾已然安然地出离了幽州城，我们兄弟就可以杀出金沙滩了！嗯？这到底是怎么回事？""没有！绝没有人这么跟我们说！我们老哥儿几个就一直跟这儿守着呢！要早知道我们怎么能等到这会儿呢？""啊？哇呀呀呀呀呀……你们北门的城防归谁来管？""我们这儿原先是镇殿将军潘龙为北门总督，这不是七将军告状，潘龙的官儿就给撸了，后来是兵部司马贺朝觐贺大人亲自总督我们这儿的把守，昨日晚上亲自领着守卫们一起立起来这根旗杆。"五郎一想对呀，我们哥儿几个都是假扮替主赴会的人，八营旗将得去保驾，这城门就得是别的人来打理。"嘿！那么圣驾出城就没人前来下令落旗吗？""有人倒是有人，来的人还是潘龙。这位大爷来了一看，因为头天晚上贺大人说啦，说怕风大把这大旗给吹跑喽，吩咐健卒二人爬杆上去，给旗子在旗杆顶上拴了死扣儿了，跟这底下根本就没法把这旗子给拽下来！""啊？"五郎抬头细看，可不是吗！"潘龙一看旗子放不下来，给我们留下一句话，说圣驾已然安然出城，你们几个倒也不必将此旗降落，好好在此看守……五爷，我们的年岁都不小了，我们可爬不上去！告诉我们说实在放不下来，可是说的也'不必'降落，我们这才在此等候……""哇呀呀呀……好你个潘龙！来来来，咱们先不要多说，先将红旗降落！""好的，可是五爷，方才我们也都试过了，爬，我们这些老头子不行，估计您也够戗！""嗯，是啊，你家五将军一向不会蹿高蹦矮的！红旗在上边打了死结儿，我们能不能射箭给它射断绳索？""五爷您看，这是什么绳索？比胳膊还粗呢！"五郎抬头细看，果然用的是寻常山里扎营防大风的粗绳，油浸日晒，别说射箭了，就是刀砍也得砍一阵子呢！五郎再一看这旗杆，俩人合抱，预是够预的，可是自己手里是斧子，估计自己要是砍这个旗杆还有希望！

老军摆摆手，"五爷啊，昨日晚上贺大人说了，就怕这旗杆不结实，现找的铁匠铺熬的铁水，浇灌到旗杆下边儿的柱子里头。您好好瞧瞧，这旗杆要是没个一二百人，咱们根本就放不倒！"五郎走近一看，果然就像老军们所说，是铁水浇灌，把旗杆底下的柱子都给箍起来啦！五郎这会儿心急如焚哪！不管那么多了，抡起来自己的斧子就剁！别说，还真有点用，一斧子下去，柱子上露点木头碴儿出来，有戏！先不管那么多了，砍吧！铿铿铿……咔嚓！怎么了？斧把子断了！能不断吗？那是生铁的柱子！五郎一愣，自己的斧把子是当年太爷爷在兴唐府用降龙木造枪杆之后的两根废料做成的，精钢都不能坏其分毫呀？举起来一看，恍然大悟。这把斧子是师父智聪长老另做的，自己临下山时长老给自己又打造了一把凑数用的。自己原先的斧子，是叫碧波潭里的蟒蛇精给收走啦！五郎盯着旗杆发呆——难道说果然如师父所说，此行我们兄弟进幽州是凶多吉少吗？

　　正在此时，城楼之下可是喊杀声越来越近。老军慌张，各自收拾自己的细软准备下城逃走，都来劝五郎："五爷，您此刻也没有军刃了，您可就别在这儿等着啦！这旗杆一时半会儿可放不倒，您赶紧先下城楼躲一躲吧！"五郎抬眼看金沙滩，哎，灵机一动，我不能放倒旗杆，可是我能回去砍大树去！想到这就跟着老军一起下城楼，拉上自己的马要出城楼。坏喽！北门外已然来了萧后的重兵，簇拥着萧后的车队、马队正在进城。五郎一看，自己现在是手无寸铁，说是上去抢下来一杆枪倒也不难，可那毕竟不是自己的宝枪，一旦撅折了，自己的身份暴露在两军阵前，无有援军到来，必有性命之忧！

　　好汉不能吃眼前亏儿，五郎牵着自己的马，躲着巡查的辽军，绕道走幽州城里的胡同，找西门。等到西门这儿一看，也一样有北国的重兵把守。南朝的老军缴械投降的，跟这儿一块儿都圈起来了，也有仨俩的老百姓——五郎也能瞧出来其实也就是老年的军卒假扮的。这样的人要往外出，可不可以呢？可以！萧后有见识，下令凡是不打算归顺我北国的宋军士卒，许可你缴械之后，空身离开幽州城，准许你回南朝的老家。为什么要这么做？萧后知道，自己拿下来幽州城，可是自己的兵力有限，宋军滞留在城里的人多的话，自己的兵力不足以看管这么多的降兵。说学项羽将这么多人坑杀？那么日后我大辽就永无再入主中原之日啦！绝不能那么做！所以她下令，想走的，给你带上点干粮，将兵器、铠甲、军服号坎儿给我脱下来，空身你出城，我们还能管你一顿饭——就在西门外，盼咐宫女、杂役帮着生火、做饭，南朝的降兵喝上一口粥，你们再结伴遄奔卢沟桥，找你们的主子去。五郎都弄明白了，可是自己要出城，不是杀出去，就得脱去军服、铠甲……说实话，还真是舍不得！

　　可是时间不等人哪！再不赶紧出城去金沙滩砍大树，大哥他们还能全身脱逃吗？一咬牙，一狠心，找个没人的地方儿，解开了马的鞍鞯——噗！从行囊之中掉落了一个小包裹。五郎一看，正是自己在五台山下山之际，师父智聪长老亲手递给自己的一个小包袱，嘱咐自己没事别打开，一旦有难——孩子你赶紧打开看里边是什么。五郎一下就想起来老和尚的眼神儿了，看看四下无人，打开包袱皮。里边是一领薄布僧衣，里外全套，比一比，正合身儿。这是按照自己的身量儿做的。再一看里头，还有剃刀一把，度牒一份。打开度牒，好嘛，写得清清楚楚，五台山兴国寺出家的僧人，师赐受戒法名按宗法字派排下来的是"悟性"，法号"明藏"。五郎恍然大悟，这是老师叫我在危难之时更名改姓剃度出家为僧，好能避开刀兵之祸！什么是悟性呢？其实就是无姓，打这儿我就不再是杨家之子了，我没姓氏了！什么叫明藏呢？是我的名字被隐去了！祖父当初取名为"春"，春和景明，正应了明藏二字中的明；先皇赐名"延德"，君子皆尊德性，德性二字本来一体。合着我的师父早就料到我能有这一劫，连法号、戒名都给我取好了，我是该着自己给自己剃头哇？

五郎就在幽州城西门里，告别了自己的青鬃马，放下折断的斧头，摘盔卸甲——荷叶板檐盔、大叶龟背甲、肋下的佩剑……全都掩埋在脚下三尺之地："老伙计们，日后如若有缘，你我还会相见！"拿起来的是剃刀，狠狠心，刮掉烦恼丝——虽说是乔装改扮去救兄长，其实此时五郎的心里已经跳出凡尘之外，虔心皈依了。

换上僧装，五郎又从百姓之家捡到一顶破斗笠，迈步出城。一路上还真就没人拦住盘查，而且眼看着北国的军兵是急速进城，没人管他。书中暗表，此时萧后已然得着信儿了，知道自己的丈夫、大辽的国君天庆梁王丧生在金沙滩。韩昌的书信到了，此刻的幽州城里谁先动手谁先占优势，万分火急，谁还能再管南朝的逃军呢？幽州城头的红旗，最后反而是萧后派人扳倒了旗杆，将城头全都换上了萧字大旗——六郎在沙滩口看到红旗降落之时，五郎已然走出幽州城的西门。可是五郎出城是朝北走，他还惦记着自己得去沙滩口砍倒古树！这一路上压根儿就碰不上北国的游骑军兵了，就仿佛是刹那间敌我双方的军兵都消失了一般。五郎不得已只好徒步走到了四十里外的金沙滩口——哪儿能想得到，落日余晖之下，沙滩口全是满眼的深红一片！等五郎赶到之时，六郎和七郎早就领着人走了。来到古树之下，眼看着自己的弟兄一个个全都丧生在此，抱起来这个，没气儿了，搬起来那个，血都干透了！五郎就是哭都哭不出来了，完完全全地看傻了！早上还是一帮活蹦乱跳的好兄弟们，这会儿全都横尸在地。

　　五郎再往里走，眼见的是更加惨烈。一直走到了沙滩土城，这儿已然没有两国的主力部队了，但都还剩下不少的伤兵。北国人多，自己南朝的人少，但也都不再打仗了，都各自搀扶往外走。五郎一直走进土城，城头的飞虎旗全都不见了，可是张文的尸身还在城头趴着。再一查点，护城河壕沟里，正是铜锤将程普的尸身和自己二哥的尸身，五郎就跪倒在吊桥边上放声大哭！自然有人来问候他，就以为是一位僧人呢，这样五郎也就知道了个大概，知道自己的大哥、三哥也死在了金沙滩。为什么杨五郎那么晚才赶到卢沟桥呢？五爷一看满沙滩无论宋辽的将士全都是曝尸荒野，不忍心哪！回到沙滩口古树之上拔下来自己的斧子，一声不吭，就在这土城旁边，挖起大坑来了。慢慢地，陆陆续续也就有人来了。有的是当地不远的村民和牧民，有的是南朝的伤兵败将，一时没能逃走的，还有的是负伤以后留在沙滩土城里的北国军兵。人无论南北，看到眼前的惨状，无不悲凉由衷。看见一个和尚默不作声地跟这儿挖坑，都知道这是要干什么。这些南北两朝的散兵游勇此时也都无主了，天色渐晚，村民帮着给点好了火把，将沙滩口照得是亮如白昼，大家伙儿都来帮五郎。这会儿丢在沙滩里的刀枪，就不是杀人的利器了，全都是行善的工具。白天两边的军士还是尽命相搏，此刻在沙滩里遇见，互相点点头，多余的话不说了。慢慢加入的人群就上百啦！上百人在此劳动，竟然是鸦雀无声。村民有的自愿地回家叫妇人熬好了粥饭，挑着馒头、咸菜就来了，一二百人不声不响，低头示意表示了谢意，安安静静地坐下来吃饭。五郎也放下手里的活儿，坐下来跟大家伙儿一块儿吃，吃饱了，就地坐着歇歇。有那上年纪的村民，帮不上忙干活儿，帮着给递饭碗、倒茶水，看看都吃上了，可是人人都沉闷不说话，自己坐下来嘴里就哼上了小曲了："朝也杀来暮也杀，杀来杀去杀自家。刀刀割的是娘的心头肉，箭箭射的是佛祖座前白莲花……"

呀！五郎一听，可不是吗？无论是南朝人还是北国人，谁不是娘生爹养？我的哥哥死在沙滩，他们的兄弟父子也是死在沙滩，这都是为了什么呢？我在五台山眼见六月大会之上，南朝的北国的香客都来菩萨顶进香，就在喜笑颜开之际，甭管你是哪一国的人，你不都是菩萨眼里的一株一株的白莲花吗？猛然间就觉得自己眼前闪过一道灵光，一张口，自己在五台山听到高僧们诵念的往生咒就脱口而出了："南无阿弥多婆夜。哆他伽多夜。哆地夜他……"所有的人一听，深有所感，都默默跟着双手合十，在心中超度亡灵。

这样到了次日午后，五郎看看这里并不需要自己了，到处看了看，与每一位善士合掌告辞。走出沙滩口，远望西山夕阳西下，金沙滩里又是金灿灿的一片黄沙。点点头，五郎转身要走，又看到了地上自己的斧子。我是背上？还是不带着啦！往南走了几步，忍不住回头再看一眼，这是跟了自己二十多年的斧子，能说丢就丢下吗？翻身回来，捡起来自己的这把斧子，看看斧子把上自己手摸之处，再握了握。微微一笑，大彻大悟，右手一抖，斧子转着圈地飞出去，正掇在古树三丈高的树杈之上！"哈哈哈……他年有缘，你我在此相见！"扭过身来，大踏步就走了。

〖 三回 〗

　　五郎假扮作僧人，这才避开刀剑，走到了卢沟桥头，远远就瞧见自己的父亲老令公立马桥头。五郎心里很是纠结，我是见我父亲还是不见呢？虽说这颗心已经入了佛门了，毕竟还未曾经过修炼，兄长阵亡的噩耗刚刚得知，又总是恍恍觉得哥哥们的死，都是自己没能砍倒旗杆造成的，越这么想，就越觉得是这回事。用今天现代心理学的词来说，就是产生了强大的负罪感，就见可就形成了情结了。
　　五郎不想与熟人相见，就想这么低头走过桥去，哪能想得到，即使是你剃了头，换了僧衣，老令公你的亲爸爸都能一眼就认出你来！再一看那两步跑，更认准了，这个和尚就是我的五儿！父子相见，抱头痛哭，各自诉说以往的经过，这都不必细说了。八王与众家老臣一同出营来迎接，纷纷告慰五郎，五郎将潘仁美的状可就告下了！满营的武将贤臣都深恨不已，军师苗崇善可就说了："令公啊，咱们回到南朝，先得把老贼扳倒，这一回你可千万不要再给老贼求情儿了！"令公点点头，不知道该说什么话，只好先陪着五郎回后帐安歇。这边安顿好了五郎，令公走出营帐，就看见八王和苗崇善、呼延赞都在这儿等着呢。令公一瞧就知道了，这是大家来问问我的心意，跟卢沟桥头还要不要等着了。一直到接着五郎了，过桥的南朝残兵已经没多少人了，还要不要再等？军师苗崇善就说了："令公，一来是不知道六郎和七郎护送圣驾到五台山这一路上怎么样；二来，咱们现在夹在北国南北两路大军的当间儿,多一天都有多一天的危险。依我看,咱们不如先行军到长城平型岭关口儿驻扎,进可攻,退可守!"令公点点头:"军师,八千岁,我都知道。五郎侥幸逃生出来,已经是万幸了!八郎这么长的时间都没回来,我猜,不是被擒获,就是丧命在阵前了。四郎儿也是被擒在沙滩,活不见人,死不见尸。我杨家子弟的脾气,不会降服北国番奴,必然被杀在幽州!唉……不用再劝了,我杨继业感念各位的恩德情谊,咱们都不必再等,明日一早,拔营起寨,遒奔五台山。"

就这样,不必多说,八营掌旗官魏直、胡奎、马信、姚雷……这哥儿八个分头去打理明日行军前的准备,群臣好好地歇息一晚上,次日五更天过全军拔营启程。

令公这儿没有押运更多的粮草,传令下去三军儿郎急行军,头前儿分派快马斥候军赶到长城关口之内知会代州的守将,预备好了在五台山接驾。两日急行军就赶到了平型岭下,全军登山,回到故国国土,驻扎在五台山的东山岭之下。众将在山脚下抬头就能瞧见十几天前登上的望海百灵楼,没有人不在心里叹气的,不是皇上看透龙碑要游玩太液池、梳妆楼,哪里会有双龙会宴血战沙滩哪?三军上下,甭管是谁,都在底下偷偷地议论。歇兵两日,潘洪的队伍就到了,还押运着不少的粮草。可是此时皇上还没回来,八王示意大家安稳地等上一等,先不要私自找潘洪理论、报仇。大家伙儿按捺住自己的火气,和老贼分营驻扎。哎,没多会儿,七郎和老国舅爷贺怀浦、三关大帅贺令图也就一块赶到了。令公和八王一问,还是王源说得清楚,告诉大家怎么怎么回事,最后是六郎独自保驾西行,按说比我们走得早,早就应当到平型岭啦!这下大家伙儿可就乱啦!此时已经是三路会师,代州接替大郎的守将也都纷纷赶到五台山下,太原府贺老国舅的部下也领着大军一路一路地赶到了山脚……每天都派人出去打探,不知道是不是皇上走错路了?按说六郎不能啊!有的探马是去朔州这边,有的给派到河北三关这边,还有的偷偷再潜入辽国的蔚州打探。等了一天,没到;又等了一天还是没来……这一下大家可就都着了急了,都把心揪起来了,皇上要是出了事,国家必乱。哎,今天七郎出东口打猎散心，才和六郎、二帝在山前射鹰巧遇。

书说简短，七郎和麾下将士把二帝人等接进五台山前的大营，当间儿的金顶黄罗宝帐都给搭好了，小八王含泪出迎，"哎呀！叔皇啊，总算是把您给盼回来啦！叫您受惊了。""嗨，皇侄啊，真是两世为人、一言难尽哪！"皇上进帐落座，大家伙儿齐来道贺，山西的各镇守将都张罗着设摆酒宴给皇上压惊。

酒席宴前，君臣是倒尽苦水。哎，喝着喝着，二帝就有点坐不住了。为什么呢？满营里这么多的文臣武将，偏偏没有自己眼熟的太师和潘家一党的众人，全是先帝老臣和太原府各镇赶过来的州府总兵——这些人都是贺怀浦的手下，跟自己不亲不近啊。这酒席刚刚开始还好，就在小八王的主持下，大家伙儿一起朝自己举杯称贺，照旧是山呼万岁，祝贺皇上安全脱离险境……好听的话还没说多少句呢，贺怀浦就不提二帝了，带头举起酒杯来向上一洒，再向地上一洒，敬天敬地之后，杯酒礼敬忠魂！满营的将士都没话说了。为杨家兄弟酹酒过后，苗崇善第一个站出来向令公敬酒，这可就刹不住啦！大帐内外，文武不论，都起身来向令公敬酒……苗崇善过来碰了一下，李昉也过来了，李昉刚走吕蒙正又过来了，然后是呼延赞、郑印、高琼、高钰、米信，贺怀浦领着山西北边的各镇武官等在后边。令公一瞧，好嘛，够三十多人，宝帐内外人头攒动。"列位，都一块儿啦！"贺怀浦一拦："令公，这可不成！所有的人都敬重您的为人，敬重您的忠肝义胆，都得跟您见上一面儿，您可得多担待……"这一个挨着一个地上来，令公只得好好地等着大家。二帝一看，自己也端起来酒杯，叫崔文给拦住了："万岁，君不能敬臣……"崔文为什么要拦着？崔文没跟着二帝，跟着老令公一直在卢沟桥，一路之上，军心离散，埋怨皇上的话可就都传出来啦！此刻雍熙帝要是上前，这等于就是找不痛快。他自己呢，也瞧出来了，这么多的将官，可是都不买自己的账。大多数都是在京城任过职的干才，多为潘党所排挤，不少人就是这么到河东各镇上任的，从上任一开始就知道，自己是永远也回不去了。这样的人都凑到了老国舅贺怀浦的麾下会怎么样？算了，我还是别过去找不痛快了，斜眼看皇侄八王。

八王这心里也是够忐忑的了,"好,叔皇,都在敬令公,这也是应当,您别动,让皇侄我替您……"这话又刺激了二帝了,就跟在卢沟桥前一回事。前些天在卢沟桥前,八王就曾说过这么一句,叔皇您安心还朝,皇侄我代您在此陪着令公。二帝那会儿是心里头着实害怕,听着这话扎耳朵,可是脸上没有带出来一点儿脸色。好啊,你真是你爸爸的好孩子,当初我们哥儿俩一同上阵,你爸爸经常挡在我的面前,说是我的本事不如他,他就得护着我。好嘛,这一下几十年过去了,还得你来护着我?你来代替我?这人就是这样,就怕你多想,就怕你往歪处想。八王的心肠直来直去,他是懂得人与人之间的礼数与尺度,可是说什么也想不到那么多的拐弯儿。八王端着酒杯,有人起哄,苗崇善一看,有意地要捧捧小八王,带头闪开,请八王进圈里。好嘛,您诸位听众想一想,皇上跟这边儿就剩他自己一个人坐着,身边的八王也过去了。皇上的右手边本来还有够品级的,比如说护国军师苗崇善、右班丞相李昉这些位,也都过去了,呼延赞和郑印这几个人更不会管皇上啦!这么多人都凑到令公的身边,六郎和七郎左右得陪着……好嘛,愣给这皇上晾在这儿半天儿!老崔文就在一边一个劲儿地给打岔儿,一会儿说这个,一会儿说那个,干吗呢?就是怕皇上多想。

可是就这么待了一会儿,皇上就把自己面前的酒杯朝前一推:"唉,朕也是远路颠簸,身心俱疲,这酒就不喝了。崔总管……"老总管赶紧凑上近前,"万岁,您何事吩咐?""怎么未见潘老太师在此啊?""哦,这不是您刚到吗?潘太师所领本是护驾的禁军,都在五台山的西台顶下驻守;杨令公与贺侯爷的军队都在东台顶下驻守,您刚进关,不便再请您跋涉到西台大营去了。差人去请太师了,可能天色已晚,一时半会儿啊,奴才我估摸着,这老太师也难以赶到。"哦,皇上明白了,这两拨人根本就不可能驻扎在一处。嗯……甭管怎么说,这会儿我回到南朝地界了,毕竟这会儿正朔是我的,年号还是我的雍熙!谁还敢在大宋国朝的境内对朕忤逆不道?可是终究二帝还有那么点心虚,尤其是亲眼得见自己的皇侄德芳如此得人心,不说眼下对自己会不会有什么威胁,那么日后呢?

这会儿酒席前各位边镇将领也都慢慢地回到自己的座位上了，该退出的也都退出大帐，各自落座。等他们都坐下了，二帝反而是起身，"诸位卿家，朕远道颠簸，实在是深感疲乏。这样吧，就请德芳代我接着陪各位，你们都是护国的功勋，今晚先尽兴敞怀地喝，明天咱们再当面商议回京的事宜。你们看怎么样啊？"皇上这话一说，猛然间这黄罗宝帐之内就都静下来了，谁都不说话，也没人说恭送圣驾，也没人挽留挽留。崔文一看，这可是要坏！赶紧冲八王一努嘴。得，八王会错了意了，崔文是叫他起身陪着皇上出去，可是八王又理解错了，以为是叫自己替皇上在这儿接着和众家功臣谈话喝酒呢。"啊，叔皇，您要是身子疲乏，那就请您先回去安歇，后山那儿行宫已然搭建好啦！那就皇侄我跟这儿陪着各位老功勋，叔皇万岁您……崔公公，不然您陪着……"崔文气得一哼哼，你这个小糊涂虫！"好吧！我来陪着圣驾回行宫。"皇上一摆手："不用。崔总管，此地离不了你，前前后后都得照看。就有劳六将军延昭，杨爱卿你来护驾！"这一趟下来，二帝别人不信，唯独是相信杨六郎。为什么？这一路上，六郎要是想抛下我不管太容易了！可是这小伙忠诚可信，我呀，我去哪儿就找他保护我就够了！他是令公之子，那些位都得顾忌，这样我在这边就算是安全了。

六郎自然是要遵旨，躬身陪同圣驾出帐，沿着小路要到临时搭建起来的行宫去。刚出了大帐，前边灯火乱晃，来了一群人，为首者正是潘洪。圣驾一到山前，其实就有人给老贼报信儿去了，可是老贼那会儿可不敢来。为什么？自己是在黄土坡前临阵脱逃的，自己要是立刻就赶到皇上的面前，哪句话对的不对的，没准当时就叫皇上开刀了！老贼为了这一天可是动了不少的心思，知道自己还有一个机会。到了晚上，酒宴自己也不能参加，知道自己这时候出现，会成为大家的公敌。偏偏等着瞧着，看见圣上出了大帐了，嘿嘿，知道这一场宴会必然无有好结果，这才引得皇上这么早就离席！这就得看我的了。

老贼紧走几步上前，什么还没说呢，先趴在地上跪倒磕头，磕头如捣蒜："我的……嗨嗨嗨……天子哎！万岁哎！可算是盼到您来啦……您可知道我们这些人哇……等您回来可是快等得头发都白了哇……"二帝心说你的头发早就白了一半了,这是等我等得吗?刚要说话,呼啦,身后跪倒一大片。老贼再丢势力,也是瘦死的骆驼啊!兵部大司马、御史大夫这些人还是死心塌地地跟着潘仁美,儿子、侄子们没有选择,干儿子们都递过庚帖了,您说还能再改吗?这一干人还得是围着老贼,还得是靠着潘洪,因为这帮人里有真本事的不多,你不依着老贼,根本就维持不了自己的官位。二帝也知道这是在临时抱佛脚,这是老贼在拍自己的马屁,可是看到这么多个的后脑勺儿,自己也甭提是有多高兴了。我这场面儿也不亚于老令公方才呀!二帝这么一面有得色,就叫老贼看出门道来了,"哎呀,吾皇万岁,万万岁!您可叫微臣我等到您回来啦!您……这没受什么伤吧?嗨,您是圣天子,百灵相助,您怎么会有伤呢!来呀!都伺候着,帮着圣上摆驾,咱们都到西台行宫去!""哎,太师,且慢。朕我在这东台顶山峰之下已有行宫,你怎么还说在西台还有行宫呢?""嗨,万岁呀,靠那些大老粗,他们能给您预备得多好哇?那不成!他们弄的那个,也就能凑合着对付对付八千岁您的侄儿,要是您去那儿下榻,您这龙体……啧啧,我们都睡不安稳!您跟老臣我走,我那儿啊,都是自打到了这儿,就到处给您寻来的得当的家具器用,您来吧!"这话二帝当然是爱听了,对啊,他们那些人算什么?"你等等,既然是要到西台,那么延昭啊,你就不必跟着一起来了,这些天你也是累坏了,你快回去好好歇息歇息,明日等朕的旨意,咱们君臣再相聚!"二帝此时已经打好了主意,明日我要召见各位文武,就不在你的东台了,我就在西台等着你们来!

一夜无书,到了次日清晨,皇上在西台传来了圣旨,召见诸家名臣宿将前往西台行宫见驾。大家伙儿早早地赶过来,一看还有五台山的广慧和智聪这几位高僧,令公和八王都被赐座于两旁,看着还是很客气。等山呼万岁群臣分列两旁了,大家再仔细一瞧皇上,哎?脸儿就这么绷着,连一点儿笑模样都没了,跟头天晚上可是大不一样!啊?大家伙儿傻眼了,这是怎么回事?就见皇上吩咐身边伺候的小太监,"来呀,呈上来!"太监早给预备好了,迈着小碎步就上来了,双手端着一个大托盘儿,里头放着一件衣裳。大伙儿定睛一瞧，哦，是皇上逃命的时候穿的那件马夫的褂子。

皇上说话了："列位爱卿，你们可知道，这一回没有这件儿衣裳，朕还能不能活着回朝可就难说啦！所以说，这件马夫的褂子可是立了大功啦，朕可不能忘记！来啊，传朕的旨意，加封这件马褂为通袖大夫之职！回京以后张挂于大庆门前，晓谕文武群臣，好叫百官都知道，朕——我是功过分明，有功必赏，有过必罚！"有太监把圣旨给刷好，连着马褂一块给收起来，等着回去以后真的给挂宫里去。群臣听完了都很纳闷儿，皇上今日这话是打哪儿来的呢？这也太奇怪啦！嗯？皇上这说话的味儿不对呀，这是冲着谁呢？再听皇上又说了："各位爱卿，你们可知道此番朕在董家林、黄土坡又是哪个忠勇为国，拼死保着朕渡河西走，杀出重围，将自己的战马都借给朕骑，他自己却在地上拿脚走！一路上，朕渴了就到河里给朕打水；朕饿了，就到山林里去给朕打来獐狍野兔……唉！为了朕，他可是尽心尽力，操劳了一路哇！"大家一听，谁呀？杨六郎啊！这个我们都知道，最后你们就剩下一百多人了，拢共加在一块你们就剩下五六匹马，可不是就得紧着你骑吗？你换谁也得这么做哇。你，你就是换了我，我也得这么伺候你不是？

就听皇上接着说了："都说是圣天子有百灵相助，朕这次扫北，两回遭困，几番奔波，哪儿有百灵啊？六郎延昭他才是朕的百灵！延昭啊，跪倒听封！"六郎一听，哦，合着绕了这么半天是要封赏我啊？连忙出列跪倒，"万岁！为臣见驾。""哈哈哈哈，好，好一位将门的虎子！六将军，此次从董家林突围出来，将军你乃是救驾首功啊，朕今日加封你为'百灵侯'！"嚄！公、侯、伯、子、男，五爵之中，侯爵就是第二啦，就这么一战，六郎就能得着个侯爵，可说是光耀门庭了。六郎赶忙叩头，领旨谢恩，打这儿就是侯爷了。皇上接着说话了："七郎延嗣听封！"七郎一听，哦，还有我的事儿哪？赶紧也出来跪倒，"啊，皇上万岁爷啊！您叫我出来有什么事啊？""呵呵……"单见着七郎，皇上这脸上还能见着点笑模样儿，皇上是太喜欢七郎啦，勇猛无敌又憨厚可爱，"延嗣啊，这次扫北一战，多亏了你连日的征杀，立下奇功无数，可说是威震北国！如今朕就要还朝了，封谁——都不能少了你啊。

来来来……前番朕曾加你战龙大将军之号，今天朕再加封你为敏烈侯！""哎哟，我也是个猴儿啊？谢谢您嘞！我可给您磕头啦。"磕完头七郎站起来，有太监把皇上封官的圣旨给书写完毕，交给七郎，七郎跪着接到手里。

七郎封完了，二帝看了看，老令公身边还有五郎，只是五郎剃了发了，如今身上不贯铠甲，只是一领很普通的僧袍……"五将军，你也跪倒听封。"五郎走上前跪倒在地，没等皇上说话，自己先说："杨延德参见我主万岁，万万岁！臣请陛下暂停对延德的封赏，臣斗胆请万岁先封赐臣的三位兄长！"二帝一听，这话说得有理，我要加封你，那是因为你有替主赴会的护驾之功，可是你的三位兄长皆为朕赴会而死，我是应当先追封亡者。"也罢，五将军所说不差。那么爱卿暂且平身，待朕我先行加封以身殉国的功勋。"又颁下圣旨，追封大郎为忠孝王，生前曾替主，有一日帝王之分，死后位列仙班，赐号"太平帝君"；追封二郎为义勇王，死后位列仙班，赐号"正定太岁神"；追封三郎为猛烈侯，死后位列仙班，赐号"白马将军"。三位将军之后代代世袭云骑尉，又请能工巧匠用檀香木雕成替身，回京以后都按照王侯之礼举葬。

封到这儿，皇上二开金口："延德爱卿，你的四哥和八弟下落不明，等有朝一日有了准信儿，活着，孤家加封官职，亡故者，孤家照旧封王。你看如何？"这意思现在你们哥儿八个都封完了，就剩下你一个人了，你快来跪倒听封。五郎跪倒："万岁，微臣没能砍倒城头红旗，致使金沙滩前赴会之人不敢杀出沙滩险地，这才折损数千。微臣不但无功，反而有过，万岁您的封赏微臣不敢领受，只敢请圣上降罪。"

〖四回〗

　　二帝在五台山的西台顶行宫会见文武群臣，五台山的主持僧正广慧与兴国寺的长老智聪这几位高僧大德也都来为圣驾请安。二帝依次加封，先封六郎、七郎，后封大郎、二郎、三郎，再要给五郎封赐，五郎跪倒回绝："万岁，臣不但无功，而且有罪！臣不敢领受。""哦？延德爱卿，你也是替主赴会的首功之臣哪！你怎么会有罪呢？""万岁！臣在沙滩的职责，乃是观看这幽州城头的红旗，头一天晚上君臣议定，圣驾出城，北门的红旗降落。幽州城北门城头的红旗降落，沙滩口的古树砍倒，如此沙滩会里的大哥、二哥才肯在双龙宴会上刺杀番王，闯出金沙滩。可是万岁，微臣没能紧守自己的职责，临阵脱逃！"

　　二帝听着这话有点糊涂，"延德，你直说，到底是怎么回事？""万岁，臣在沙滩口把守，好为大哥杀出会场做接应，可是臣在沙滩口等候已足一个时辰，仍然不见幽州北门的红旗降落！臣一时心急，飞马赶到幽州，此时北国萧后大军已到幽州城外。臣登城楼，万岁您早已出离了幽州，可是城头的红旗未落！"二帝记着这个事呢，头天晚上与大郎和令公都约好了，这件事就由兵部大司马贺朝觐亲自安排，到城楼上去立旗杆去了。可是当天派人回去下令降落旗杆的事，自己还真是不知道。皇上就问贺朝觐了："贺司马，此事你可知晓哇？""微臣亲自去城头所立，自然是全都知晓，当天早上圣驾出离了幽州西门，微臣就派北门守备将军潘龙前去通知北门的老军降落红旗。至于是不是降下了红旗，还是问潘将军为准。"潘龙早就预备好词了："范（万）岁，飞（为）臣我到了城头，贺士（司）马将红旗拴成死结，飞（为）臣伏（无）法羌（将）红旗拉下来！飞（为）臣就考（告）诉把守的老军说，务必要将红旗落下！""不对！潘龙！守城的老军告诉我说，是你说的不必将红旗落下！""五将军，您听听，我的门牙漏风，这是郑印打的，那是老军听错了，兄弟我真的说的是：务必！务必！绝没有说不必！"

二帝这一听明白了，务必也好，不必也罢，准是国丈潘洪动的手脚，可是现在已无对证。"嗯，朕都听明白了。五将军，潘龙的口齿不清，你我是早就都知道了。八虎将替朕赴会，潘龙将军也不会如此歹毒，有意害你兄弟。想必是说了'务必'降落，这是老军听差了，给听成了'不必'。再者说，如果真是不必，为什么还会有潘龙将军特意回去说一声呢？这是看守的老军愚钝，怪不得潘龙将军。"潘龙一听，龇牙一乐，站起来退回班列。五郎还在地上跪着，气得浑身直打颤！"好！万岁！既然潘龙口齿不清，微臣我不与他计较！那么贺司马呢？为何要将红旗拴成死结，为何要将旗杆用铁水浇铸？""嘿哟，五将军，这您可怪不得贺某人我啦！那天晚上，风忒大了！旗子升上去，一会儿就给刮飞了！我必须得找人爬上去给旗子紧紧地拴好死扣才成呢！为什么拿铁水浇铸？这更好说了！在城头竖起那么高的一根旗杆就那么简单哇？光把旗杆立在那儿根本就立不住！五将军，您这可就都错怪于我啦！""哼！贺司马，你这么一来，这根旗杆如生铁铸就，旗子高高在上，你叫军士如何将红旗降落？""嘿哟喊！五将军哎，您这就更是错怪了下官我啦！那面红旗已经涂满了猛火油，城楼里也预备好了火箭，您，您只要是点上火箭，连着射这么几支，红旗着火了，那还不是一会儿就没啦？要降红旗还不简单吗？我专门叮嘱好了，有弓箭手就候在北门的城楼里！你如是不信，你我……"怎么着呢？不说了，怎么着也证实不了了！二帝更是听明白了，知道这件事一准是老贼捣的鬼，可是要不是这样，自己未必就能安安稳稳地退出幽州城。这会儿了，我靠着你们两拨人才逃回本国，我也不能为了你杨家功臣得罪潘太师，回京之路我还得指着你们呢。二帝一言不发，贺朝觐言语紧逼……咱们前文书就说过了，用现代心理学的原理来解释，五郎一直背负着兄长阵亡的愧疚感，始终都觉得哥哥们的死，与自己有最直接的关系，接连多少天，根本就睡不着，这就算是心理已经十分抑郁。在心里演习了多少遍，就等着今天见着皇上，要好好地告潘党的状！可是自己说的这几句，叫人家轻易地反驳回来，一时真是不知道该说什么话了。就这么跪在地上，闷在当场，啊呀一声，人事不省。有小沙弥赶紧跑过来，将五郎抬到大帐之外，找个阴凉地儿让五郎歇歇。

令公一下就明白了，看起来皇上早就打定了主意，这一趟甭管怎么着，得我们和潘家一同保驾回京城。昨日晚上既然来到西台行宫驻跸，不肯住在我的东台，我就觉得不对。看来皇上不肯得罪潘洪，还得需要我们两边儿的人一同保着他才成呢。这会儿想指着皇上惩办奸贼，看来是痴心妄想了。令公心疼的是五郎，起身告辞，到外边去探看五郎的情况去了。

大帐之内一时安静下来了。皇上扫了扫众人，开始分派河东驻守武官的调动，这儿的调到那儿，那儿的调到这儿……再给委派一个个的都监，监督各镇的兵务，调动军卒出征得这些人许可才成呢。都什么人呢？基本上都是潘洪新近提拔的一些军官。还有连升好几级的，比如代州团练使刘文裕、副使傅昭亮，直接提拔接任代州观察使和副使，总管代州和雁门关的兵务——就因为这俩都是老贼的亲信。河东山西的兵务调整完毕，皇上看了看大家，假如没有别的事了，咱们就散了吧！嗨？八王就觉得叔皇处置得有点儿不对啊？保驾出征幽州的活人怎么就封了那哥儿俩啊？这还有这么多的将士儿郎哪？"啊……皇叔，先不急散去。您刚才封了延昭、延嗣弟兄两个，封得好哇！老令公，还有帐前这么多的将士也都是为了大宋江山出生入死，这一回也都立下了汗马的功勋！叔皇，您是不是也应当给这些位将士们按照功劳簿一一给予封赏啊？"

八王的这一句话问出来，可算是捅到马蜂窝上了！再看皇上，脸色转为铁青，越听这个话他那脸色越难看，听到最后这一句，就听皇上冷笑了三声："哼哼、哼哼、哼哼……德芳啊，你说的话很对！一点错都没有！这一回扫北，好些人都有功！可是朕我没那个眼力，我没见着！你着什么急呀？早晚这大宋江山还不都是你的吗？啊？等你自己有朝一日登基坐殿，你自己做了天子啦……你再给他们另行封赏，也不为迟啊！啊？哼！"二帝把话说到这儿，一点不客气，把袖子一甩，就要退进自己的寝帐。

八王可就愣在这儿啦。哎呀，叔皇今日儿个是怎么回事哪？咱们书中暗表，就是在昨天晚上，皇上跟着潘洪来到了西台顶的行宫，到这儿仔细一看，老贼想得确实是周到，别人还真是跟他没法比。潘洪可就跟进寝帐来了，跪倒口称："哎呀，万岁，大事不好！""哼，好得了吗？我朝中出了你这样的贰臣贼子，我这个皇帝还好得了吗？啊？到了紧要关头你跑得比谁都快啊？""哎呀，万岁，您可是冤枉为臣啦！那夜晚间四外的信炮一响，老臣我就赶紧带着自己麾下的人马赶着粮草车先进老林子里边躲起来，想着一旦要退兵回朝，这些个粮草可不能丢了哇。等为臣把粮草车都安排好了以后，老臣我带着自己的几个儿子可是又杀回来啦！可是回到古城之中，遍寻全城也没找着圣驾，这才率领本部兵马撤到铁佛口的呀！还请万岁您明查啊！""哼！明查？你能言巧辩，朕我哪儿明查去啊？你说下大天去，临阵脱逃的人是谁呀？啊？得了，你甭说了，还不速速与我退出帐外！""哎呀，万岁呀，您真真是错怪为臣啦！您得听老臣我说一句话啊，老臣我大晚上来找您是为了什么啊？就您自己一个人还蒙在鼓里哪！您可知道，就在您没回来的这几天里，咱这大宋国朝……险一险儿就要改元易主啊！""啊？"皇上一听这个话，耳朵一激灵就竖起来了，"嗯？潘洪，你说什么？什么改朝易主？"

"嗨哟，我的万岁爷哟，老臣我跟您是至亲哪，咱们是一家人，老臣我还能不为您着想吗？您不知道哇，就在三天前，这些位忠臣良将啊，见您怎么也没个信儿，都认定啦，就准认为您是回不来啦。有些个老将可就提啦，像什么靠山王啊、汝南王啊、太原侯啊，还有老令公在内，都说应当赶紧立八王为新君！有那些个拍马屁的文官呀，都开始准备着给拟年号啦！像什么护国军师苗崇善啊、枢密使李昉啊，都跟大家讲扶立八王的好处。万岁，这事可就您自己一个人还蒙在鼓里。""啊？此话当真？""嗨，您不信哪，您扫听扫听啊，外头老臣我给您找来几位，不信的话您问问他们。"皇上把几个人叫进来，都谁呢，兵部司马贺朝觐、来接驾的代州团练使刘文裕、傅昭亮，外带几位跟老贼亲近的太监宦官，呼啦呼啦都进了大帐，有的宦官跪倒就哭，"呜……万岁爷哟，可了不得啦！您再晚来一天，咱大宋朝就可能改元易主啦！"几个人把坏话当当当当这么一说，皇上没个不信的，给气的！好哇，你们这些个老将，平常自己称自己是几代的忠臣、三世的良将！啊？就是这么做的吗？

这事儿是真的吗？老贼还真没胡说，真是有这么一回事儿。就在前几日，大家伙儿看皇上老没回来，都有点毛了。几位老臣和八王在闲聊的时候就说了，假如万岁要是叫北国的军兵给掳去了怎么办呢？军师苗崇善就说了，假如说真遇见这样的事，没别的办法，为保住大宋朝的江山，咱们只能是先扶保小八王为新君，断了北国人的念想，知道不能拿皇上要挟咱们归降，咱们还能接着打这个仗。几个老将都说，对，到那个时候也就只能这么办啦！确实是有这么一句话，但是看您怎么说啦，照着老贼这么一说，可就是故意招皇上生气了。坏就坏在苗军师有这么一句话，叫作小八王要是做了一朝人主，必定是位贤德英明的君王！老贼传的这个话可算是戳着二帝的心窝子了，他最忌讳的就是这么个事！所以说今天皇上一升帐，先把救过自己的六郎和七郎封了侯爵，别的人都跟八王越走越近，一来气全都不理了，八王又跟这个话，正好撞在他的气头上，回了句话把八王就给呛在当场了。

谁能听不出来哇？本来皇上莫名其妙地在五台山胡乱地调动山西一省的防务驻军就是不对的，不少人也就忍了。可是你这句话毫不客气地指责八王，像八王这么勤勤恳恳为国操劳的皇侄，你雍熙帝打着灯笼还能找得着吗？都替八王感到愤愤不平，一个个面带愤恨之色。这就开始要麻烦！

老国舅贺怀浦是太原侯，镇守山西河东十几年了，在这儿，老头儿的人缘是最好。这十几年来，贺怀浦是能帮就帮，只要是人求到自己了，都尽力尽心。今天这些人都跟老国舅爷是一条心，万一叫二帝给大家伙儿穿上小鞋儿的话，也够大家一受的。这么多的人都是心有不满，都不乐意调换地方儿，关键是还给自己配上一位都监管着自己。这就是说皇上你不信任我们，那我们劳心费力地干吗来啦？慢慢地就都凑到老国舅的身边，跟老头儿嘀嘀咕咕。你嘀咕一句，我嘀咕一句，可是一旦都嘀咕开了，那可就坏了，整个行宫大帐之内，一帮子好几十人的河东镇将都凑到老国舅的身边儿了，你说一句，我说一句……此时贺令图可是真不干了！他在三关受了十年的罪，可他是什么人呢？大宋朝开国，这位是正牌儿的皇亲国戚！他爸爸是正宫国母的亲弟弟，皇上是自己的大姑父。那会儿贺令图在京城可是风光过好几年，满城溜达，谁不认得呀？太子德昭，那是我的大表哥！就算是改了年号了，您二帝不是我的姑父，可是这怎么不还算是亲戚吗？有你这么办事的吗？贺家爷儿俩一个在河东，一个在河北，还好，隔三差五地父子俩还能见上一面。可是不见还好，一旦说见着了，这么多年了就是一个话题，喝醉以后骂皇上。所以真跟这爷儿俩走得近的武官也都知道这爷儿俩的脾气，也都知道，毕竟人家还是亲戚，二帝还得尊着养老宫皇太后贺老国母，不会拿这爷儿俩怎么着。可是到了今天这个节骨眼儿上，爷儿俩可就按捺不住自己多年来的心中郁积了。

贺令图心里盘算，一上来你封杨家兄弟，我没意见！谁都没意见，人家是真的好样的！你封死人，我们也没意见，人家是真够个烈士的！可是你封到五郎你就不封了，然后就是搬动整个山西一省的武官，你这就是针对我爸爸呀！那么接下来呢？我在三关也十年出头了，你也得动我的河北防线啊，都换上你的人。贺令图想到这儿，也是气往上撞，压了十年的火气一股子劲儿就喷出来了："万岁！臣有一事不明，不知今日可否当面恭听圣裁？"二帝并没多想，这些年欺负自己老嫂子的这个弟弟贺怀浦，也是常事了，你还敢怎么着？你们爷儿俩一对儿没出息的窝囊废，你们爷儿俩还敢怎么着？本来二帝也并不真担心贺怀浦爷儿俩能做出点什么来，这爷儿俩这么些年都是唯唯诺诺，说实话武艺不怎么样，带兵打仗也不成。可是毕竟此时此刻五台山前凑足了十几万的大军，可八成都是人家的人！这就看得出来当皇上的手段，先问潘洪，你看谁行？潘洪说代州来的那两位成。好，那就先提拔这二位——一夜之间，无功而升迁两级！说是大郎兄弟阵亡留出来的空缺，可是也没有你这么快的！为什么呢？离五台山最近的军州就是代州，代州的兵也是作战能力最强的。我笼络住了代州、雁门关的这两万人，你们其他地方就难以有所作为了。再者，丝毫不给你准备，今天一上来，各位，你们手底下的兵从降旨之后就不是你们的了，你们会后都得把指挥权交出来。二帝敢这么硬来，就是冲着我敢动你贺怀浦的地盘儿，你是什么人我太清楚了！不是我哥哥护着你，不是我嫂子当初拉着你、拽着你，凭你的本事你能做到太原侯？不是我赵匡义真的怕你能怎么着，而是你手下这么多的勇将死士，他们要是给你出主意，要你保着你的亲外甥——是啊，赵德芳是贺怀浦亲姐姐的二儿子，他是八王的亲舅舅啊。我得把你这个谋反的机会给你断喽！贺令图出来要说话，二帝也没当回事，他净盯着苗崇善、呼延赞这些人脸上的表情呢，最可怕的是这些位。"哦？贺爱卿，有什么话就快说吧，这一仗都打到这个份儿上了，你我君臣还有什么话说不出口呢？"

"万岁，您说得可太对了！雍熙北伐这一战，打哪儿起的呢？就是打我那三关起的。要说这一仗祸害国家多少钱粮，阵前损折了多少好儿郎，首先是我三关大帅的责任，不干旁人的事，其他人都是来助阵的。我看您方才将山西全省的防务都做了调动，您这是说山西的武官在阵前没有为您建功？这微臣我也不懂您这是什么意思。反正我知道一节，我是首罪之臣，问题先出在我那儿，才会有后来的事！今天您快将山西全省的防务都翻了个底儿朝天啦，您怎么没动我的三关呢？您怎么没动河北呢？微臣我这是跟您请罪来的，您也罚罚我，这样我心里也能好受点儿。"这话，不冷不热，啪叽往这儿一甩，皇上——我看你怎么办。二帝一听，嚯，你跟我叫上板啦？"啊哈哈哈，爱卿你要是不说，朕我还真是忘了！好吧，河北的防务今天朕我也要动一动！兵部司马何在？"贺朝觐赶紧走出班列，"臣在。""传朕的旨意，自今日起，免去贺令图三关大帅的职务，瓦桥三关的防务之职暂由金刀令公杨老爱卿代理！"哟，这个旨令一出，满营的文武百官都愣住了，不知道这皇上心里是怎么盘算的。此时老令公和六郎、七郎陪着刚刚苏醒过来的五郎走进行宫宝帐，一听有自己的事，叫自己到三关担任边帅接替贺令图？也不能说别的，先跪倒磕头谢恩——这叫什么啊？刚给封侯加官进爵的，这会儿就给贬出京城啦？贺令图一听，嘿嘿地冷笑，心说你可真会办事，你叫老令公接替我，真是谁都说不出什么来！就站在这儿，不挪动脚步，我看你怎么处置我。

"枢密使李昉何在？""臣在！"你看，你李昉不是有想法吗？我还偏叫你也出来。"李爱卿，河北保定各州的防务重中之重，需调动全国的精兵强将担任要职！朕我也思虑了整夜，这么办吧……调殿前督虞侯崔翰暂代定州总镇，调定武节度使孟玄喆暂代保州总镇，调彰德节度使李汉琼暂代镇州总镇，调河阳节度使崔彦进屯兵于关南……"这都是都城开封府周边军镇当中二帝最信得过的几家将军，他们带兵往河北这儿一停，你贺令图还有什么敢不老实的吗？我把三关交给老令公自有我的道理，我早就想好了！我就不信我这么安排，你小子还能说出什么来？右班丞相枢密使李昉一听，知道这是二帝要动真格的了，也只得是口称遵旨，自己得帮着兵部将这些防务的调动手续办齐了。令公和六郎、七郎倒也安心，为什么呢？与幽州正面作战的地方最危险的就是河北的瓦桥三关，这个地方无险可守，北国铁骑军一旦度过界河，河北是一马平川。要和辽国的数万骑兵对抗？大宋的战马不成，要吃很大的亏。如今圣上将自己父子派到雄州瓦桥关去任职，也是好钢用到了刀刃上，我们父子也就有了用武之地了——更有一节，大郎兄弟刚死在金沙滩，二帝算准了连老令公在内，这父子四位肯定是存着要上阵杀敌报仇的心，将这爷儿四个留在三关，他们肯定乐意。

可是二帝这么一调动，等于是一天就把贺怀浦和贺令图十年来经营的北方边防全都给拆了，山西边防和三关众将可就都不干了，个个义愤不满，都朝贺家父子俩的身后凑上去。而且还有人悄悄地就绕到潘洪一党众人的身后去了，两个人盯一个人，全都给看住了！兵部司马请得了圣旨刚要出帐传旨，"别动！"大帐门口出来俩人，一左一右就给架走了。李昉正跟在贺朝觐的身后，一看，要坏！今天这五台山下的西台行宫里，要闹兵变！

李昉赶紧掉头往回走，冲着二帝挤眉弄眼，那意思是你得赶紧想主意，这外边可要坏！二帝还没完全明白呢，可是也知道要不妙，为什么？猛然间就发现自己身边的八王皇侄德芳不见了，德芳本来坐在自己的身边儿，可是不知道什么时候，连一品监正苗崇善在内的这两人就不见了。再看左边潘洪这边，更坏了，潘龙、潘虎是镇殿将军，手里本来是抓着金瓜锤，给皇上当保卫，可是这会儿这俩人也不见了。不但是他们不见了，潘洪这一帮子人被不少的河东镇将围起来了，正在一点一点地往后挤。潘仁美多贼啊，知道大帐之内现在是人家的人多，自己是大气都不敢出！自己可别抻头儿，这里边现在没我的事，这是皇上你自己的烂摊子，你慢慢收拾呗！这会儿我说话？我一张口，没准哪个愣头青上来就捅我一刀，我冤不冤吧？代州的守将傅昭亮、刘文裕想要出头，自己刚刚提拔啊，还没过足一天呢，你们几个怎么着？你们不服呀？咱们试试？想要动手，可是这是在行宫，手里都没家伙，一步一步往外挪，想出去找帮手。

　　就在这会儿，贺令图一看可以啦，晃晃当当地站出来，嘿嘿地冷笑：“万岁，您处置得好哇！那么我呢？您将河北边防的人都换了，我贺令图将作何用？”"贺爱卿，看在你十年边镇辛勤劳苦的分儿上，就不给你降级处分了。你与三关各镇的边将这些年也为国家操劳够多的啦，不能因为一仗败绩就揪错不放。朕打算调动卿家到湖北一带镇守，卿家你看如何呀？"这阵儿二帝也看出来不妙来了，嘴上可就客气多了，我打算调你去湖北，你看怎么样啊？在宋朝，湖北就算是远地方啦！贺令图微微一笑，"万岁，您这安排得很好！您是有功则赏，有罪即罚。您这么排定，您可要说话算话，不得失信于臣子。""嗯，这是自然，朕主天下，从来都是功罪分明！"呼延赞心里话，得了吧，杀杨七郎的时候你也是这么说的。"朕登基以来，从来都是立国以信，朕说过的话，决不食言……"贺令图都快乐得拍自己的大腿了，好好好！我就等着你这句话呢！"万岁，您既然说到这儿了，我提醒提醒您，这是半朝的文武都在这儿呢！多少人都在场听着了，您说的！您在幽州城里隆福宫内燕交殿上，您金口玉言所说，此一行众文武如若是保着您脱离险地，您，您还记得您在菩萨面前是怎么说的吗？""啊？！这个嘛……""您忘啦？

您忘啦不要紧的，我可以提醒您啊！在这儿的列位大人也可以提醒您哪！是您原话说的，说此番能够脱此大难，生还我国——您此刻可是已然回来啦啊！您说您甘愿在这清凉五台山，常侍菩萨道场；您说您甘愿剃度为僧，您要洒扫度过余生……"

〖五回〗

　　各位，这在那个年月可就是大逆不道！这也是贺令图今天豁出去了，你不叫我过日子，好，咱俩谁也甭想过上好日子！咱们来来！"您说说吧，当初您这是在菩萨的金身像前起誓，敢问在座的两位长老，万岁爷乃是人间的帝主君王，他在菩萨面前说的誓言，是不是就能够不算？"这话堵在这儿，俩老和尚都吓坏了，扑通跪倒，低头一句话都不敢接呀！好嘛，这话接上了，说皇上可以说了不算，这位贺大帅一旦要是兵变成功，我们两个老和尚就算是活到头儿了！我们说皇上得说话算话，这位大帅要是失败了呢？皇上能放过我们吗？所以只有低头哆嗦的份儿。

　　二帝在宝座之上可是忍着呢，知道这会儿自己要是敢拍桌子跟贺令图发火儿，自己说什么都不管用了，黄罗宝帐的里边此刻已然叫山西、河北两省刚刚被罢免的武官给围起来了。说我喊一声儿，大帐外边的武士就能够冲进来把这些人绳之以法，可是这些人都是武将，哪个蹿过来给我一下子我都受不了哇！我算是知道了，为什么苗军师先把德芳给拉走，这要是乱起来，只要是德芳没事，我要是有事了，这天下就是他的啦！"哈哈哈……贺大帅，朕处置你看来你觉得不公，因此上你提起来过去的话，这是要逼迫朕我就在五台山前剃度出家？是也不是？""万岁，您错了，您叫我去湖北，我就去湖北！我答应您，我说话算话！今天我就是问您，您在菩萨面前说的话，您算不算？""哼哼，贺大帅，那么朕我倒要问一问，你说朕我在幽州城隆福宫燕交殿前说过的话，有人给你证实吗？"这是什么意思？这会儿二帝也是豁出去了，我也试一试，看看此时半朝的文武百官里，到底还有多少人是打算真心跟自己作对的！此时要是站出来说，嗯，我听着了，我能做证！这是做证吗？不是，这是铁了心跟我赵匡义作对的，这是打算就在今天豁出去鱼死网破要我下台的人。哎，二帝也不清楚，到底苗崇善、李昉、吕蒙正、呼延赞、小郑印……你们这帮子人都是怎么想的？你们亲近我的皇侄德芳，你们到底是何打算？德芳是自小我看着长大的，他的人性我知道，他绝不至于就要夺我的皇位。可是当初我哥哥也没打算夺我们大侄子柴宗训的皇位，那是我跟苗崇善的爸爸苗广义老军师一起谋划的，坏事不是坏在我哥哥的身上，是坏在我这样的人身上！那么你苗崇善是不是跟你爸爸是一个脾气？你郑印是不是也跟你爸爸是一个脾气？今天咱们干脆就来一个大起底！方才我的话已经说得是很明白了，你们不是想扶保我的皇侄吗，好，江山早晚是你的，你想要封谁，到时候你再封不就得了！

二帝这么一说，大帐之内还真就安静下来了。谁能做证？大家伙儿都能做证。谁没听见啊？就单只是河东边镇的这些位镇将们，那会儿还没到圣驾跟前来呢，他们没听着，当然是不能说瞎话了。这些人是最想出来做证，可是没有根据，不能站出来胡说。三关的镇将们也想出来做证，可是品级不够，那会儿也不可能在圣驾的左右，自然也是不能站出来做证。坏了！贺令图左看看右看看，潘党一干人那会儿离皇上最近，这会儿肯定是不会有人出来帮着自己了。可是这边呢？杨老令公低头不语，呼延赞抱着自己的铁鞭似有所思，郑印眼珠子乱转没主意，八王和苗先生不知所踪，吕蒙正按住了莽撞的米信，高君保、高君佩和杨六郎互相递眼色都在摇头……坏了！还真就没人肯站出来替自己做证！呀！再看一眼自己的老父亲，老国舅贺怀浦——老头儿哇，几十双眼睛都盯着他，他呢？慢慢地挪脚步来到令公的身前，似乎是听令公说了句什么话，老头儿愣就不吭声了，也不看儿子。

嘿……你们都不说话呀？这可太坑人了！就看我一个人在当间儿这儿站着耍猴哇？贺令图可是真气着了。二帝一看，心里踏实多了，看起来虽有不同的政见，这些位名臣宿将还是要维护大宋的安定的。"贺爱卿，您看看，这，您还不知道该当如何吗？"皇上这话说得也很高明，我就不给你挑破了，我这么说，就意味着我不会说话算话这会儿剃度出家，可是我会说话算话不再更严厉地惩治你，你去湖北也不错，风景秀丽的地方儿，你可以乐享天年，那不也挺好的吗？说到这儿这皇上脸上就带出点笑模样来了，就等你贺令图服个软儿。贺令图一看当场，没人站出来，连自己的爸爸也不出来说句话，那些位本来打算豁出去犯上作乱的山西、河北诸将也开始有点胆怯了。为什么？杨令公的态度非常明确，我不赞成你们这么做，逼着皇上下台，另立新君，那不是又回到五代时候的旧轮回去了吗？老主爷一辈子拼尽毕生的心血就做了这么一件事，保证大宋的江山稳稳当当地统一，再稳稳当当地过了十七年。二帝？不赖了，稳稳当当地扶着国家太平了十年了！二十七年，国家是越来越安定，老百姓种地是越来越多，粮食越来越够吃的，难民是一年比一年少，有些地方富裕的闹灾都能挺过好几年……这就是太平盛世！老令公跟贺怀浦能说什么呢？老国舅没主意去问令公，令公就说一句话，国家不能再乱，你别糊涂！

二帝一看，差不多了，这场闹剧也该收场了，不必跟贺令图太过计较，否则狗急跳墙，对我也没有好处。刚要再说话，就看见从老令公的身后走出来一位来，正是猛英雄杨七郎！七郎站出来干吗来了，好嘛，这位一出来就举起自己的手来："贺大帅，别人不给你做证，那是怕皇上，我不怕！我来给你做证！当初皇上就是这么说的，没错！万岁爷，您可不能不承认，您是在菩萨面前说的，虽然说我也不怎么信，可是我妈和我奶奶都信，家里头都供着，您都给上香啦，您能说不认您说的话吗？"好，七郎闯出班列，大声一嚷嚷，那些本来还不能确定的下层的官员就都知道了，合着贺大帅说的话是真的。二帝这脸哪，腾地一下就红了，这下不来台。本来自己已然是占尽上风，此时七郎一出来做证，山西、河北的这些位镇将武官都明白过来了。嘿，都来劲了，这事没有什么争议了，就一个，你皇上自己说的话到底是算还是不算？一个一个腰板也都挺直了，站在那儿耀武扬威、趾高气扬，再把老贼潘洪这帮人一围，谁也别想走，听皇上自己怎么说！

二帝此时已经是心乱如麻了。完了，我当初是害怕群臣不真心地保着我，我说出那么一番话来，现在是悔之晚矣。二帝心里明白，贺令图敢于当众这么说，这是我自己的错，我自己说过的话，我打算怎么办？二帝正在心焦，看谁谁都不理他，正在此时，救星到了。谁呀？小八王赵德芳。苗崇善拉走赵德芳是为了什么？军师看出来了，待会儿大帐之内难免要乱，山西全省的武官能干吗？一会儿一旦说闹腾起来，人多手杂，八王站在当场，决不能说不替自己的叔皇说话，他向着哪边都不成呀。因此军师将八王拉到了后帐，直截了当就问了："八千岁，你说实话，要是将大宋江山交给你，你敢接不敢接？"八王一听就火了："苗军师，您说的这话这是忤逆作乱哪！这十年来我总是给我叔皇辅政，他可不容易。勿论当初，大家说了那么多的传言，谁也没看见。他们是亲哥儿俩，我跟我哥哥，我们自己想来根本就不会呀！军师，跟您说，这个话是千万别再提了，我叔皇今日这话看起来不是没来由的，前几天你们就这么说，现在他已然安稳回到大宋境内，听说了这样的传言，必然是不痛快的！我是晚辈，我决不能怪我的叔叔。"苗崇善点点头，好一个仁厚的八千岁！"那好，千岁，既然你已经有了决定，我们也就不再多说了。可是你得知道，今天在帐前的这些将官，他们不能就这么善罢甘休，你可得想好了怎么才能帮上当今。大宋朝是有国法律条，诸将凭借武力要是想挟天子以令诸侯，过去也不是没发生过。一旦武人决心抱成团作乱，天子临时也是无奈。千岁，这些人之所以今天会出来闹事，就是因为有你在！""啊？苗先生，您这么说是什么意思？""千岁，看来您还没明白。您是先帝的嫡子，当今不过是先帝的兄弟，弟即兄位，于古法不合！是，太平兴国以来大宋朝已经度过了十年的太平盛世，可是一直都有人惦记着你，只要有你在，你叔叔就不能稳稳地驾坐龙庭，因为你赵德芳才是太祖皇爷的嫡传！你大哥死了，现在就只有你了。""苗军师，您这么说，是不是打算让我自刎以谢天下？""不不不……千岁您可别误会。假如是你叔叔陷落于北国，不管你干不干，你都得接位，这个你要知道，而且说今后你也得做这样的准备。大宋朝现在要是交给你兄弟太子德昌，那才是主少国疑呢！别说大辽国，东西南北各地的番王、蛮王都会起兵。今天你要是再回到大帐之内，唯一能够平息镇将之乱的人，只有你八千岁！你得把你自己的心意告诉大家，也得叫你的叔皇，当今万岁明白明白，你是个什么人。你琢磨琢磨待会儿该怎么说。咱俩就守候在屏风后边，看看什么时候再出去才是天赐良机。"

就这么，苗军师领着八王就躲在了屏风后边偷听，这会儿知道皇上为难，下不来台了，八王出来了。八王再回来，怀抱着自己的凹面金装铜，可以说是思绪万千。来到这儿一站，二帝斜眼观瞧，心里还一哆嗦，心里话今天德芳要是上来就给我一下子，打死了我，他还就得是大宋的三帝了。想什么来什么，八王伸右手可就将这一根金铜抓起来了，单手持铜，举起来让大家看："列位，可都知道我手里这是什么？贺大帅，您知道这是什么？"贺令图一看，心里话我的表弟喊，你是好样的，你是不是要一铜打死你的叔叔啊？"千岁，此物乃是凹面金装铜，这是你的监国至宝，可以代管朝纲。""不错！贺帅，此铜上可以打君，下可以打臣，三省六部，甭管你是多大的官，就是皇上犯错，此铜也是照打不误！"嘿！大家伙儿一听都来劲了，看起来今天八千岁这是要给这铜开张儿啊！都知道这铜被封以后，到今天还没打过谁呢！大家伙儿鼓掌叫好，八王挥了两下，请诸位息声。

"列位，那么我就要问问了，此铜至高之权——上可以打昏君，下可以打谗臣，皇亲国戚一概不论……列位，何人所封？"哟，都不说话了。"啊哈哈，你们今天步步紧逼，逼迫我的叔皇，当今天子！可是列位，古往今来，还有多少位君王，曾经封下可以管束他自己的国之重宝？嗯？大宋朝要是再换一位君王，还能不能再封一件犹如此铜之宝？德芳在此还请各位老大人、各位将军三思。"二帝听得眼泪都下来了！合着我这德芳侄儿，这是上来替我说话来了！这铜是怎么封的？这铜是你妈我的老嫂子逼着我封的！我又岂敢不封？事到如今这才真真正正地知道德芳的为人——这人到底是怎么样，不到大事降临的时候，你是看不出来的。就像刚才，德芳假如说一心只为他自己，出来就说吧，我叔叔是这么说来着，在菩萨面前起了誓了，叔叔你得应誓，你许下愿来就得还愿，您在这儿剃度出家吧，江山您放心，您交给我得了……现在这么些人都向着他，我还能有别的路可走吗？我就只能是剃头了。而且说不好听的话，可能一个时辰都不到，俩师父就跟眼前儿呢，说话就给我的头就剃啦！一旦说发丝落地，我可就再也无回头之路了！

八王看了看大帐中的各位，特意走到两位跪在地上的长老身边，双手搀扶，"二位长老，快快请起，叫你们担忧啦！德芳我也曾听说，历代先君之中也有发下宏愿者，但不能亲身度入丛林，多有替身出家为僧的典故。二位高僧必定博览史籍，您给德芳我说说，此说可是有的？"这八王可真没胡说，历代帝王凡崇尚佛法的，多有封赐一位多才崇教的青年代自己出家的，这个称之为"僧替"，也叫"替身僧"。二位长老一听，这眼睛可就亮了！没错啊，这可真是一个好主意！这样一来，不但说万岁言而有信，君无戏言，而且五台山能留住当今天子的替身僧，这可是多么大的荣耀哇？"阿弥陀佛，善哉善哉，八千岁所言正是，历代帝君皆有替身僧之典故！当今万岁将菩萨金身像遗留在了幽州，犹如为幽州百姓送去佛法正宗一般，乃是无量之功德。具此功德，还要以肉身相偿，这是当今与大智菩萨之缘，更是我五台之幸。千岁，如果有替身之选，老衲愿做入门之师。"就是说如果您给万岁选好了替身僧的人选，我广慧和智聪长老皆愿做圣驾僧替的授戒之师。这二位什么辈分哪？八王一乐，"如此多谢二位长老。替身僧非是旁人，就是我赵德芳。您二位看看小王我的根器如何？我有没有这个福分呢？"

好嘛，这话一出口可就炸了窝了，刚才都不说话的人，这会儿都喊开了，八千岁您可千万不能出家，大宋朝离不开您。二帝也一样，赶紧站起来了，挡在八王和两位高僧当间儿，"皇侄啊，千万不要胡说，你不能离开你的南清宫！朕花下如许的心力，总算是建起来这么一座南清露华宫，你要是出家当和尚去了，你这南清宫可怎么办呢？你现在又没儿子，绝不行！替身僧倒是一个好主意，朕我再寻就是了。"众人你一句我一句地说，大帐之内杂乱不堪，忽听有人高颂佛号："阿弥陀佛……不要争执，少要聒噪。列位老大人，诸位大将军，当今的替身僧在此。"此人分开众人来到当场，大家上眼一瞧，正是五郎杨延德。

方才五郎是被贺朝觐给气坏了，闷坐在地，一声不吭，怎么想都绕不过弯儿来。六郎和七郎架着五哥，父亲老令公陪着自己在大帐之外稍坐片刻，慢慢地才缓过神儿来。五郎开始是躺在车上，仰着头儿正巧就能看山上，正好看到了五台山西台顶上法雷寺中的大佛塔。爸爸在自己身旁喊自己，弟弟在一旁拍打自己的前胸后背……嗯？本来这脑子里是嗡嗡作响，眼前是金星儿乱冒，忽然间耳中响起来一声清脆的铃响："叮……叮……"五郎得眯起眼睛来找，阳光刺眼哪……哎？就看见白塔之上，一道道云朵的影儿，唰唰唰……飞快划过，耳朵里忽然什么都听不见了，只能听得见佛塔上叮当作响的风铃。五郎这心就静下来了……心一静下来，慢慢听见法雷寺中众僧诵经的功课之声。呀，五郎心中一动，怎么我能听出来这些西天梵音里夹杂着歌曲声呢？都唱的什么？仔细再听，汗毛都竖起来了，正是在金沙滩里掩埋宋辽两国军兵尸首之时，自己听到的乡民俗曲："朝也杀来暮也杀，杀来杀去……你都是在杀自家儿。刀刀割的是娘的心头肉，箭箭射的是佛祖座前白莲花……你道是忠心耿耿去挣天下，挣来的功名要损折多少忠良家。你道是江山总要有君王来坐，倒不如弃了凡尘来日里赴会到龙华。"

五郎眼前一亮，这一场仗就这么打下去，还不就是这么回事吗？菩萨顶法会之中，谁是北国人，谁是南朝人，有什么分别？我七弟延嗣打死了潘豹，潘仁美就要杀我弟弟报仇，明着不成就来暗的，诓杀四门！潘龙、潘虎不给开门，那是给他们兄弟报仇。可我大哥、二哥、三哥死在金沙滩，我认为是潘洪暗中陷害，不给我降落红旗……人家还不过是为了给自己的儿子、兄弟报仇。我的七弟呢，听说哥哥们死了，在金沙滩里横冲直撞，抡起来金枪只会杀人！这……又和别人有何分别呢？这些人不就是我在沙滩里掩埋的尸首，我的弟兄们也是尸首，北国的番兵也是尸首，有什么分别？！他们也有兄弟，也有父子，他们的兄弟、父子知道自己的亲人被延嗣所杀，他们是不是也得找我们报仇来？谁能知道这些人里就有六月会时候来佛前敬香的香客？他们都是佛祖座前的白莲花，个个不都是自己娘亲的心头肉吗？

杨五郎再跟令公回到大帐，已经不打算再告状了，也不打算再跟老贼、贺司马算账了。原本就打算出班请旨，准自己在五台山披剃出家。可算是巧了，正赶上贺令图大闹行宫，非要逼着二帝君无戏言，得在五台出家为僧。五郎自觉好笑，堂堂天子，万人之上，竟然连自己说过的话都能不守信诺，嗨⋯⋯这样的昏君，我的父王何必要保他？最后叫贺令图这么一闹，五郎本来还剩下的一点点功名之心，就彻底地冷了。我少年时起五更爬半夜，我爷爷手把手地教，我才练出了这一身的本领，啊，我杨春就这么作践我自己吗？我跟这些人比肩为伍？我和这些小人一块儿给这个坐在龙椅上的小人磕头吗？八王出来替自己的叔皇说话，就说了是不是有替身僧这么回事，二位长老说是——就在广慧大师说是的同时，谁都没注意，智聪长老偷偷扭头看五郎，而且是面露笑意，点点头。五郎这才猛然醒悟，合着今天才是我剃度的良机！昂首阔步走出班列，列位，别找了，就是我了！大家伙儿一看，可不是吗，您已然刮净头皮了，换下衣衫，你就是一个和尚了！

老令公本来坐在自己的椅子上还挺安稳的，忽听得身后是五郎的声音，还说自己来做僧替，哎呀，差点儿从椅子上歪下来！八个儿子我领着出来的，现在只能回来三个，你还给我再减去一个？脸色一沉，刚要说什么，又一想，坏啦！我要是不让，这不是接茬儿为难圣上吗？可是我要是不拦着，这儿子等于就是没啦！"延德，莫要胡言乱语！你刮去头发，本是为了乔装出城，你可不能就此出家。万岁的替身僧不用你担心，早晚会找到更合适的人。"六郎和七郎也一下蒙住了，都过来拉着五哥，"五哥，你⋯⋯你怎么说上胡话啦？""五哥，你可不能在五台山出家啊，你出家了，咱妈怎么办？""五哥，莫不是你是因为怕死⋯⋯"你一言我一语，这话就越说越乱了。

五郎既然是想好了，早已胸有成竹，不会再听从别人的劝告了，"六弟，七弟，唉⋯⋯愚兄我是志在禅门，从今天起我就不再是你们的哥哥了，假如说我也是死在金沙滩前，今天还不是照样儿在这儿死后被人封神吗？又会有何不同？回到天波府，娘亲面前还要靠二位贤弟尽孝！就当哥哥我已然是死在疆场。"八王一听，当和尚还有人抢？"延德，五将军，给叔皇做替身僧，还是孤王我最合适,你可不合适。你可不能在五台山出家,你是国家的栋梁之材,千千万万你可不要遁入空门。""八千岁此言谬矣,您若能适合替身,微臣我就更合适了,我这早就剃完了头发了。大宋江山少不了您来扶助,少我一个杨五郎,无足轻重!您看,天命使然,谁让这之前就我一个人是先将头剃了呢?这也是微臣我的造化!万岁,微臣向您来请旨。"

　　说完了,五郎往这儿一跪,叩首不语,等皇上发话。别说,这么半天了,单就皇上没出言相劝。二帝心说,我可不犯糊涂,我能劝吗?我劝五郎你别出家啦?那谁替我呀?说什么也不能叫我皇侄儿替我削发。可是我好意思叫五郎再替我出家吗?杨五郎好不容易逃出沙滩活命,我还不叫他回府奉母?杨大郎是替我死的,我再叫杨五郎替我顶缸?在这儿长伴青灯吗?皇上这会儿倒是轻松了,毕竟是有人站出来替自己出家削发了,贺令图也就没有借口再跟自己耍横了。皇上双手来搀扶五郎,五郎抬头:"万岁,您这就是答应啦?""啊?爱卿,这个……"老令公逼不得已可就站起来了,"延德,你既然已经决定了,想要遁入空门,为父我也拦不住你。可是你能不能跟着为父我一同回到东京汴梁,一同回到天波无佞府,你亲口告诉你的娘亲,你要在五台山出家……"老令公心里难受,八个儿子本来就剩下这仨,怎么还能只带着俩回去呢?五郎微微一笑:"父帅,您绕住啦!圣驾怕我们兄弟回去招我娘的心烦,这才苦心安排您到三关赴任,不就是为了不叫娘亲见到我们,还会去思念兄长……父帅啊,您就舍了孩儿吧,孩儿我是宁死再也不下五台山啦!"

　　此正是:

　　　　大地山河无数秋,人心怎比水长流?
　　　　古来多少忠良将,汗马功劳不到头。

　　要知道接下来大宋朝忠奸之斗,请听下一本书《调兵表功》。

【六本・調兵表功】

〖头回〗

诗曰：

忠勤王事远征迟，何日英雄凯歌回？
扫北只得安忠骨，江山永固见军威。
横刀曾教烽烟止，立马仰看月长垂。
边境未宁良将去，今人览此更伤悲。

阅至雁门关前战，暂表呼延铁鞭挥！接演《金枪传·金沙滩》的最后一本书，叫作《调兵表功》。京剧里有一出戏叫《呼延赞表功》，所演的就是这本书里说的故事，杨家将忠奸之斗，一直到这本书里才到惊心之处。

上回书说到，贺怀浦、贺令图父子在边关早已忍受了二帝十年来的欺压和排挤，这么多年就不许爷儿俩进京，不但说不许你们回京来做官，就是你们爷儿俩麾下也都安插了多少替二帝侦察的眼线，一举一动也都逃不过二帝的监察。这还不算，二帝在登基即位的第三个月就立即颁布新诏令，严禁边境州县地方的武官参与经营做买卖，不许与民争利！哎，这么一来，边将的额外收入就不能获取了，想要扩大自己的势力也就失去根基了。可是过去的财政大权也是在节度使武官的手里掌握的，太祖老主爷曾经动过这个财权，但是也很难，慢慢地削夺武臣在各地的财务自主权，给派去不少的监督财税官员，或者是增派转运使，将地方的收入先收归到中央再说。二帝太宗更绝，很快就废除了各藩镇实际能够控制的"支郡"。什么叫"支郡"呢？就是节度使所领藩镇下属的州县地方。过去这些地方每年的财税收入都是归总领节度使来收缴和整体支配的，现在不了，二帝登基以后，哥哥没干脆利索解决完的地方，很快就给解决了。挨个收拾各藩镇的节度使，不是把你调回京师，就是因为年龄让你就地退休！没几年，各地的节度使形同虚设——手底下的人任免不归你管了，手底下的兵大多数都不归你自己来调遣了，连你自己的节度军州在内，所有的财税钱粮都先上缴国库！您也没能生钱的买卖啦！各位，您就可以想一想，这爷儿俩这十年在北边边防重镇里过的都是什么日子？

　　问题是，这任上要是真的很清闲也是好的，可是这爷儿俩任职的地方是大宋朝最重要的两个边防要塞，太原府往北不远就是代州雁门关，关外就是朔州、寰州、应州、云州——这些全都是北国名将坐镇的南下要塞。比如云州大同府就是宋王耶律休哥的领地，自来就一直是虎视眈眈地盯着北边长城哪，时不时就会派出快马队进关来抢掠财物、牲口。河北呢，还不如山西哪！雁门关这一带好在还是崇山峻岭，将南北隔断了，这河北雄霸瓦桥三关简直是无险可守！说是有那么一条界河，叫作白沟为界，可实际能算是界河吗？盛夏时节还好，上游的雨水多，这界河的水流湍急，要过界河确实还是得走草桥、瓦桥。可是一旦过了七月，秋凉渐至，雨水也就少了，这河水水位是马上就落下，北国人骑着马就能过河！您怎么办吧？而且在河北三关一线，说是三关，可实际是六七关都不止，从西到东边沧州府，要守卫的地儿就大啦！咱们前文书给您说到过横着排列在界河南岸的八寨，那都是草桥的卫所——您就可想而知了。贺令图刚刚上任，心里还有不小的抱负，天天儿到各营各寨去巡查、探问。可是架不住数年不调动哇，老这样儿谁都受不了，没日没夜地劳累，积劳成疾。所以说咱们还得从现代科学的角度来解释，今天贺令图如此的大胆，当庭揭皇上的短，这是压抑了很久之后的报复。本来贺令图和自己的父亲伺候皇上御驾亲征的时候就都有点忐忑不安，因为辽国大军抢瓦桥三关的时候，贺令图就干脆也没怎么抵抗，几乎是拱手送给辽将了。为什么呢？贺令图自己也知道，实在是打不了！自己大军的军械库里盔铠甲胄早就生霉了，弓弦断而未续，羽箭曲而难直，刀枪也早就生锈啦！硬着头皮带着弟兄们往上冲啊？那就是找死！可是自己败得如此之快，就担心皇上来到河北的前线，还没准儿会怎么处置自己呢！嘿！出了一位黑煞星杨七郎，太勇了，就没给皇上腾出手来处理自己！等到再四路调兵，八虎出征，自己的父亲也从太原赶来，也来一商量，就知道这事要坏！那阵儿爷儿俩没别的选择，只好接连几天都是拍潘洪的马屁，跟着潘党的屁股后边转，干吗？就是求潘洪给皇上说好话，好不治贺令图的罪。这就一直到幽州诓杀四门，您就知道为什么老国舅爷和贺令图都乐意配合王源了，那会儿早就叫潘党一班奸贼给欺负惨了！

今天贺令图左思右想，知道自己和父亲反正是没好果子吃了，干脆，我呀，我把你雍熙帝弄下来啵！你下来，别人谁也不服众，自然都会辅佐八王德芳来即位。德芳是谁？那是我亲亲的姑表弟！我不帮着德芳谁帮啊？您看，任何人要办一件事，假如说是不合常理的话，他总是会给自己找到一个合理的理由来说服自己。今日这事多明显，贺令图自己受不了内心的煎熬，要走一步险招，干脆我挟持当今，逼着你二帝出家！他这么做就是为了自己，可是自己也觉得这是忤逆不道的大事，这事要是一旦开始了，就再也收不回来了——覆水难收。哎，这么折磨自己的一件事，思路一换，您看，我这么做是为了我表弟，是为了德芳，我可不是为了我自己——不信您看着，他回家肯定是这么跟自己妈说的。

贺令图出班找当今理论，二帝也是糊涂，当场就免了贺令图的大帅之位。不但说免了你的帅位，你多年的这些弟兄我早就摸清了，跟着你一块受罚，你们都给我到湖北去得了！这也是二帝太宗皇帝做得过于武断的地方，那边你刚刚剥夺了好几位山西武官的兵权，这边又上来就卸掉了河北保定各州武官的兵权，可是您忘了现在五台山里里外外可都是人家的兵，这些人能就这么等着你收拾吗？贺令图站出来，我就问问你雍熙天子，你说话到底是算不算话？你是不是君无戏言？你说过的话是不是得照办！当初你说来着，只要是各位你们尽心协力将我救出幽州，让朕我能够活着回到本国，朕我甘愿出家在五台山！万岁，现在您说说吧，您承认不承认您说过这样一句话？您要是承认，今天我来就想问问您，您说我们的时候都说得痛快着呢。那么现在这些事可都是您自己个儿办出来的，您是守信还是干脆就厚颜无耻，就不承认了呢？唉，就掐在这儿，您得削发出家为僧！贺令图心里想得挺好，只要你答不上来，你不占理——我这就带着人拥着你上法堂去剃头去！头发一落地，再说什么你都晚了。眼看着杨七郎出来给贺令图做证，是啊，皇上你是说过，你要出家以身偿还菩萨嘛！皇上怎么生气都来不及了，这有人要劫驾剃头哇！正在着急呢，八王出来，你们都别闹了，历代皆有僧替不是嘛，我就是我叔叔的僧替！你们剃我的头！这就僵在这儿了，要剃头的这帮小子，都是刚被免去实职的河北、山西武官，逼皇上出家就是逼着皇上退位，可是谁即位呢？还就是叫你八王来即位，您剃头我们来干吗来啦？潘仁美这阵儿是一句话也不敢说了，只要是我开口，我就得叫这帮子小子给挤对死，连刀都不用动，这帮人都急了！哎，就在这个时候，五郎出来了，我来代主出家，您看，我已然剃完了头了！

说杨五郎看破红尘，这还只是事物的一面。另一面，是五郎沉重的心理包袱，非得是这么来开解，否则你让他怎么回东京去见娘亲去？您想想，大树但凡是能早放倒一个时辰，大哥、二哥未见得就能都活着杀出来，但至少不会死得这么凄惨。那棵树，就在我杨延德的眼皮底下，我没瞧见幽州的红旗降落，可是我怎么就那么傻呢？我为什么不先砍倒大树，先叫我的大哥、二哥他们杀出来，我再去幽州求证？就这一个念头，在他脑子里飞快地转，都转了有好些日子了，就是走不出来。跟您说，任谁都走不出来，这时候没有心理医生帮着您肯定是不行。谁是心理医生？智聪长老。

长老在五台山等候多日，等见到五郎，可是惊着了。挺不错的一员大将，三十多岁正当年，走的时候精神抖擞，回来时候人的模样都没了。俩眼都眍䁖着，腮帮子也嘬进去了，二目无神，眼圈发黑，上眼皮儿一直都是肿着的。这是多么大的心理压力造成的啊！智聪长老在山上这么多年了，尤其是在河东帮扶了两代北汉王，见惯了人世间的悲欢离合、起伏得失，什么都了然于胸。

老禅师也知道自己说不动令公，到底是赴幽州救驾去了，到底是损折了三个儿子、丢了俩儿子。等于是让自己说准了，可是自己也并不乐意看到这样的结果。不能释怀的唯有这件事，当初五郎与自己也真是有缘，五郎能自己来找我老和尚来，就是缘分，我们就合当有师徒之分。长老一看，果然是在幽州遭难，自己的度牒、剃刀都派上用场了，好，为师我就收你为徒，你得好好听听我给你讲讲。来到禅堂，老禅师就给五郎开解——这可不是那么好说的。老禅师就说啦，你听说你哥哥死在沙滩你心疼不疼？五郎点点头。好，那么你知道是潘党作祟，旗杆不能放倒，你恨是不恨？五郎更点头了。"悟性，既然你也心疼，你也生恨，那么你想想潘仁美呢？"呀！五郎的冷汗就下来了，是啊！"大师，潘仁美是奸臣！""嗯，对呀，奸臣死了儿子心生恨意要报仇，那么你呢？""哇呀呀……我也要报仇哇……我哥哥不能白死！""没错，你哥哥不能白死，你就一定要到圣驾面前告状。可是潘仁美呢？他也想要报仇，他能怎么办？""那，那就看谁的本领强！""不错，悟性，那你和你说的奸臣又有什么分别？""我哥哥是为国捐躯。""悟性，你大哥死在沙滩，天庆王也死在沙滩，是不是？""这个……""天庆王的兄弟和儿子，要报仇的话，找你们谁来拼命呢？"老方丈不劝五郎，就给他往出拽，你自己好好想一想，别老是在这里边钻牛角尖儿，你看看你自己是什么人。"悟性，你既有缘剃去烦恼丝，这就是你的缘法。五台山可以容你，这人世间也可以容你。人间烦恼无外乎执着二字，你父帅听不进去我的劝，执着于自己是姓杨之人，这才会带着你们兄弟冒死去幽州救驾——令老衲我佩服，也令老衲我惋惜呀！凡胎肉身，本来也无足为惜。可是留着这具皮囊，你还能做别人做不了的事，积无量之功德。下山，还是留在山上，老衲都已经是你的入门导师矣。"将度牒留在五郎的手里，老禅师就离开了。这话不能说完，留半截给你自己去品。又过了几天七郎、六郎与圣驾都到了，五郎早已暗下决心，辞去封赏，请旨留在山中削发为僧。

今天五郎说出来"孩儿我宁死不肯下山回京了"，令公知道这孩子是下定了决心了，也明白原因。五郎在沙滩口身担重责，无论谁来解说，他都以为三个哥哥的死主要是因为他没能及时砍倒大树，是他没能砍倒旗杆！又为了能活着回来告状，五郎剃去了自己的头发，化装为和尚才能生还卢沟桥——可是告状不能成，冤仇不能报，自己在幽州苟活，只能是一篇笑话了。此时二帝已经是醒过味来了，看见贺令图还在那儿不甘心呢，拉这个、拽那个的，看意思是要二番对自己发难。此时自己再找不到合适的替身僧，这些北边的镇将就找着借口哗变啦，一旦说彻底地跟自己翻脸，不顾君臣之仪，这局势可就难以挽回了。二帝再看令公，令公正巧也看他。"令公，老爱卿，依朕来看，延德矢志释教，也是他自己的造化。此子，您就舍了吧……""万岁，老臣无他虑，此子顽劣，怎堪做天子之僧替？蒙陛下不嫌，老臣谢恩！""好好好，二位长老，五将军志向已坚，朕也随缘择定，就请二位长老做朕的师尊，延德留山修行，就是朕我在山中洒扫敬佛，你们可要明白了？""阿弥陀佛……"老和尚能说什么？这是您的替身，也是替您受过的。五郎遂愿，微笑磕头："贫僧谢主隆恩！"

圣上恩准，令公知道难以挽留，也只得陪着众人进了兴国寺。皇上亲自主持，选日不如撞日，就在今天为五郎行正式的剃度之礼。先宣圣旨，五郎是奉旨出家，为二帝的替身僧，乃是代主修行，这可不一样！本来封赐是降龙大将军，现在直接就赐"降龙大师"之号。是金刀削发——不是真拿令公的九环金刀剃头，再说他也不用怎么剃了，刚剃完！就是用小剃刀在九环金刀前磨一遍，这就是得着定宋神锋的庇佑了。然后是金铜击顶，八王拿自己的凹面金装铜在五郎的头顶上一按，五郎轻颂佛号，就是说打这儿起我在五台山上修炼，也是替大宋河山的安危祈愿祝颂，有我在这兴国寺，就保佑大宋是太平兴国。

一番礼毕，五郎端坐在莲台，二帝与八王过来，要大礼拜倒——不是真的，这就是一个过场，智聪长老在那儿高喊："君不拜臣……"皇上就不拜了，八王替宋王下拜，八王认认真真地跪倒参拜，五郎还礼。打这儿起你想还俗都不成了，你是替皇上出家，八王拜的就是当今的万岁。令公走过来，智聪照旧高喊："父不拜子……"令公不忍多看，走过去了。六郎和七郎代替父帅拜倒在地，七郎一看刚才五哥也没割下多少头发来，"五哥，你那头发也没多弄点下来，我这回去没法交代哇！要是妈跟我要个念想儿的，我现在连一把头发都没有哇！更何况要是我嫂子……"六郎一拖他，走吧，别胡说啦！其他文武臣子都得一一参拜，这就是给皇上行礼。轮到潘洪这儿了，也领着潘龙、潘虎几个过来，到这儿眼前了，先抬头看智聪，那意思是您是不是也来句什么不拜什么的，我儿子替我磕头就完了？智聪一乐，瞧见潘太师了，反而开口说："潘仁美一拜……""哎？大师，怎么偏赶上我这儿就得一拜哪？这么说还不止要拜一下儿？""那自然哪，您是三公之首啊，您来了代表的是国家的三公，您还得替那两位拜见悟性大师，也就是当今的替身僧……怎么？太师您不情愿？""我情愿！我情愿！您甭说了！"跪下来"梆梆梆"，三个响头，抬起来，"大师，仨够吗？""嗯，三个是够了，可是我还没喊呢。各位，请上眼瞧，太师二拜……"嘿！潘仁美心说我忍了吧，只要是二帝还在位子上我就有翻身的时候。接连叩首参拜不必细说。一直到最后了，是贺令图同着自己三关旧将，十几位是人人心中忐忑，不知道自己今后会如何，上到近前，低头不语。五郎一瞧，微微一笑："贺大帅，你们几位何不也留在五台，与悟性为伴。"哎？这几位眼前一亮，赶紧跪倒，纷纷口称师尊，容留我等。智聪点点头，看起来五郎是真有悟性！智聪转而向二帝行礼，还没说话呢，皇上就笑了："长老，此是你的大佛殿，朕的替身在此，大佛殿里他说话比朕我自己管用，一切您就不必请示于朕了。"二帝心说我还发愁呢，这几个逼着我剃头的武官如何处置，要是都给留在五台山上当和尚，倒是省了我的事了！贺令图终究是我皇嫂的亲侄儿，我也不敢真的要他的性命。这条路还真是不二之选。书中暗表，五郎一时的机智，给五台山带来十几位武艺高强的将领做教习，日后练出一支僧兵，缘由在此。

一切礼毕，二帝就说话了："朕自即位以来，用师讨伐，盖救民于涂炭，若好张皇夸耀，穷极威武，则天下之民几乎磨灭矣！"幸亏我不是那么好战的皇帝，要不然老百姓就别过日子了！这话是什么意思？就是这一仗别看我们没获胜，可实际上我们也没损失什么土地。这不是我们打不过，这是我有仁德之心，我没有好张皇夸耀，所以这仗咱们就不打了，明日儿个咱们就班师还朝。吕蒙正一看，都不接茬儿我得接，谁让这是在太平兴国寺，我呢是太平兴国二年第一科的状元！"万岁，前代征辽，人不堪命。隋炀帝全军陷没，唐太宗躬率群臣运土填堑，身先士卒，终无所济……"哎，我出来给你奉承几句，万岁您也别气馁，您这会儿没获得大胜，前代的君主也不成啊！隋炀帝比您还惨呢，是全军覆没！您呢？嗯……也差不了多少，三十万还剩下个三四万人回来。"哎呀，吕卿家所言是也！炀帝昏暗，诚不足语。"隋炀帝是一个昏君，我不是，您可别乱打比方啦！"唐太宗犹如此，何失策之甚也。"嗯，好在你说了一个唐太宗，唐太宗是好皇帝，还是个武功卓绝的皇帝，他怎么也失策了呢？他征辽东怎么也失败了呢？这得好好说道说道。"且治国在乎修德尔，四夷当置之度外。"要说治理国家，修德才是关键！好嘛，这会儿你说上修德来了，早干吗去了？"朕往岁既克并、汾，观兵蓟北，方年少气锐，至桑干河，绝流而过，不由桥梁。往则奋锐居先，还乃勒兵殿后，静而思之，亦可为戒。"当年河东是我打下来的，然后我一时兴起，非要出兵北伐，结果也是一场大败！可是我可不胆小，出兵我是走在前头，退军我是在最后尾儿压阵殿后。可是，这样好战，现在我静下心来好好想一想，这件事得作为一个教训，今后再说出兵打仗，得谨慎再谨慎。吕蒙正点点头，"打仗就得死人，就得耗费钱财，不可屡动。汉武、唐宗俱英主，然用兵皆不免于悔，为后世所非议、说笑。万岁您今天说的，说到了那二位都没想到的地方，这是及其未有之悔也！您看得准啊，较二王岂不远哉？"这是拍马屁呢，您比那二位也不差！"嗨，朕每议兴兵之事，皆是不得已而为之。古所皆谓，王师犹如及时雨，这不是随便说的，这说的是国家的大军出师有名，还得行义举，得道才能多助。如今南北多可安稳，应当常修德以怀远，此则清静致治之道也。"吕蒙正一看，差不多了，捅捅八王，一同跪倒，"万岁，古者以简易治国者，享祚长久。陛下崇尚清静，实宗社无疆之福也。"① 令公领着麾下众将也一起称贺，大殿上山呼万岁。五郎缓步下莲台，领着贺令图几位下去剃度，智聪也飘然而走——早知如此，何必兴兵？可惜那一洼沙滩碧血！

---

① 这一段对话引自南宋李焘《续资治通鉴长编》卷三十四/淳化四年（癸巳，993年），当时太宗已经年老，吕蒙正也已担任宰相。

【二回】

　　等到了第三天，皇上看接驾的官员陆续都来齐了，颁旨意着令公和随行出征的文武百官保驾还朝。一路无书，君臣人等平平安安回到了东京汴梁开封府，太子和监国老臣们都出城迎接，这一仗算是惨败而回，君臣都是垂头丧气，没什么可热闹的。老太君和几家媳妇也都得着信儿了，把令公父子接回天波府，有皇上给张罗大郎弟兄三个人和程普、张文等家将的丧事，举城哀痛暂不细说。

　　过了几天，令公担心边事，向皇上请命到雄州瓦桥三关去整饬边防。二帝想起来，三关的镇兵精锐都被自己给调到幽州参战，大多数丧命在金沙滩了，贺令图也跟着在五台山出家，代理的守将连连送回来本章，叫朝中增派精兵良将。要不然，假如说辽国再出兵来攻打，三关可是不堪一击。令公一来是丧子心痛，在家待着天天看着几个媳妇和闺女戴着孝别扭，二来是还盼望着老八万一能逃脱回朝呢？所以他自己很想再到边关，万一真是万幸从北国跑回来了，自己或许能接应得着。皇上也很体恤他的心意，就准了令公的本，任命令公为雄州代节度，封六郎为三千里界河两岸巡察使、七郎为三关排阵使，随同令公一齐上任，点三万禁军到瓦桥关帮办兵务。代理的总镇一瞧是令公来了，可乐坏了，瓦桥关头挑起了杨字大旗，招兵买马，积草屯粮。六郎又出了主意，雇用民夫连日开工，把瓦桥关东的几个大湖泊都开掘水道连接起来，这样就成了一座水上长城，辽国的骑兵就没办法长驱直入啦！按照杨家父子的方略，才过了两个月不到，瓦桥三关已经是兵精粮足，打造得跟铁桶一般。辽国的细作悄悄潜入边关一看，啊？杨家父子在此？"嗷"的一声，磨头就跑，连忙跑回幽州告知新登基的女皇萧银宗①。

双龙会后，北国可忙活了一气。四方的皇亲、诸侯、藩王、老臣都聚到幽州来了，但是幽州早就被承天皇后萧绰占好了，她先给天庆王举丧，各家皇亲、藩王不得已都得孤身进城来拜辞遗体。北国人那个时候兴火葬，祭拜完毕就把尸身火化了。萧后先叫韩昌率领重兵把各家皇亲、藩王都给软禁在馆驿之中，然后假意先把自己的儿子文殊奴（耶律隆绪）扶上皇位，各家老臣都来朝贺，尊号昭圣皇帝统和君。没过几天，又以文殊奴的口吻修旨一道，假托皇上病体不支，要远遁东海流沙国的海岛中安心读书、画画，将政事委托太后管理，请太后登基，尊为"洪仁圣武开统承天皇太后"，御笔亲题赠赐万岁，号为银宗女皇。萧太后就这么登基坐殿，做了北国的女皇帝，人称萧银宗。有皇亲、藩王不服的，当时没说什么，也都是跪倒称贺，出了幽州，找到自己的大军，联合一处要讨伐萧银宗。所以边关这边安生了一段日子，北国正在窝儿里反呢。

举兵请废女皇的主要就是耶律休哥、贺鲁达以及各路亲王，他们哪知道，就在进幽州举国丧的时候，他们手底下的亲军将领早就被萧天佐、萧天佑买通好了，仗一开打，这些人就纷纷举戈反击，把几位辽国老臣都抓起来了。耶律休哥是皇室，贬为宋国王，依旧出镇云州，夺去兵权，算是宽待了；其他几位有愿意顺服女皇的，就官复原职，该是什么王爷还是什么王爷，该管哪儿还管哪儿；有的是一把硬骨头，说什么不肯归降的，就杀了给天庆王殉葬。问到左贤王贺鲁达父子这儿，嚯！别看老狐狸就剩一条胳膊了，照样是那么横，来了十几个人想给按跪下都不成。

最后没办法，萧银宗说："既然老王爷您愿意给先帝守陵，就成全了你

---

① 原本演说时的发音即为"萧银宗"，京剧中也有误为"萧燕宗"的。据分析似应为"仁宗女皇"的东北方言音转，但"萧银宗"之名早已深入民心，因此在本文中就延续传统了。

吧！"萧银宗的一个族兄，蔚州顺国王萧达览给操刀，过来"扑哧"一刀就捅到心窝子里去了，死尸当场火化。下边挨个是贺鲁达剩下的三个儿子：老三贺鲁墨忽、老四贺鲁墨玉、老疙瘩是贺鲁墨律。老三贺鲁墨忽是个实心眼儿，一看老爹爹已经去了，自己还能求活吗？昂首挺胸，阔步走到刑台，没说二话，瞅着萧达览——你来吧！扑哧！又是一刀，把贺鲁墨忽也给结果了。老四贺鲁墨玉一看三哥被杀，摇了摇头，叹了口气："唉！"萧银宗就问了："哎，你叹什么气呀？"贺鲁墨玉说："我是叹息我们弟兄几个这一身的本领还没得到施展呢，就死在了自己人的刀下！萧绰，你今日滥杀国朝功臣，有你自食其果的那一天！我们父子弟兄就在阴间等着你啦！"说完了也是昂首阔步走到刑台。萧银宗想拦，这句话在嘴里一打转，没喊出来，叫萧达览又是一刀，给割断喉咙，死尸丢进火海。最后一个就是今年的文武双状元贺鲁墨律，这个人文才好、武艺精，长得也漂亮，萧银宗还真有点舍不得。贺鲁墨律一瞧，合着我爸爸和哥哥们都死啦？那我要是投降萧太后也就没人知道了。想到这儿赶紧拿膝盖当脚使唤，腾腾腾腾，跪走到萧银宗面前，"国母、女皇，罪臣子情愿归降！请您饶命！"

萧银宗刚想伸手搀扶，萧达览一脚就把贺鲁墨律给踹到旁边去了，"妹妹，你别信这个小白脸儿的！他们家的人没软骨头！他的爸爸、哥哥都叫我给宰了，您要是留着他，他早晚还不得把我给吃喽？这个人可不能再留着了，留在家里头可是后患无穷！"嗯，萧银宗一听，兄长说得对，我把他一家都杀了，连他的妈妈、姐妹们也都一个不剩，就剩下他这么一根独苗，将来还不得反我啊？是不能留。刚要张嘴说"杀"字，叫贺鲁墨律看出来了，"女皇万岁！您开恩！小人这里有剪除杨家将、灭宋征南的万全之策！"哦？萧银宗是女中枭雄，一心想要夺取中原的江山，一听贺鲁墨律说出来这么一番话，还真犹豫了。嗯，这个小将说他有剪除杨家将、灭宋征南的万全之策？我们正发愁呢，按照韩昌说的话，杨家将就是我北国的克星，要是能先除掉杨家将的话……嗯，呵呵呵呵，大宋的江山可说是唾手可得啊！"好，来呀，还不快快给状元公松绑！"贺鲁墨律手上的绑绳一松开，心里踏实了，好，只要你让我说话,我就能活!"女皇陛下,您还不知道,大宋朝里现在是有潘、杨两家最受君王宠爱,但是杨继业这个人生性忠厚老实,不会逢迎君主,而国丈太师潘洪善于阿谀奉承,溜须拍马,深博南朝皇上的欢心。所以皇上是偏听潘洪的,不愿意亲近杨家!""哦?贺鲁小将军,你说的这些个事,孤家我也有所耳闻,只是不知道到底是不是真事。""都是实情啊!您看看,我这里有南朝潘太师的亲笔书信一封,请陛下您过目!"萧银宗接过来一看,哟,还有这么一件事哪?原来是贺鲁达得了粮草以后也没想着把潘洪的话告诉谁,就把信给扔了,是贺鲁墨律有心,悄悄地给捡起来,揣到自己的怀里。萧银宗说:"你这就是一张纸,能说明什么呢?"贺鲁墨律说:"陛下,据潘洪所说,他和杨家不和,有杀子之仇!他潘洪时刻想着要独揽大权,逮着机会陷害杨家将。陛下,为今之计,臣请您派我潜入南朝,凭着为臣我的能耐,在我国能得着状元,在南朝谋个一官半职的也不算什么难事,臣就算是您安插到南朝朝廷里的一把刀子啦。等为臣我到汴梁去见潘洪,假如说他话符前言,愿意给您做内应,和咱们里应外合,咱们不妨也用个反间计,借他潘洪的刀,除掉杨家将!"嗯……萧银宗想了想,这个计策是真好,她想的可不是剪除杨家将,她琢磨着要是这样,杨家将在南朝就立不住脚了,正好可以恩收杨家将!

想到这儿,女皇就说了:"好吧,既然你甘愿到南朝做信使、细作,孤家我就派你去,都有什么需用,回头你自管到后供府库去领取。不过……""陛下,您对为臣我还有什么不放心的吗?"萧银宗心说我太不放心啦!"啊,小爱卿啊,南朝的江山锦绣,市井繁华,你到了南朝以后,难免要娶媳妇生孩子,你的孩子都说的是南朝话,上的是南朝的学,你要是再得个一官半职的,日子过得一舒适……啊?哈哈,你还能想着回家吗?你要是真就投了南朝,我这边的事你是全门儿清,你这把刀就不只是插他宋王的啦,弄得不好呀,得扎我一下子吧?"萧银宗这一番话,说得贺鲁墨律是赶紧磕头,"哎哟,陛下啊,您可别这么说,借小人一百个胆儿也不敢哪!""呵呵,空口无凭!""哦?那,那,那小人我给您立个字据?"萧银宗哈哈大笑,"贺鲁墨律，字据还能管这个用吗？你也别着急了，依着我就这么办吧，我叫人在你的脚上刺上几个字，左脚上就刺'宁反南朝，不背北番'，右脚上呢，就刺上你的名字。假如说你有不服我管的那天，对不住，孤家可就得把你身上的这些个朱砂刺字宣告天下，到那个时候，你想抵赖可都没办法说啦！你说，这个主意怎么样啊？"贺鲁墨律一听，好你个老太婆，真够奸猾的，这样我想反你都不能啦！好，刺就刺吧，把自己的鞋脱下来，叫人来给刺字。刺到右脚的时候，这个管刺字的小奴跟他不怎么熟，把贺鲁墨律的名字听差了，"哦？贺驴儿？好……"还挺认真，就给刻上"贺驴儿"三个字，打这儿起，贺鲁墨律就算改了名儿了。

贺驴儿带上金银财宝无数，乔装成经商的富户子弟，赶着马车，就从幽州城里出来直奔南朝而来。萧银宗一时宽仁，放出来这位阴险狡诈的贺驴儿，可了不得了，从他进了中原以后，大宋朝就多了一位蛊惑君王、陷害忠良的大奸臣！贺驴儿到东京汴梁后，打听着直接去找老贼潘洪，密室之中会见，这么一说两边就勾搭上了。细一商量，老贼说要想铲除杨家将，北国就还得出兵南征，但是不能打三关了，因为杨家将就在三关呢，北国这次发兵得从雁门关！老贼说等雁门关的加急本章一进京，老夫我讨要帅印，我还挂帅出征，然后我再调杨家将做我的马前先锋，呵呵，咱们两边一通气，管教他杨继业死于两军阵前！贺驴儿说，好，那我就回北国告诉我国的女皇！请潘洪给写了一封信，怕太后不信，特意叫潘洪加盖了太师的官印。这封信一传到辽国，好嘛，全都炸了，北国的将士都是跃跃欲试，纷纷请命出征，都知道这是个便宜。萧银宗还是命韩昌挂帅，叫老将萧达览和耶律斜轸各率子侄随军出征，帮着韩昌一起南征。起兵以前，萧银宗把话说得明明白白，这一仗，孤家我要的是："索要河东地，恩收杨家将；只要活无敌，不要死令公！"

辽国大军呼啦呼啦都杀到雁门关前，在勾注山前安下了营寨，战书下到雁门关里。现在把守雁门关的是刘文裕、傅昭亮，二人赶紧修表，派人飞马驰报朝廷。简短截说，二帝一见折子，真是怕什么来什么，就怕接到边关的战报，都给打怕了，一接到战表手都直哆嗦。哆嗦归哆嗦，他还是有个心眼儿，拿眼睛瞟老贼潘洪，正合老贼的心意，老贼连忙出班讨要旨意，愿意挂帅出征！好，皇上巴不得有人担这个担子呢，就封老贼潘洪为天下都招讨、征辽兵马大元帅。老贼就在金殿上保举令公父子为先锋，皇上也准本了，当殿写好圣旨，叫内廷校尉快马到瓦桥关调杨家父子三人出任征辽的正、左、右三部掌印先锋官。

这样一来，老贼潘洪可就又做了三军统帅，令公倒成了他的部下了。谁都不明白，皇上为什么要这么办呢？皇上也确实存着这么个担心，假如说兵权要是真的都到了这些位先帝老臣手里，自己可就真是孤家寡人了！贺令图五台山逼迫我出家就是一个教训，知道八王没谋逆之心，可是他身边少不了这样的人！潘洪无才，但是能知人，兵权放到他的手里，自己反而能放心。所以在这个时候，皇上犯了糊涂了，他没别的人可依靠，还得找老贼潘洪，他认为自己和老贼毕竟是姻亲，说什么太师潘洪也不会反自己。军师苗崇善等几家老臣一听就觉得不对，连忙出来谏阻，叫皇上一挥手都给拦回去了，"朕意已决，卿等不必多言！"

内廷校尉都是归总管大太监崔文管的，他很敬重杨家将，就叫快马传旨官临行前先到天波府去探望一眼老太君，问问太君有没有什么东西带到边关的。校尉来到天波府，老太君很感激崔总管，叫人给预备了点儿防寒的衣物，令公和六郎、七郎各一份，又给传旨官预备了一份厚礼，这个事儿老太君可就知道了。太君自己一琢磨，这个事儿里边可有毛病，前次出征，潘洪的种种所为，老太太都听说了，这次老贼自己讨要帅印，这里边就有事，还保举令公父子做他的马前卒，肯定是有问题！太君心里头就觉得有点发慌，赶紧到南清宫找太后和八王商议，八王也说万岁这个事儿办得有些不妥，但是群臣谏阻，他是一句也听不进去啊！他们正发愁呢，门外有人来报，说呼延千岁来拜访贤爷。"好，快快有请。"呼延赞来了，往这儿一坐，跟大家说的也是这个事。呼延赞是个大明白人，"八千岁啊，依我看，老贼这次请旨挂帅根本就没安着好心，他就是憋着要陷害令公哪！可是皇上说什么都不听我们的劝，也不知道是怎么回事。我看这么办吧，没别的法子，也只能请太后出面劝劝了，就说潘杨两家不对付是谁都知道的事，到在两军阵前，假如说潘元帅给杨家人小鞋穿，那可怎么办啊？您就给皇上出个主意，叫他派个监军一起出征，这个监军呢就等于是令公的保官。要是皇上问，谁担当这个保官合适呢？您老就推荐我来担任，有我拿着御赐的打王铁鞭护着，谅他老贼潘洪也闹不出圈去！"嗯，大家伙儿都觉得这个主意好，商议完了，就由太后出面到后宫里去调停。二帝现在是嫉恨八王，不能不给自己的老嫂子情面，再说，他也觉得太后说得在理。好吧，那就依照您说的，明日早朝，朕再补上一道旨意就是。

　　皇上金口玉言，说了话得算数，到了次日早朝，颁下旨意，封铁鞭靠山王呼延赞担任征辽大军的总监军。呼延赞领了圣旨，跟老贼一挤眼，嘿嘿，老贼啊，看我到在前敌怎么摆治你吧！老贼一听，啊？好啊，这是呼延赞想出的主意啊？好，咱们就走着瞧吧！皇上也怕呼延赞和令公要是合着对付潘太师，老丈人也难以应对，又命贺朝觐为副监军，什么事俩监军得商量着来。就这么，大军从汴梁出发，直奔河东的雁门关而去。

　　一路无书，潘仁美率领着十万大军来到了代州雁门关，和刘文裕交接好了公务，一起发兵出关迎敌。先到处查看了一下地形，就见勾注山前有这么一块儿地方，坡高水险，可以居高临下，驻守防范，又与雁门关成犄角之势。派人一打听，此地叫寒鸦岭，于是就在岭上安营扎寨。老贼在西，呼王在东，列开两座大营，互为犄角之势。老贼一到勾注山，就派自己手下的干儿子潘定安、刘均齐哥儿俩假扮成老百姓悄悄混出军营，潜入辽国军营，去见辽国的元帅韩昌，送去了自己的密信。在信里头，潘洪把自己此次出征是怎么怎么回事都说清楚了，特别说明令公父子现在还没到呢，但是军中给派了监军了，碍着自己的事儿，咱们两方面得合着先把这个监军给除掉才成！韩昌一看，哦，呼延赞做的监军，我认识这个人啊，在幽州就把我们蒙了一通啊！好，给潘定安哥儿俩写了回书带上，先说了几句客气话，顺便问潘洪有什么办法能把呼延赞除掉。两边来回了几次书信，最后老贼就说了，您赶紧派人前来挑战，您那儿一挑战，我们这儿是按兵不动，到时候，我自有办法逼着呼延赞和你们开仗，两军阵前想个办法把呼延赞给围困起来，我这儿还是按兵不救，就能把他给拿住。打这儿起，辽国每日都派将到宋营辕门前来骂战，潘洪派人把免战牌高悬，就憋在营里边忍着。哎，这一天，靠山王呼延赞在自己的大营里听着辽国骂战的战鼓声了，嗯？自己出营一看，气坏了，嘿，这个老贼潘洪，你不出战你讨旨出征干吗啊？怒气冲冲地到西营来找潘洪，"哎，我说潘元帅啊，我看那边都骂战骂了好些天了，你怎么就是不出战啊？"老贼满脸堆笑，"哈哈哈哈，呼延王爷啊，您瞧现在先锋官可是一位都没到哪！可是老夫我听探马来报，这次辽国所选派的将官可都是勇冠三军的猛将啊！您瞧咱们现在满营的这些个将官哪有他们的对手啊？咱们只能等着杨七郎来了才成啊！""嗨，元帅啊，您这是到前敌来享福来啦？噢，该打仗的时候您窝着，光叫人家先锋出征，您自个儿就老憋在大营里待着啊？这样的元帅谁做不了啊？"老贼还没接茬儿呢，副监军贺朝觐先说话了："哎呀，呼延千岁呀，您这个话说得可是太对啦！咱们做大将的，来在前敌，可得为国家分忧解愁啊，今天元帅发愁，他是为的什么呢？帐前无有良将啊！呼延千岁，想当年您也是勇冠三军的名将啊，唉，可惜，岁月不饶人，您现在也不行啦，既然咱们大家都没那个本事上前敌应战，我看哪，您也就甭说这些个话了，咱们都跟大营里先忍忍吧！"贺朝觐这个话一说完，还没等呼延赞说话呢，老贼的大帐里就先有人发话了："哎，监军大人，您这个话我听着可不舒服。哦，难道说没了他杨家将我们大宋朝就甭打仗啦？不说别人，单说末将我，就愿在元帅面前讨下令箭，前去和北辽的虎狼之师决一胜负！"

嗬，这是个好样儿的！呼延赞一瞧，乃是老贼麾下的副将秦肇庆，这个人天生的力大无穷，手使一条生铁雷震镋，在军营里边号称"震天王"。晃里晃荡闪到大帐的当间儿，抱拳拱手，"父帅！您就下令吧！"他这一说，跟前还有米信义、潘定安、刘均齐也都站出来了，一起说："父帅！孩儿们也愿到疆场前与北国人决一胜败生死！您就下令吧！"哥儿四个一起出来，浑身的甲叶子哗啷啷啷啷直响。呼延赞看着高兴，嗯，好小子，有志气！"哎，老潘哪，别说你这几个干儿子们还有点意思啊！这么办吧，老呼我也卖弄卖弄，我给他们压压阵，跟你请下一支令箭来，带着他们小哥儿们到前敌去会战番将！""哦？呼延千岁呀，既然您都甘愿为国家犯险出征上前敌，本帅岂能落后哇？那好，你们谁也别抢，本帅我要亲自提兵上阵！到时候各位将军上阵杀敌可要争先恐后啊！哈哈哈哈。"实际上呼延赞可就上了潘洪的当了，他们爷儿们几个都排练好了，跟这儿拿话激他，就为把他给弄到疆场之上，好设计陷害。

〖三回〗

宋营里头三声号炮，鼓声如雷，老贼亲自引军出征，到勾注山前亮队，和北国对阵。北国阵中当间儿是主帅韩昌，左边是顺国王萧达览，右边是老元帅耶律斜轸，后边跟着上将百员，个个盔明甲亮、刀枪跃动，军威严整。

"震天王"秦肇庆跟老贼请命，要打头阵，老贼说："好，那你可小心着点！"令旗一摆，鼓声雷动，表示催战将上前，秦肇庆马奔阵前，跟北国的将官骂战。北国这边是老元帅耶律斜轸的长子耶律沙挥刀上阵，两个人一照面，你来我往走了有那么十几个回合。咱不是说过吗，两边早就通好气儿了，都是假招呼，打着打着，秦肇庆就好像叫耶律沙拿刀给震伤了膀子一样，拨马就败，回到本阵，长吁短叹，一个劲地摇头。老贼把脸子一甩，"哼，能活命回来就算万幸！没那个本事还非得逞能，还不退在一旁！"秦肇庆耷拉着个脑袋，退到一旁。"托天王"潘定安一瞧，哥哥败阵了，假装着火冒三尺，催马冲到阵前，来战耶律沙。又没走上多少回合，就叫耶律沙给打于马下，赶紧就地十八滚，自己跑回本阵，战马落荒而回。这么说吧，"混天王"米信义、"挑天王"刘均齐都跟着上前对战，也都是没过多少回合，就叫耶律沙给打败了，退回本阵。八台总兵里的大将陈林一看，直纳闷儿，这几位平时都挺狂的啊，怎么今日儿个都这么快就叫北国的番将给揍回来啦？他一晃身躯，催马来到元帅面前，"大帅，末将不才，愿向您讨得一支令箭，前去会战敌将！"八台总兵虽然是老贼潘洪麾下的亲随将官，但是老贼跟这八位还隔着一层，自己私通北国，准备倒反边关、陷害杨家将的事，子侄、干儿子们都知道，贺朝觐也知道，这八位可一点儿都不知情。老贼曾听说陈林这员将手底下有点儿真本事，要是这位出马把辽国的将领伤着了，辽国元帅韩昌怪罪下来可就不好了，"唉，陈将军，你的本领老夫我很清楚，平日里你和秦肇庆经常交手过招切磋武艺，你们俩也就是不相上下啊，我看你就不要再出马啦！胜败乃是兵家常事，来呀，传本帅的将令，鸣金收兵！""且慢！"这个时候靠山王呼延赞说话了，"潘元帅，咱才对了四阵，你就叫鸣金收兵，那哪成啊？俗话说，头阵胜、阵阵胜，头阵败、阵阵败！就这么败阵而回，有损军威啊！""呵呵，呼延千岁，您可错啦，什么头阵胜、阵阵胜，头阵败、阵阵败，都是庸人自欺之词，本帅从来都不相信。您说不能鸣金收兵，可是老夫麾下的战将都已然战败啦，要是强攻硬拼，本帅看难免损兵折将啊。老夫我是无有能将，如之奈何？""哈哈哈哈，潘元帅，您可是绕住了，你麾下没人了，这阵前不是还有本王呢嘛？这么着吧，你给我压着阵，待本王上阵与辽国兵将交战决胜！"得，谁绕住啦？是你给老贼绕到里头去啦！呼延赞把浑身的盔铠甲胄、战袍战裙又紧了一紧，镔铁鞭往背后的十字袢里边一插，把自己的镔铁丈八枪从得胜钩、鸟式环上摘下来，一拱裆，马踏銮铃，哗棱棱棱棱……来到当场，老将军要抖一抖虎威，大战辽将耶律沙！

耶律沙用的家伙是一口红铜刀，一看对过儿出来一员老将，下场子之前听爹爹说了，来的年轻的将官都是跟咱们商量好的，假打几合，得胜则罢。假如说上来一位黑脸的老将，有枪有鞭，这个就是南朝的铁鞭靠山王呼延赞，就是咱们要憋出来的人，你得小心应战！一看呼延赞来到近前，开口就问："哎，来将，你是何人？""嘿嘿！小子，你爷爷我乃大宋朝的铁鞭靠山王呼延赞是也！小子你叫什么名儿啊？""啊？真的是你？好好好，我乃是大辽国军前的太保都监、信武将军耶律沙，老将军你看刀！"抢了个先手，马往上撞，大刀一举，斜着一摇，唰！顺着呼延赞左边的肩膀就剁下来了。呼延赞拿自己的大枪海底捞月，朝刀盘底下歪着一撞，当啷！耶律沙的刀就偏到外门了，呼延赞把枪一抖，噗噜，枪头乱颤，一进枪，朝耶律沙的面门就来了。

耶律沙捣刀纂一拨，二马一过镫，走了一个照面。两个人过了有四五个回合，又是一照面，呼延赞把大镔铁枪一抡，不当枪使了，就跟抡大棒子一样，从上边往下砸！啊？这叫什么招数啊？耶律沙没见过，举刀要搪，呼延赞枪杆一缩，仓啷！就让过去了。可是耶律沙的刀一举，肋下的空当就拉出来了，呼延赞再一进枪，耶律沙再要往下抽刀可就来不及了，就听"噗"，耶律沙可太倒霉了，这个软肋上一次叫高怀德扎上一枪，现在刚好利索，又叫呼延赞在原来的伤口上找补了一枪。还算幸运，没要了命，摔于马下，自己甩开腿赶紧往回跑。呼延赞打马要追，北国阵中耶律斜轸的次子显武将军耶律奇挥舞着自己的一对熟铜锤上来了，把自己的大哥让进去，拦住呼延赞。双锤是专斗长枪，老想把呼延赞的枪锁上，呼延赞能叫他给锁上吗？枪头缠绕如蛇，眼瞅着就要锁上了，"啪"一撤把、一涮杆子，枪头就吞出来了，吞吐自如，再一吐，枪头就又进来了，呼延赞枪头上有蒺藜钩子，在耶律奇手腕上一荡，血就出来了。耶律奇是个胆小鬼，一见血就害怕，"哎哟嚯！我的妈的妈我的姥姥呀！"把锤一扔磨头就跑。他下去了，老三耶律灰又上来了，这么说吧，顺着往下耶律灰、耶律青、耶律才、耶律弟……老元帅耶律斜轸的九个儿子，排着队上来和呼延赞对仗，没到五个回合就都败下去了。每杀退一个，老贼在队里给呼延赞擂鼓助威，"嗡咚嘟隆隆隆……"呼延赞更得意了，跃马舞枪，在疆场之上耀武扬威。

　　再看辽军阵里又跑出来一匹马，马上之人头如麦斗、须髯如戟，独占鳌头的头盔，大叶麒麟甲，胸前花狐尾，脑后雉鸡翎，胯下马，手里端着一口三停砍山刀，正是大辽国的顺国王萧达览，亲自出马来战呼延赞。俩人多年以前在阵前碰见过，互相还说了两句客气话。说话客气，动手可不客气，二马冲锋，刀来枪往，就战在一处。萧达览和呼延赞都是南北两朝的名将，这一仗，真是棋逢对手、将遇良才，直杀得是昏天黑地，二马盘桓得有个八十多个照面，两军阵前是战鼓隆隆，喊杀声震天动地。打着打着，萧达览咂摸过味儿来了，哎，我还跟他打什么啊？后边都埋伏好了，我们这次出战可就是为了把他除掉，好叫潘仁美有工夫对付杨继业，嗯，对了，我得诈败。想到这儿,和呼延赞一照面,假装不能力敌,叫呼延赞的枪伤着手了,一抖搂手,"嗨哟哟……"拨马便败。韩昌早就安排好了,看看自己这个功课已经算是做足了,指挥本部军兵直接朝下败退。老贼潘洪在阵后尾一瞧,我计成矣!明明知道是北国的诱兵之计,赶紧吩咐军兵擂鼓催战!呼延赞有心回去,但是军中讲究闻鼓则进、闻金则止,后边响起鼓来,宋朝军队哗啦就杀过来了,嘴里边还喊着:"追呀……杀呀!呼延老将军真厉害啊……杀得对手落花流水啊……咱们也跟着沾光儿得胜啦,冲啊……非得抓住北国的元帅给杨家将报仇啊……"北国大军就好像主将落败自己也没脸面再战一样,还没对阵呢就纷纷倒旗朝后阵跑下去了。

呼延赞一看,得了,就先追上一段儿,抓几个俘虏再说吧。一高兴,一马当先冲向北国后队,把大枪甩开了,扎死不少落在队伍后边的番兵。身后有不少的军兵校尉跟着秦肇庆、米信义几个人在后边呐喊助威,跟着也一块冲锋。哎,追着追着,呼延赞就觉得前边的地形不对,啊?远处瞧着就是一马平川,走近了才看出来,原来当间儿有一道深沟,看看足有三十多丈开阔,再往前走,两旁边的林木幽深,望都望不到边。哎哟,这样的地方我得小心着点,别上了韩昌的当了。想到这儿呼延赞把大枪一举,号令军兵停下来。呼延赞身边自己监军营的兵卒当然听他的话,全把队伍停下,秦肇庆、米信义的人马可不听啊,还朝前跑呢,有人就问了:"呼延千岁啊,您怎么停下来啦?咱们还得接茬儿追他们啊!""我看前边不对呀,要是中了埋伏那可就不好办啦,算了,算了,咱们也追了一段儿了,见好儿就收吧!"

呼延赞正想往回拨马,辽国兵将又杀回来了,呼啦……为首的正是辽国的元帅韩昌,在马上跟呼延赞打招呼:"哎,呼延千岁,你可好哇?"呼延赞哈哈一笑:"小韩,你也好哇?咱俩是老相识啦!甭客气了,我们也不追了,你们回营去好好缓口气吧!""哈哈,呼延老王爷,您是不敢追了吧?您看,从这儿往里进,前边就是我军扎下大营的胡燕原,本帅在那儿埋伏下了十万大军,在那儿等着你呢,怎么样,你不敢来追了吧?哈哈哈哈!"韩昌说完了,拨马不紧不慢地往回退。嗯?呼延赞一愣,这叫怎么回事呀?朝前看,分明是诱自己进埋伏。哎，忽然间瞧见坡上头隐隐有伞盖、旌旗挪动，哦？老呼延赞明白了，萧银宗亲自到阵前观战来了，那上边晃动的伞盖就是她的车驾。韩昌是个狡诈之人，他说有埋伏就未准能有，可能是怕我接茬儿追，伤着他们的女皇？再一看韩昌，一边走还一边回头瞧自己，呼延赞就全明白了，"来呀，弟兄们，我估摸着萧太后可能就在那个土坡上呢！咱们赶紧追！"呼延赞自己一个人抢先打马就奔沟里去了，后边本部军兵都很听话，呼啦呼啦都一起往沟里进。可秦肇庆、米信义几个太保带着的人，干在那儿嚷嚷，脚底下不动，光在后面慢慢蹭着。秦肇庆等人一看，呼延赞进了胡燕原，嘿嘿一乐，赶紧指派自己麾下的人马悄没声儿地就站住了，就站在这儿张望着。又过了片刻，隐藏在两旁边的番兵就杀出来了，秦肇庆、米信义假装上去招呼了两下，"哎呀，不好，北国的大将太勇猛啦，咱们赶紧往回撤啊！"当兵的并不明白怎么回事，只好跟着一块往回跑，撤回了寒鸦岭大营，暂且按下不表。

再说呼延赞一心以为伞盖的底下真的就是萧银宗呢，紧着打马朝坡上跑，想要把萧银宗给追上，身后有自己的本部军卒，所以秦肇庆、米信义他们哥儿几个到底跟上没跟上，也没顾得上回头看。呼延赞顺着沟里的小道往前跑，哎，跑着跑着，前边路口就敞开了，走到了一片开阔地儿，绿草如茵，风景还挺好看。提马进了草场，呼延赞就看见前边的伞盖了，好些个人簇拥着一辆车辇，正着急着赶路，朝着远处的山坳里钻。呼延赞乐了，好你萧银宗，我看你还往哪儿跑。"弟兄们，咱们赶紧追！"车能跑过马吗，追着追着就快追上了，呼延赞跟后边大喝一声："咄！大胆的萧银宗，你居然还敢到阵前观敌！别跑了，你不老想着把中原的江山得了去吗？我先带你去瞧瞧，东京汴梁是个什么样儿！"快马加鞭，来到切近。跟随的那些个护卫军兵一看是呼延赞，都吓得撒丫子就跑，把车辇和伞盖就扔在就地了。呼延赞乐了，"哈哈！好啊，我看你还往哪儿跑！"拿自己的大枪一撩车帐的帷帘子，想看看里边坐的那个人到底是不是萧银宗。哎，帷子一掀开，里边真坐着一个女人，头戴团花修饰的大帽头，点点珍珠镶嵌，身上穿着彩霞锦绣的袍子，里边还衬着五彩飞云的衣甲。呼延赞没见着脸儿，看见这个人在那儿拿背对着自己，好像吓得不敢回头看一样。"哎，我说，你就是辽国的女皇萧银宗啊？你怎么不回头啊，啊？不好意思啊？呵呵，甭不好意思啦，早晚也得下车啊！来来来，老呼我要将你押送回南朝！"说着话呼延赞把大枪挂到得胜钩、鸟式环上，在马上探臂来抓车上的萧银宗。就在这个时候，就见这个萧银宗猛然一回头，哟！呼延赞连忙叫声"不好"，他怎么知道不好啊？这个人有胡子！就见此人，金黄色的脸膛，焦黄的眉毛鬓边高挑，一对单眼皮儿细长眼，鹰鼻小口，嘴上留着两撇八字胡，特扎眼！谁呀？正是在金沙滩双龙会上刺杀二郎杨延定的剑客、头年北国的武状元耶律奚底。

呼延赞一看有撇小胡子，坏啦！我是上当啦！赶紧回身想缩手，可来不及了，耶律奚底手里抓着一口短剑，背着呼延赞就拿耳朵听着，知道呼延赞已经到了自己身后了，一别脸，顺手就是一剑，唰！照着呼延赞探到前边的这个胳膊就剁下来了。呼延赞想把手抽回来，来不及了，咔嚓！这一剑正剁在呼延赞的左手前臂上，好在呼延赞胳膊上套着护手呢，把铁护腕子都给砍碎了，切入肌骨，深入能有二指。"哎呀！"把呼延赞给疼的，赶紧拿右手一带马，马就转出圈去了。耶律奚底挥剑想再砍就砍不着了，一纵身从车上跳下来，好嘛，这个样儿就大了，一身女人的装束，他也顾不上管了，把碍事的袍子一甩，赶紧来追呼延赞。好在呼延赞身边有四位家将，是呼延刚、呼延猛、呼延勇、呼延威，也算得上是阵前的步下猛将，各使钢鞭，两个上前围着耶律奚底，两个上来把呼延赞给搀扶下马，解开呼王左手的膊披，把衣服袖子都撕开，先查看了伤口，给涂上随身带着的金疮药，割下战裙来当绷带，一道又一道地缠好了。呼延赞再次翻身上马，试了试膀子，虽然说不至于落下什么伤残，但是现在用不了枪了。拿右手一探，从自己身背后把自己的打王铁鞭唰给抽出来了，单手使鞭，冲着自己麾下的弟兄大声喝喊："咱们中了埋伏了，后队变前队，赶紧往回撤！"呼延赞带的兵将都是他亲自挑选出来的，军纪森严，说退就退，并不乱。耶律奚底的暗算也就算成了，自己一边拿剑格挡，一边朝土坡后边退过去，呼延刚、呼延猛想追，叫呼延赞给叫住了，咱们别追了，赶紧退回大营吧！不追就成啦？刚要往回撤，四面八方杀出来好几支人马，为首的正是老将军耶律斜轸，在马上哈哈大笑："呼延赞，你已经中了我军的埋伏，你还想跑哇？还不快快下马归降？"呼延赞的胳膊已经带了短剑的伤，再拿枪上阵临敌怕是不行了，赶紧拨马朝南边跑，带着自己的本部军兵一块再往回撤。想从胡燕原的山沟再退回去，一看，不行了，番兵已然是把山沟给占满了，进来容易想出去可就不那么容易了。呼延赞朝四下里踅摸踅摸，哎，冲着东边还有一条大路岔进来，蜿蜒向南，估摸着能绕回到寒鸦岭大营，赶紧打马上了大路，且战且退。

后边有两个家将呼延刚、呼延猛带着敢死队死命抵住追兵，呼延赞带着大队人马顺着山坡上的大道，先奔东边退下去了。走着走着，前边瘆咧乱响，又闪出一支伏兵，把呼延赞给拦住截杀。为首是一员大将，头戴独角盔，浑身挂满了大叶龙鳞甲，胯下马，掌中斩马刀，正是北国的武德将军贺云龙。贺云龙把斩马刀转圈抡开了，冲在最前边就是一通砍，当先的宋兵叫他砍死、砍伤了不老少。呼延赞瞧着心疼，赶紧催马冲上来，单手挥鞭来战贺云龙。要是呼延赞能用自己的大铁枪，这个贺云龙可不是他的对手，但是现在只能单手拿鞭，可就有点吃力了。两个人对了有两三个照面，呼延赞不想再恋战，趁着二马冲锋过镫的当儿，拨马就往东去了，后边的弟兄跟着往上就冲。贺云龙指挥番兵拦截，自己抡着刀跟呼延赞后面追。呼延赞想往前走，可不那么容易，番兵番将一拥而上，虽说伤不着呼王，但是刀枪并起，老呼也得忙活一阵儿，想往前走可就太难了。呼延赞打着打着，自己明白过味儿来了，哎，不对呀，怎么都这么半天了，这个中军大营的接应还没见着呢？鼓声响起应当是全军跟着我一块杀出来才对呀？怎么进了胡燕原的全是我自己的人马呀？哼，老贼潘洪，你这可是成心啊！

呼延赞这儿一走神，坏了，贺云龙有一个弟弟叫贺云虎从后边跟上来了，手举长把金瓜锤从呼延赞的身后偷施暗算，"呜！"挂着风声就下来了！呼延赞反应过来想躲已经晚了，赶紧扭身举鞭来接，当啷！锤是磕出去了，自己的铁鞭也抓不住了，一秃噜就撒了手了，啊？再要绰枪已然来不及了，想拨马先闪出去，他用的是长把大锤，老远就能砸着自己。呼延赞可是真急了，一瞧长把锤二回已经到了,自己现在是手无寸铁!没法子,赶紧一矮身,朝外手一侧身,连着甩镫、脱鞍,从马上溜到地上。贺云虎这一锤算是砸空了,可是呼延赞也落马啦,周围的不少番兵早就做好了准备,挠钩、长枪都预备好了,一看见敌将落马,呼啦就都围上来了,要拿呼延赞。

正在这个紧要的关头,就听见正东边一片喊杀声起,旌旗摇动,救兵来了!当先的是一杆黑色的飞虎旗,旗下一员大将,黑人、黑马、黑盔黑甲,就跟一阵黑旋风相仿,一眨眼就到跟前儿了,正是黑虎将星杨七郎!

〖四回〗

南北两朝二番开战，北国元帅韩昌率兵直取雁门关，两国就在雁门关外朔南战场列开了阵势。老贼要借刀杀人，借北国的刀先杀了碍自己事的监军呼延赞，胡燕原里围困住呼延赞，老贼自己就悄悄地撤兵了。呼延赞身负轻伤，可是难以突围，被辽将贺云虎用长把锤逼落于马下，眼看着一众的番兵手举长枪、挠钩前来要擒拿呼王。

正在危急之时，不远处一阵儿黑旋风刮来，正是七郎杨延嗣。七郎从老远就见着呼延赞被番将逼到马下，知道自己再不来救，怕三叔就能有性命之忧！所以什么都不管了，紧着催马往上撞，高声喊喝："呔！胡儿住手！可知你家七爷到了！"呜……黑旋风就刮到了。番兵没有不知道杨七郎的，都叫七郎给杀怕了，吓得直往后靠，就给闪开一条道。七郎是真快，眨眼就到贺云虎的跟前了，贺云虎一愣神，啊！两匹马都快撞上了。七郎一提缰绳，人也霸道马也霸道，黑毛虎前蹄一举，整个站起来了，前蹄乱踢，唏溜溜地乱叫，七郎就借着黑毛虎前蹄一落的劲儿，一进大枪，"嗨！看枪！"看见了，没用，贺云虎手都不听使唤了，愣在那儿看着皂金枪扎进自己的胸膛，"噗！"血溅枪缨，俩眼一闭，上西天了。贺云龙正好也赶到了，一瞧弟弟叫七郎给扎死了，恨得是牙根咬碎，"哎呀，二弟，你别着急走，为兄的给你报仇！"趁着七郎枪还没拔出来，赶上来抡刀就砍，这哥儿俩都这样的人性，惯使偷袭。七郎枪头上的老虎脑袋叫贺云虎穿的虎皮袄给挂住了，一下还真拔不出枪来，就听见"仓啷啷啷……"刀破金锋之音,贺云龙的刀已经砍下来了。小子正乐呢,再定睛看七郎,哎,完好无损?一瞧自己那刀,完了,刀头齐刷刷叫人给砍下来了,自己手里就剩下一根竿子了。扭头一看,原来是令公杨继业到了!令公最恨这样的人,专会暗算偷袭,提马上来,见他要砍七郎,把金刀往当间儿一伸,小子的刀头就给削掉了。令公心说这样的人留着实在是个祸害,也不搭言,大刀转了个车轮圈,二回转到,当头一刀就剁!贺云龙一迷糊,忘了令公那刀是削铁如泥的宝刀,举竿子就搪,完了,"咔嚓!"是竿儿折、人死、马塌架,连战马都给齐齐地切为两段!

  杨令公父子是怎么来的呢?令公早就接到了边关的战报,心内焦急万分。等皇上的圣旨一到三关,马上按照圣旨上给列好的单子,到边关五州各处去调兵,合共调齐了三万大军,和自己率领的精兵合在一处,浩浩荡荡就向雁门关进发而来。今天,令公带着人正走到雁门关前的胡燕原,早有探马报知,胡燕原前南北两国正在开战,自然是要前来助战。听见了喊杀声,带着六郎、七郎赶到阵前,恰遇呼延赞险些被番将所伤,及时来救。两边都说了几句客气话,兵合一处,一起顺大路回寒鸦岭的大营,这个时候北国的伏兵一看是杨家将的旗号,都缩回去了。杨令公保着呼延赞回到了寒鸦岭东营,三关来的支援部队也就挨着东营先安营。呼延赞身负轻伤,再加上天色已晚,令公就不便再到西营见潘洪了,先安顿自己的军伍,顺便和王源帮着给呼延赞疗伤。

  一夜无书,到了次日清晨,老令公没有惊动呼延赞,和六郎、七郎先到西面的中军大营里来见元帅覆旨缴令。到西营这儿一看,老贼已经升帐了,这就得求门军进去通禀。过了一会儿,门军出来说:"元帅命令公您火速进帐!"爷儿仨赶紧走进辕门,来到白虎大帐前,报名进帐。进帐一看,老贼在帅案后边斜坐着,两只小眼睛眯缝着,紧盯着令公,不知道他那又琢磨什么呢。爷儿仨一起施礼参见元帅,老贼爱搭不理,光拿眼睛盯着令公,不说话,把令公给看毛了:"元帅,末将杨继业、杨延昭、杨延嗣,奉圣上旨意,已经调来了五州兵马,特来交令!"老贼呵呵一阵儿地冷笑:"好,令公啊,你是不是看着老夫我挂了这个帅印,心存不服,成心违抗军令啊,啊?要是果真如此，本帅的这个帅印是不是还是得交给你来执掌呢？""啊？元帅此话怎讲啊？末将哪有此意。""没有？好，我来问你，你父子三人本来是驻扎在边关，和雁门关比邻，你们应当是先行，俗话说，先锋先锋，有事先行！可老夫我远在京城，点兵出征，尚且先到雁门关，与北国交兵数日，就是没见你先锋官的身影……你们是先发而后至。难道说，你这还不是不服本帅的统领，存心违抗军令吗？"

老贼说到这儿，把帅案上的虎胆一拍，两旁边的众将跟着发威起哄："讲！"令公就觉得奇怪，自己调兵并没耽搁时日啊？"元帅，您是有所不知，圣上旨意降到了瓦桥关，命末将我等从速到雄、霸、保、安、定五州各卫调来精兵三万，等末将调齐了各州兵马，已然是月底啦，末将率领儿郎日夜兼程。三万大军数百里行军绕道长城外，连同粮草辎重，仅用三日赶到雁门。元帅，行军已经不算慢了。"老贼冷笑了几声，"哼，杨继业，你这分明是拿圣上的旨意来欺压本帅！如今北国的大兵压境，军情紧急，迟一日就有可能丢关失地！你身为前部先锋，又是久经沙场，连这个道理还用本帅告诉你吗？尚作此推脱之辞！左右，还不与我将此三贼拿下！"呼啦，从帐后走出来好些个刀斧手，老贼是早有准备！令公和六郎一时就蒙了，乖乖地背着手等着刀斧手来捆，脑子里是飞快地转，就琢磨我们说什么才能辩驳过这老贼。

七郎能干吗？一看有人要捆他爹，抬脚，噔！噔！噔！噔！把几个人都给踢趴下了！老贼一看，站起身形，仓啷啷……拔出了皇上封给他的尚方宝剑，"杨七郎！你与你父违抗军令，帅帐之中还敢不服本帅的将令，殴打刑官，可知所犯何罪？难道说你想要谋反犯上不成！请看当今圣上御赐的尚方天子剑！"有大将秦肇庆接过来宝剑，拧眉瞪眼，举剑来刺七郎。这个可厉害，杀人不偿命，七郎要是敢躲闪、招架，就算是叛臣反贼了。令公低声训斥："延嗣住手！还不速速服绑，帅帐之中军令难违！""爸爸，老家伙这是存心地公报私仇！""延嗣，潘洪是元帅，你我是先锋，元帅滥行军令，我们也只得依从！你放心，他不敢造次！一旦存心陷害，他照样是死罪！延嗣，听爹爹的，叫他们绑！"六郎先跨上一步："你们先捆我吧！七弟，甭担心，你我现在不是一般的将官，哥哥我是救驾有功的百灵侯，你是战龙将军敏烈侯，让他绑，我看绑上了他可怎么给松！"七郎只好听令公和哥哥的话，把俩胳膊一背，得，你们来吧！令公心想，你老贼再说我们怎么来晚了，还能把我父子怎么样啊？他可想错了，刀斧手上来抹肩头、拢二臂将父子三人捆绑结实了，就听老贼一声令下："来呀！将杨继业父子三人全都给我推出辕门，斩首示众！""啊？"老令公和六郎都愣了，这叫什么罪名啊？"元帅，你？你这斩刑之判是从何说起？如今大敌当前，你擅杀大将，非为国计，唯恐三军不服！""哈哈哈哈，杨继业，你枉做大将三十年！十七禁律、五十四斩当中不是有吗？违期不至谓慢军，犯者斩之！你父子已遭绑缚，还有何说？来呀，不必多言，推下去！斩！"刀斧手推推搡搡，有八个身强力壮的大汉专门把七郎给架出了辕门，爷儿仨就给搁在辕门这儿给捆好了，秦肇庆等四个干儿子来给当监斩官，单等着追魂炮一响，就要开刀问斩！

  追魂炮才响两声，救星来了，铁鞭靠山王呼延赞吊着膀子就来了，怎么？左手受伤啦，昨天晚上就包扎好了，怕磕着，拿绷带给吊起来了。今天一早儿，老呼起得晚了点儿，令公怕吵着他睡觉，成心没叫他，自己带着俩儿子先到中军大营来了。呼延赞来得太是时候了，刚好走到西营的辕门附近，耳中就听着第一声追魂炮了，嗯？老贼在大营里要杀谁呢？怎么点上追魂炮啦？哎哟，不好，别是整治令公呢吧？我可是杨家父子的保官啊！想到这儿老呼心里不踏实，赶紧快马加鞭，到辕门口这儿一看，嗨，还真是令公父子。把呼延赞给气的，好嘛，我刚晚来这么一会儿工夫，你这个老贼就要害人哪？呼延赞就一只手，下马不那么容易，真是滚鞍下马，脚底下一个没小心，摔了个大马趴，满脸都是土。四位家将赶紧跑上来扶起来，给王爷掸掸土，正掸着呢，第三声追魂炮响了，啊？别管我，快救令公！呼延刚、呼延猛、呼延勇、呼延威先蹿到父子三人的身后，一伸手就把刽子手的刀都给夺下来了。秦肇庆、米信义、刘均齐、潘定安冲上来，"呼延千岁！您这是想干什么？""我想干什么？我还要问问你家太师想要干什么呢？啊？大敌当前，把令公这样的名将绑缚在辕门要项上餐刀，我这个监军怎能不管呢？啊？你们都给我闪一边去！"四家天王可惹不起他，乖乖地收拾残局，回到帅帐去交令。

呼延赞亲手把令公和六郎、七郎的绑绳给解开，"二哥，这到底是怎么回事儿？"令公就把方才在大帐上老贼说的话又给学了一遍，"唉，三弟呀，要这么看，潘洪是非得整治死我们父子不可啊，将帅未能齐心，这个仗可怎么打？""二哥，你别担心，圣上叫我做监军，就是给你当保官来的。怎么打仗，咱先甭管，看我先治治老贼再说！你看，万岁封我的这把铁鞭！"唰！呼延赞把背后袢带上插着的打王镔铁鞭就给抽出来了，握在手里，就这么擎着，气呼呼地奔帅帐就来了。

令公和六郎、七郎赶紧来追他，怕他鲁莽惹祸。呼延赞进了帅帐，老贼潘洪有准备了，笑哈哈地就站起来了，到帐口这儿来迎接呼王，"哈哈哈哈，呼延千岁呀，哎呀，听说您昨日儿个是好险哪，啊？谁能想到北国人真是狡诈啊，在胡燕原里是摆下了埋伏，好在您是英勇不减当年啊，闯出了重围！今天晚上，本帅应当给您设宴压惊哪！""去！去！潘仁美，你别跟我这儿装糊涂！我来问你，杨家父子都是干国的忠良，到底是犯了什么军律，你将他父子三人绑缚在辕门问斩？"老贼把脸一板，笑模样全没了，转身回到了帅案后边，稳稳当当地往虎皮椅上一坐，"哦，呼延监军，您要是问这个事，老夫我要杀他父子，是一点都不冤枉他们！您可以算算，咱们从东京发兵都多少天啦？他杨继业是从哪儿发兵哪？咱们走多少道，他们怹走多少道？啊？十七律、五十四斩当中有这一条啊，违期不至是为'慢军'，犯者斩之！啊？呼延监军，本帅我要杀他父子还有错吗？"

呼延赞瞧着老贼那个样儿，眯缝着两只三角眼，摇头晃脑，得意扬扬，恨得牙根儿都痒痒！"哼哼哼哼，潘洪，你可真是巧舌如簧啊。好，你跟我说十七律、五十四斩，那我也问问你，昨天在疆场之上，军鼓已起，你身为三军司命都招讨，是闻鼓不进！我都杀进胡燕原里边去了，你们跟哪儿呢？那鼓又是谁敲的？啊？你这叫什么呢，你这就叫悖军，犯者斩之！你身为主帅，明明知道前边的地形不测，还强擂战鼓，害得我差点全军覆没，你这就叫观寇不审，探贼不详，是为误军，犯者当斩！""呵呵呵呵，呼延千岁，你说的都是昨天本帅的一时之误，你还别绕着说，咱们该说哪儿就是哪儿。杨继业身犯军律，岂能轻易饶过？"呼延赞胡须都给气歪了："潘洪，杨家将为我大宋朝可说是功勋卓著！要论功劳，你比得了吗？远的不说，单说金沙滩一战，为救当今圣上，八虎闯幽州。大郎延平在双龙宴上替君王饮鸩赴死，二郎延定在短剑下为国捐躯，三郎延广被北国的铁骑军马踏如泥，四郎和小八郎失落在番邦，到今天还是下落不知。五郎为什么削发出家？还不是你跟贺朝觐朋比为奸！"贺朝觐正在旁边呢，连连摆手："哎，呼延千岁，你可不要乱说！圣驾已然是给小将我做主，我可不是存心陷害沙滩赴会的八虎将。""哼哼！贺朝觐啊，你替潘洪干坏事，谁不知道是怎么回事？谁人不知道你一个上马不能提刀、下马不会布阵的偏将是怎么做到兵部司马的？你呀，你给我老实点！五郎出家乃是替主落发，不是他谁人能保住我大宋的江山稳固？郡马延昭在董家林闯围救驾，万岁爷亲口封的百灵君侯。杨延嗣日抢三关、夜夺八寨，单枪匹马撞幽州力杀四门，到如今在北国，一提杨七郎，谁人不知、哪个不晓？黑虎将军威名远震，番兵番将闻名丧胆！还有谁敢在七郎的马前横枪对阵哪？再说说老令公，当年一口金刀逼得天庆梁王写下了降书顺表，就连北国人都要送他一个'无敌'之号！像他们父子这样的忠臣良将，潘招讨，你想假借权柄，图谋私弊、陷害贤能……你想杀，杀得了吗？你忘了，这三军之内可还有我铁鞭王呼延赞哪！"

说到这儿，呼延赞从怀里掏出来三样玩意儿，什么呢？三只镶金白玉锁，乃是小八王在呼延赞临出行的时候，从自己脖子上的那八只锁里边拣出来三只，悄悄塞给呼王的，告诉呼延赞，这个上头有先帝御封的宝诰，在大宋朝里没有斩它的刀，没有砍它的剑！戴上这个，谁也不能斩杀杨家父子！呼延赞把三只锁就给令公父子都戴上了，转回身来就把手里的铁鞭给举起来了，回头跟老贼说："潘仁美，你可得瞧清楚了！他们父子戴上这个，咱大宋朝里没有斩它的刀，没有砍它的剑！你别以为在这个大帐里都听你一个人的，你来看，这是先帝封给本爵的打王镔铁鞭，上打昏君，下打谗臣！你要是身居要职，不筹国谋，本爵我可是决不轻饶！"说完了，呼延赞把铁鞭高举，攒着劲，腾腾腾几大步，走到帅案之前，大眼睛就这么瞪着老贼。手里这只铁鞭晃晃悠悠，就在老贼的头顶上打着小旋儿，那意思是你说吧，只要你还说什么废话，我告诉你，我先把你给一鞭打死再说！反正你说你有理，我说我有理，我现在是总监军，我这鞭打死人不偿命！

潘洪一看，真是没辙了，这个家伙自己现在可惹不起，憋在那儿半天说不出话来。光棍不能吃眼前亏啊，副监军贺朝觐赶紧出来给老贼打圆场："唉，呼延千岁，您要这么讲那可就乱啦，咱这个中军大营里哪能不听大帅的话啊？咱们做监军的，元帅果然有错，提示一二，也就是了，怎能逼帅改令呢？好啦，您刚才也说了，杨家将功勋卓著，立下这么大的功劳，足够将功折罪的啦！这样吧，本监军也来为杨老令公求情，元帅，请您念在杨家父子往日的功勋，将其死罪免除！"贺朝觐迈步就挡在呼延赞和潘仁美当间儿，等于是拦住了呼王的鞭，呼延赞再不讲理，总不能鞭打贺朝觐啊！呼王往后可就退了半步。贺朝觐趁这个机会跟老贼挤眼儿，努努嘴，那意思是太师您听我的，先收回军令吧。

潘仁美倒是会就坡下驴，"好吧，既然是贺将军替令公求情，本帅准下，但是死罪可免，活罪难饶。令公身为前部正印先锋官，行军延误，应受责四十军棍！"呼延赞一听，什么？还想拦阻，叫令公给拦住了，"末将甘愿受罚！"有小校将令公请到帐外，行刑的军卒好心，没真打，噼里啪啦，打了二十多棍，愣没见着血。老贼多奸啊，亲自出帐来验刑，"三棍不能见血，小心你们的脑袋！"呼延赞一听，什么？三棍见血？一瞪眼，"我看你们谁敢？"行刑的人没法子，互相对看，都知道令公是好人，呼延赞也是好人，可潘洪是坏人。好人都是怕坏人，不会怕好人。这会儿你呼延赞再说什么都是没用的，我们不打令公？我们三棍不见血回头连今晚都过不了，老贼是必定会治我们，弄不好连命都得丢！可是我们打出了血呢？顶多就是自己的良心过不去，你呼延赞不会摆治我们，因为你是好人哪！您几位听众是不是能听明白了？什么时候都是这样，好人是只怕坏人，不会怕好人，只要你是个好人，没人怕得罪您。这样的人性，或者说这样的文化，最后就逼迫着很多好人，在生活里将自己伪装成坏人，希望有人怕他。

闲言少叙，行刑的军卒再下棍，这都是专业的，果然是三下就见血，把令公给打了个皮开肉绽！令公只能是忍啊，趴在地上紧咬牙关，一声"哎哟"都不能出。刑毕，六郎、七郎给抬到大帐之内，还得跟元帅回复，有请元帅验刑。潘仁美假惺惺地还抚慰几句，"哎呀，令公，您看本帅我也是无奈，我们都是两朝元老，不得已执法秉公嘛……"把七郎可是气坏了，没六郎拦着，早就抢上去跟老贼玩命了。哥儿俩搀着老爹爹出离了大帐，呼延赞骂骂咧咧地也出来了，"二哥，您怎么还非得领他这个刑啊？咱们还能受他这个活罪吗？"令公回头望了望中军大营，摇了摇头，长叹一声，"奸贼当道！挟私报复、身忘国谋，令我辈有志难伸……难道说真的就眼看着大宋江山拱手于人不成！"

〖五回〗

六郎和七郎搀扶着令公要回寒鸦岭的东营，刚刚走到辕门口外，就见老贼潘洪满面堆笑打大营里边儿出来了，"哎呀，令公令公，您留步，您腿上这个伤可就不能再骑马回去啦，老夫特备马车一驾，待会儿送您回营。"杨家部将都在辕门外等候，这个时候一听说令公受了这么大的委屈，都急了，一个个恶狠狠地瞪着老贼。令公还没说话，七郎先火了，"潘洪！你甭假惺惺地来买好啦！我知道，你是惦记着怎么给你那宝贝儿子报仇雪恨哪！"老贼照样儿还是那个笑模样儿，"呵呵，七将军啊，你可错怪老夫啦。令公啊，你我可都是久在军中为帅啦，有道是军前无父子，军前执法老夫必得是铁面无私啊，要不然日后怎么服众啊？您就多多包涵了。来来，您瞧，车都套好了，您还是上车回营吧！"

令公没多说，咬了咬牙，爬上马车，坐是坐不住了，就跟那上边跪着。回头跟老贼说："如此，末将谢过元帅！""哎哟，令公您要是这么说就见外了。您哪，这一阵子就好好地在东营歇着吧，您带来的人马老夫我亲自点阅，您就甭管啦！啊，六将军、七将军，这几天就有劳您二位好好照看照看令尊啦，等令公这伤好利索了，再来中军听令，咱们好点队出征！好、好、好，本帅就不远送了。"大家伙儿回到了东营，姜豹、薛彪先把令公架进内帐，一瞧，腿上的皮肉都开了绽了，血肉模糊，根本不能躺着，就跟床上脸儿冲下这么趴着。这些人里最精通医术的就是金枪手王源，自己一边掉着泪，一边给老令公剪开裤筒，慢慢地把裤子和皮肉撕开喽，好在行刑的士卒手底下留着情呢，伤得不深，拿刀子去除糜烂的皮肉，一点儿一点儿给涂上药膏，再拿纱布包扎完好，老令公那牙关才能松开点，稍稍舒坦一会儿。杨家众将都瞧着冒火，呼延赞气得往床边上一坐，"二哥！要这么着可不成，老贼潘洪弄权，今天找这个茬儿，明天抓那个茬儿，咱们可是防不胜防啊！"

七郎在旁边也嗷的一声就蹦起来了："爹啊，您干吗要受他这个罪呢？想当初，在河东北汉王驾前您老人家是何等的威风？啊？就连汉王都得尊您一声义弟，在您面前他自个儿都不敢称孤。太行山前老主爷要恩收咱们家的时候，孩儿我记得您也都说明白了，咱们家是听调不听宣，有事则调，无事自处，做个逍遥自在王。可到如今，新皇上他说了不算，派咱们父子出征，又不叫您做元帅，派了个没真能耐、净找茬儿为难咱们的潘仁美来管着咱们。爹爹，要依着孩儿我，您只要是别拦着，孩儿我杀到中军大营，把老贼给圈起来，把他桌子上的那颗大印先拿过来用用，您做两天元帅，三叔一个人当两天监军，我和六哥还当先锋，这样儿多顺心呢？等咱们打完了仗，北国人都退回去了，再把大印往他老贼的脖子上一挂，咱再把他放了不就得了吗？"令公听憨老七说的这个话，是又可气又好笑，一个劲儿地摇头。

六郎跟七弟说："老七，你别胡说了！如今大敌当前，老贼潘洪手握重兵，真像你说的那样儿，咱们和老贼动上刀兵，就算夺下了帅印，军心必乱，令不能行，咱们这个仗根本就打不了。可这样儿做的话，老贼就有的说啦，说咱杨家父子兴兵谋反！老七，到那个时候，咱们父子再有本事也守不住这个雁门关——就叫腹背受敌，前有北国兵，后有老贼的大军，老七你再勇，你一个人能把这么多的辽兵辽将都杀了吗？边关一乱，咱大宋江山可说是危在旦夕，黎民百姓没有好日子过了，你我也就都成了罪人了。"令公听六郎说的话，点了点头，自己什么都不说了，低下头咬牙忍着棒伤之痛。七郎也知道六哥说的话有道理，可是眼瞅着爸爸趴在那儿的难受劲儿，心里头如刀割枪扎着那么疼，气得一跺脚就出去了。令公跟六郎说："延昭啊，你赶紧跟着你七弟，看着他点，延嗣自幼性如烈火，别回头忍不住自己跑大帐去闹事儿，咱们就更叫老贼抓着把柄了。你快去吧，这儿有你三叔和王源叔父他们呢。"六郎也知道，只有自己还能管住七郎，答应一声儿，赶紧出营去追赶七郎。

呼延赞坐在床边儿上直憋气："二哥，这个事儿得容我好好盘算盘算，看看咱们爷儿们应当怎么办，不能老是这么等着他算计咱们！"王源看了看呼延赞，也点点头："令公啊，依我看，这回出征雁门，老贼潘洪讨旨，可是下了狠心了，非得把咱们整死不可啊，咱们可不能再到中军大营去了。呼延千岁，您现在是钦命监军，您能不能就借着令公现在这个伤，明日儿个到中军大帐把假告下来，咱们就借着这个由头在您这东营里头先躲一阵儿，北国人要是来叫阵，就由我们弟兄、叔侄几个前去接战，这样一来，咱们还能跟他耗上一阵子。"令公说："嗨，二位贤弟，这也不是长久之计。我看哪，老贼虽说有害我之心，但只要我们父子小心谨慎，严守军纪，让他抓不到什么把柄，如今有八千岁的镶金锁，谅他也不能把我们怎么样。"呼延赞说："二哥，您说的这个话虽说也对，但老贼老跟那儿惦记着，总不是办法。我看哪，咱们军前的这些个事儿，还得想个法子叫朝里的几家儿老臣和八王千岁他们知道知道，总得想出个两全之策。"事到如今，也只有走一步说一步了，令公就把自己天波府火山军的本部军卒都给搁在了东营，三关五州调来的军马交由主帅调动。都安排好了，众人各自回帐休息，按下不表。

就这样，接连挨过了十几天，韩昌听说杨家父子来到阵前，没敢来叫阵，老贼潘洪也没升帐，令公好好地在自家营帐里养伤。赶到这天晚上，刚过定更天，就听见西营那边儿喊杀声震天！嗯？令公赶紧打床上爬起来，这几天让王源给调养，腿上的棍伤好得挺利索，瘀血散尽，伤口已经结痂了，老头儿能凑合着下地溜达两步。一听见外边儿传来一阵阵的喊杀声，嗯？怎么回事？难道说北国人来劫我的营寨不成？不敢怠慢，赶紧爬起来，不等别人来伺候，自己下床咬着牙套上外裤、蹬上软鞋，摘下挂在帐里的佩剑，走出自己的寝帐。赶来到帐外，踏实了，自己所在的这座东大营安然无恙，喊杀声是打西面大营那边儿传来的。令公刚要找人问问怎么回事，王源和呼延赞也都穿好了衣裳赶过来了，都不知道是怎么回事，搀着令公一块儿登高往西营那边儿张望，但只见寒鸦岭西边的大营里，现在是火光冲天，看意思，是有人放了一把大火。老哥儿几个纳闷儿，赶紧派出探马去打探。老哥儿几个都不大放心，一合计，咱们得过去瞧瞧去，万一要是辽国的韩昌前来劫夺西营，咱们东营可不能不管！商量好了，各自再回帐内改换衣装，顶盔贯甲——王源伺候着令公将就把铠甲松活着给挂上，裈甲丝绦勒好了，打了个松活结，外边找了件宽大的战袍给裹上，一块儿出来。

出得营帐，外边儿呼延赞已然点好了一支队伍，六郎带着天波府的火山军将士也赶过来了。有人给老令公带过来宝马登山雪，姜豹和薛彪已经给垫好了褥套，软软乎乎，骑上去就是高了点儿，不耽误脚程，颠簸也好忍耐。令公强忍伤痛，翻身上了宝马，一回头，哎，七郎哪儿去了？"延昭，你七弟到哪儿去了？""爹呀，七弟他每日夜里巡营瞭哨，查岗查哨……天光大亮以后才能赶回来。""噢……好吧，那你就不要去西营了，你带着咱们本部兵马留守东营，派人在辕门外等着他回来，他一回来，就告诉他是为父的军令，你们哥儿俩坚守东营，防备北国人调虎离山之计！""好！"六郎就叫杨昊、杨明哥儿俩留在辕门口儿，单等七郎回营，自己跑马到东营各处巡查，提醒各处的守将小心防护营盘，咱们按下不表。

杨继业和呼延赞、王源老哥儿仨刚刚带着人出了东营的辕门，对过儿大道上跑过来几匹马趟翻，为首一个，看装扮是位传令官，手里头举着元帅的令箭。呼延赞和王源等人赶紧打招呼，传令官一瞧，嘀，正主儿都出来啦，"呼延监军，杨先锋，元帅发下亥时令箭，非比寻常！请您二位随我过营，有紧急军情！"令公和呼延赞一瞧，不用我们打探，是潘仁美来调我们，看来是有急事儿，"好，有劳差官，您就甭下马了，咱们现在就走！"传令官绷着脸，跟谁都不说客气话，拨转马头就走，大家伙儿跟着赶奔西边儿的中军大帐，一路之上谁也不言语，心怀忐忑，也不知道西营今日晚上到底出了什么事。

令公杨继业和靠山王呼延赞接了老贼潘洪的令箭，到西营中军大帐听令。两座大营离得不算远，走出去没一顿饭的工夫，眼看着到了寒鸦岭西口外的中军大营，趁着月色，远远看到山洼里的营帐是火烟弥漫！看起来中军大营果真是失了火了！等走近了，哦，大火是已然扑灭了，可是西营里边已经乱得不像样儿了，好些个帐篷东倒西歪，不少的兵丁在那儿收拾细软，看意思是想查找还有什么能用的家伙什儿。辕门也都乱套了，车驾被人砸碎，门梁、门柱都给砸断了，呼延赞和令公这几位从辕门往里走，两旁边的兵丁士卒盯着他们是交头接耳、议论纷纷。嗯？令公很纳闷儿，从来没见过这样的场面。

一进大营，耳旁边只听得鼓声隆隆，哟，元帅还升帐哪？头前儿派人到元帅大帐去通禀一声，令公几个人听到传唤令以后才走进大帐，看见元帅潘洪在帅案后边正襟危坐，哟，两旁边的十一家太保个个儿带伤挂彩，身上包扎着绷带，看意思刚刚还是一场恶战。令公慢慢地挪上来，一拱手："潘大帅，末将腿有余伤，参见来迟，还望招讨使恕罪！"再看潘洪，是面沉似水，没理令公。呼延赞说："潘大帅啊，这么着急叫我们来，到底有什么紧急军情？刚才这是怎么回事啊？""哦，"老贼把脸一仰，"呼延监军，请您来，皆因为方才咱中军大营里出了一桩大事，请您来给看看，本帅我到底应当如何惩办。"说到这儿，没容呼延赞回话，啪！一拍虎胆，"嘟！杨继业！你可知罪？"令公就是一愣，我知什么罪呀？"元帅，末将不知，请元帅讲明！""哼哼哼哼……杨继业！你装什么糊涂？你这叫纵子祸乱三军之罪！你进大营的时候没看见吗？今夜晚间，你的七子杨延嗣闯进我的中军大营，是烧、杀、砸、毁！把大军的粮草都给烧光啦，还杀到元帅的寝帐要刺杀本帅。多亏了李汉琼将军舍命救护，本帅才讨得活命。杨继业，你分明是记恨前日本帅依律行刑之仇，纵子行凶！还不速速服绑认罪，难道说你尚想抵赖脱罪不成？"

啊？杨继业就呆在那儿啦！难道说这真是七郎办的事吗？不能啊。"潘招讨，您说是我儿七郎所为，可有凭据？""哈哈，杨继业，你跟本帅要凭据？满营的将士儿郎，都可以为本帅做证！他们都看着呢！杨七郎黑纱蒙面，他想瞒过别人，能瞒得过本帅吗？"呼延赞一听，嗯？有毛病，"潘元帅，照你这么说，劫营之人蒙着面哪？您怎么就能知道准是杨七郎呢？"潘仁美哼哼地冷笑："呼延监军，杨七郎再挡着脸，满营众将还能认不出他来吗？

他那枪，他那马，他那身儿盔铠甲胄，他那个头儿，我知道，我说什么你们都不信，有一位说话你们得信——来呀！有请贺老国舅！"工夫不大，老国舅贺怀浦叫人给搀扶着打后帐走进来了，左边大腿上裹满了纱布，看这意思，是叫晚上劫营的那位"杨七郎"给扎伤的。老头撅着胡子，疼得嘴都咬歪了。令公和呼延赞赶紧上来跟老国舅见礼，老头儿一见着令公鼻涕眼泪都下来了："哎哟哟……令公哎，你瞧瞧你家老七做的这个事儿，啊？您可得好好管教管教！"令公说："贺贤弟，这……这到底是怎么回事？""嗨！这个浑小子，蒙面打劫啊！谁能打得过他呀，小子下手可够黑的，连挑了我们好几位哪！可怜我的好兄弟李汉琼，他……他被小七一枪挑破肚肠，到刚才，已然是伤重而亡！"

这回北伐，朝廷降旨责令山西地方官儿将大军所需用的粮草军需给备办齐了，运送到雁门关。老国舅贺怀浦怕在路上出什么岔子，亲自率领着山西武官，一同押送粮草来到寒鸦岭的大营。没想到今天擦黑儿到的，刚卸好了车，日头一落山，就有一位蒙面的黑袍将闯进了大营，到处杀人放火。贺怀浦瞧着可心疼啊，带着自己手下的将官来捉拿放火人，结果正赶上这个人杀到了元帅寝帐，要刺杀潘洪，已然枪伤潘洪的儿子、干儿子不少人了，正要奔元帅来呢。贺怀浦手下有一位大将名叫李汉琼，也是勇冠三军的一员猛将，上前迎战蒙面人，结果走马过了几个回合，被蒙面人一枪——穿透小腹！贺怀浦气急了，亲自上来动手，哎，他越看越觉得这个蒙面人眼熟，这不是杨家老七吗？老国舅这么一喊，"老七！休得莽撞！"得，这位扭脸儿就跑，老国舅可就来了气了，这不是杨七郎是谁？你跟潘仁美多大的仇你也别烧大军的粮草哇！更不能滥杀无辜啊！老国舅就跟后边儿追，一边追一边嚷嚷，前边这位猛然间一调马头，回手一枪，没扎着要害，把老国舅大腿上的一块肉给挑下去了。这手儿枪，贺怀浦见过啊，这不就是七郎使过的转马回身枪吗？所以说贺怀浦认准了，这个蒙面人就是杨七郎，绝对错不了！

贺怀浦就把事儿给杨继业说了一遍，是这么这么一回事儿，我算是看准啦，就是你家的小七！"你瞧瞧，这是他把我扎的！你瞧瞧！"唉……令公心想，假如要是贺老国舅也这么说，那这个事就没错了。别人撒谎，尚有可能，贺朝觐那些人都是老贼的亲信，贺老爷子可不会。贺老爷子干棒硬正⁹的老头儿一个，从来不会趋炎附势，不会跟着附和老贼——之前顶多是叫老贼一党欺负得不敢说话。自从贺令图被逼五台出家以后，老国舅可就跟潘党势成水火了。再看贺老爷子比画的这路枪法，没错，就是杨家的梅花六合枪，而且还是王源刚刚教给七郎的绝命枪，别人哪能会呀？唉……令公低下头来，左思右想，七郎生性鲁莽灭裂，打小儿叫我宠坏了，做出这样的事来，如今悔之晚矣！我还能有什么推脱之辞吗？这件事就不怨人家陷害了，是自己的错，我还能逃脱罪责吗？把自己的两只手一背："潘元帅，我儿延嗣本该按令巡营瞭哨，可是他自己却悄悄闯进中军大营，做出这样儿的事，罪当问斩！论公，延嗣为左印先锋，末将身为正印先锋；论私，子不教、父之过，都是末将素常疏于管教，才生出如此祸端。末将不敢违令，一切悉遵元帅的处置！"

呼延赞还跟那儿打愣儿呢，这事儿能是七郎干的吗？不像啊！潘洪在帅案后一瞅，令公有心认罪，哼哼！这么好的报仇机会我能放过吗？一拍虎胆，啪！"好！杨继业，难得你还有秉公之心！来呀，将先锋官杨继业绑缚在辕门之外，单等杨七郎归案，一同枭首示众！"有人过来打掉头盔，五花大绑，给插上牌标，押出帅帐。

呼延赞赶紧拦挡："且慢！潘元帅，这个事儿到底是不是杨七郎办的，你还没查办清楚呢！劫营之人黑纱蒙面，又是深夜晚间，怎么能咬定呢？再说，就算是七郎做的，这跟杨令公有何干系？杨令公乃是我朝的山王千岁，军中粮草事大，他还能犯这个糊涂，做出这种事儿来吗？"潘洪坐在帅案后边儿是一阵儿一阵儿地冷笑！"哼哼，呼延千岁，我看出来了，你可不是到两军阵前做监军官的，你是专门来给他杨家做保官的！杨七郎夜劫营寨，残杀本部官兵，三军儿郎俱是亲眼所见，证据确凿！今夜之事，分明是他父子私底下商量好了，这是要刺杀本帅，报复前仇！""不对！我向着杨家？潘仁美，你要是这么说，咱们得掰扯掰扯，可别怪我把话说穿了，要不是你成天惦记着害他杨家，还有这些个事儿吗？哪来的私仇私怨？今日儿个这个事儿，是明摆着有人假扮七郎前来劫营，这叫一石二鸟之计！烧光了咱们的粮草，还能嫁祸给七郎！"说到这儿，呼延赞"唰"把身后背的打王鞭抽出来了，"潘仁美，先帝封的打王镔铁鞭，专打奸佞谗臣！今天你要是不放令公，我呼延赞绝不罢休！"潘洪心说，你又来这手儿了，我这儿早有准备！"呼延赞，要照你这么说，今日晚上还能是本帅我找人冒充杨七郎来劫营的吗？你身为监军，处处与本帅作对为难！现在竟然栽赃陷害，莫不是藐视圣上旨意，要谋夺老夫的帅位不成？哼哼，你有打王鞭，难道说就能藐视君上了吗？来呀！"帐前有人答应一声儿，哗啷啷……甲叶子乱响，走出来两位，一个是潘龙，一个是潘虎，潘虎高举尚方宝剑，潘龙手捧圣旨，口中高呼："靠三（山）王夫（呼）延赞接齿（旨）！"嗯？呼延赞愣了，怎么还有圣旨呢？这个时候你要是不跪，那就是谋反，敢不跪吗？赶忙跪倒听旨。潘龙把圣旨一念，意思是说，呼延赞你在前敌做监军，不宜干涉行军主帅的令行，打王鞭不能高于朕的尚方天子剑，有什么事你得和副监军贺朝觐商量着办，要不然你就是抗旨不遵之罪！啊？这是什么时候下的圣旨啊？呼延赞口称谢主隆恩，腾就站起来了，"潘龙，将圣旨拿来我看！""嘿嘿，夫（呼）延千岁，您，您好好看看啵！"呼延赞接过圣旨一看，刚刚追下来的圣旨玉玺加盖，笔笔字迹清晰，果然是一份真圣旨！哎呀，万岁，你这么做就是言而不信，你是要置忠良臣于万劫不复！

此正是：

忠孝谋国无佞臣，捐身保驾殁沙滩。
闲歌自古刀头曲，犹叹先锋马不还！

一段《金沙滩》千古悲歌书目到此结束，要知道英雄父子日后命运如何，请听下一卷《两狼山》。

附录一：文中出现的北京方言词语 *

1. 掰不开镊子（P6）：bāi bù kāi niè zi 原意指手不灵巧。如："像他这样两只手~的人，能学会组装机器吗？"引申用以嘲讽心思不灵、不能分析事理，或想不开，心里憋闷。如："你又~了，再想个别的办法啊。""得了，别~了，出来玩玩，散散心。"亦用来形容忙得分不开身，顾不上，文中即此义。

2. 拌蒜（P61）：bàn suàn 腿部迈动不灵，不能正常地迈步走路，多指醉人、病人或学步的幼儿。如："你瞧他又喝醉了，两腿直~。"

3. 提拉（P63）：dī la 提；拉起。"提"（tí）变读。如："筐子太沉，~不起来。"

4. 听喝（P66）：tīng hè 听人差遣，不自作主张。如："我是~的，有什么事，您别问我。"

5. 险一险儿（P68）：xiǎn yī xiǎnr 差一点儿，特指惊险之事。如："~让车撞上。"

6. 拔创（P71）：bá chuàng 谓支持受欺者，为之争论。如："你是她什么人，替她~？"

7. 话把儿（P80）：huà bàr 即"笑柄""话柄"。犯过的错误，闹过的笑话，或某些不敢公开的事，传扬出去，而成为众人的谈笑内容，叫作"留~"。如："你这么胡来，非给人家留下~不可。"

8. 猴儿顶灯（P87）：hóur dǐng dēng 形容帽子小而高，顶在头上，难看。

---

* 本书中北京方言词语的确定标准，参考了徐世荣编写的《北京土语词典》（北京出版社，1990），其中借字、释义等亦参考此词典。

如:"你的帽子小了,换一顶吧!瞧这～似的,多难看。"

9.干棒硬正(P279):gān bang yìng zhèng 形容正直无私,耿介不阿,廉洁淳朴。如:"这个人可是～,没一点儿邪的歪的。"

附录二：《北宋倒马金枪传》评书整理与研究

付爱民

《北宋倒马金枪传》是一部清代中后期流传于北京地区的传统评书，演说宋代杨家将世代忠勇报国的英雄传奇，全称应为《北宋倒马关金枪扫北志传》，故又称《倒马金枪》。所叙为全部杨家将说唱文学《金枪全传》中最主要的一个段落，取材于古代话本小说《北宋金枪全传》[①]，话本又系明刊《北宋志传》的增饰本。由于这部书的书胆人物是历史上实有其人的抗辽名将杨延昭，历史上的他就是在河北保定一带镇守边塞，明清盛传在定州倒马关。在故事里，祖先传下来的金枪也被当作一种家族信念的精神符号所坚守，则这一段专门以六郎杨延昭为主人公的评书篇目为"倒马金枪"。

[①] 今所知有清道光二年（1822）博古堂刊行版本《绣像北宋金枪全传》。该小说文字仅是清代文人根据明代嘉靖年间熊大木合编历史小说《北宋志传》的改编本，因有一段错装订故事，内容为杨家将故事的说唱本。推测清代中期之前已经有说唱本《北宋金枪全传》流传，可惜今未能见。

一

早在第三代杨文广还在世的时候，乃祖杨业、乃父杨延昭在抗辽战争中"智勇无敌"的故事就已被民间广为称道，甚至已经富有传奇性色彩了。欧阳修于皇祐三年(1051)所撰《杨琪墓志》中说："继业……延昭，父子皆为名将，其智勇号称无敌，至今天下之士，至于里儿野竖，皆能道之。"① 其后不久，苏辙出使辽国经过古北口时，见到辽人为杨业立的"杨无敌庙"，深有感慨，饱含敬意作诗说："一败可怜非战罪……我欲比君周子隐，诛肜聊足慰忠魂。"② 足见杨业陈家谷之败已经在这一代文人心目中构成了一种传奇色彩浓重的史话，认为杨业之死应当归罪于弄权者，与西晋名将周处被皇亲司马肜所陷害兵败的历史很相似。

南宋时苏杭勾栏瓦肆经常表演的评话节目中，有《杨令公》和《五郎为僧》两个名目③；同时金院本戏曲节目中又有《打王枢密爨》的曲目④。可见当时南北两地都同时流行着杨家将的说唱曲艺节目，初步推论南宋艺人所说的杨家将故事很可能是南迁的北宋遗民带来的，这些节目在北宋时期已初具雏形。

周华斌先生认为元代杂剧中仅存的杨家将故事剧本《昊天塔孟良盗骨》和《谢金吾诈拆清风府》，恰恰可以清晰地反映出宋、元时期"杨家将故事发展的两条基本线索"，"这两个剧本是宋金时代《杨令公》等话本和院本的演衍"，前段是"围绕杨令公殉节而展开（即《杨令公》《五郎为僧》——《孟良盗骨》）"，后段是"围绕杨六郎三关抗辽和

---

① 转引自周华斌、陈宝富校注《杨家将演义》，北京：北京出版社，1981年，第398页。
② 见苏辙《栾城集》卷十六。
③ 见[宋]罗烨《醉翁谈录》。
④ 见[元]陶宗仪《辍耕录》。

反迫害而展开（即《打王枢密》——《谢金吾》）"。①在《谢金吾》剧本中还曾由长国姑说出"你道是杨和尚破天阵吃了些亏，却不道救铜台是靠着伊谁"，说明元代时破天阵和救驾铜台的故事也已经成型。从元杂剧《孟良盗骨》《诈拆清风府》的剧情、唱词念白中所提示的内容参证明代内府杂剧剧本，至少还有两剧之外的许多故事在之前早已定型，如杨家父子保驾勤王、杨继业李陵碑被陷害尽忠、杨六郎告御状等。可见早在这些剧目编写以前，宋元之际市井间已经流传着一部成熟的杨家将长篇话本，即《杨令公》（说演杨继业李陵碑死节故事）、《五郎为僧》（说演杨延昭三关抗辽故事）话本的接续全本，构成了杨家将说唱故事的整体脉络。

二

杨家将故事在宋元之际的盛行，反映了南渡宋人怀念故土、怀念父兄忠骨、深切盼望英雄挽回败局的心理。因此南宋评话节目存有不少对时事素材的引用，如出家后仍然不忘杀敌报国的杨五郎，很可能就是对北宋末年率徒聚兵抗金的五台山著名武僧真宝的影射。②

再比如，杨家将小说中宋辽交战的战场名为"瓜州"。《北宋志传》第十七回中说："挞懒领旨，即日与大将韩延寿、耶律斜轸部兵二万，从瓜州南下。"第十九回的回目即为"瓜州营七郎遭射"。但考诸历史地理资料，宋辽边境无任何音近或形近的"瓜州"关塞，历史上的"瓜州"可能成为南北战场的，只有长江渡口中的瓜洲。而这个瓜洲恰恰是

---

① 见周华斌、陈宝富校注《杨家将演义》，北京：北京出版社，1981年，第5页。
② 见中国武术大词典编辑委员会《中国武术大词典》，北京：人民体育出版社，1990年，第447页。靖康初年，真宝在五台山带着僧兵习武，钦宗皇帝曾在便殿召见，命其还山聚兵抗金，后与金兵苦战被擒，百般劝降而不从被杀。

南宋名将杨存中、刘锜等与金军作战的主战场之一。小说中杨六郎在边关附近收服了不少出身太行的草莽英雄，也应是对当时自发组织抗金的太行山义军将领们的比附。《宋史·王德传》另记骁将王德有子名"王琪"，也以骁勇闻名军中。杨家将小说中边关有大将王琪。《宋史·王彦传》记当时在太行山驻扎的八字军最有名望，曾有河北民兵首领孟德、焦文通等，率领十九寨十余万人前来投效。在小说中杨六郎的部下就有一人名孟德。杨六郎手下最得力的助手岳胜，小说中称其为山东齐州（即济南）人，擅使大刀。他的原型其一应即南宋时镇守济南的大将关胜，其二可能是大量夺取苏北、山东失地的大将魏胜。史载魏胜擅使大刀作战，绍兴三十一年（1161）聚众起义抗金，协同他作战的有宋将李宝、张子盖，而小说、杂剧中岳胜部下有李玉（李瑜）、张盖。我的判断是，小说的很多文字，很可能是南宋时期话本内容的折射。

我国古代说唱艺术的发展高峰和创新高潮比较集中在北宋末期和南宋时期，其中一个重要的原因就是南宋时有大量军人定居都城临安，他们有足够的时间和金钱来消费娱乐文化，成为说唱创作的稳定性需求保障。我多年研究艺术学理论，认为一个艺术母题能够得到持续的发展，需要具有稳定的市场需求和需求自身的规模化发展为基础。潜在的赞助人群体和民间文化的时风倾向对其最终能否发展为一部体系庞大的故事群，有着十分重要的影响。从南宋时事的点滴线索中，我曾做出一个大胆的推想，在南宋、元初定型的杨家将故事体系中的主要人物杨六郎和父兄为国捐躯故事，很可能是临安俗文学艺人对南宋初期位高权重的名将杨存中和他家族的影射。

就已知的杨家将说唱故事底本情节来判断，早在南宋时期就成型的故事就与史实存在很大程度的出入。而且史实与文学之间存在的是关键要素上的矛盾：第一，史载杨延昭只有一个兄弟阵亡殉国，但杂剧和小说中的杨六郎是七兄弟中仅存的一个；第二，杨六郎在小说中曾单骑救驾，得到君王的特别赏识，而历史上的杨延昭只是普通的一员边镇将领，地位并不高，更不曾有如此功勋；第三，历史文献未能得见任何君王为嘉奖杨家将功绩赐建府邸楼阁的记载，但在戏曲和小说中皇帝在京城赐给杨家一座巍峨的天波楼和豪华的府邸；第四，可靠的历史文献中见不到任何杨业家族与当时河西折氏家族的姻亲关系，佘太君这个人物究竟是如何诞生的？第五，历史上的杨六郎不可能是郡马身份。

然而从南宋名将杨存中的生平来看，却比历史上的杨延昭更接近小说和戏曲中的杨六郎。杨存中的祖籍就是杨业抗辽时的主战场代州崞县，与北宋杨家将同乡，且有近似的边防职责，此二杨家族以目前的史料还不见有血缘关系。北宋末年时他的祖父杨宗闵与河西麟州长官折氏家族的关系非常密切，曾协同镇守麟州。父亲杨震在杨宗闵调离之后继续在麟州守卫，契丹残部来犯，杨震夫妻与杨存中的弟兄执中、居中等全家战死，当时存中在河北从军而得免，杨存中的这个身世与小说中的六郎延昭很相近。他也和小说中的杨六郎一样，曾经去剿灭过河北一带的盗匪。当时的赵构自任"天下兵马大元帅"，在山东、河北一带组织抗金，杨存中做了皇帝卫队中的卫队长，《宋史·杨存中传》中记载了他在阵前勇猛护驾的情节：

……存中昼夜扈卫寝幄，不顷刻去侧。帝知其忠谨，亲信之。剧贼李昱据任城，久不克，存中以数骑入，击杀数百人。帝乘高望见，介胄尽赤，意其被重创。召视之，皆污贼血，壮之，饮以酒，曰："酌此血汉。"

将这一段与《杨家府演义》中五台降香后六郎单骑保驾退至高州的一段详细描写比较，就会发现两段内容极为神似。后来的几年里，杨存中由于作战勇猛，屡被提拔，因功逐步升为独领一军的将领，成为与刘光世、韩世忠、岳飞、张俊同列的边镇大将。杨存中是当时名将掌权时间最久的，手握重兵前后达四十年。《宋史》记高宗评价他的原话是："杨存中唯命东西，忠无与二，朕之郭子仪也！"《宋史·杨存中传》最后一笔记杨存中退休以后曾寄情营造楼阁、园林于湖山之间，他在居住的府邸中建阁收藏御书，孝宗因此又为其题匾额曰"风云庆会之阁"。"风云庆会"反过来即可提出"清风"二字的谐音字，在元杂剧中杨家收藏有皇帝亲笔敕书铁券的府邸即名"清风府"。杨存中的妻子赵紫真为太宗六世孙赵不侮之次女，与高宗赵构同系，虽然不是郡王之女，没有郡主之实，却有相当于郡主的血统身份。①

更重要的是，在早期杂剧以及流传至今的传统剧目中，杨六郎的名字与史实不一致，并不是杨延昭或杨延朗，而是叫杨延景。宋代的书会艺人必定是知道历史上的杨六郎本名的，因此让延朗做了杂剧中的五郎，延昭做了杂剧中的四郎。这是更有趣的一个特异现象，不用杨存中的暗喻是无法解释的。通过研究我发现，"延景"字眼的含义就是"存中"。《周礼·考工记·匠人》有句："昼参诸日中之景，夜考之极星，以正朝夕。"这里所说的日中之景的"景"是影，指的是当太阳运行到正中之时的影子。"存中"是宋高宗御赐之名，他本名是杨沂中，所以赐此名，"存"字当中饱含深意，也可见高宗毕生信任杨存中的心意。历史上的杨六郎杨延朗毕生未见任何与"景"字信息的关联，艺人编创出的杨延景很可能是在暗喻当时权重朝野的名将杨存中。

那么，是不是就因为杨存中姓杨，出身山西，南宋时期临安的说唱艺人就偶发兴致附会史实说演，用杨六郎来暗喻父子皆贵的杨存中家族？当然不会是偶然的。据吴自牧《梦梁录》卷19当中的记载：

---

① 见[宋]孙觌撰《鸿庆居士集》卷四十一，载于《鸿庆居士集、内简尺牍、松庵集、豫章文集、藏海居士集·四库全书第1135册·集部》，上海：上海古籍出版社，1987年，第447页。

杭城，绍兴间驻跸于此，殿严杨和王因军士多西北人，是以城内外创立瓦舍，招集伎乐，以为军卒暇日娱戏之地。

"和王"就是杨存中的王号。当时他主持殿前司的工作，因为京师内外驻扎的部下军士多是爱听戏的西北人，就在城里城外创立了演艺场所"瓦舍"。也就是说，南宋时期临安内外十几处供说唱戏曲艺人演出场所的真正后台老板，就是杨存中本人。

三

全本杨家将话本小说的出版依今存世版本最早可上溯至明代嘉靖年间，福建建阳的熊大木汇集了当时流传较盛的宋代说唱话本，合编为一部历史小说《两宋志传》，其中《北宋志传》几乎全部是杨家将的故事。根据我的研究分析，《两宋志传》小说中至少汇编了《下河东》《杨业归宋》《八虎闯幽州》《杨六郎守三关/杨六使》《清风府/杨家府》《天门阵》等数篇中短篇的话本。

据明正统年间叶盛在《水东日记》中的记载，当时南方的私人书坊曾经流行过《杨六使》《杨文广》的话本，① 现已无从考其内容。"杨六使"即六郎杨延昭的官号，《北宋志传》中大量出现过。明代杨家将小说形成了一些此前所未见到的故事情节，尤其是"杨文广征南""十二寡妇征西"等后传故事，以及穆桂英和降龙木的出现，才完整地奠定了今天杨家将评书、民间口头文学的整体结构。据明人刘元卿的笔记《奕贤编》说，在明代后期已有打弹艺人说杨文广征南被困柳州的故事。

---

① 援引常征《杨家将史事考》，天津：天津人民出版社，1980年，第300页。

明成化年间于永顺堂①刊刻的说唱词话数本是迄今所见罕见的明代说唱文学话本，其中常见杨文广曾征南平十八洞故事的痕迹：

记得南蛮人马动，狄青杨广上边廷。收蛮九年六个月，今日河山得太平。②

官里道："卿，寡人差杨文广收下九溪十八洞，管得山河铁也似牢。"③

武官好个杨文广，正是擎天柱一根。收了九溪十八洞，灭得蛮家化作尘。④

杨文广故事并不见于早期杨家将杂剧，据现有有限资料，关于他的故事都是在明代时期才忽然大批量出现的。也就是说，杨家将祖孙四代或五代的故事，并不是在第一个创作周期内全部完成的，而是至少分为宋、明两个阶段，一直到第二阶段才补充了很多后代子孙远征南方、西部民族部落的故事。会有特殊的原因吗？

播州（即今遵义）土司杨氏在明初曾委托名士宋濂作《杨氏家传》，专述播州杨氏家族来历，称其一世祖杨端本太原籍，后世杨昭无子，恰巧杨延昭子充广到广西为官，与杨昭通谱，将己子杨贵迁过继给杨昭为子，宋濂称"自是，守播者皆业之子孙也"。据此，知四川播州土司杨氏在明初明确对外宣称自己是宋朝杨家将的后裔。谭其骧先生在《播州

---

① 暂无法确切论定永顺堂书坊的地点，早期因有"京师"等字样偏向于北京，后期研究又多因"书林"字样偏向于福建建阳。
② 见《明代成化说唱词话丛刊》，郑州：中州古籍出版社，1997年，第188页：《新刊说唱包龙图断曹国舅公案传》。
③ 见《明代成化说唱词话丛刊》，郑州：中州古籍出版社，1997年，第148页：《新刊全相说唱足本仁宗认母传》。
④ 见《明代成化说唱词话丛刊》，郑州：中州古籍出版社，1997年，第223页：《新刊全相说唱张文贵传卷上》。

杨保考》中认为，此说是杨氏土司汉化后的依附虚构之辞，不可据为信史。① 元末明初的时候杨家将的声威借说唱、戏曲名震天下了，杨氏土司只是通过附会名门来提升本族声誉。据《明史》312卷《四川土司列传》所记："（洪武）二十一年，播州宣慰使司并所属宣抚司官，各遣其子来朝，请入太学，帝敕国子监官善训导之。"当时的播州土司杨氏是朝廷时常征调抵御外寇入侵的土豪强兵，俨然一方霸主，明太祖因其宣慰使杨铿率先归附明朝，免其税赋，由土司自行收取度用，采取了很宽松的民族政策，为杨氏家族的发展奠定了经济基础。在这样的历史际遇下，播州杨氏怎能不重视利用戏曲、曲艺节目光显祖上的荣耀？至今古播州地区遵义市附近各县都还是我国最著名的"傩戏之乡"，民间戏曲表演的风气很浓，今天的务川高台戏中还在表演杨家将题材的节目。常征在《杨家将史事考》一书中还介绍了几处与杨家将传说相和的地名，如六郎城、六郎屯等②，皆相传杨六郎在此屯兵，恰是杨家将的说唱节目在遵义地区兴盛的明证。当时杨氏土司子弟常年寄居京城，能够邀请最受明太祖宠信的大学士宋濂为其撰写家谱传记，也应有条件邀请文人、艺人为其重新编写杨家将的说唱节目，目的与《家传》伪造史实同，将播州杨氏土司的故事渗入当时已经成型的杨家将故事体系里，广大本家族的军事声誉。

首先，据明末小说《杨家府演义》情节，征南时期的杨宗保与破天门阵时的形象大相径庭，忽然成了一个擅使法术的将军，他的儿子文广和部将魏化也都成为主要依靠法术战败敌将的能人。古播州地区的各少数民族政治领袖同时也是军事统领、宗教首领，如果将其民俗对军事首领的基本认识代换至小说中，就不难理解为什么疆场上的将军几乎都是

---

① 参见谭其骧先生《播州杨保考》，载《贵州民族学院学报》1982年第1期。
② 见常征《杨家将史事考》，天津：天津人民出版社，1980年，第72页。

惯会呼风唤雨、念咒画符的巫师了。北宋播州土司杨光震（杨贵迁之子）也有子名杨文广，这个杨文广与乃父也是经常统领本镇军讨伐周边叛乱的南蛮酋长，与小说里最后释放五国蛮王相似，多行威服之策。① 另一个十分有趣而又显得分外突然的情节就是杨文广奉命去取三宝，中途收了三个妻子，都是剧贼出身，性格泼辣豪迈，为争夺夫婿相互攻打。几乎历代播州杨氏土司都是当局征调用来钳制南部诸蛮寨的主要军事力量，而周边一些时常往来的部落随着交战、怀服的几番轮回，即与播州杨氏结成固定的姻亲关系，如《明史·播州土司传》所记的永宁、酉阳两地的宣抚司家族与播州互为"姻媾"亲友，又说"（播州）杨氏家法，立嗣以嫡"，但在其家族内部经常因为庶出夺嫡引发妻子与姜室子女之间的争斗。如嘉靖元年时，土司杨相宠爱庶子，嫡子杨烈的母亲张氏和儿子杨烈盗取兵权驱逐杨相。这个事件说明播州土司为了安抚辖境内的各部族，时常以联姻手段与周边各民族首领结盟，最终导致土司一人妻妾成群，为夺嫡而斗。

《杨家府演义》后续还有杨文广与其子怀玉征讨西番的故事。其所征伐者小说里说是"西番新罗国"，其主将张奉国名号"鬼王"。如依据历史索求其素材，西番不详所指。"新罗"二字也很容易使人误判。与播州杨氏土司世代为敌征战的是其西邻罗罗族人，播州以西广袤的川南地区，在宋时称"罗氏"，《明史》316卷《贵州土司列传》中说："贵州，古罗施鬼国……元置八番、顺元诸军民宣慰使司，以羁縻之。"罗罗人俗尚鬼，即民间原始宗教，所有的宗教活动均称为"做鬼"，其王素称"鬼主"，即西南古代少数民族以宗教首领为部落政治领袖的传统

---

① 参见常征《杨家将史事考》，天津：天津人民出版社，1980年，第66页。

表现。宋代杨贵迁之子光震曾协助泸州守将平叛,征服罗罗酋长乞弟。①光震子杨文广与罗罗人频繁激战,结下世仇。至南宋末,播州土司祖孙三代坚奉宋统,杨价屡次被征调抵御来侵的蒙古军于四川防线,后川西大雪山以西的吐蕃与蒙古军呼应东进,杨文作为主将之副受调征西,三战大捷,平服了吐蕃诸部。"西番新罗国"原型很可能就是"古罗氏鬼国",《杨家府演义》的后续两段故事编创过程应与播州杨氏家族有关。

我们在宋、元戏曲故事体系中没有看到杨门女将的影迹,同后代征南故事一样,也多属明代时期的新编。播州所在的四川、贵州各少数民族土司统治的地方,丈夫去世由妻子接任土官,女人主持政务、军事的情况屡有发生。如《明史·四川土司传》中记播州旁边的石砫宣抚司"女土官覃氏行宣抚事",这个覃氏在给皇帝上书的文字里曾说道"臣自从征叠、茂,击贼大雪山,斩首捕寇,皆著有成劳,屡膺上官奖赏",说明当时播州附近各地女土官也经常被朝廷征调出征,有功也一样接受封赏。杨氏与永宁土司结为姻亲,而永宁的土官大权自洪武末以后时常为母族奢氏所控,成化十六年(1480)礼部侍郎周洪谟进言曾说道:"而永宁乃云、贵要冲,南跨赤水、毕节六七百里,以一柔妇人制数万强梁之众,故每肆劫掠。"又记"(成化)二十五年,永宁宣抚司女土官奢禄献大木,给诰如例"。则常年与杨氏媾姻的奢氏家族正是一个女豪频出的少数民族部落。杨门女将中的另一位英雄人物穆桂英也能够在播州杨氏的活动范围里找到线索。常征在研究穆桂英的素材时认为,根据《遵义府志》的记载,与播州杨文广作战的穆族即今天广西的仫佬族先民"穆獠"。当时"穆獠"盘踞在穆家川老鹰寨,后被播州杨文广征服,两家

---

① 见常征《杨家将史事考》,天津:天津人民出版社,1980年,第66页。

结为亲家,播州治所也移居其山,杨穆两家世为姻亲近族。① 另有一地名"木瓜仡佬",明时名"木瓜司"②,其地名发音综合即成小说中穆桂英所据"木阁寨"之发音。另,播州附近盛产"大木",常被作为方物进贡朝廷。明代小说中新增的破天门阵情节就有穆桂英进献降龙木的经典段落。

同时,明代杨家将文学还丢弃了大量当初同时诞生于杭州的很多短篇话本故事。比如我们从《水浒》中看到或许有不少关于杨令公后人杨志的故事话本,至明代仅见于小说中。《清平山堂话本》收录了一篇南宋话本,说的也是杨令公后人杨温的故事:

话说杨令公之孙重立之子,名温,排行第三,唤作杨三官人。武艺高强,智谋深粹。③

后边故事发展当中也曾借杨温自己的口述详细介绍了家世:

我乃西京人,姓杨名温,是杨令公之曾孙,祖是杨文素,父是杨重立。④

从话本中人物的口吻中可以看出,杨重立、杨文素这两代人也都是有说话篇目介绍过的人物,可是到明时期这些话本故事全部失传。与新增杨文广故事以及穆桂英故事系统相比较,我认为杨家将故事失传的篇目和新增篇目都验证了艺术接受史的原理——文学作品最终的发展和变

---

① 见常征《杨家将史事考》,天津:天津人民出版社,1980年,第279页。
② 见谭其骧《中国历史地图集第七集》,北京:中国地图出版社,1988年,第34—35页。
③ 见《古本小说集成》编委会编《古本小说集成·清平山堂话本、新编红白蜘蛛小说》,上海:上海古籍出版社,1991年,第257页。
④ 见《古本小说集成》编委会编《古本小说集成·清平山堂话本、新编红白蜘蛛小说》,上海:上海古籍出版社,1991年,第285页。

迁，决定于传播者希望读者看到什么样的故事。

四

杨家将文学发展的最高峰是在清代中期。

明末清初以来，随着说唱艺术的发展昌盛，杨家将故事在全国各地得到了广泛的传播和编演。至今可考的在陕西、甘肃、内蒙古、山西、河北、辽宁、河南、山东、湖北、湖南、江苏、安徽、江西、四川、云南、贵州、广东、广西、福建等地均流行着大量的杨家将题材的地方戏传统剧目，已知在北方评书和鼓书、河南坠子书、苏北琴书、扬州评话、苏州评话、杭州评话、温州鼓书、宁波蛟川走书、福建潮州歌册之中都有杨家将题材的长篇书目，在清末民国期间已出版的鼓词书目多达数十种，可以连缀成章，更有前后十几代英雄人物故事的增演。

从南宋到明代中期这一段，杨家将民间文学故事体系的发展一直在逐步增演丰富着，是其创作期；从明末以后，小说版本积累繁多，故事在原有骨架上得到深广的润色和修饰，情节愈加曲折生动，人物形象愈加饱满鲜明，可说是杨家将说唱文学的发展期。而清代乾嘉以后，杨家将题材的说唱曲艺与戏曲已经深入人心，连台本大戏与长篇书目均已成型，进入杨家将说唱文学发展的顶峰时期。清代的北京传统评书《北宋倒马金枪传》应当是在这一时期率先在满族贵族群体内经过细腻的文笔史证修改之后诞生的。

首先是在这一阶段，北京评书形成了一个历史上最为成熟的完整故事体系，说唱杨家将故事与戏曲的连台本大戏构成紧密的互动关系，相互完善。例如清代嘉庆十八年（1813）南府与升平署编纂刊出的宫廷连台本大戏《昭代箫韶》，就是在一批江苏籍文人与北京籍文人合作下根据当时流行于江南、北京的说唱书目《金枪传》故事与小说《北宋志传》、史料文献串编而成的。这次改编也吸引了许多满族子弟的关注,今天在存世有限的子弟书书目和蒙古车王府戏曲剧本当中都能够看到《昭代箫韶》的重要影响或交互关联。因为杨家将故事是发生在北方地区的,许多地名、历史事件因此得到重新梳理,如河北三关、倒马关、董家林等。北京传统本《金枪传》的一支是主要流传于京津冀一带军旅之中的说唱节目。20世纪80年代闻听满族学术前辈王佐贤等先生说,类似杨家将一样的袍带大书在北京周边的八旗营里非常盛行,每年循环演出,甚至是在说到热闹之处,演员还要拿起竿子来比划演示,以助书兴。因此也有一种说法,将满族家族之间盛行的说唱《金枪传》称为"武架子书",源自书目当中有许多具体的武艺描写。今天在北京周边郊区尤其是北边远郊县许多地名均与杨家将故事相关联,这种现象说明,在这些八旗兵营密集分布的卫所地方曾经十分流行杨家将故事的说讲。

20世纪80年代我曾听本家族满族富察氏前辈们闲谈说起,如杨家将这样的家将类长篇书目,早年间曾经得到世袭武官的家族赞助编演。前辈谈话时,曾更明确地说主要是富察氏家族。富察氏子弟几代担任御林军都统、军机处等要职,家风尚武,其日常的娱乐活动也多与此相关,经常聘请戏曲、曲艺艺人进府演出。满族富察氏是清代极享帝王尊荣的家族,族中名臣、名将辈出,祖孙沿传不绝。最著名的如大学士傅恒家族,从第一代投奔努尔哈赤的祖宗旺吉努算起,到傅恒之子福康安这一代已经是七代担任重职,至福康安死后追封为嘉勇郡王,数代不乏封赠公爵,与评书里的武将家世相似。傅恒的一生辅佐乾隆成就定边武功,首次请缨远征大小金川,反败为胜;支持乾隆出兵伊犁平定准噶尔内乱,最后在远征缅甸时病死,《清史稿》中称赞傅恒"行军与士卒同甘苦"。傅恒的四个儿子都得到皇帝的重用,其中福康安最为荣贵,一生戎马,尤其以抗击廓尔喀入侵西藏一战意义重大,福康安所率主力逼近了廓尔喀首都,是我国历史上反抗侵略战争中最辉煌的记录。也正因此,在清代中期以后，由于这样的家族出现，说唱节目里的家将书得到了极大的发展。遗憾的是，证明这一历史的可靠资料我现在还没有找到，此文只是忠实于最初听到的信息予以转述。

郝成文先生在《昭代箫韶研究》中分析连台本的《昭代箫韶》初编的时间应是在乾隆末年（1795），最终刻本完成是在嘉庆十八年（1813）。① 这个结论和我所得知的杨家将说唱艺术在清代的发展情况十分接近。据郝成文先生的研究，乾隆三十二年（1767）之后庄亲王殁后，其孙永瑢继任掌管乐部的都统。《昭代箫韶》剧本的编写就是永瑢令王廷章等人自《鼎峙春秋》（三国题材）、《忠义璇图》（水浒题材）之后不久就着手编写的，时间很可能是在乾隆三十二年至乾隆五十三年（1788）间。郝成文先生认为，《昭代箫韶》的编写是在清廷内府赞助下完成的连台本大戏创作，改编的主要目的就是宣扬"忠君"，同时也运用了较大篇幅来展示"惩奸"。② 还有一点是郝先生在研究时没有注意到的：与明代戏剧剧目的整体故事体系相比，清代的《昭代箫韶》编演将杨家将故事上升到了和三国、水浒等历史大戏相提并论的地位，这种变化并不是因为艺术创作质量的原因，那又是何原因呢？和清廷内府主持编写的所有大戏剧本内容不同的结构要素，就是杨家将故事所褒扬的是家族集体对君王的效忠。我认为这是杨家将民间艺术获得极盛发展历史机遇的主要条件。

傅恒在乾隆三十四年（1769）远征缅甸时身染疟疾，第二年回师，于7月病重而逝。乾隆皇帝深感震惊，特别谕示丧礼按宗室镇国公规格办理，入贤良祠，赐谥号"文忠"，并亲自在灵前祭酒，赋诗举哀。此战中傅恒的长子福灵安也在乾隆三十二年（1767）从征缅甸，因染病死

---

① 见郝成文《昭代箫韶研究》，西安：西安交通大学出版社，2015年，第46—47页。
② 见郝成文《昭代箫韶研究》，西安：西安交通大学出版社，2015年，第190页。

于军营。早傅恒一年进军缅甸的明瑞将军是傅恒的侄子，乾隆三十三年（1768）他"血战万寇中"，因为同行的将官不履约定撤援，导致他孤军苦战，最终自尽殉国。临死前截自己的辫子交给部下亲随奔回告状。乾隆皇帝的处置方法，据史料记载很接近杨家将故事里的告御状情节：

> 额尔登额及提督谭五格坐失机陷帅，逮诣京师，上廷鞫，用大逆律磔额尔登额，囚其父及女，并族属戍新疆；谭五格亦弃市，而以其明日祭明瑞及扎拉丰阿、观音保，上亲临奠。

傅恒的兄长傅清，早在之前的乾隆十五年（1750）出于保护藏地安定设计斩杀谋叛的珠尔默特那木札勒，寡不敌贼众，自杀殉国。傅清之子明仁，也在后来从征金川时死于军中。据陈轶欧在《八旗满洲官宦世家考——以富察氏家族为例》中的研究，乾隆皇帝曾四次绘图功臣像135人次入紫光阁，富察氏子弟9人次入列，其中傅恒之子福康安更是3次入列。① 福康安一生南征北战，先后平定四起民变，入藏还击侵略者，嘉庆元年（1796）死后追封嘉勇郡王，配享太庙，入祀昭忠祠与贤良祠双祠，可知荣宠之深。

傅恒兄弟、父子、叔侄为国作战捐躯的功勋表彰，恰恰就是内廷开始着手编演《昭代箫韶》连台本大戏的前期，这里或许存在一定的关联？我在少年时期得到的说法是，杨家将的说唱书目是在富察氏家族屡立战功之后由本宗子弟组织艺人在府内编演完成的。因为这种说法属于口传，信息未必严格。以我粗陋的研究推测，可能是《昭代箫韶》剧本的故事编写在剧本本身之前，这个过程有可能被家族历代作为荣宠实例口传于

---

① 见陈轶欧《八旗满洲官宦世家考——以富察氏家族为例》，《牡丹江师范学院学报（哲学社会科学版）》2010年第2期，第64页。

后世。当然还有一些细节似乎是可以略见端倪的。《昭代箫韶》的剧本参考了明代小说《两宋志传》,其中暗害杨家的从奸党羽里有傅鼎臣。今流传各地剧目《状元媒》里有与杨六郎争亲的奸臣傅山之子傅鼎奎,一说即傅鼎臣之兄。而傅姓奸臣在今天所有流传的评书、鼓书故事里全部消失了。在各地传统戏《清官册》情节里也将原来的傅鼎臣这个角色更名为刘定、刘御史等名,说唱节目里多名刘秉臣。我怀疑,当初确实有可能是因为富察氏有转用汉姓"傅"的少数举动,出于避讳的原因,说唱节目做了修改。

五

我在1983年夏季开始曾细心听过幼年出身天桥跤场的齐姓老人说讲的北京评书《金枪传》,1986年以后又曾借学书法之机听本家祖辈老人们回忆所知书目,当时有这个爱好,就一一凭记忆做了笔记,后来逐年了解细节再一步一步丰富。随后开始搜集《两宋志传》《杨家府演义》等古代小说参照,在广播电视中反复收听刘兰芳先生播讲的评书《杨家将》以及田连元先生的电视评书《杨家将》,之后也开始学习起相关的地方戏、曲艺书目来,根据各种传统节目的情节尝试完善书道,坚持到今,积累成这部书稿。

经过与其他地区传统说唱节目和戏曲剧本情节的综合比较,我所得到的这部评书书道,可能最初还是从南方递传至北方地区的说唱节目,逐渐流入清代的满族内府,由八旗子弟赞助、参加其后期发展的更为丰富的情节编演。至清代后期,此书道作为一个说唱节目的故事体系开始在民间广泛流传,影响到戏曲和大鼓书等各类曲种,民间亦因故事中有盗马情节也有讹传为《盗马金枪》的。起源于河北中部的西河大鼓在民国时期是杨家将题材书目的主要传唱曲艺形式,形成了诸多流派,20世纪20年代开始在京津两地发展，据说杨家将题材是不少演员安身立命的看家长篇节目。同时民间也保存有几部师承不一的评书书目，所知有品正三先生、马凤云先生和马连登先生演说的杨家将评书，具体情节现在还不得而知。

我做的整理工作主要是还原最初听到和记录的两种北京满族遗老口传书目，近年将研究搜集到的北方地方戏曲和鼓词中的内容渐次丰富进这部书里，包括京剧、秦腔、汉调、晋剧、豫剧等。再根据已出版的几部杨家将题材大书结构和《昭代箫韶》剧本连缀成长篇评书说本，以期让读者能够比较完整地了解北京早期评书的基本面貌。

全书按计划共分为二十一卷，每卷再分六本书，每本书按五回正书的演说格式整理。第一卷《天齐庙》从杨七郎打擂开始，一直到最后一卷的《南北和》佘太君赴宴金枪会，通篇的整体结构与现在常见的杨家将说唱书目结构基本一致。全篇裁去一些繁冗无序又与整体关系不大的枝节和人物，同时也删去不少神怪情节以保证全篇故事的连贯性，就传统书目中比较重要的宿命关系设定，如韩昌和杨六郎的关系被形容为最初隋唐评书里单雄信与罗成之间的龙虎斗神仙宿怨延续，杨七郎是黑虎星煞神降世等，一般都安排为说书人角度客观的点评口吻，予以趣味性处理，从全书故事发展的主要筋脉中抽出来。

整理这部传统书目是出于自己对评书艺术的喜爱，自己不是专业人士，更谈不上什么师承传授，有的仅仅是满腔的热情。我的学习能力、整理水平有限，对评书艺术的了解仅仅触其皮毛，十分诚恳地期待大家对文本指出错漏与不足，您的批评将对我和《金枪》的成长提供最有效的扶持，在此致谢！